헤이그의 비밀

이준 열사 사망 미스터리

**정의의 여신
디케의 꿈**

헤이그의 비밀

이준 열사 사망 미스터리

김철 지음

열세번째방

헤이그의 비밀

이준 열사 사망 미스터리

차례

올림퍼스

내가 어렸을 때 - 아마 다섯 살이었을 것이다 - 할아버지가 수천 년 전 올림퍼스산에서 일어난 사랑 이야기를 들려주셨다. 미의 여신 아프로디테와 전쟁의 신 아레스의 사랑 이야기. 그들은 몇 달 동안 몰래 만나 둘만의 은밀한 장소로 숨어들어 몇 시간이고 사랑을 나누었다. 그들은 서로 경이로움에 빠져들었다. 그들의 관계가 금지되어 있다는 것을 둘 다 알고 있었지만, 신경 쓰지 않았다. 그들의 사랑은 열정적이었으며 멈출 줄 모르는 불꽃처럼 타올랐다. 그들에게 중요한 건 오직 서로의 존재였다.

　하지만 무엇인가 잘못되었다고 의심한 신이 있었다. 바로 대장장이와 장인의 신이자 아프로디테의 남편인 헤파이스토스가 그 주인공이다. 그는 오랫동안 아내가 정직하지 않다고 의심하고 있었다. 결국 아프로디테와 아레스의 소문을 들은 그가 직접 문제를 해결하기로 결심했다. 헤파이스토스는 누구든 그물에 걸리면 빠져나올 수 없는 덫을 만들었다. 아프로디테가 실제로 바람을 피우면 그 덫에 걸려들 것을 염두에 두고 그는 침대 위에 그물을 설치했다.

어느 날, 아프로디테와 아레스가 정열적으로 사랑을 나누고 있을 때, 헤파이스토스가 덫을 놓았다. 둘은 찢어지지 않는 그물에 갇히고 말았다. 아무것도 모르고 있었던 아레스와 아프로디테는 처음에는 그 상황이 재미있다고 생각했지만, 그들이 정말로 그물에 갇혔다는 사실을 깨닫자 당황하기 시작했다. 그들은 빠져나오려고 몸부림쳤지만, 그럴수록 그물은 더더욱 그들을 조였다.

분노와 상처로 눈이 일그러진 헤파이스토스가 방안에 나타났다.

"내 이럴 줄 알았어!"

그는 울부짖으며 소리쳤다.

"당신이 나를 속이고 바람 피우는 것을 알고 있었어. 아프로디테!"

아프로디테는 부끄럽고 창피해서 남편의 눈을 쳐다볼 수가 없었다.

"헤파이스토스, 이건 네가 생각하는…."

그녀가 항변하려 했지만, 헤파이스토스는 흔들리지 않았다.

"당신은 오늘 한 일에 대해 반드시 죗값을 치르게 될 거야!"

그는 차가운 목소리로 말했다.

"그리고 아레스! 너는 올림퍼스에서 추방당해 영원히 고통 속에서 살아야 할 거야!"

그들의 밀회는 순식간에 올림퍼스 내에 퍼져나갔고, 제우스의 귀에 들어가기까지 그리 오랜 시간이 걸리지 않았다.

제우스는 올림퍼스 신전에서 신들의 회의를 소집하여 아레스와 아프로디테에게 자신들의 행동에 대해 대답을 요구했다. 여신들은 정숙함을 내세우며 재판에 나오지 않았지만, 아프로디테를 동경하는 남성 신들은 참석하여 아레스를 비웃었다.

재판이 시작되자 정의의 여신 테미스가 신전의 맨 앞자리에 앉았고, 결혼의 여신 헤라도 처벌을 요구하기 위해 참석했다. 아레스가 앞으로 나와 고개를 반항적으로 치켜들었다. 그렇지만, 그의 눈에는 두려운 기색이 역력했다.

제우스가 분노에 찬 목소리로 천둥을 내리치자, 올림퍼스 신전에 울려 퍼졌다.

"아레스! 너는 신들의 권위와 결혼의 신성함을 배반했다! 너는 올림퍼스의 신성한 결속을 깨뜨리고 신들의 이름에 치욕을 안겨주었다! 그 배신에 대한 엄벌을 받게 될 것이다!"

아레스는 부끄러움에 고개를 숙였다. 제우스는 분노에 찬 눈빛으로 아프로디테에게 시선을 돌렸다.

"그리고 아프로디테! 너는 내 아들을 잘못된 길로 인도하고 불륜을 조장하여 우리 가문에 불명예를 안겼다! 고로, 너 역시 마땅한 벌을 받게 될 것이다!"

아레스는 울부짖었다.

"그렇지만 아버지! 저희를 용서해 주십시오! 아니면 적어도 그녀만은 용서해 주십시오! 모든 벌은 제가 받겠습니다!"

제우스는 들은 체도 하지 않았다.

"헤라, 구형하세요!"

헤라가 답했다.

"올림퍼스의 이름을 더럽힌 아레스를 추방할 것을 요구합니다."

"어머니! 안 됩니다!"

아레스가 외쳤다.

"어찌 그럴 수 있습니까?"

"테미스, 피고에게 유죄를 선고해 주십시오."

제우스가 말했다.

"이번 재판에서 다룬 증거로 미루어 볼 때 피고인 아레스의 죄질은 용서할 수 없다고 판단된다. 따라서 피고 아레스는 신의 세계에서 추방되고, 앞으로 영원히 인간을 위해 전쟁을 치르며 자신의 한계까지 봉사하게 하라. 그래야만 피고는 자신에 대해 진정한 죗값을 이해할 것이다."

테미스는 의사봉을 내리쳤고, 아레스는 그렇게 신의 자격을 잃고 말았다. 그리고 아레스는 수천 년 동안 수많은 인간의 전쟁에 참여해야 하는 저주에 갇히게 된다. 아레스가 저주를 풀

방법은 있었다. 바로 전쟁에서 지혜의 신 아테네를 이기는 것이었다. 아테네는 아레스와의 전쟁에서 승리할 수 있는 유일한 신이었다.

아레스는 성경에 나오는 뱀처럼 수천 년 동안 신이 되고자 하는 인간들을 현혹해 왔다. 아프로디테에 대한 그의 사랑은 여전히 불타오르고 있으며, 그녀와 다시 함께하기 위해 무엇이든 할 것이다.

조선인 삼총사

1907년, 상트페테르부르크

1900년대 초, 일본제국은 상상을 초월하는 초강대국이었다. 러시아보다 더 강력한 군사력을 가졌고, 유럽 국가들과 어깨를 나란히 할 수 있는 패권을 쥐고 있었다.

1905년, 일제는 대한제국과 을사조약을 맺었다. 이 조약은 대한제국과 일본을 합병하여 조선의 외교적 주권을 빼앗았다. 이 협상은 러일전쟁에서 일제가 승리한 데서 비롯되었으며, 이때부터 일본의 비인도적이고 불법적인 대우가 시작되었다. 일제는 무고한 조선인들을 강제로 징용, 징병, 구금하고 재산과 생계 수단을 파괴했다.

1907년, 제2차 헤이그 평화조약이 개최되었다. 이 회의의 목적은 전쟁법과 전쟁 범죄와 같은 국제 조약을 논의하는 것이었다. 1년 전 러시아 외무부 장관 람스도르프는 조선을 초청국 명단에 포함했다. 러일전쟁 패배 이후 일본을 견제하려는 것이 당시 러시아의 황제 니콜라이 2세의 생각이었다.

고종 황제는 일제의 만행을 폭로하기 위해 이준 검사에게 위임장을 주고 그를 헤이그 특사로 파견하였다. 이준은 1907년 4월 서울을 떠나 블라디보스토크에서 이상설을 만났다. 두 사람은 6월 중순 러시아의 상트페테르부르크에 도착했다.

이위종은 러시아 주재 대사 이범진의 아들이었다. 그는 큰 키에 조선인의 혈통을 반영하는 뚜렷한 이목구비를 가지고 있었다. 광대뼈가 높고 턱선이 뚜렷한 검은 눈동자는 날카롭고 관찰력이 뛰어났고, 지성과 결단력을 모두 갖추고 있었다. 그의 단정한 헤어스타일은 그의 세련된 외모를 보완했다. 검고 윤기 나는 머리는 그의 전체적으로 잘생기고 세련된 외모를 돋보이게 했다. 어릴 때부터 미국, 프랑스, 러시아 등 서구 여러 나라에서 살아온 그는 영어, 프랑스어, 러시아어 등 7개 국어에 능통했다.

이위종은 우아하게 꾸며진 사무실의 마호가니 책상에 앉았다. 그 방은 전 세계의 고풍스러운 서적들과 공예품들로 가득찬 책장들이 벽면을 가득 메웠고, 우아하고 세련된 분위기를 풍겼다. 커다란 창문을 통해 햇살이 들어와 방 안을 따스하게 비추었다. 사무실 한쪽 구석에는 질서의 여신 에우노미아의 초상화가 벽을 장식했다. 신의 본질을 놀라운 디테일로 포착한 훌륭한 작품이었다.

위종이 일에 몰두해 있을 때, 문 두드리는 소리가 들렸다. 40

대 후반의 지적이고 총명하게 생긴 남자가 사무실로 들어왔다. 그의 뒤에는 20대 후반이지만 날카로운 표정의 젊은 남자가 뒤를 따랐다. 나이 많은 남자는 이준, 젊은 남자는 이상설이었다. 둘 다 맞춤 정장에 자신감과 권위적인 분위기를 풍겼다.

"이위종 씨?"

이준이 말했다. 위종은 호기심으로 그들을 바라보았고, 자리에서 일어났다.

"무슨 일이시오?"

"방해해서 죄송합니다만, 고종 황제의 명을 받고 이곳에 왔소."

"고종 황제요?"

위종은 의심스러운 눈으로 그를 보았다.

"그렇소. 당신이 우리와 함께 헤이그에 갔으면 하오."

"헤이그요?"

"몇 달 뒤에 만국평화회의가 열릴 거요. 우리의 목적은 국제 사회에 일제가 부당하게 우리의 외교권을 박탈했다는 것을 폭로하는 것이오. 그래서 당신같이 외국어에 능통한 사람이 필요하오. 도움을 주셨으면 하오."

"그런데, 왜 나요? 나는 대한제국 백성으로 살고 있지도 않잖소. 나는 대부분의 삶을 이국땅에서 살았소. 조국과 그리 많은 인연이 있지도 않은데, 왜 나를…."

이준은 에우노미아가 그려져 있는 그림으로 시선을 돌렸다.

"당신이 에우노미아의 예언자Divine Prophet 아니었던가요?"

"아니, 그걸 어떻게?"

"이위종 씨, 이건 고종 황제가 우리를 보낸 것보다 더 중요하오. 사실 '호라이'가 우리를 보냈소."

위종은 놀란 눈으로 이준을 보았다. 호라이는 자연 질서의 화신이자 우주의 제 기능을 지키는 수호신으로 여겨졌던 여신들의 모임이었기 때문이다. 호라이에는 정의의 여신 디케, 평화의 여신 아이린, 질서의 여신 에우노미아 세 자매가 있었다.

이준은 위종에게 가까이 다가가 손목을 드러냈다. 그의 손목에는 디케를 상징하는 추상적인 비늘 문신이 있었다.

"믿거나 말거나, 당신은 우리의 말을 들어야 하오. 일본군이 아레스의 손에 넘어갔소. 곧 세계적으로 전쟁이 일어날 것 같소. 한반도가 그의 손에 넘어가면 아테네가 위험해지오."

"그래서 호라이가 당신을 여기로 보냈군요."

"시간이 없소."

"그렇다면⋯."

위종은 에우노미아의 그림에 가까이 다가와 잠시 시선을 고정했다. 그리고 이준을 향해 돌아섰다.

"그럼, 디케가 정말 당신을 여기로 보냈는지 증명해 보시오."

"뭐라고요?"

"간단한 윤리에 관한 문제를 내겠소. 당신이 그녀의 예언자라는 것을 증명해 보시오."

"말해 보시오."

"철길을 질주하는 폭주 기관차가 있다고 가정해 봅시다. 철길에는 다섯 명이 묶여 탈출하지 못하고 있습니다. 하지만, 그 기차를 한 사람만 묶여 있는 다른 트랙으로 우회시킬 수 있는 레버가 있습니다. 만약 당신이 그런 상황이라면 어떻게 하겠습니까?"

"그러니까 내가 아무것도 하지 않으면 기차는 철길에 있는 다섯 사람을 죽일 것이고, 우회시키면 한 사람만 죽는다는 말인가요?"

"그렇습니다."

"만약 디케에게 선택권이 있다면, 나는 그녀가…."

1907년, 헤이그

6월 29일. 비넨호프 홀에는 각국 대표단과 주요 인사들이 앉을 수 있도록 정교하게 제작된 나무 벤치가 줄지어 있었다. 정교한 태피스트리와 풍부한 색상의 그림이 벽을 장식하고 있었고, 천장에는 반짝이는 샹들리에가 홀을 따뜻하고 매력적으로 비추고 있었다. 사람들이 그날의 업무를 준비하며 떠드는 대화와 바스락거리는 종이 소리로 가득했다.

갑자기 누군가가 문을 쾅쾅 두드리고 회의장 안으로 들어왔다. 이준, 이상설, 이위종이었다. 이상설이 평화회의 의장인 러시아 백작 넬리도프 앞에 서서 외쳤다.

"의장님! 우리는 이 대회에 참가할 모든 권리가 있습니다!"

"미안합니다만, 제가 할 수 있는 게 아무것도 없습니다."

넬리도프가 말했다.

"이건 말도 안 됩니다! 제발 의장의 권한으로 저희를 들여보내 주십시오!"

넬리도프의 얼굴에 동정심이 보였지만, 이미 일본인들은 그에게 그 어떤 조선인도 받아들이지 말라는 비밀 지령을 내렸다. 이위종은 회의장을 둘러보았다. 그리고 미국, 프랑스, 중국, 독일 대표단에 호소했다.

"우리는 황제의 뜻을 받들어 대한제국의 대표로서 눈물을 흘리는 바입니다! 우리는 1884년에 독립한 자주권을 가진 나라입니다! 따라서 우리는 다른 나라와 외교 관계를 맺을 권리가 있습니다! 그러나 1905년 11월 17일 이후 일본제국주의는 불법적으로 우리의 외교권을 박탈하였고, 그들이 우리에게 강요하고 있는 세 가지를 열거합니다!

첫째. 황제의 승인 없이 모든 정부 업무를 집행할 수 있다.

둘째. 대한제국의 육군과 해군의 군사력을 무력화한다.

셋째. 대한제국의 모든 법과 관습을 무력화한다.

우리는 정당한 자주국에서 왔습니다! 왜 일본제국이 우리의 외교권을 빼앗는 것에 동의하는지 이유를 설명해 주십시오!"

이상설은 계속해서 열변을 토했다.

"여기 계신 각국 대표단은 약자를 돕고자 하는 최소한의 도리라도 가져주기를 간절히 바라며, 부디 저의 호소를 들어주셨으면 하는 바입니다."

그러나 그의 호소는 소용이 없었다. 제국주의가 깊게 뿌리박힌 유럽의 국가들은 약소국을 지지할 이유가 단 한 가지도 없었다. 그들이 약소국을 지지한다는 것은 일본이 그랬던 것처럼 그들의 식민 지배 역사를 부정하는 것에 지나지 않았기 때문이다. 이 사건은 헤이그 만국평화회의가 세계 평화를 논의하는 자리가 아니었음을 여실히 보여준다. 오로지 강대국들의 이익을 위해 열강들의 의견이 충돌하는 자리에 불과했다.

세 명의 헤이그 사절단은 회의장을 빠져나와 복도로 나왔다. 그때 영국인 기자 윌리엄 스터드가 그들을 쫓아 왔다.

"죄송합니다만 여기에 오신 이유에 대해 한 말씀 해주시겠습니까? 제 말은, 이 평화회의를 방해하려고 하는 목적이 무엇인가요?"

"우리는 지구 반대편에서 왔습니다. 이 회의의 목적인 법과 정의를 찾기 위해 왔지만, 오늘 대표단을 보니 매우 실망스럽군요."

이위종이 답했다.

"그렇지만 그들은 세계 평화와 정의를 위해 이곳에 있는 것이지 않소?"

"방금 세계 평화라고 하였습니까?"

이위종은 발걸음을 멈추었다.

"1905년에 체결된 을사조약은 절대로 평화조약이 아니오! 그것은 우리 황제의 승인 없이 체결된 조약에 불과하오. 따라서 이 조약은 무효입니다!"

"하지만 당신은 일본이 당신들에게 그렇게 할 수 있는 정당한 권리가 있음을 부정하는 것밖에는 안 되오."

"그럼 당신이 말하는 정의는 겉치레에 불과하고, 기독교 신앙 자체가 위선입니다. 이런 상황에서 왜 우리 민족이 희생해야 합니까? 여전히 일본이 힘을 가지고 있기 때문인가요?"

"아니, 제 말은…"

"여기서 법과 정의를 논하는 게 무슨 소용이 있습니까? 그냥 솔직하게 칼자루와 총이 세상을 움직이는 절대적인 힘이고, 강자들은 어떤 죄를 저질러도 죗값을 치르지 않을 거라고 이야기하세요."

이른 오후였다. 헤이그 경찰서 내부는 검소하고 엄숙한 공간이었다. 벽은 칙칙한 회색 음영으로 칠해져 있었고, 나무 바닥은 수년 동안 사용하여 낡아 있었다. 몇 개의 작은 창문으로 은은한 자연광이 들어왔지만, 전체적으로 분위기는 어둡고 침침했다.

방 한쪽 구석에는 서류 더미와 깜박이는 램프가 있는 책상이 있었다. 장시간 근무로 인해 구겨지고 흐트러진 제복의 경찰관 몇 명이 서성이고 있었다. 그들은 공간을 가득 채운 무거운 침묵을 방해하지 않으려는 듯 낮은 목소리로 말했다.

행크는 사무실에서 절도사건을 마무리한 후 에스프레소가 담긴 컵을 손에 쥔 채 머리를 식히고 있었다. 그는 헤이그에서 가장 많이 읽히는 지역 일간지인 파더란트에서 발간되는 신문을 읽고 있었다. 신문은 온통 유럽 국가들의 식민지 문제로 시끄러웠다. 그 와중에 한 기사가 그의 시선을 사로잡았다.

1907년 7월 15일 월요일.
평화회의에 대한제국을 초청하지 않은 것에 항의 시위를 벌여온 조선인 중 한 명 이준 씨가 지난 14일 일요일 저녁 자신의 호텔에서 사망했다. 그의 뺨에는 최근에 수술로 제거한 농양이 있었는데 수술 후 유증으로 사망한 것으로 보인다.

"행크?"
클라스가 뒤에서 그를 불렀다. 그는 행크의 동료였다.
"어, 왜? 무슨 일이야?"

행크는 뒤를 돌아보며 말했다. 클라스가 그에게 서류 파일 하나를 주었다.

"경감님이 너보고 이 사건 맡으래."

행크는 씹고 있던 껌을 뱉고 무신경하게 사건 파일을 받았다. 클라스는 행크가 이준에 관한 기사를 읽고 있는 것을 보았다.

"타이밍 하나 좋네. 그게 네가 맡게 될 사건이야."

서류 파일에는 이준에 관한 세부 정보가 있어야 했지만, 거기에는 아무것도 없었다. 가족 정보, 친구 관계, 사진, 이름과 생년월일 외에는 아무것도 기재되어 있지 않았다.

"근데 여기 아무것도 없잖아?"

행크가 물었다.

"농담 아니야. 진짜 그게 다야."

"다른 사람에게 하라 그래."

행크는 짜증이 났다. 마침 헤렌흐라크트에서 일어난 큰 연쇄 사건을 처리한 후라 몹시 피곤한 상태였다. 그래서 변사자에 대한 아무런 정보가 없는 사건은 더더욱 맡기 싫었다.

"경감님의 명령이야. 내가 할 수 있는 건 아무것도 없어."

클라스는 어깨를 으쓱했다. 행크는 그를 원망의 눈빛으로 바라보았지만, 답답한 마음에 한숨을 내뱉는 것밖에는 아무것도 할 수 있는 게 없었다. 클라스는 행크의 어깨를 토닥거리며 말했다.

"행운을 빌어. 넌 할 수 있어."

행크는 자신의 직업에 만족스러웠지만, 막 큰 사건을 끝냈기에 다른 사건을 맡고 싶지는 않았다. 그런데 이 사건은 왠지 예감이 좋지 않았다.

호텔 밖의 공기는 긴장감으로 가득 찼다. 모여든 사람들의 얼굴에는 두려움과 호기심이 가득한 표정으로 호텔에서 일어난 죽음에 대해 속삭이고 있었다. 제복을 차려입은 경찰관들이 입구를 지키며 모인 군중을 막으려 했다. 어떤 이들은 더 가까이 다가가기 위해 밀치고 있었고, 다른 이들은 멀리 호텔 입구에 시선을 고정한 채 서 있었다.

해가 지면서 섬뜩한 주황빛이 현장을 비추며 네덜란드의 선선한 여름 날씨가 불안한 분위기를 더했다. 멋있게 옷차림을 한 사람들은 마치 호텔을 에워싼 불길한 기운으로부터 자신을 보호하려는 듯 모자와 핸드백을 꼭 움켜쥐고 있었다. 조사를 시작하기 전에 행크는 담배 하나를 입에 물었지만, 라이터가 고장이 났다.

"불, 필요하세요?"

야스퍼가 자신의 라이터를 꺼내 들었다. 그는 헤이그의 외무부에서 일하고 있는 외교관이었다.

"고맙습니다."

"별말씀을요."

야스퍼도 담배를 하나 물고 불을 붙였다. 행크는 연기를 내뿜었다.

"요즘 어떻게 지내세요?"

야스퍼가 물었다.

"왜 세상이 나를 가만히 놔두지 않는지 모르겠네요."

행크는 한숨을 내쉬었다.

"헤렌흐라크트 사건 끝낸 지 얼마나 되었다고 이번에 이런 일까지…."

야스퍼가 킥킥 웃으며 말했다.

"힘내세요. 근데 이 사건은 좀 이상한 부분이 있어요."

"그게 무슨 소리죠?"

"오늘 아침 신문 보셨어요? 이준의 볼에 농양이 생겨서 최근에 수술받았는데, 그 후유증으로 인한 폐렴으로 사망한 것으로 추정된다고 하던데요?"

"뭐 있을 수 있는 일인 것 같은데, 그게 왜요?"

"아직 이준 시신은 부검도 안 들어간 상태잖아요. 아직 그가 어떻게 죽었는지 아무도 모르는데, 어떤 일본인 외교관이 파더 란트와 인터뷰를 한 후 갑자기 자살이라는 소문이 급속도로 퍼졌어요."

"일본인 외교관이요? 그 외교관 이름이 뭐죠?"

행크가 물었다.

"마에다 루코요."

"냄새가 안 좋군요."

행크는 담배 연기를 한 번 더 내뿜었다.

"부검 결과도 안 나왔는데 일본인 외교관이라⋯. 자살이 아닐 수도 있겠군요."

"뭐, 진짜 자살했을 수도 있고요."

"그러면 지금쯤 누군가가 유서를 발견했겠죠."

"유서는 아닌데 비슷한 거는 나왔어요. 어제 날짜로 쓴 일기장을 발견했는데 자살일 가능성이 커요. 평화회의에 참석하려다가 거절당했으니 그럴만한 명분도 충분히 있죠."

"그의 다른 동료들은 어떻게 된 거죠?"

"지금 조사받고 있어요."

"그렇군요."

행크는 깊게 숨을 내뱉고는 바닥에 담배를 비비며 말했다.

"이런 사건은 처음 봅니다. 이상설과 이위종이 이준하고 호텔에 같이 있었는데 만약 자살이었다면 그들이 먼저 알았겠죠."

"만약 그들이 살해범이라면요?"

"뭐 그럴 가능성도 있겠죠. 어쨌든 오늘 야근할 이유는 충분하군요."

"그렇네요. 그럼 힘내세요."

야스퍼가 미소와 함께 행크의 어깨를 한번 두드리고 자리를 떠났다. 행크는 군중을 헤치고 호텔 안으로 들어갔다. 문밖을 지키던 경관에게 신분증을 보여주자 경관이 현관문을 열어주었다. 위층으로 올라가던 행크는 발걸음을 멈췄다. 첫 번째 계단에서 갈색으로 변한 핏자국이 보였다. 그는 이 사건이 자살인지 의심스러웠다. 자살이라면 혈흔이 사망 장소가 아닌 다른 곳에 있어서는 안 된다. 혈흔이 이준의 것인지는 아직 확실하지 않지만, 만약 그렇다면 이 혈흔의 주인은 꽤 오래전에 사망했다는 뜻이다.

호텔 방 앞에는 가십거리를 찾기 위해 기자들이 기다리고 있었다.

"실례합니다."

행크는 기자들을 비집고 방으로 들어갔다. 침대가 깔끔하게 정돈되어 있었고, 옆에는 작은 탁자가 놓여 있었다. 그는 방구석 바닥에 누워있는 시신을 발견했다. 이준이었다. 그는 40대 남성으로 양복을 입고 있었으며, 눈에 띄는 상처는 없었다.

행크의 시선은 천장으로 향했고, 기둥에 매달려 있는 밧줄을 보았다. 끝부분이 닳아서 잘린 것 같았다. 시신 옆에는 빈 커피 잔이 놓여 있었다. 행크는 자세히 살펴보기 위해 가까이 다가갔다. 컵 안에는 갈색 커피 가루가 묻어 있었다. 컵의 냄새를 맡았지만 아무 냄새도 나지 않았다.

행크는 시신의 볼에 있는 농양에서 고름이 굳어 있는 것을 관찰했다. 그가 아침에 읽은 신문이 맞을지도 모른다. 피부병이 희생자를 죽였을 수도 있지만, 그것은 밧줄에 대해 아무것도 설명하지 못했다. 그러나 한 가지 그럴듯한 시나리오가 있다. 누군가가 이준을 살해하고 농양으로 죽은 것처럼 보이게 하려고 했다면….

⚖

얀 쿰커스라는 10대 소년에게는 그저 평범하기 그지없는 날이다. 얀은 노동자 계급 가정에서 자랐다. 학비를 벌기 위해 매일 아침 5시에 일어나 신문을 배달했다. 해가 뜨기 전에 자신의 구역을 자전거로 돌았다. 그의 첫 번째 목적지는 항상 웨스트브루크파크 바로 옆에 있던 비스라이뷰어트라는 아파트 지역이었는데, 이곳은 당시 공사 중이던 공원이었다. 한 노인이 개를 산책시키며 얀을 반갑게 맞이했다. 비스라이뷰어트를 지난 얀의 다음 목적지는 셰브닝헌 해안에서 가까운 경찰서였다.

경찰서에 도착했을 때, 그는 셰브닝헌 수평선 위로 해가 온전히 뜨는 것을 보았다. 얀은 경찰서에 들어가며 카운터의 직원에게 인사를 건넸다.

"좋은 아침입니다."

"좋은 아침."

얀은 신문을 구독하고 있던 경찰관들의 책상을 둘러보았다. 모두 커피 한 잔을 마시며 하루를 시작하고 있었지만, 행크는 없었다.

"행크 찾고 있니?"

클라스가 얀에게 물었다.

"그냥 책상 위에 올려놔. 아마 화장실 갔겠지."

"감사합니다, 형사님."

얀은 행크의 책상 위에 신문을 조심스럽게 올려놓고 시계를 보았다. 서둘러 학교에 가야 한다는 것을 알고 있었지만, 배달해야 할 신문이 하나 더 남아 있었다. 그는 경찰서장의 사무실로 발걸음을 재촉했다.

사무실 앞에 섰을 때 문 안에서 큰 소리가 들렸다. 얀은 문을 두드리기를 주저했다. 그 목소리가 경찰서장임을 알아차린 얀은 그가 왜 이른 아침부터 격렬하게 소리를 지르는지 궁금했다. 조심스럽게 문에 귀를 대고 무슨 대화가 오가는지 엿듣기 시작했다.

"그냥 언론이 써놓은 대로 수사 기록을 작성하라고 하는데, 그게 그렇게 어려워?"

서장은 화를 내며 말했다.

"이런 식으로 수사를 종결하면 안 된다고 했잖아요!"

행크의 목소리였다.

"오늘 아침에 외교부 장관한테서 전화 왔어! 내가 당신 때문에 얼마나 체면을 구겼는지 알아? 내가 이것 때문에 옷 벗게 되면 누가 책임질 거야?"

"그래도 수사는 해봐야죠! 상식적으로 사람이 농양 때문에 죽을 수 있다는 게 납득이 되세요?"

행크는 격렬히 주장했다.

"반 루벤 형사, 말하지 않았나. 이건 단순한 살인 사건이 아니야. 외교 문제라고! 진짜 일본이랑 전쟁하고 싶어서 작정한 거야? 그런 거야?"

서장은 점점 목소리를 높여갔다.

"그게 왜요? 적어도 진실은 밝혀내야죠! 신의 저울로도 잴 수 없는 게 사람 목숨인데, 어떻게 이런 식으로 사건을 종결합니까? 이건 단순한 절도 같은 게 아니라고요, 사람이 죽었어요!"

서장은 숨을 깊게 들이쉬고 내쉬었다.

"말했다시피, 그는 이름 없는 사람이야. 우리 둘 다 조용히 입 닫고 있으면 아무 일도 안 생겨. 그 이름 없는 사람 하나가 나라의 운명을 좌지우지하게 하지는 말자고. 알아들어?"

"무슨 운명이요?"

행크는 한심하다는 듯 코웃음을 쳤다.

"다른 나라 눈치 보느라 바빠서 더 이상 정의가 우리 국민을 보호할 수 없는 뭐 그런 운명이요?"

"도대체 왜 아무도 신경 안 쓰는 사람의 죽음에 그렇게 목숨을 걸려고 하는 건지 나는 이해가 안 되네."

행크는 소리쳤다.

"그 죽은 사람이 내 자식이라면요! 그게 소장님 아들이었으면 어쩔 거예요! 그래도 똑같이 말씀하실 수 있을 것 같으세요!"

"말했잖아, 이건 외교적…"

"적어도 저는 이딴 세상 제 자식들에게 물려주지 않을 거예요!"

행크는 눈에서 불꽃이 타오르며 말하다가 잠깐 뜸을 들였다. 그리고 계속 이어 나갔다.

"썩어빠진 언론과는 달리, 적어도 정의의 여신에게 제 양심을 팔진 않을 겁니다. 만약 이 사건에 그냥 눈감아줄 사람을 찾는 거였다면, 사람 잘못 찾으신 겁니다."

행크가 문밖으로 나오는 것을 알아차리고 얀이 문을 열려고 할 때, 행크가 문을 열었다. 그들이 서로 마주쳤을 때 얀은 방에 들어가려는 척했다. 행크는 얼굴이 붉어져 있었고, 얀은 불안했다. 그러나 행크는 개의치 않고 얀의 어깨 옆을 차갑게 지나갔다.

죽음의 신 타나토스

2022년, 대한민국

여름의 어느 날. 유령 같은 어둠의 형상이 공중에 떠다니던 밤. 비가 내리는 한밤중이었고, 번개와 천둥이 순차적으로 대지를 강타했다. 나는 최대한 빨리 달리고 있었다. 가슴이 너무 세게 뛰어서 숨을 거의 쉴 수 없었다. 어깨 너머로 뒤돌아보니 베이지색 제복을 입은 몇몇 군인들이 맹렬히 쫓아오는 것이 보였다. 그들은 왼쪽에 만(卍)자 표시가 있는 완장을 차고, 오른쪽 어깨에는 소총을 메고 있었다.

거리는 폭격으로 폐허가 됐고, 건물들의 잔해와 재로 가득했다. 하늘은 마치 공기 자체가 오염된 것처럼 병약한 황회색이었다. 나는 내가 어떻게 여기에 왔는지, 왜 군인들이 나를 쫓고 있는지 전혀 몰랐지만, 살아남으려면 계속 달려야 할 것 같았다.

겁에 질린 나는 모퉁이를 돌면서 옹기종기 모여 있는 한 무리의 민간인들과 충돌할 뻔했다. 그들은 혼란과 공포에 질린 눈으로 나를 쳐다보았다. 나는 그들을 밀어내며 계속해서 달리다가, 부서진 도로 잔해에 발이 걸려 넘어졌다.

그때 갑자기 누군가의 손이 나의 어깨를 움켜잡았고, 뒤로 잡아당기는 느낌이 들었다. 나는 비명을 지르며 몸부림쳤지만, 소용이 없었다. 뒤따라오던 군인들에게 결국 붙잡히고 말았다. 그들은 나를 꽉 움켜쥔 채 끌고 갔다. 반항하려고 했지만 군인들의 수가 너무 많았다. 그들은 나를 작은 건물로 끌고 들어가 감방에 가둔 뒤 문을 쾅 닫아버렸다.

나는 컴컴한 어둠 속에 홀로 남겨졌고, 심장은 공포와 혼란에 요동쳤다. 도대체 나에게 무슨 일이 일어나고 있는지 알 길이 없었고, 왜 그들이 나를 체포했는지 알 수 없었다. 내가 잡혀왔다는 사실만을 알고 있을 뿐. 그곳에서 빠져나갈 방법은 없어 보였다.

감방 구석에 웅크리고 앉아있을 때, 밖에서 군인들의 소리가 들렸다. 그들은 조용한 목소리로 이야기하고 있었고, 그들의 말은 콘크리트 벽을 통해 메아리쳤다. 나는 무슨 일이 일어나고 있는지 단서를 잡기 위해 귀를 기울여 봤지만, 내가 들은 것이라고는 생소한 이름들과 장소뿐이었다.

그 순간, 천둥 치는 소리가 들리더니 심장이 두근거리며 숨이 가빠지면서 잠에서 깨어났다. 잠시 나는 방향 감각을 잃었고, 내가 어디에 있는지, 무슨 일이 일어났는지 알 수 없어 혼란스러웠다. 그리고 모든 일들이 꿈이었다는 사실에 안도의 한숨을 내쉬었다.

침대에 앉아 눈을 비비며 여전히 생생한 두려움과 불안을 떨쳐내려 애썼다. 심호흡을 한 번 하고 방안을 둘러보자 익숙한 방안의 풍경과 소리가 들려왔다. 커튼이 쳐져 있는 방은 이른 아침 햇살에 희미하게 빛나고 있었다. 나는 침대에서 일어나 창가로 걸어가 커튼을 걷었다.

저 아래 평화로운 거리를 바라보니 안도감이 밀려왔다. 악몽은 끝났고 나는 안전하다는 것을 느꼈다.

내 이름은 이예빈, 대한민국 검사다. 서울 남부지방검찰청 소속으로, 매일 아침 해가 뜨기도 전에 일어난다. 일찍 출근하고 늦게 퇴근하는 것은 나의 일상이고, 오랜 시간 일을 마치고 집으로 돌아가는 길은 멀고도 멀다. 사무실 근처에 살았으면 소원이 없겠건만, 서울 부동산은 날이 갈수록 미쳐간다. 검사 한 명이 하루에 30건이 넘는 사건을 처리해야 한다. 매일 반복되는 끝없는 서류작업, 주말은 없다고 생각하면 편하다. 8년 동안 부지런히 일했지만, 모아놓은 돈은 서울에 아파트 한 채 마련하기에도 턱없이 부족하다. 평검사로서 사는 삶은 샐러리맨이나 다름없다. 막강한 권력을 가지고 있을지언정 내 삶은 다른 직장인들과 다를 바 없다.

수년 동안 밀려드는 업무에 시달리다 보니 육체적으로나 정신적으로 지쳐가고 있었다. 그래서인지 6개월이 넘도록 매일 밤 같은 악몽에 시달렸다. 언젠가는 신경과를 한번 가봐야겠다고 생각했고, 얼마 전부터 병원을 다니기 시작했다.

병원 대기실에 앉아있는데 의사가 진료실로 들어오라며 나를 불렀다. 따뜻한 미소와 부드러운 목소리를 가진 친절하고 나이 든 의사가 나에게 앉으라고 하며 진료를 시작했다.

"이예빈 씨, 오늘은 좀 어떠신가요?"

"요즘 들어서 무언가 불안하고 괴롭다는 기분이에요. 밤에 잠도 못 자고, 매일매일 몸이 피곤해요."

"글쎄요, MRI 상으로는 뇌에 아무런 이상이 없어 보이긴 하는데요?"

"그럼, 뭐가 문제죠?"

"직장 생활로 인한 스트레스와 불안을 많이 겪고 있는 것 같아요. 이예빈 씨 같은 직업군에 있는 사람들에게는 흔히 나타나는 현상이에요. 그래서 스트레스를 관리하는 데 도움이 되는 건강한 대처 메커니즘을 배우는 게 중요하긴 한데, 물론 말이 쉽죠."

"아니면 그냥 사표 내버릴까요? 이미 책상 서랍 안에서 먼지 쌓여있을 텐데."

"본인이 원한다면 상관없지만, 잠깐 휴식을 취하는 건 어떨까요?"

의사가 약을 처방해 줬고, 나는 진료실을 빠져나왔다. 병원 밖으로 나와 주차된 차까지 걸어가려는데, 갑자기 가슴에 무엇인가 날카롭게 찌르는 느낌이 들었다. 시야는 희미해졌고, 나는 숨을 허덕이며 바닥에 나뒹굴었다. 그때, 어떤 형상이 내 앞에 나타났다.

날렵한 정장에 페도라를 쓴 30대로 보이는 청년 유령이었다. 그의 빳빳한 흰색 셔츠는 바지 속에 집어넣어져 있었고, 목에는 가느다란 검은색 넥타이가 깔끔하게 매어져 있었다. 정장 재킷의 가슴 주머니에서 살짝 엿보이는 파란색 포켓 스퀘어가 세련미를 더했다.

그 형상이 나에게 속삭였다.

"여신의 주사위는 이미 던져졌다…."

형상이 사라지자 주위에 있던 간호사들이 나의 상태를 확인하고 있었다. 잠시 혼란스러웠다. 과연 내가 본 것이 환영이었을까?

법정에서의 또 다른 하루. 나는 검사석에 서서 맞은 편에 앉아 있는 피고인에게 시선을 고정했다. 그 옆에는 변호사가 서서 의뢰인의 무죄를 위해 사력을 다해 싸울 준비를 했다. 피해자는 7개월 전 급성 지주막하 출혈로 혼수상태에 빠졌다가 사망했다. 피고인의 행동이 피해자에게 출혈을 일으켜 결국 죽음에 이르게 했다는 게 검찰의 판단이었다. 나의 임무는 피고인이 범죄를 저질렀다는 것을 의심의 여지 없이 증명하는 것이었다.

검사석에 앉아 메모와 증거를 꼼꼼히 정리했다. 법정은 피해자 가족의 지지자들과 피고인을 동정하는 사람들의 호기심 어린 눈빛으로 가득했다. 판사의 의사봉이 침묵을 깨고 재판의 시작을 알렸다. 변호인은 침착하고 자신감 있는 목소리로 앞으로 나섰다.

"오늘, 우리는 근거 없는 기소에 맞서 피고의 무죄를 변호하기 위해 여기에 서 있습니다. 검찰은 피고인이 피해자의 급성 지주막하 출혈의 원인과 관련됐다는 직접적인 증거를 제시하지 못했습니다. 이들의 주장을 뒷받침할 만한 목격자 증언도, 결정적인 의학적 보고도, 믿을 만한 전문가 의견도 없습니다. 입증할 책임은 검찰에 있고, 그 책임을 다하지 못하고 있습니다. 이 모든 것은 증거의 부족, 일련의 추측, 그리고 비극적인 사건의 희생양을 찾으려는 검찰의 열망입니다."

변호인이 말을 이어갈 때, 나는 피고인에게 주목했다. 그에게는 설명되지 않는 무언가가 있었다. 손목시계를 착용한 그의 오른손을 들여다보는 동안 법정 안이 희미해지는 것 같았다. 순간 무언가 내 안에서 번뜩이는 생각과 깨달음이 치솟았다. 나를 포함한 사람들 대부분은 왼손에 시계를 차고 있었다. 결론은 간단했다. 피고는 왼손잡이였다.

"검찰, 신문하세요."

판사는 나를 재촉했다.

"아, 죄송합니다."

나는 판사의 목소리에 눈을 뜨며 자리에서 일어섰다.

"진행하세요."

"감사합니다, 재판장님. 하지만 신문을 하기 전에 펜과 백지를 빌려도 될까요?"

"펜하고 백지요?"

"네. 혹시 서기분, 도와주실 수 있겠습니까?"

서기는 판사를 힐끗 쳐다보았다. 판사는 고개를 끄덕였다. 나는 서기에게서 펜과 종이를 받고 피고에게 걸어갔다.

"피고인, 이 종이에 이름을 써 주시기 바랍니다."

피고는 내 행동에 대해 의아해하며 이상한 표정을 지었다. 그는 펜을 들고 자신의 이름을 쓰기 시작했다. 피고는 이름을 다 적고 나에게 종이를 건넸다.

"존경하는 재판장님, 배심원 여러분. 저는 피고인 박준회 씨가 자신의 이름을 어떻게 썼는가에 대해 주목하고 싶습니다. 그가 왼손을 사용한 것을 확인하였고, 그는 왼손잡이임이 틀림없습니다."

법정 안의 사람들은 그게 왜 중요한지 궁금해하며 시선을 고정했다.

"검사, 그게 이 사건과 어떤 관련이 있는 거죠?"

"재판장님. 박 씨가 왼손잡이라는 사실은 앞서 제시한 물리적 증거인 피해자의 오른쪽 뺨의 흉터와 그의 오른쪽 어금니가 부러진 것과 일치합니다. 이러한 세부 사항들을 종합해 보면, 피고가 그의 범죄에 연루되었다는 설득력 있는 그림을 제시하고 있습니다. 한번 생각해 보시죠. 피고인이 오른손으로 피해자를 가격했다면, 어떻게 피해자의 오른쪽 얼굴에 그런 치명상을 입힐 수 있었을까요?"

"재판장님, 이의 있습니다. 이것은 순전히 추측입니다. 검사가 피고에게 행한 테스트는 주관적이고 신뢰할 수 없습니다."

"글쎄요. 시험이 주관적인지 아닌지 판단은 재판장님과 배심원 여러분의 몫이지 변호인이 판단할 건 아니죠."

재판을 마치고 법원을 나왔다. 그날의 피로가 내 어깨를 무겁게 짓눌렀다. 나는 오늘 법원 건물 밖으로 처음 나왔다. 구름 한 점 없이 화창한 날이었고, 하루 중 가장 더운 시간대였다.

검찰청은 지방법원 바로 옆에 있었고, 정문은 두 건물 사이에 있었다. 사무실로 돌아왔을 때 동료들은 모두 점심을 먹으러 나간 뒤였다. U자형으로 늘어선 세 개의 책상이 있었고, 내 책상은 가운데 흰색 곡면 모니터가 있는 자리였다.

나는 법복을 걸고 의자에 앉았다. 추가로 해야 할 일이 좀 있었지만, 책상 위에 쌓인 서류 더미를 보고는 그렇게 일하고 싶다는 생각이 들진 않았다. 그래서 휴대폰으로 뉴스 기사들을 스크롤 하기 시작했다.

일본 정부, 후쿠시마 폐수 바다 방류 승인하다

2022년 6월 22일 수요일.

일본은 오늘 후쿠시마 다이치 원자력 발전소에서 오염된 125만 톤의 처리된 폐수를 태평양으로 방류할 것이라고 발표했다.

산업계와 원자력 전문가들은 다른 원자력 발전소도 이러한 방식으로 최소한의 영향으로 폐수를 처리했다고 주장했다. 그러나 환경단체와 수산 단체, 주변국은 막대한 피해를 이유로 이번 결정을 즉각 비난했다. 해양 과학자들은 오염수 배출이 해양 생물과 어업에 미치는 잠재적 영향에 대해 우려하고 있다.

반년 전에 일본이 후쿠시마 원전 오염수 방류를 계획하고 있다는 기사를 보긴 했다. 설마 정말로 그렇게 할까 싶었지만, 계획이 실현되고 있었다. 기사를 다 읽기 전에 누군가가 사무실 문을 두드리는 소리를 들었다.

"들어오세요."

누군가가 문 뒤로 얼굴을 내밀었다.

"뭐 하고 있었냐?"

정주원이었다. 주원은 사법연수원 동기이자 친한 친구였다.

그는 광대 미소를 지으며 사무실로 들어왔다. 왼손에는 검은 비닐봉지가 쥐어져 있었다. 검사라는 직업과는 달리 그는 똘끼가 있는 친구였다. 가끔 정말 검사가 맞는지 의문이 들 정도였다. 나는 한숨을 내뱉으며 말했다.

"일개미가 일하고 있지 뭐 하고 있겠냐?"

우리는 같은 출발선에서 시작했고, 같은 사무실에서 근무했었다. 하지만 그는 능력 있는 검사였다. 6년 만에 서울중앙지검으로 자리를 옮겨 국제수사부에서 일하고 있다. 검사로서 중앙지검에서 일하는 것은 대단한 일이다. 다른 곳보다 더 큰 사건을 많이 맡았고, 그렇기에 승진도 빠르게 할 수 있는 곳이다. 다음 달에 그는 부부장검사로 승진 예정이었다.

"놀고 있었던 건 아니고?"

그는 능글맞게 웃으면서 봉투에서 박카스 하나를 꺼냈다.

"나도 내가 뭐 하고 있는지 모르겠다."

나는 박카스를 한 모금 마셨다.

"이렇게 8년 동안 하는 것도 지겹지도 않냐?"

"또 나 놀리러 온 거면 가라."

"그래서 M&K로 가는 건 생각해 봤냐?"

병뚜껑을 따며 그가 말했다.

M&K는 로펌이다. 한 달 전, 주원은 나에게 검사 생활을 그만두고 변호사로 일하는 걸 제안했다. 검사로서의 근무조건을 생각하면 그다지 나쁘지 않았다. 나는 검사라는 직업에 만족하

지 못하고 있었고, 무엇보다 새로운 일을 해보고 싶은 마음이
있었다.

"나도 모르겠다."

나는 주원의 눈을 피하려 애썼다. 그는 불쌍한 눈빛을 주며
말했다.

"밥은 먹었냐?"

한민족은 정말 이상한 민족인 것 같다. 매번 누군가에게 안부
를 물을 때 '밥은 먹었냐?'로 통한다.

"아니."

"그럼 나가자."

"뭐 먹고 싶은데?"

"냉면 어때?"

"어제 먹었는데?"

"짜장면은?"

"다이어트 중이야."

"제육볶음은?"

"다른 신박한 건 없냐?"

"그럼 뭐 먹고 싶은데?"

주원이 툴툴거리며 물었다.

"나는 몰라. 네가 정해."

"순대국밥 어때?"

"좋아."

그가 자리에서 일어났다.

"빨리 나가자! 점심 끝나간다."

식당은 사람들로 북적였다. 사람은 많았지만, 손님들의 다양성
은 떨어졌다. 식당 구석에는 길 맞은편에 있는 치과의 간호사들
이었고, 나머지는 법원 사람들이었다. 사흘 전엔 8,500원이었던
순대국밥은 어느새 10,000원으로 올라 있었다.

'내 월급 빼고 다 오르는구나!'

식당은 나이가 많은 아주머니가 운영하고 있었다. 나는 단골
손님이었기에 그 아주머니는 나를 알고 계셨지만, 나는 굳이 그
녀의 개인사를 알려 하지 않았다. 아주머니가 김이 모락모락 나
는 뚝배기를 식탁에 올려놓으셨을 때 내가 물었다.

"그 사이 재료비가 또 오른 거예요?"

"응. 알다시피 요새 물가가 장난이 아니잖아!"

그녀는 애써 웃음을 지어 보였다.

"맛있게 먹어!"

"잘 먹겠습니다."

한 숟갈 뜨려고 할 때 휴대전화가 울렸다. 주원은 나의 벨 소
리를 듣고 이상한 눈으로 쳐다보았다. 개가 짖는 소리였기 때문

이다. 뭐 아무렴 어떤가?

"여보세요?"

"아들, 별일 없지?"

어머니의 목소리가 들려왔다.

"일하느라 바쁘죠. 그냥 그럭저럭 지내요."

"밥은 먹었고?"

"지금 먹고 있어요."

"그렇구나. 근데 혹시 주말에 집에 들를 수 있니?"

"왜요?"

"네 할아버지 집 문제 때문에."

어머니가 목소리를 낮추며 조심스럽게 말했다. 몇 년 전 할아버지가 돌아가시고 난 뒤 그 집은 한동안 비어 있었다. 매년 명절 때면 온 가족이 모이던 집이었고, 우리 가족의 추억이 숨 쉬는 집이었다. 그랬기에 집을 팔지 않고 가만히 내버려 두고 있었다.

하지만 몇 달 전, 삼촌이 집을 팔자고 했다. 삼촌은 사업이 실패한 후 재정적으로 어려움을 겪고 있었고, 집을 상속받으려고 아버지와 매번 다투고 있었다. 할아버지는 어떠한 유서도 남기지 않으셨지만, 삼촌이 집을 팔겠다는 요구를 하는 건 바람직하지 않았다. 할아버지가 편찮으실 때도 병문안 한 번 오지 않았기 때문이다. 나는 굳은 표정으로 끙끙거렸다.

"죄송해요. 전 상관없는 일이에요. 제 문제도 아니고 괜히 거기 끼기 싫어요."

"엄마 혼자서 좀 그래서 그래…."

어머니의 목소리에 간절함이 느껴졌다.

"…알겠어요."

나는 투덜거리면서 한숨을 내뱉었다.

"그래, 주말에 보자."

어머니가 밝은 목소리로 답했다.

'왜 나를 가만히 내버려 두지 않는 거야!'

전화를 끊으며 나는 국밥을 한 숟가락 퍼 올리며 김치 한 점을 얹었고, 주원은 김치가 담겨 있는 접시를 나에게 밀어주었다.

"무슨 일인데?"

그가 물었다.

"그냥 집안일. 주말에 집에 한번 가봐야 할 것 같아."

"그래? 그럼 일 쳐내려면 바쁘겠네. 사실 오늘 한잔할까 했는데."

"외동으로 태어난 내 업보지 어쩌겠냐."

"그럼 다음에 하자. 언제 시간 되냐?"

"다음 주에 시간 내보도록 할게. 근데 시간이 날지 모르겠다."

나는 시간을 확인했다. 점심시간이 곧 끝이 나갔다.

"근데 뭐 하려고? 술만 마시려고?"

"뭐, M&K에 관해 이야기 좀 하고."

"나 아직 사표도 안 냈어."

"언제 낼 건데?"

주원의 말에 한가지 생각이 머릿속에 스쳐 지나갔다. 부모님 뵙는 김에 검사 그만두는 것도 상의해야겠다고.

"다음 주에 알려줄게."

급하게 국밥을 다 먹은 뒤 자리에서 일어났다. 주말에 부모님과 시간을 보내려면 빨리 일들을 끝내야 했다. 주원은 내가 밥값을 내는 것을 막으려 했지만, 나는 그와 다툴 시간이 없었다. 황급히 밥값을 내고 식당을 빠져나왔다. 그에게 작별 인사도 못한 채.

할아버지 집의 비밀

"여기 주민이세요?"

경비아저씨가 경비실 창문을 열고 나에게 물었다.

"아니요. 그냥 가족들 보러 왔어요."

내가 말했다. 경비아저씨는 창문을 닫았고 차단기를 올려주었다. 나는 차를 몰고 아파트 단지 내로 들어왔다. 주차할 곳을 찾아야 했다. 아쉽게도 지상의 주차장은 모두 차 있었다. 하는 수 없이 지하 주차장으로 차를 돌렸다.

주차장은 지하 2층까지 이어졌다. 나는 지하 1층에 빈자리가 있기를 기대했다. 무슨 이유인지는 몰라도 우리 부모님 아파트 동의 엘리베이터는 지하 2층까지 이어져 있지 않았기 때문이다.

지하 1층도 빈자리는 없어 보였고 지하 2층으로 내려가야 하나 머뭇거리던 순간, 나는 부모님 아파트 동 바로 앞에 딱 한자리가 비어 있는 걸 보았다.

"좋았어!"

아파트 앞에는 인터폰으로 들어갈 수 있었다. 몇 년 전까지만 해도 부모님과 같이 살았지만, 지금은 따로 살아서 비밀번호를 아직도 기억하고 있을지는 불분명했다. 다행히 몸이 기억하고 있었다.

건물 안으로 들어온 나는 엘리베이터가 내려올 때까지 초조하게 기다렸다. 아파트는 30층이 넘었고, 엘리베이터가 지하로 오기까지 꽤 시간이 걸렸다. 기다리는 동안 나는 주변을 둘러보았다. 특별히 달라진 것은 없었다. 엘리베이터 바로 옆에는 알림판이 있었고, 거기에는 여러 전단지가 붙어 있었다. 내가 마지막으로 부모님을 뵈러 온 것이 8개월 전이었는데, 고등학생들 대상으로 영어와 수학 과외를 모집하는 광고가 그대로 붙어 있었다.

부모님은 28층에 살고 계셨다. 문 앞에 도착했을 때 낮은 기압으로 인해 귀가 먹먹했다. 나는 현관문 비밀번호가 무엇인지 가물가물했지만 기억나는 대로 번호를 눌렀다. 문이 열렸고 나는 현관으로 들어와 신발을 벗었다. 어머니가 달려오는 소리가 들렸다.

"아들!"

나는 어머니를 포옹해주었다. 아버지, 삼촌 그리고 고모가 거실에서 한창 대화하고 있었다. 그들은 작은 나무 탁자에 둘러앉아 잘게 썬 삶은 문어를 초장에 찍어 먹으며, 영양가 없는 한국 정치 얘기를 나누고 있었다. 거실 밖의 베란다 너머로 멀리 드넓은 밤바다 풍경이 펼쳐졌다.

삼촌 옆에 늘어진 빈 소주병들이 알코올 냄새를 집안 곳곳에 풍기고 있었다. 술이 당기긴 했지만, 나는 소주파는 아니었다.

"아들, 뭐 찾아?"

냉장고를 뒤적이는 나를 향해 어머니가 물었다.

"맥주 없어요?"

"아니, 없는데?"

어머니가 슬픈 표정을 지었다.

"나가서 좀 사 올까?"

"아니에요. 됐어요."

나는 어머니 옆에 자리를 잡았다.

"한잔 받을래?"

삼촌이 나에게 소주잔을 건넸다.

"괜찮아요."

"우리 검사님은 요즘 어떻게 지내시나?"

삼촌이 물었다.

"그냥 그래요."

"마침 너 얘기하고 있었거든? 다음 달에 인사 발령 새로 난다며?"

"네."

"그럼 이제 우리 집안에도 부장검사가 생기는 거야?"

삼촌이 들뜨면서 말했다.

"글쎄요. 크게 기대하지는 마세요."

나는 멋쩍은 미소를 보였다.

"왜? 혹시 모르잖아."

삼촌이 껄껄 웃었다.

"사실 그게요….."

나는 검사직을 그만두고 싶다고 이야기를 꺼내야 하나 잠시 망설였다.

"사실 제가 지금….."

"할아버지도 변호사였던 사실 알지? 변호사에 검사까지, 우리 집안은 정말 축복받은 거야!"

삼촌이 감격했다. 우리 가족은 술잔을 기울였고, 나는 검사를 그만둔다는 말을 꺼낼 수 있는 타이밍을 놓쳐버렸다. 그 기회는 다시 올 것 같지 않았다.

"그래서 말인데 우리 용인에 있는 집 팔아야 할 것 같아."

삼촌이 은근슬쩍 대화의 주제를 바꾸었다.

"무슨 말 같지도 않은 소리야."

아버지가 퉁명스럽게 이야기했다.

"아니, 잘 생각해 봐. 지금 용인 땅값 장난 아니야! 지금이 기회라니까?"

"아버지가 우리한테 물려준 유일한 재산이야. 내가 죽기 전까지는 꿈도 꾸지 마."

아버지가 강력하게 이야기했다.

"그래서 아버지가 우리에게 해준 게 뭔데? 변호사 집안에 태어나서 우리가 뭘 누렸는데?"

"또 시작이네. 네 사업 망한 것이 네 탓이지 우리 탓이냐? 제발 남 탓하고 살지 좀 마."

아버지가 목소리를 높였다.

"근데 그거 알아? 그 사업 없었으면 우리 가족 못 먹고 살았어! 예빈이 검사될 일도 없었고, 내가 다 먹여 살렸다고!"

삼촌이 화를 내었다. 취기와 화기로 얼굴을 붉힌 채.

"우리 중에서 너만 고생한 줄 알아!"

"그래서 형이 뭘 했는데? 독립운동 가문에서 태어나서 우리가 지금 어떻게 되었는데? 도대체 그 집에 집착하는 이유가 뭐야?"

삼촌이 씩씩대며 말했다.

"아버지 아플 때 한 번도 병문안 오지도 않은 놈이 할 말은 아닌 것 같은데?"

"미치고 환장하겠네. 그래서…"

대화는 계속 이어졌다. 나는 그들의 삶을 살아본 적이 없지만, 비록 할아버지가 변호사였을지라도 그들은 70~80년대 가난했던 한국을 산 사람들이었다. 나는 그들의 인생이 어땠는지 이해할 수 없지만, 아버지는 장남이었고 삼촌은 가난했던 형편에 항상 소외될 수밖에 없었다. 그런 면에서 삼촌이 이해가 안 되는 건 아니었다.

어머니가 초조하게 두 사람이 싸우는 것을 바라보자, 나는 더 이상 두고 볼 수 없었다.

"제발 그만들 좀 하세요!"

정적이 흘렀다.

"지금 사람 불러놓고 뭐 하시는 거예요? 안 그래도 일 때문에 바빠 죽겠는데!"

"그래, 너 마침 말 잘했다."

삼촌이 말했다.

"검사인 네가 한번 판단해 봐라. 둘 중에 누가 옳은 것 같냐?"

"이런 일 처리하라고 검사된 거 아니거든요?"

나는 자리를 박차고 일어났다.

"예빈아, 어디 가려고?"

어머니가 걱정스러운 목소리로 물었다.

"집에요."

어머니에게는 죄송한 일이었지만, 그 밤이 어떻게 흘러가던 더 이상 신경을 쓰기 싫었다.

푸른 네온사인들 틈에 노란빛을 내뿜는 음식점들이 거리를 환하게 밝히고 있었다. 정부가 이제 막 모든 펍과 클럽에 대한 코로나19 제한 조치를 풀고 있는 시기였기에, 홍대 거리에는 많은 인파가 모여들었다. 코로나 사태가 많이 완화된 상황이었지만 거리에는 여전히 마스크를 쓴 사람들로 가득했다. 원래 홍대는 젊은이들에게 인기가 많은 곳이지만 언제부터인가 외국인들로 북적이기 시작했다. 고개를 돌릴 때마다 다양한 인종들이 보였다.

나는 예전에 주원이와 자주 가던 단골 펍 앞에 차를 세웠다. 그 밤은 유독 취하고 싶은 밤이었다. 집에는 대리운전을 불러갈 생각이었다. 차를 가져왔음에도 술을 마실 수 있다니, 이 나라는 얼마나 혁명적인 나라인가.

오랜만에 들른 술집에는 젊은 사람들과 클럽 음악으로 가득했다. 바 테이블 뒤에서는 갈색 머리의 백인 여자가 사람들에게 맥주를 따라주고 있었고, 그 광경에 나는 조금 놀랐다.

"주문 도와드릴까요?"

바텐더는 어색한 한국어 발음으로 나에게 물었다.

"파인트 하나 주세요."

사람들은 맥주를 주문할 때 일반 사이즈의 맥주를 주문하지만, 나는 유독 파인트를 주문하는 것을 좋아했다. 나는 영화 「킹스맨」의 열렬한 팬이었고, 콜린 퍼스가 기네스 파인트를 마시는 장면은 남자 그 자체였다. 그녀가 나에게 맥주가 가득 찬 파인드를 가져왔을 때 나는 호기심에 물었다.

"죄송한데, 혹시 어디서 오셨어요?"

"프랑스에서 왔어요."

그녀가 답했다.

'서울 한가운데에 프랑스 바텐더라⋯. 재밌네.'

한국이 얼마나 세계화가 되었는지 감탄하며 나는 속으로 생각했다.

"그럼 한국에는 무슨 일로 오신 거예요?"

"지금은 대학원에서 석사 학위를 하고 있고, 여기 산 지는 5년이 넘었어요."

"멋지네요."

그녀는 내 옆에 앉아있던 한 청년에게 칵테일을 대령하였고, 그는 반삭의 머리를 하고 있었다.

"혹시 군대에서 휴가 나오신 건가요?"

"네. 맞아요."

그는 멋쩍은 미소를 보였다.

"그래요? 제 남자친구도 지금 군대에 있는데⋯."

그 바텐더가 말했다.

"걔는 아직 몇백일 남았어요."

'흥미롭군.'

"남자친구가 한국 사람이에요?"

"네."

나는 둘의 대화를 계속 엿듣고 있었다. 그때 그녀와 함께 일하던 동료 바텐더가 웃음을 터뜨렸다.

"야! 태환이는 의경이잖아! 의경이 군대냐?"

"그래서 어쩌라고! 서로 못 만나는 건 똑같은데!"

여자 바텐더가 퉁명스럽게 말했다. 나는 그 둘이 싸우는 것을 재미있게 지켜보며 맥주 한 모금을 들이키려고 했다. 바로 그 순간, 창가 쪽에 앉아있던 어떤 남자가 소리쳤다.

"밖에 파란색 제네시스 세워놓으신 분? 견인차 떴어요!"

"젠장, 그거 내 차인데!"

나는 허겁지겁 펍을 뛰쳐나갔다.

"잠깐만요!"

나는 견인차를 향해 소리쳤다. 견인차는 멈춰 섰고 파란 야구 모자를 쓴 마른 남자가 운전석에서 내렸다.

"여기 불법 주차구역이라 차 세우시면 안 돼요."

"언제부터요?"

"몇 달 전에 바뀌었어요."

"다음번에 조심하도록 할게요. 그러니까 제 차 돌려주실 수 있나요?"

"그러니까 미리 알고 계셨어야죠."

나는 나의 지갑에서 명함을 꺼내 그의 가슴 주머니에 슬며시 넣었다.

"사실 제가 서울남부지검 검사입니다. 법률적으로 도움 필요하시면 언제든지 연락하세요."

그는 나의 명함을 보며 잠시 생각하더니 나를 힐끔 쳐다보며 말했다.

"거래하시는 거죠?"

나는 부정하지 않는 미소를 보였다.

"좋습니다."

"감사합니다."

나는 그에게 악수를 청했다. 차에 탄 뒤 시동을 걸었다. 차를 몰고 어떤 거리를 지날 때 힙합 음악들이 여러 가게에서 크게 들려왔다. 토요일 밤 홍대는 그야말로 혼잡 그 자체였다. 사람들은 길을 비켜주지 않았고 계속해서 경적을 울려야만 했다.

"비켜라 제발 좀…."

나는 슬슬 짜증이 나기 시작했다. 거리의 끝에 다다랐을 때 사람들이 적어지기 시작했다. 나는 큰 도로로 진입하기 위해 가속 페달을 밟았고, 결국 그것이 문제가 되었다. 옆으로 누가 오는지 주의를 잠시 놓친 사이, 누군가가 차에 부딪혔다.

'젠장!'

놀란 가슴을 뒤로한 채 나는 차에서 내려 그 사람의 상태부터 확인했다. 한 여자가 범퍼 앞에 누워 팔을 붙잡고 쓰러져 있었다. 갈색 머리의 그녀는 지중해 사람 같은 외모였다.

"괜찮으세요?"

나는 그녀를 부축해 일으켜 세우려 했다.

"예빈 씨, 당신의 목숨이 위험해요!"

그녀가 말했다. 나는 당황한 표정으로 그녀를 바라보았다.

"저를 아세요?"

그녀는 고통에 신음했지만, 이상한 말을 했다.

"할아버지 집을 팔지 마세요!"

내가 어찌 된 영문인지 파악하기도 전에 그녀는 도망치기 시작했다. 나는 매우 당황했지만, 황급히 그녀의 뒤를 쫓았다. 뺑소니로 몰리기 싫다면 반드시 그녀를 잡아야만 했다.

'미치고 환장하겠네!'

"잠깐만요!"

나는 전속력으로 달리며 그녀에게 소리쳤다. 그녀는 멈추지 않았다. 주변에 있던 사람들은 추격전을 신기하게 바라보았다.

"저 사람 좀…. 이봐요, 멈춰요!"

사람들을 향해 소리쳤지만 나를 도와주는 사람은 없었다.

"젠장!"

그녀는 인적이 드문 왼쪽 골목으로 향했다. 어두컴컴한 골목은 폐건물들로 가득했다. 원래 코로나 전에는 인적이 많은 골목이었지만, 손님의 발길이 끊긴 이후에는 많은 가게와 술집이 문을 닫은 상태였다. 얼마 지나지 않아 나의 숨통이 조여왔다. 골목은 한 줌의 빛도 없이 어두워 아무것도 보이지 않았다. 그 여자는 이미 사라진 뒤였다.

차에 아무런 흠집이 안 났다는 사실은 매우 행운이었지만, 불운하게도 나의 차에는 블랙박스가 설치되어 있지 않았다. 만약 그 여자가 나를 뺑소니로 신고하기라도 한다면 나의 알리바이를 입증할 방법이 없었다. 나는 그저 가볍게 술 한 잔 먹고 싶었을 뿐이었는데, 신은 그것을 허락하지 않았다.

나는 그녀의 정체가 궁금했다. 만약 내 이름과 가족에 대해서도 알고 있다면 도대체 그녀는 누구일까? 국정원? 북한 간첩? 아니면 신? 그녀가 누구였는지 알기 전까지는 편안히 잠자기는 글렀다. 그래서 나는 차를 타고 용인에 있는 할아버지의 집으로 향했다. 내비게이션이 알려준 예상 소요 시간은 40분에서 50분 정도였다. 차가 막히지 않아서 더 일찍 도착할 수도 있었다.

서울-용인 고속도로에 올랐을 때, 거의 11시가 다 되어갔다. 라디오를 켜자 DJ가 청취자들이 보내준 사연을 읽어주고 있었다. 무슨 사연인지 귀에 들어오지 않았다. 머릿속은 온통 그 이상한 여자에 관한 생각으로 가득 찼다.

할아버지 집 앞에 차를 세웠다. 이웃들은 모두 잠이 들었고, 나의 인기척을 느낀 옆집 진돗개만 짖어댔다. 그러나 할아버지의 집에 도착하기 전에 한 가지 간과하고 있었던 것이 있었다. 집에 들어갈 열쇠가 없다는 것이다.

나는 집을 둘러싸고 있는 붉은색 담장을 둘러보기 시작했다. 어딘가에 넘어갈 수 있을 만한 낮은 지점이 있을 것이란 내 예상이 맞았다. 낮은 담을 넘어 들어간 앞마당에는 잡초가 무성하게 자라고 있었다. 몇 년 동안 아무도 살지 않은 집이었기에, 귀신 영화에 나오는 폐가 같은 분위기였다. 집에 다가가자 발소리가 밤의 적막을 뚫고 메아리쳤다. 공기는 고요했고 바람에 나뭇잎이 바스락거리는 것이 유일한 움직임이었다.

나는 집 안에 들어가기 위해 현관 주변을 살폈다. 다행히 1층 거실과 연결된 창문이 열려있었다. 집 안은 완전히 어둠이 깔려 있었고, 먼지 낀 마룻바닥에 신발이 긁히는 소리만 들릴 뿐이었다. 전등 스위치를 켜자 천장에 달린 전구 하나가 계속 깜박였다. 어릴 적 기억하던 낡은 벽지는 새하얀 색으로 바뀌어 있었다.

부엌으로 가서 수돗물을 틀었다. 물은 콸콸 잘 나왔다. 아무도 집에 살지 않았을 뿐, 생각보다 집의 상태는 괜찮아 보였다. 난방도 잘 되는지 확인하고 싶었지만, 뒷마당에 있는 지하 보일러실은 잠겨 있었다. 지하실 열쇠를 찾기 위해 할아버지의 오래된 서재로 향했다.

문 옆의 화려한 사이드 테이블에 놓인 고풍스러운 램프에 불을 켜자 은은한 노란색 빛이 쏟아져 나왔다. 오래된 방은 경이로움이 깃들어 있는 마법의 공간이었으며, 우주의 비밀을 담고 있는 책들이 가득한 보물창고였다. 방 자체는 웅장했고 바닥에서 천장까지 벽을 따라 늘어선 책장이 있었다.

방 중앙에는 종이, 노트, 펜 더미로 덮인 오래된 참나무 책상이 놓여 있었다. 책상 뒤에는 정원이 내려다보이는 큰 창이 나 있었다. 낡은 책상 위에 손을 대자 손가락에 먼지가 달라붙었다. 할아버지 책상 오른쪽 가장자리에는 왼손에는 검을, 오른손에는 저울을 들고 있는 작은 정의의 여신 조각상이 놓여 있었다.

방은 퀴퀴하지만 오래된 책 냄새와 먼지가 뒤섞여 편안함과 향수를 불러일으키는 기분 좋은 냄새가 났다. 서가에는 다양한 크기와 색깔의 책들로 가득 차 있었고, 책등은 세월의 흔적과 그 안에 담긴 지식의 무게로 딱딱하게 굳어 있었다. 책들은 아무렇게나 꽂혀 있거나 다른 책 위에 위태롭게 쌓여있었고, 어떤 책은 가지런히 줄이 맞춰져 있었다. 방안의 램프 빛은 책 제목을 겨우 알아볼 수 있을 정도였다. 일제강점기에 쓴 한국의 시나 단편 수필, 셰익스피어 작품 몇 점, 그리고 오래된 할아버지의 일기장이 있었다.

어린 시절, 할아버지 방에 몰래 들어가 일기장을 읽었던 기억이 났다. 할아버지가 1945년 네덜란드 헤이그에서 변호사로 일했을 때의 일들이 기록되어 있었다. 네덜란드 레지스탕스 작전은 제2차 세계대전 당시 독일 점령에 맞서 싸운 사람들의 저항운동이었다. 할아버지는 루디 훅스트라라는 레지스탕스 지도자를 변호하고 있었다. 나는 그 이야기를 무척 좋아했다. 그것은 후에 내가 검사가 되는 데 어느 정도 영향을 미쳤다. 하지만 어떤 이유에서인지 훅스트라 씨 이야기에 대한 결말은 어디에도 없었고, 나는 항상 그 이유가 궁금했다. 하지만 내가 할아버지의 일기장을 몰래 엿봤다는 사실을 들키고 싶지 않았기 때문에, 굳이 이유를 찾으려 애쓰지 않았다.

나는 일기장을 다시 제자리에 놓았다. 서재에 온 이유가 무엇인지 잠시 잊고 있었다는 것을 깨달았다. 방을 둘러보기 시작했다. 어딘가에 열쇠가 있을 것이다. 할아버지의 책상 서랍을 열었더니 만년필 한 자루가 굴러 내려왔다. 열쇠는 서랍 안에 있었다.

지하실 열쇠가 맞기를 바라며 뒤뜰로 갔다. 운 좋게도 열쇠는 맞았다. 안으로 들어가자 앞에 아무것도 보이지 않았고, 무섭고 소름 끼치는 느낌이 들었다. 핸드폰을 꺼내어 비추며 이리저리 흔들었다. 보일러 옆에는 삽 몇 개가 들어 있는 손수레가 있었다. 보일러에 가까이 다가가서 전원을 켰다. 그러자 보일러에서 소리가 나며 지하실 문이 쾅 닫혔다. 순간 맥박이 빨라지고, 공포가 밀려왔다.

문으로 달려가 봤지만, 문은 열리지 않았다. 그때, 바람 소리가 들리더니 보일러에서 물이 새기 시작했다. 물은 순식간에 차올랐고, 나는 밖으로 나가려 안간힘을 썼다.

"도와주세요!"

문을 두드리며 소리쳤지만 아무 반응이 없었다. 나는 손수레를 끌어 철문의 손잡이를 세게 들이받았다. 하지만 손잡이는 꿈쩍도 하지 않았다. 다시 삽자루를 가져와 손잡이를 여러 번 내리쳤다. 그러나 그마저도 소용이 없었다.

물은 순식간에 가슴까지 차올랐고, 물에서 짠 냄새와 짠맛이 느껴졌다. 수위는 점점 더 높아졌고, 나는 천장에 뚫린 에어포켓으로 간신히 숨을 쉴 수 있었다. 얼마 지나지 않아 지하실의 벽이 사라지고 발이 바닥에 닿지 않음을 깨달았다. 지하실은 폭풍우가 몰아치는 바다 한가운데로 변했고, 나는 살아남기 위해 고군분투했다.

"살려주세요!"

그 밤은 나에게 자비가 없었다. 폭풍이 내 주위를 휘몰아쳤고, 나는 끊임없이 맞서 싸웠다. 파도가 부딪칠 때마다 나를 아래로 끌어내리겠다고 위협했고, 그것은 얼음처럼 내 팔다리를 꽉 조였다. 짠 물보라 속에서 소중한 숨을 헐떡이며 물 위로 고개를 내밀려고 안간힘을 쓰는 동안 절망감이 내 마음을 움켜쥐었다.

흐릿한 시야를 통해 어두운 하늘과 출렁이는 파도에 가려져 간신히 보이는 희미한 실루엣이 멀리 눈에 들어왔다. 그것은 부두였고, 이 혼돈의 심연 속에서 희망의 등불이었다. 내 안에 남아 있는 모든 힘을 가지고, 나는 앞으로 나아갔다.

바람이 주위를 휘몰아치며 나의 시야를 방해했다. 파도가 내 몸에 사정없이 부딪혔지만, 나는 포기하지 않았다. 부두는 점점 가까워졌고, 나무 기둥이 반갑게 팔을 내밀 듯 다가왔다. 그 부두 위에 폭풍우에도 흔들리지 않는 그림자 같은 모습으로 서 있는 누군가를 보았다.

"살려주세요!"

나는 그를 보고 소리쳤지만, 그 사람은 꼼짝도 하지 않았다.

팔이 아프고, 숨이 막혀왔다. 그 사람은 여전히 가만히 서서 계속해서 내가 바다 한가운데에 빠져 익사하는 것을 지켜만 보고 있었다.

신들과의 대화

1945년, 헤이그

잠결에 유리창을 두드리는 거센 빗소리가 들렸다. 천둥이 한번
크게 쳤을 때 나는 잠에서 깨어났다. 반쯤 감은 눈을 천천히 뜨
자 곰팡이로 얼룩진 회색 천장이 보였다. 나는 안도의 한숨을
내쉬었다. 눈을 감고 심호흡을 크게 했다. 그때까지는 그 방이
할아버지 집 지하실인 줄 알았다.

나는 다시 눈을 뜨고 둘러보았다. 방은 어두웠다. 침대 받침
대 위의 양초 두 개가 방을 밝혀주는 유일한 빛이었다. 내 앞에
는 고풍스러운 나무 옷장과 책상이 놓여 있었다. 그런데 무엇인
가 이상했다. 나는 그제야 지하실이 아님을 알아차렸다.

놀란 나는 벌떡 일어났다. 내가 누워있던 침대 프레임은
1950년대에나 나올법한 옛날 스타일이었고 매트리스는 꽤 얇
았다. 나는 혼란스러워 가슴을 움켜쥐었다. 방안은 약간의 습기

와 함께 쌀쌀했고, 나는 베이지색의 잠옷을 입고 있었다. 나는 이불 밖으로 나와 여기가 어디인지 알기 위해 창밖을 내다보았다. 그러나 비가 세차게 쏟아지고 있었고 밤은 너무도 어두워서 아무것도 보이지 않았다.

그때 아주 조금 열린 문틈 밖으로 녹슨 나무 바닥이 삐걱거리며 발소리가 들렸다. 그 소리는 점점 커졌고 내 심장은 더욱 긴장되었다. 혈류가 빨라 심장이 터져버리기 직전에 한 여자가 방에 들어왔다.

갈색 머리의 외국인 여자는 빈티지 하늘색 잠옷을 입고 있었다. 키가 크고 짧은 머리를 하고 있어 매혹적이었다. 그녀는 문틀을 잡고 걱정스러운 표정으로 나를 바라보았다.

"괜찮아요?"

그녀가 나에게 물었다.

"누구시죠?"

나는 그녀에게 조심스러운 표정을 지었다.

"누구냐니요?"

그녀는 나에게 다가왔고, 나는 그녀에게서 물러났다. 내가 할 수 있는 유일한 방어기제였다. 그 여자는 책상에서 의자를 꺼냈다. 그녀는 내 앞에 앉았고 우리는 한동안 서로를 바라보았다. 나는 그녀의 얼굴을 유심히 살폈다. 그녀의 눈은 지성과 강렬함으로 빈짝이는 짙은 갈색이었다. 그녀의 도톰한 입술은 단호한 선을 그렸고, 피부는 매끈하고 검게 그을려 있었다. 그녀의 손목에는 월계수 잎의 화환 문신이 있었다.

"제가 어디에 있는 거죠?"

나의 목소리가 떨렸다.

"어디긴 어디예요. 우리 집이죠."

그녀는 마치 나를 알고 있다는 듯 행동했고, 나는 그런 상황이 당황스러웠다.

"근데, 저는 당신을 모르는데요?"

그녀는 나를 이상하다는 눈빛으로 쳐다보며, 이마에 손을 가져다 대었다.

"이름은 기억나세요?"

"당연하죠. 이예빈인데요?"

"뭐라고요?"

"이예빈이라고요."

그녀는 마치 내가 말해야 했을 이름이 있었다는 듯, 손을 내려놓고 나를 바라보았다.

"그게 도대체 누구예요?"

"누구냐니요. 제가 어떤 다른 이름을 가지고 있어야 하나요?"

"제 이름은 기억나요?"

그녀는 걱정스러운 눈으로 나를 바라보았다.

"저는 당신을 알지도 못하는데 그걸 제가 어떻게 알아요!"

"그럼 왜 셰브닝헨에 있었던 건지는 기억이 나고요?"

"셰브… 뭐요?"

"셰브닝헨. 왜 거기에 있었는지는 모르겠지만 당신이 바다에 빠져 허우적대고 있었어요. 제가 퇴근길에 당신을 발견해서 다행이죠."

'그럼, 부두에서 나를 구해준 사람이 이 사람이라는 건가?'

"뭐, 저를 구해주셨다니 감사하긴 한데요. 저는 도대체 당신이 무슨 이야기를 하는지 하나도 모르겠어요. 저는 할아버지 댁 지하실에 있었고, 문이 갑자기…."

갑자기 나의 머릿속에 무엇인가 스쳐 지나갔다.

"잠깐만… 나의 할아버지?"

"네?"

"혹시 성함이 어떻게 되시죠?"

나는 물었다.

"걱정하지 말아요. 그냥 기억을 되찾으려고 하는 것뿐이니까."

"안나."

그녀의 이름이 어디선가 익숙하게 들렸다. 할아버지의 일기장에서 본 기억이 났다. 그녀가 할아버지의 이야기에서 어떤 역할을 했는지 기억이 나진 않았지만, 분명 같은 사람일 것 같았다.

'그럼 내가 과거로 시간여행을 한 건가?'

나는 속으로 생각하며 그녀에게 물었다.

"그럼 당신이 안나 반 루벤?"

"네. 맞아요!"

'도대체 뭐가 어떻게 된 거야?'

"설마 꿈이겠지?"

나는 혼자서 중얼거렸다.

"네?"

"제가 어떻게 여기에 오게 된 거죠?"

"무슨 소리를 하는지 모르겠네요. 아마 기억을 잃으신 것 같군요."

"기억을 잃었다고요.?"

나는 당황했다.

"그럼 지금이 몇 년 도죠?"

"올해가 몇 년 도인지 기억 못하세요? 당연히 1945년이죠!"

"말도 안 돼…. 조금 전까지만 해도 현재에 있었는데…."

"지금이 현재인데, 무슨 소리를 하시는 거예요?"

"아니 그게…."

나의 머릿속은 뭐가 어떻게 돌아가고 있는지 생각해 내려 바삐 돌아갔다.

"그럼 저를 어떻게 아세요? 저는 당신을 모르는데…."

"아마 바다에 빠지면서 기억을 잃으신 것 같네요. 일단 지금 쉬시고 내일 아침에 일어나는 게 어떨까요?"

그녀는 자리에서 일어났다.

"아니요! 잠깐만요!"

그녀는 나의 말을 무시하고 나를 방에 혼자 놔둔 채 자리를 벗어났다. 나는 침대에 혼자 남아 눈을 감았다. 도대체 나한테 무슨 일이 일어나고 있는지 생각하려 했지만, 아무것도 생각나는 게 없었다. 나는 침대에 누워 나의 얼굴을 감싸며 중얼거렸다.

"이건 전부 꿈일 거야!"

참새가 지저귀는 소리와 나뭇가지를 흔드는 바람 소리. 프리즘 창을 통해 들어오는 여러 색의 빛이 얼굴을 비췄고 나는 슬며시 눈을 떴다. 모든 것이 꿈이었길 바라며. 그러나 모든 것은 그대로였다. 태양이 달을 밀어내고 푸른 하늘을 지배하게 된 것 외에는.

나는 무엇인가 잘못되었음을 느꼈다. 황급히 침대에서 일어나 창밖을 바라보았다. 비를 머금은 슬러시 같은 눈이 뒤뜰을 덮었고, 붉은색 가파른 지붕의 집들과 갈색 벽돌집들이 눈에 들어왔다. 나뭇가지에는 나뭇잎 대신 고드름이 자리 잡았고, 창밖을 바라보는 것만으로도 추위가 피부로 느껴졌다.

나는 도대체 어찌 된 영문인지 알아내려고 방을 나갔다. 낡은 나무 바닥의 차가움이 발바닥을 간지럽혔다. 2층은 내가 머물던 방을 포함해 총 두 개의 방이 있었고, 복도에는 1층으로 내려가는 좁고 가파른 계단이 있었다.

아래층으로 내려가자 거실에서 장작 타는 냄새가 났다. 안나는 꽃무늬가 있는 회색 소파에서 롤빵으로 머리를 땋고 있었다. 검은색 제복을 입고 있어서 마치 군인이나 경찰 같았다. 나는 조용히 그녀를 바라보았고, 그녀도 나를 보았다.

"일찍 일어나셨네요? 잠은 잘 주무셨고요?"

나는 내가 바라보고 있는 모든 것이 더 이상 꿈이 아님을 알아차렸다. 그 집은 진짜였고, 안나도 진짜였다. 어떻게 된 영문인지는 몰라도 내 주변 모든 것들이 현실이었다.

"왜요? 무슨 일이에요?"

대답 없는 나를 보고 안나가 말했다.

"네. 밖이 겨울이라는 것만 빼면요."

당황한 나머지 나는 아무 말이나 얼버무렸다.

"뭐라고요?"

그녀는 나를 이상하게 쳐다보았다.

"아니에요. 밖에 날씨가 좋다고요."

"그렇네요? 오래간만에 해가 떴어요."

그녀는 경찰모를 눌러쓰며 나에게 미소를 지었다. 나는 어색하게 그녀의 눈을 피해 팔을 문질렀다.

"여기 당신 옷 두고 갈게요. 저는 지금 일하러 가야 해요. 나중에 계속 이야기하죠."

그녀는 소파 가운데 커피 테이블에 올려져 있는 옷들을 가리켰다. 언뜻 보기에 그녀는 혼자 사는 듯 보였는데 왜 남자 옷이 있는지 궁금했다.

그녀는 신발장을 벗어나서 현관문을 닫았다. 나는 그녀가 대문을 나가는 것을 거실의 큰 창으로 바라보았다. 그녀가 밖으로 나갔을 때, 나는 황급히 2층에 있는 그녀의 방으로 달려가 창밖으로 그녀가 집에서 멀어지고 있음을 보았다.

"빨리 좀 가라…."

나는 그녀가 주택가 몇 블록 밖으로 사라질 때까지 기다렸다. 나는 재빨리 아래층으로 내려가 안나가 준 옷을 대충 입고, 신발도 제대로 신지 않은 채 집을 나섰다. 밖은 아침에 내리쬐는 직사광선 덕에 생각보다 그리 춥지는 않았다. 나는 안나가 걸었던 길을 확인한 후 그녀와 반대 방향으로 달려갔다.

주택가 몇 블록을 내려가자, 생경한 광경이 눈앞에 펼쳐졌다. 나는 놀라지 않을 수 없었다. 오래되고 소박한 건축물들. 페도라를 쓰고 사각 숄더 재킷이나 방수 트렌치코트를 입은 남자들. 하얀색 블라우스에 체크무늬 A 라인 스커트를 입은 여성들. 모든 장면이 영화 세트장 같았다. 마치 모두가 한 남자를 속여 영화 세트장을 자신의 실제 삶으로 믿게 만드는 「트루먼 쇼」라는 영화처럼. 모두가 당황한 듯한 나의 모습을 우스꽝스럽게 쳐다보았다.

나는 계속해서 달렸다. 큰 광장 같은 곳에 르네상스 양식의 고성 건물이 보였다. 그 앞에는 군인 몇 명이 지키고 있었다. 그 건물 근처에는 원뿔 모양의 지붕에 종을 매달아 놓은 오래된 교회가 있었다. 나는 교회 옆길을 따라 내려갔다. 그리고 어디선가 담배 허브와 같은 흙냄새가 나의 코를 자극했다. 그 냄새를 따라가자 어떤 시가 가게 하나가 보였다.

그 가게에 들어섰을 때 문 위에 달려있던 방울이 울렸다. 소리를 들은 주인장은 황급히 계산대로 달려와 나를 맞이해 주었다. 그는 덥수룩한 흰 수염을 가진 키 큰 네덜란드 사람이었고, 검은색 뿔테 안경을 쓰고 있었다.

우리 사이에 어색한 침묵이 흘렀지만, 우리는 누구도 먼저 말을 꺼내려 하지 않았다. 나는 아무 생각 없이 가게를 살펴보았다. 주인장 뒤의 선반에는 온갖 담배와 여송연 상자가 쌓여있어 마치 골동품 가게처럼 보였다. 계산대 앞에 놓인 일간 신문들이 나의 눈길을 끌었다. 나는 그중 하나를 집어 들어 발행일 날짜를 보고 깜짝 놀랐다.

1945년 1월 13일 토요일.

주인이 뭐라고 말했지만, 나는 그의 언어를 알아듣지 못했다.
"죄송하지만, 저는 여기 사람이 아닙니다."
내가 영어로 말했다.
"오, 미안합니다. 무엇을 도와드릴까요?"

"혹시, 올해가 몇 년일까요?"

그는 고개를 갸웃했다.

"당연히 1945년이지요. 새해가 시작된 지 벌써 2주가 지났는데, 얼른 새해에 적응하셔야죠."

나는 신문에서 눈을 떼지 못했다. 그의 말을 믿을 수 없었다.

"무슨 문제라도?"

그가 물었다.

"혹시 날짜는 어떻게 됩니까?"

그는 당혹스러운 눈으로 나를 보았다.

"당신이 들고 있는 신문에 있잖소."

"말도 안 돼."

"그거 살 거요 말 거요?"

그는 내가 짜증이 난다는 듯 물었다.

"하나만 더 물어봅시다. 혹시 지금 미국 대통령이 누구인가요?"

나는 정말로 시간여행을 한 것인지 알고 싶었다. 그래서 당시 그 사람들만 알만한 상식을 물어보았다.

그는 나를 짜증스럽게 쳐다보았다.

"내가 바보로 보이오? 안 살려면 나가시오! 당신이랑 장난칠 시간 없으니."

"아니요. 장난치는 게 아니고요!"

"장난치는 게 아니면 뭐요!"

그는 계산대 옆에 있던 빗자루를 집어 들더니 나를 위협하기 시작했다.

"아침을 이렇게 시작해야 기분이 좋겠소? 얼른 썩 꺼지쇼!"

그의 행동에 놀란 나머지 나는 황급히 가게를 뛰쳐나갔다.

"다시 오면 당신 머리를 날려 버릴 거요!"

그는 나를 향해 소리쳤다.

믿을 수 없었다. 어떻게 된 일인지는 몰라도 나는 정말로 80년 전의 과거로 돌아와 있었다. 사람들, 주변 풍경들, 모든 것이 영화 세트장이라 하기에는 무리가 있었다. 나는 정말이지, 1945년의 헤이그에 있었다.

시가 가게에서 몇 블록 떨어진 거리를 헤매고 있을 때, 네덜란드어 표지판이 있는 상점가를 보았다. 그때 길모퉁이에서 홍대에서 접촉사고를 낸 여성이 보였다.

"저기요!"

눈이 마주치자마자 나는 그녀를 추격하기 시작했다. 나는 그녀를 따라가려고 애썼고, 심장이 터져오는 것이 느껴졌다. 그녀는 키가 크고 강인했으며, 달릴 때 그녀의 뒤로 갈색 머리가 펄럭였다.

우리는 골목길과 길을 가로질러 달렸고, 나는 그녀를 잡을 듯 말 듯 했다. 나는 그녀의 등이 힘겹게 들썩이는 것을 볼 수 있었고, 점점 가까워지고 있었다. 마침내 추격의 속도는 느려졌고, 여자는 복잡하고 섬세한 조각으로 장식된 흰 건물로 들어갔다.

나는 잠시 숨을 골랐다.

건물을 멀리서 봤을 때 왠지 모를 경외감과 신비로움이 느껴졌다. 높은 첨탑과 아치형 창문이 있는 웅장하고 당당한 교회처럼 보였다. 그러나 가까이 다가가자 뭔가 불안했다. 건물은 너무 깨끗하고 완벽했다. 낡은 세월의 흔적이나 흰 돌담에 금이 가거나 부서진 흔적도 없었다. 마치 세월이 흘렀어도 손길이 닿지 않은 채 시간 속에 얼어붙은 것 같았다. 하지만 특정 종교의 표시나 상징은 없었다. 외부에도 십자가나 성인 형상의 이미지도 장식되어 있지 않았다. 그 대신 돌벽에는 뭔가 더 깊은 의미가 있는 것처럼 이상하고 수수께끼 같은 기호가 새겨져 있었다. 건물의 입구는 웅장하고 위풍당당했으며, 높은 이중문이 하늘까지 뻗어 있는 것 같았다. 금단의 장소에 들어가려는 듯한 느낌에 잠시 망설이다가 안으로 들어섰다.

내부에 들어서자 건물은 외관만큼이나 웅장하고 신비로웠다. 벽에는 고대 책들이 줄지어 늘어서 있었고, 책등에는 내가 해독할 수 없는 언어로 비문이 새겨져 있었다. 골방과 숨겨진 구석에는 일반적으로 볼 수 없는 기이하고 신비로운 유물로 가득 차 있었다. 복도를 따라 더 내려가자 홀에는 문이나 창문이 없고 공간 안팎으로 길이 없었다. 마치 그 안에 있는 지식을 담기 위해 존재하는, 하나의 독립된 우주와 같았다.

"이예빈 씨?"

홀에는 누군가의 목소리가 메아리쳤고, 나는 그 소리에 고개를 돌렸다. 멀리 두 명의 여성이 서 있었다.

"걱정하지 말아요. 해치려고 하는 게 아니니까."

그중 한 사람이 말했다. 나는 조심스럽게 그들에게 다가가 그들 앞에 섰다.

"혹시… 누구…?"

나는 그들의 눈을 조심스럽게 살폈다. 두 여성 모두 신비한 느낌을 주는 순수한 녹색 눈과 수학자들이 황금 비율이라고 부르는 완벽하게 조각된 얼굴을 가지고 있었다. 그리고 그들은 내가 관대함이라고 부르고 싶은 미소를 지니고 있었다.

"우리 초면 아니죠?"

나와 추격전을 벌였던 여자가 말했다. 그녀는 마치 법복과 같은 드레스를 입고 있었다.

"할아버지 책상 위에 제 조각상을 보셨을 테니, 제가 누군지는 설명 안 해줘도 되겠죠?"

"뭐라고요?"

"걱정하지 말아요. 우리를 처음 본 인간들은 모두 지금의 당신처럼 반응했으니까요."

"네? 무슨 말씀이신지 모르겠는데요"

"어차피 우리가 누구인지 믿는 데는 시간이 걸릴 테니, 굳이 많은 설명은 하지 않을게요. 그런데 우리가 당신을 찾아온 이유는 당신의 목숨이 위험하기 때문이에요."

"왜죠?"

"당신이 이곳에 오기 전에 정신과 의사를 찾아갔었죠? 그리고 병원 주차장에서 심장에 통증이 와서 쓰러진 적 있죠? 그리고 어떤 환영을 보았고. 맞죠?"

"네. 그런데 그걸 어떻게?"

"그 환영은 당신의 할아버지 이준호가 젊었을 때의 모습이었어요. 그런데 진짜 당신의 할아버지는 아니었고, 죽음의 신이라 불리는 타나토스였어요. 올림퍼스에는 인간의 운명을 결정하는 주사위가 있어요. 저는 그 주사위를 관할하고 있고, 운명은 확률적으로 결정되죠. 주사위가 각 개인의 운명을 결정하면 그때 타나토스가 움직이게 돼요. 그런데 만약 그 사람이 아직 죽을 때가 아니라고 판단되면, 미리 경고하러 옵니다. 그리고 저는 당신을 돕기 위해 여기에 있고요."

나는 의심스러운 눈으로 그녀를 보았다.

"그럼 당신은 누구죠?"

"저는 정의의 여신입니다."

그녀가 근엄하게 말했다. 여전히 나는 그녀를 믿을 수 없었지만, 현재시간에 무슨 일이 있었는지 자세히 아는 것으로 보아 맹목적으로 그녀를 믿을 수밖에 없었다.

"당신이 테미스 여신이군요? 아레스를 심판한…."

"아니요, 그분은 저희 어머니예요. 그런데 당신 말도 틀린 말은 아니에요. 그분도 정의의 여신이긴 합니다만, 절대적인 정의를 다루시는 분이죠. 저의 이름은 디케입니다. 어떤 사람들은 저를 다이스라고 부르기도 하는데, 저는 인간의 정의를 다루고 있죠."

"그리고 저는 아이린이라고 해요."

연두색의 하늘하늘한 드레스를 입은 다른 여자가 나에게 악수를 청했다.

"저는 평화의 여신이에요. 당신의 할아버지가 저의 예언자이죠."

"제 할아버지가 뭐였다고요?"

"말했다시피, 우리가 누구인지 믿는 데까지는 시간이 걸릴 겁니다."

"뭐, 그렇다면야. 아무튼, 저를 이곳으로 부르신 이유가 무엇입니까? 그리고 저는 왜 죽어야 하는 거죠? 저는 아무것도 잘못한 게 없는데?"

"걱정하지 말아요. 당신은 아무것도 잘못한 게 없으니."

아이린이 담담하게 말했다.

"그건 당신의 할아버지가 목숨을 잃을 위기에 처해있기 때문이에요."

"뭐요? 어째서죠?"

"전에 할아버지가 아테네와 아레스에 관해 이야기해 준 적 있죠?"

"네, 근데 제가 다섯 살 때 해주신 이야기라 아주 자세히 기억나진 않아요."

"아테네는 에토시아라는 부족을 이끄는 신이에요. 에토시아는 아레스를 인간 세상에 가둬놓기 위해 존재하죠. 에토시아는 우리를 포함해서 여러 신들이 속해 있어요. 그리고 우리가 여기 있는 동안 당신도 할 일이 있어요. 당신이 여기 오기 전까지 할아버지가 하고 있었던 일이죠."

디케가 말했다.

"그게 뭐죠? 그리고 왜 할아버지가 그 일을 못 한다는 거죠?"

"당신 할아버지는 현재 실종 상태예요. 우리는 그가 아레스의 부족 중 하나에 의해 납치된 것으로 추정하고 있어요. 당신이 이미 알고 있듯이, 할아버지는 네덜란드 저항 운동의 지도자였던 루디 훅스트라를 변호했어요. 그는 안나의 삼촌이고, 유죄인지 아닌지는 당신의 할아버지가 1907년 검사 이준의 미스터리 한 죽음을 해결하는지에 달려있어요. 따라서 이예빈 씨의 임무는 우리가 당신의 할아버지를 찾고 있는 동안 그로 위장해서 루디의 변호인이 되는 것이 임무예요."

그녀의 말은 내 할아버지의 일기에 있던 훅스트라 씨의 이야기가 왜 결론이 나지 않았는지에 대한 몇 가지 해답을 주었다.

"그러니까, 제가 할아버지 사건을 맡아주길 바라는 거죠?"

"그렇죠."

"그렇지만 할아버지를 알고 있는 사람들은 전부 제가 다른 사람이라고 알아차릴 건데요?"

"하지만 안나조차도 눈치 못 챘는걸요?"

아이린이 말했다.

"안나는 승리의 여신 니케를 따르고 있는 예언자예요. 이준호와 가장 가까운 사람이고, 훅스트라 씨의 사건을 같이 수사하고 있던 사람이에요. 심지어 그녀조차도 당신이 다른 사람인지 눈치 못 채는데, 당신이 할아버지와 매우 닮은 구석이 있다고 봐야죠."

나는 안나의 손목에 있던 월계수 잎 문신을 기억했고, 그것이 과거 고대 그리스의 승리를 가리키는 부호임을 알아차렸다.

"좋습니다. 그럼 제가 사건을 해결하면, 저는 현재로 돌아갈 수 있는 건가요?"

"당연한 말씀을."

"그렇지만 왜 저죠? 제가 사건을 안 맡겠다는 게 아니라, 당신들은 신이라면서요. 그럼 인간 사회의 어떤 갈등도 해결할 수 있을 만큼 막강한 존재 아닌가요?"

"인간의 사회에 직접적으로 관여하지 않는 것이 올림퍼스 내의 규율입니다."

디케가 온건한 어조로 말했다.

"우리가 인간 세상에 유일하게 할 수 있는 건 우리의 목적을 달성하기 위해 그들을 올바른 길로 인도하는 것뿐이에요. 그렇기에 모든 신들에게는 자신들의 예언자가 있는 것이죠."

"그럼 당신의 예언자는 누구죠?"

나는 디케를 바라보았다.

"이준 검사가 과거 저의 예언자였습니다. 그러나 그가 죽고 난 뒤 현재 예언자는 없는 상태죠. 말했다시피, 그의 죽음의 원인은 밝혀지지 않았습니다. 그걸 당신이 밝혀야 합니다."

"좋아요. 하겠습니다. 그럼 제가 지금 뭘 하면 되죠?"

"일단 안나를 찾아가서 할아버지가 살았던 곳으로 가세요. 루디 사건에 대한 모든 자료는 그곳에서 찾을 수 있을 겁니다."

아이린이 말했다.

"그래요. 그럼 빠르게 진행하죠."

"잠깐만요."

내가 발걸음을 옮기려 할 때, 아이린이 나를 멈춰 세웠다.

"가시기 전에…."

그녀는 나에게 가까이 다가왔다. 그녀가 손가락을 까딱하자 금색으로 된 횃불이 나타났다. 그녀는 횃불에 불을 붙이더니, 나의 손목을 잡았다.

"지금 뭐 하는 거예요?"

내가 물었다. 그녀는 내가 저항할 새도 없이 나의 손목에 횃불을 지졌다.

"아 악!"

나는 고통에 소리쳤다. 그녀는 몇 초간 나의 살갗을 태우고 횃불을 치웠다.

"아마 할아버지로 위장하려면 이게 꼭 필요할 거예요."

내 손목엔 날아가는 비둘기 문신 하나가 새겨져 있었다. 아이린이 말했다.

"원칙적으로 신의 세례를 받지 않은 사람은 결코 신의 징표를 받을 수 없지만, 이번만큼은 예외로 해두어도 될 것입니다. 행운을 빌어요, 이예빈 씨."

이준 사망 미스터리

사격장의 조명은 어두웠고 전기 소리가 공기 중에 윙윙거렸다. 과녁은 각각 고유한 모양과 크기로 벽에 일렬로 늘어서 있었다. 안나는 숨을 깊이 들이쉬고 총 손잡이를 손가락으로 꽉 쥐었다. 그녀는 한쪽 눈을 감고 조준한 뒤 발사했다. 총알이 목표물에 명중하면서 총소리가 사격장 전체에 울려 퍼졌다.

안나는 재빨리 평정을 되찾고 다시 발사했다. 그녀는 계속해서 총을 쏘았고, 매번 의도한 목표물에 정확하게 맞았다. 그것은 그녀만의 명상법이었다. 그녀가 목표에 집중할 때, 어수선한 생각을 정리하는 데 도움이 되었다. 방아쇠를 당길 때마다 아버지 행크를 죽인 범인을 만난다면 주저하지 않고 범인을 죽이겠다고 다짐했다. 그녀는 일찍 세상을 떠난 아버지에 대한 기억이 없지만, 아버지의 부재는 그녀의 삶에서 큰 결핍이었다.

"아직 안 가고 있있니?"

안나는 익숙한 목소리에 뒤를 돌아보았다.

"근무 끝난 거 아니니? 왜 아직 안 가고 있니?"

그는 아버지 행크의 옛 동료였던 클라스 형사였다. 안나는 총을 내려놓고 보호 헤드폰을 벗었다.

"늦게까지 있는 게 죄는 아니니까요."

"재미있네. 행크도 예전에 똑같은 이야기를 하곤 했었는데."

"그렇군요."

그녀가 총을 재장전하며 말했다.

"여기에는 무슨 일로 오신 거죠?"

"아무 일 없다. 그냥 여기서 소리가 들리길래 궁금해서 한번 와봤다."

"그럼, 죄송한데 좀 나가주실래요? 잠시 혼자 있고 싶어서요."

그녀는 다시 총을 표적에 겨누었다.

"피는 못 속인다더니… 아버지를 많이 닮았구나."

"그렇게 말씀해 주셔서 감사해요."

"방해된다면 나가마. 다만 나는 행크가 자살했다고 믿지는 않는다."

그의 말에 호기심이 생긴 안나는 총을 내렸다.

"뭐라고요?"

"30년 전에…."

클라스가 그녀 가까이 오며 이야기했다.

"왜 경찰이 그의 죽음을 자살이라고 결론지었는지 생각해 보았니?"

"글쎄요?"

"지금 레지스탕스 운동에 쓰이는 자금이 어디서 들어오는지는 알고 있니?"

"뭐, 정부나 운동에 참여하고 있는 은행가들이겠죠."

그녀가 보호 고글을 벗었다.

"맞다. 그중 정부에서 오는 돈은 얼마나 될 것 같니?"

"한 3천만 길더쯤 되겠죠."

"그래."

"근데 그게 뭐가 문제죠?"

"그 정도는 턱없이 부족하단다. 철도 파업, 간첩 활동, 불법 신문 기사 유포, 위조 신분 발행 등등 3천만 길더로는 턱없이 부족하다. 비정부 자금이 얼마나 많이 차지하는지 너는 상상도 못 할 거야."

"그런데 그게 아버지의 죽음과 무슨 상관이죠?"

안나는 물었다.

"위에 사람들은 지금 무슨 일이 일어나고 있는지 전혀 모를 거야. 아마 런던에서 한가롭게 차나 마시고 있겠지. 그들이 진짜 나라를 되찾고 싶으면 무슨 수를 써서라도 돈을 댔겠지. 내 말의 요지는 그 사람들은 자신들 배만 불릴 수 있다면 나라를 팔아먹어도 이상하지 않을 사람들이라는 거야."

"그래서요?"

"행크가 살아있을 당시 경찰은 일본과의 외교 문제를 피하기에만 급급했어. 그래서 행크가 죽은 거야. 그들이 자신들의 이익을 위해 동족 중 한 명쯤 희생해도 괜찮다고 생각했기 때문에."

"뭐라고요?"

"일본은 행크를 죽이지 않았어. 그가 자살한 것도 아니고. 네덜란드 경찰이 죽인 거야."

"적어도 클라스는 그렇게 생각한다는 거죠. 근데 설령 그게 사실이라 할지라도 아버지의 죽음을 증명할 방법이 없어요."

안나는 퇴근 후에 클라스와 있었던 일에 관해 나에게 이야기를 들려주었다. 안나와 나는 일몰 직후 헤이그 도심을 걷고 있었다. 전쟁으로 인해 거리가 으스스하고 텅 비어있었다. 몇 명의 군인과 현지인들이 할 일을 위해 서두르고 있었다. 상점들은 전쟁으로부터 보호하기 위해 창문을 판자로 대놓았다.

"그러니까 행크가 살해되었을 수도 있다는 거네요?"

내가 물었다.

"그렇죠."

"혹시 그래서 형사가 된 건가요? 아버지가 공권력에 부당하게 배신당하셨다는 것을 증명하기 위해?"

"그럴지도요. 사실 저는 원래 간호장교였어요. 그렇지만 20년 전에 경찰이…."

안나는 갑자기 발걸음을 멈추더니 무언가 이상하다는 듯 나를 쳐다보았다.

"무슨 일이죠?"

"아니에요… 아무것도…."

우리는 계속 걸었고, 멀리서 다른 건물 위로 어렴풋이 보이는 건축물의 실루엣을 보았다. 그것은 기둥과 조각상으로 장식된 대칭적인 외관을 가진 웅장한 신고전주의 건물이었다. 입구는 짙은 목재로 만들어졌으며, 황동 손잡이가 달린 정문으로 이어지는 우뚝 솟은 계단이 있었다. 완전 제복을 입은 두 명의 독일군이 입구 양쪽에 차렷 자세로 서 있었고, 소총을 어깨에 메고 계속 건물을 감시하고 있었다. 안나가 말했다.

"저게 헤이그 법원이에요."

나는 그녀가 갑자기 왜 뜬금없이 그것을 알려주나 싶었고, 순간 그녀가 나를 시험하고 있음을 느꼈다. 재빨리 건물을 훑었다. 입구 위에는 시계탑이 하늘 높이 솟아 있었고, 황금 바늘이 하루의 시간을 가리키고 있었다. 탑 위에는 정의의 여신상이 반짝이는 금빛 조각상으로 덮여 있었는데, 마치 위험한 도시를 지키려는 듯 저울과 검을 높이 들고 있었다.

"근데, 그게 왜요?"

나는 아무렇지 않은 듯 대답했다. 갑자기 안나는 의심스러운 눈빛을 보냈다.

"당신, 누구죠?"

"무슨 소리예요? 당연히 이준호죠."

그녀는 나에게 천천히 다가왔다.

"여기는 어떻게 온 거죠?"

나는 말을 더듬었다.

"갑자기 왜 이러는 거죠?"

"저게 시청 건물인 것을 모를 리가 없잖아요. 당신 정체가 뭐죠? 준호 씨는 어디 있는 거죠?"

"무… 무슨 말씀을 하시는 건지…."

그녀는 내 앞에 서더니 나의 손목을 잡아챘다. 그리고 나의 옷소매를 벗겨보았다. 그녀는 그곳에 비둘기 징표가 있는지 확인했다.

"말했잖아요. 도대체 갑자기 왜 이러는 거예요?"

나는 놀란 가슴을 쓸어내리고 짜증스럽게 옷소매를 내렸다.

그녀는 당황한 듯 나를 바라보았다.

"어떻게…?"

"갑자기 제가 누군지를 왜 의심하는 거죠? 괜히 제가 당신을 의심하게 되잖아요."

"셰브닝헨에서 무슨 일이 있었던 거죠?"

"이야기하자면 길어요. 나중에 이야기해 줄게요. 이제 좀 가면 안 될까요?"

나는 발걸음을 옮기며 말했다. 하지만 안나는 그곳에 계속 서 있었다.

"빨리 와요!"

거리를 걸을수록 그녀와 나의 분위기는 긴장감으로 더욱 팽팽해졌다. 건물들은 낡았으며 몇 개의 상점과 레스토랑이 거리를 따라 늘어서 있었다. 그 지역은 이민자들이 많이 사는 곳이어서 우리가 지나갈 때 다양한 언어로 수다를 떠는 것을 들을 수 있다.

우리는 다른 건물들보다 눈에 띄는, 오래된 호텔 건물에 다가갔다. 몇 년 동안 사용하지 않은 것 같았고 창문은 판자로 막혀 있었다. 이곳은 독립운동가들이 몰래 숨어 있던 건물이었다. 안나는 정문에서 초인종을 눌렀다. 얼마 지나지 않아 한 나이 든 조선인 여성이 문을 열어주었다. 그녀는 안나에게 포옹을 한번 해주었고, 우리를 조선 사람들이 모여 있는 위층의 작은 방으로 안내했다.

방은 어둑어둑했고 벽 한쪽은 한반도 지도가 펼쳐져 있었다. 그곳에 있던 조선인 남자들은 무언가 깊은 대화에 빠져 있었다.

"준호야! 어디 갔다 온 거야!"

그중 한 사람이 나에게 조선말로 물었다. 그는 심각한 표정을 지으며 나에게 다가왔다. 그의 머리카락은 짙은 검은색이었고 관자놀이에 약간의 회색 줄무늬가 있었다. 나는 할아버지인 척하며 한국어로 답했다.

"안나 집에 있었어요."

"안나 집에? 밤새도록?"

그는 안나를 보며 말했다. 한국어 대화를 알아듣지 못했던 안나는 호기심 어린 눈으로 우리를 보았다.

"루디 씨 사건 조사하느라요…."

"그랬구나."

"무슨 일이죠?"

안나가 물었다.

"아무것도 아니에요. 잠깐 화장실 좀 다녀올게요."

나는 화장실을 가는 척하고 할아버지의 방을 찾았다. 위층으로 올라왔을 때 누군가 계단을 오르는 소리가 들렸다. 그곳에는 세 개의 방이 있었고, 나는 그중 하나에 몰래 들어갔다.

드리운 커튼 사이로 달빛이 스며들었고, 확장된 나의 동공 안에 방안의 모든 광경이 들어왔다. 짙은 색의 원목으로 만든 가구는 질서정연하게 배치되어 있어 전문성과 규율이 묻어나는 장면을 연출했다. 방 중앙에는 녹색 램프가 있는 커다란 나무 책상이 있었다. 램프의 스위치를 켜자 은은한 빛이 떠올랐다.

책상 가장자리에 코드가 걸려 있는 구식 전화기가 파일과 서류 더미 옆에 놓여 있었고, 바로 옆에는 디케 여신의 조각상이 있었다. 나는 그 이 방이 할아버지의 방이라고 직감했다.

한쪽 벽에는 푸른 들판을 구불구불 흐르는 작은 시냇물이 있는 고요한 시골 풍경화가 걸려 있었다. 또 다른 벽에는 책장이 늘어서 있었고, 가죽으로 제본된 법률 서적과 참고 도서로 가득 차 있었다. 책장 위 벽에는 할아버지의 업적을 기리는 인증서와 상장 몇 개가 액자에 넣어져 있었다. 그중 가장 눈에 띄는 것은 스톡홀름 대학에서 받은 졸업장이었다. 일제강점기에 할아버지가 어떻게 변호사가 되셨는지 늘 궁금했다. 하지만 스웨덴에서 법학 공부를 마쳤다는 사실을 알게 되자 할아버지의 배경이 더욱 궁금해졌다. 나는 책상으로 다가갔다. 할아버지에 대해 알 수 있는 것을 찾기 위해 서랍을 하나씩 열었다.

종이와 장신구 사이에서 반짝이는 황금빛 사과 목걸이가 눈에 들어왔다. 빛에 비추어 보니 정교한 디테일에 숨이 막힐 정도로 아름다웠다. 이 목걸이의 의미가 무엇인지, 누구의 것인지 궁금하지 않을 수 없었다. 황금 사과는 다툼, 불화, 질투를 상징하기 때문에 적어도 할아버지 것은 아닌 것 같았다. 할아버지는 분명 아이린 여신을 추종하던 사람이었는데, 왜 그 목걸이를 가지고 있었던 것일까?

나는 조심스럽게 목걸이를 내려놓고 계속해서 서랍을 뒤적거렸다. 가죽으로 묶인 작은 일기에 눈에 닿았다. 표지를 넘기자 첫 페이지에 이름이 나왔다.

이준

페이지를 넘기자 한 남자의 흑백 사진이 나왔다. 이준 본인일 것으로 생각했다. 짧은 머리 한쪽으로 깔끔하게 빗어 넘겨져 있었고, 콧수염도 잘 다듬어져 있었다. 계속해서 페이지를 넘겼더니 일기장에 한글과 한자가 섞여 있었다. 19세기 말에 널리 사용되었던 문체였다. 요즘 사람들은 아마 읽기 힘든 문체겠지만, 나는 사법부에서 일하는 사람으로서 법원 판결문에 익숙했기 때문에 한자가 섞인 문장을 이해하는 데 그다지 어려움은 없었다. 나는 책상 뒤에 몸을 숨기고 천천히 읽기 시작했다.

1907년 7월 13일 토요일.

모든 것이 미완성이다. 내가 후세에 무슨 면목으로 무엇을 남길 것인가? 동포들에게 미안할 따름이다. 이에 내 모든 것을 이미 불태워 없애 버리고 말았다. 지금 당장 남은 것은 내 육신뿐이니 이것도 불로 태워 죽은 찌꺼기조차 남기지 말라. 내 국토를 잃었으니 어디에 폐를 끼치겠는가?

영토가 크고 사람이 많다고 위대한 나라가 아니고, 영토가 작고 사람이 적어도 큰 인물이 많은 나라가 위대한 나라가 되는 것이다. 사람이 산다는 것은 무엇을 말함이며, 죽는다는 것은 무엇을 의미하는가? 살아도 살지 아니함이 있고 죽어도 죽지 아니함이 있으니, 살아도 그릇 살면 죽음만 같지 않고 잘 죽으면 오히려 영생한다. 살고 죽는 것이 다 나에게 달렸으니 모름지기 죽고 삶을 힘써 알지라.

당시 이 일기가 이준이 자살했다는 증거가 된 유서였을 것이다. 디케의 말이 맞는 것 같다. 이준과 동료들이 평화회담에 참석하지 못한다고 해서 자살을 왜 하겠는가? 검사로 일한 내 경험으로 볼 때, 억울한 행위를 당한 피해자가 스스로 목숨을 끊는 경우를 본 적이 없다. 어떤 세계에서는 발생할 수 있다고 할지라도 그 사례는 매우 적다. 도둑이 당신의 돈을 훔친다면 당신은 먼저 범인을 찾는 데 열심일 것이지 않은가?

서랍을 계속 뒤져보니 일기장 밑에 종이가 있었다. 네덜란드 의사가 발행한 이준의 사망 진단서였다.

사망 진단서

사망자: 이준

사망일: 1907년 7월 17일

사망 장소: 네덜란드 헤이그

우리는 이준이 1907년 7월 17일 네덜란드 헤이그에서 별세하였음을 증명합니다. 시신을 조사한 결과 외상의 흔적은 발견되지 않았습니다.

이 증명서는 고인의 지인 요청에 따라 발급되었습니다.

서명,

요하네스 바드 박사

헤이그 부검 의사

뭔가 이상했다. 할아버지의 일기를 보면 분명 언론에서는 이준의 죽음을 1907년 7월 15일에 보도했는데, 어찌 된 일인지 사망 진단서는 이틀이 지나서야 발행이 된 것이다. 더군다나 이 진단서는 사망 원인에 대해 어떠한 언급도 없이 단지 그가 사망했다고만 주장한다.

'뭔 놈의 사망 진단서가 이래?'

"준호 씨?"

안나의 목소리를 듣고 나는 깜짝 놀라 바닥에 넘어졌다.

"여기서 뭐 해요?"

그녀는 나를 내려다보며 말했다.

"그냥….'

나는 허겁지겁 이준의 문서를 서랍에 넣었다.

"이것저것 보고 있었어요."

"근데 왜 숨어 있는 거죠? 여기는 당신 방이잖아요."

"맞아요."

"괜찮아요. 그냥 잠깐 그 사람을 그리워하고 있었다고 솔직하게 말해요."

"뭐요?"

나는 안나의 시선을 따라갔고, 그녀는 책상 위에 있던 금빛 사과 목걸이를 보고 있었다.

"아….'

"그냥 하는 말인데요, 이제 그 사람을 놔 줘요. 그 사람은 절대 돌아오지 않아요."

안나는 슬픈 눈으로 나를 바라보았다. 나는 그녀가 무슨 소리를 하는지 알 길이 없었지만, 할아버지인 척을 해야 했기에 어떤 질문도 할 수 없었다.

"시간이 벌써 이렇게 되었네요. 내일 봐요. 그냥 작별 인사하려고 잠깐 올라 온 거에요. 화장실 간다고 해놓고 오래 걸리시길래…."

"미안해요. 그냥 잠깐 다른 데에 정신이 팔려서…."

"괜찮아요. 일단 내일 할 일이 많으니 푹 주무시고요."

"고마워요, 당신도요."

"안녕히 주무세요."

"당신도요."

안나는 방을 나갔다. 나의 머릿속은 더욱 의구심으로 가득했다.

'안나가 이야기했던 그 사람은 과연 누구일까? 할아버지의 연인이었을까? 아니면 여동생? 아니면 할아버지가 따르던 다른 여신이었을까? 도대체 누구였을까?'

나는 내가 어디에 있는지 감각을 잃은 채 꿈에서 깨어났다. 어두운 방에 눈이 천천히 적응했고, 할아버지의 방임을 깨달았다. 침대에 일어나 앉았을 때 나는 화장실이 급했다. 매트리스 가장자리 위로 다리를 휘둘러 일어섰고, 현기증이 밀려오는 것을 느꼈다.

비틀거리며 화장실 문 쪽으로 손을 뻗다가 나는 그대로 얼어붙었다. 아래층에서 목소리가 들려왔다. 그들은 낮은 목소리로 대화하고 있었지만, 그들이 말하는 것을 들을 수 있었다. 나는 소리를 내지 않으려고 노력하며 살금살금 계단을 내려갔다.

"아버지께서 이 사실을 안다면 매우 실망하실 거네."

"죄송합니다, 아레스 님."

아레스? 전쟁의 신? 나는 벽 뒤에 숨어 그들의 대화를 엿들었다.

"그가 어떻게 아직 살아있는 거지?"

"그게 미스터리입니다. 그렇지만 어딘가 이상합니다. 우리가 다른 사람을 납치한 듯합니다."

"뭐라고?"

"그의 말로는 그가 어젯밤에 안나의 집에 있었다고 합니다."

"안나 형사 말이지?"

"그렇습니다."

그들의 대화를 들을수록 나의 심장이 더 빠르게 뛰었다.

"그럼 어젯밤 그 사람은 누구였다는 말인가?"

"저도 잘 모르겠습니다. 이준호가 저녁을 먹은 다음에 의식을 서서히 잃어가는 것을 슈미트 중위가 봤다고는 하는데, 아마 다른 사람인 것 같습니다. 이준호와 닮은….”

“디케도 이 사실을 알고 있나?”

“그렇진 않은 것 같습니다.”

“그럼 하루빨리 진짜 이준호를 찾도록 하거라. 그리고 어떻게 해서든 이 사실을 디케가 알아서는 안 된다.”

“명심하겠습니다.”

그들이 마침내 대화를 끝냈을 때, 나는 내 방으로 돌아왔다. 머리가 빙글빙글 돌았다. 나는 방문 뒤에서 남자들이 계단을 내려가는 것을 보았다. 그들의 실루엣이 그림자 사이로 움직이는 것이 보였다. 첫 번째 남자는 키가 크고 어깨가 넓었으며, 갈색 코트를 입고 있었다. 두 번째 남자는 알아보기 어려웠지만 더 키가 작고 날씬해 보였다.

나는 숨을 골랐고, 그들은 계단을 내려가 현관 쪽으로 방향을 돌렸다. 그들은 건물 밖으로 나갔고, 나는 침실 구석에 웅크리고 앉아 커튼 사이로 그들을 바라보았다. 의문의 두 남자는 가로등 아래서 얼굴을 가린 채 무언가 더 이야기하는 것 같았다. 잠시 후 그들은 그 자리를 떠나 어둠 속으로 사라졌다.

나는 소리를 내지 않도록 조심하면서 두 남자가 있던 방으로 재빨리 내려갔다. 중앙에 테이블이 있어 다가가 보니 그 위에 영국 언론의 기사가 눈에 띄었다. 나는 조심스럽게 신문을 집어 들었다.

네덜란드 이준 검사 사망 미스터리, 37년 만에 비밀 풀릴까?

1945년 1월 11일 목요일.

1907년 헤이그에서 조선인 검사 이준이 사망한 사건은 37년 동안 미스터리로 남아 있다. 현재까지도 그의 죽음이 타살인지 자살인지 여부는 아직도 풀리지 않았다.

이준 검사의 죽음은 루디 훅스트라에게 개인적인 의미가 있는 사건이다. 이준의 죽음을 조사하던 중 스스로 목숨을 끊은 행크 반 루벤 형사는 과거 훅스트라 씨의 여동생의 남편이었다. 변호사 이준호는 이준의 갑작스러운 죽음을 둘러싼 정황을 조사하기 위해 루디 훅스트라가 의뢰한 사건을 맡았다.

훅스트라 씨는 독일에 대한 저항 운동 혐의로 체포되었지만, 이준호는 식민지 억압에 대한 사건을 추적하여 정의를 바로 세우기 위해 그를 변호하기 시작했다. 이준은 제2차 평화회의에 참석하기 위해 헤이그로 보내졌고, 그의 죽음은 식민 열강들의 행동과 관련이 있을 수 있다. 그의 죽음 뒤에 숨겨진 진실을 밝히는 것은 그들의 식민 억압에 대한 증거를 제공하고, 그들의 통치 아래 고통받는 사람들의 한을 풀어줄 수 있을 것이다.

공소시효가 지났음에도 불구하고 이준호는 행크의 사건 수사 기록 열람에 집중하고 있다. 그들이 미스터리를 풀 수 있는 열쇠를 쥐고 있다고 믿으며, 이 기록에 대한 접근을 허용하도록 특별히 법원에 요청할 것이다.

대한제국과 네덜란드 지역사회는 이준호의 조사 결과를 애타게 기다리고 있다. 그가 이준의 죽음에 대한 미스터리를 푸는 데 성공한다면 식민지 억압에 맞선 투쟁에 큰 영향을 미칠 수 있다.

의문의 두 남자가 할아버지를 납치해야 했다면, 그 이유를 신문 기사가 잘 설명하고 있었다. 하지만 만약 그가 죽었다면 2022년에 내가 살아 있지 않았을 것이다. 나는 그가 아직 살아 있다고 확신했다.

'할아버지는 어디에 있으며, 그리고 무엇을 하고 있었던 것일까?'

금발의 여인

나는 넥타이를 매고 시계를 흘깃 쳐다보며 시간을 확인했다. 푸드트럭은 번화가에 있는 작은 임시 가판대였다. 전쟁의 어려움에도 불구하고 푸드트럭은 헤이그 사람들에게 따뜻함과 편안함을 주는 등불이다.

손님들이 청어 샌드위치를 주문하기 위해 줄을 섰다. 계산대 뒤의 남자는 친절한 미소로 고개를 끄덕이며 능숙하게 음식을 주문받았다. 청어는 네덜란드에서 널리 소비되는 생선으로 피클과 함께 샌드위치로 먹는 것이 일반적이었다.

"고맙습니다."

안나가 음식을 받자 동전을 건네며 네덜란드어로 감사 인사를 했다. 우리는 교도소에 있는 루디를 만나러 가는 길이었다. 계속 걷다 보니 저 멀리 독일군 병사들이 보였다. 그들은 중무장에 근엄한 표정을 짓고 있었다. 우리는 원치 않는 주의를 끌지 않기를 바라며 고개를 숙이고 빠르게 걸었다.

우리가 걷는 동안 안나는 그녀의 음식을 맛있게 먹고 있었지만, 나는 생선 알레르기가 있었기 때문에 샌드위치를 바라만 보고 있었다.

"왜요? 왜 안 드시죠?"

그녀가 물었다. 나는 변명거리를 생각해 내려 애썼다.

"글쎄요. 그냥 오늘은 입맛이 없네요."

"그래요? 이상하네요. 당신 평소에 그거 좋아하잖아요."

"아마 아침을 너무 많이 먹었나 봐요."

사실 나는 몹시 배고픈 상태였고, 속으로 할아버지의 음식 취향을 원망하고 있었다.

"그럼, 그거 안 드실 거죠?"

그녀가 나의 샌드위치를 탐냈고, 내가 대답하기도 전에 그녀가 그것을 낚아채 갔다.

"안 드실 거면 제껍니다."

나는 놀란 눈으로 그녀를 보았다.

"그래요, 그럼."

교도소로 통하는 길에는 가지가 머리 위로 쭉 뻗어 마치 캐노피처럼 보이는 나무들이 늘어서 있었다. 잿빛의 흐린 날이었고, 차가운 바람이 나뭇잎 사이를 스쳐 땅에 떨어졌다.

교도소 입구에 도착하자 점점 더 긴장되었다. 입구에는 무장한 경비병들이 배치되어 있었고, 그들의 무기는 발포 준비가 되어 있었다. 멀리서 개 짖는 소리가 들렸다. 이곳은 분명 위험과 절망의 장소였다.

"실례합니다만, 저는 변호사입니다. 제 의뢰인을 만나려고 왔습니다. 들여보내 주실 수 있으십니까?"

나는 경비원에게 물었다.

"죄송합니다만, 사전에 허가받지 않으셨다면 들여보내 드릴 수 없습니다. 보안 규정 때문이니 이해해 주셨으면 감사하겠습니다."

"이해합니다만, 제 의뢰인을 만날 권한이 있음을 증명하는 서류가 있습니다. 한번 봐주시죠."

나는 경비원에게 자격 증명과 승인 서류를 넘겼다.

"루디 훅스트라 씨가 당신 의뢰인 맞으신 가요?"

"그렇습니다."

"좋습니다. 필요 서류들이 모두 있는 것 같네요. 단, 아시다시피 이곳은 출입 금지 장소이고, 다른 수감자들과 대화를 시도할 경우 즉시 강제 퇴실 조치 될 수 있으니 유의하시기 바랍니다."

"명심하겠습니다."

"좋습니다. 저기 제 동료 보이시죠?"

그는 멀리 있던 경비원을 가리키며 말했다.

"그를 따라가시면 됩니다. 저 사람이 면회실로 안내할 겁니다."

"감사합니다."

교도소 문을 통과하자 감옥을 감싸고 있던 고통과 고뇌의 무게로 인해 공기가 무거워지는 것 같았다. 벽은 잿빛이었고 끝없이 뻗어 있는 철조망이 있었다. 발소리가 콘크리트에 메아리쳤고, 땀과 공포의 냄새에 숨이 막힐 지경이었다.

우리는 좁은 복도를 따라 내려갔고 양쪽에는 네덜란드 저항군이 갇혀 있는 감방이 있었다. 각각의 감옥은 작고 비좁았으며, 씻지 않은 사람들의 냄새와 절망감으로 가득했다. 감방에 갇힌 저항군들은 반항과 체념을 동시에 담은 눈빛으로 매우 수척해 보였다.

감방 앞을 지나갈 때 한 여성이 손을 내밀어 내 팔을 잡고 남편의 소식을 알려달라고 애원했다. 그녀의 눈은 눈물로 충혈되어 있었고 목소리는 쉬어 있었다. 나는 그녀를 위로할 말이 없었고, 그녀를 지나갈 때 손을 잠시나마 잡아주는 것 말고는 할 수 있는 게 없었다. 나는 네덜란드 저항군이 억류된 상황을 직접 보았고, 그들의 자유를 위한 투쟁이 길고 어려운 일이었음을 보았다.

면회실에는 작은 테이블 몇 개가 주위에 흩어져 있었다. 테이블별로 의자가 서로 마주 보고 있고 유리 칸막이로 각각 분리되어 있었다. 청소용 약품 냄새가 났고, 면회실 바로 옆 감방에서 들려오는 조용한 대화의 중얼거림만이 유일한 소리였다.

나는 한 곳에 앉아 초조하게 테이블 표면을 손가락으로 두드렸다. 내 옆에 앉아있던 안나를 바라보았다. 그녀는 암울한 면회실을 둘러보며 외삼촌인 루디가 이런 장소에서 어떻게 견딜 수 있는지 궁금해하고 있는 것 같았다. 그녀는 외삼촌이 바깥세상과 단절된 채 감방에 갇혀 있다는 사실에 절망감을 느끼는 것 같았다.

나는 그녀에게 동정심을 느꼈고, 세상에 불의와 억압의 그물에 갇힌 사람들이 무수히 많다는 것을 깨달았다. 얼마나 더 사람들이 이런 식으로 고통을 겪게 될지, 그들을 돕기 위해 내가 무엇을 할 수 있을지 궁금했다.

마침내 루디는 수갑을 찬 채 경비원의 호위를 받으며 도착했다. 근육질의 체격을 가진 키가 큰 남자였다. 그는 길게 흐르는 머리카락과 윗입술을 덮는 두껍고 덥수룩한 콧수염을 가졌다. 그의 얼굴에는 많은 고난과 투쟁을 겪은 기색이 역력했다. 이마에는 주름이 깊게 있었고, 눈 밑에는 잠 못 이루는 밤과 벼랑 끝에서 살아온 삶을 암시하는 다크 서클이 있었다.

"훅스트라 씨?"

나는 자리에서 일어나 그를 따뜻하게 맞이했다.

"다시 보니 반갑구려."

그가 자리에 앉을 때 기침을 세게 했다.

"우리 조카도 마찬가지고."

안나와 루디는 잠시 네덜란드어로 사적인 이야기를 했다. 나는 그것을 한마디도 알아들을 수 없었다.

"그동안 어떻게 지내셨어요?"

그들의 대화가 더 길어지기 전에 내가 끊었다.

"내가 뭐라고 대답할 것 같소?"

그가 툴툴거리며 말했다.

"그래서 제가 여기 있는 것 아니겠습니까."

"조사는 어떻게 돼가고 있소?"

"사실."

나는 서류 가방에서 서류를 꺼냈다.

"법원에 제출할 서류에요. 다음 재판에서 법원에 행크 형사의 수사보고서에 대해 접근 권한을 달라고 요청할 겁니다. 그래서 당신 서명이 필요합니다."

"공소시효는 어떻게 되나요?"

루디가 물었다.

"재수사에 관한 사항이 아니라서 상관없어요. 그리고 안나가 옆에서 도와줄 겁니다."

나는 자신 있는 목소리로 말했다.

루디는 서류를 검토한 후에 서명했다. 그리고 잠시 생각에 잠겼다.

"마에다 루코에 대해 생각을 해봤는데…."

'마에다 루코라고?'

처음에 나는 못 들어본 이름이라고 생각했지만, 1907년 파데란트 언론과 인터뷰한 일본인 외교관임을 기억해 냈다.

"그 사람이 왜요?"

내가 물었다.

"원래 그를 찾아내는 데에 집중했었잖소. 그런데 뭔가 놓치고 있는 것 같아서…"

나는 호기심 어린 눈으로 그를 보았다.

"어떤 점이죠?"

"독일 놈들이 어떻게 나를 찾아냈는지가 의문이오. 알다시피, 나는 이 무기 사업을 30년 넘게 해왔소. 동료 저항군들과 독립운동가들밖에 내 사업을 아는 사람이 없소."

"말씀의 요지가 무엇입니까?"

"아마 배신자가 있는 듯하오."

나의 팔 전체에 소름이 돋았다. 전날 밤, 의문의 남자들이 나눈 대화가 생각났다.

"당신들 아니면 우리 쪽에. 그런데 아무리 생각해 봐도 우리 쪽에 배신자가 있을 것 같지는 않소."

"삼촌, 지금 뭐 하시는 거예요? 지금 준호를 의심하는 거예요?"

안나는 걱정스럽게 말했다.

"그 사람이 누구라고 생각하세요?"

나는 차분하게 그의 말을 들으며 말했다.

"걱정하지 마시게. 당신은 아닐 것 같으니. 그런데 한가지 조언하자면 주변에 있는 사람들을 조심하게."

"뭐, 그건 알아서 할게요. 일단 행크의 수사 기록에 마에다 루코에 대한 정보가 있을지 기대해보자고요."

나는 서류를 다시 가방에 넣으며 말했다.

"이준호 변호사…."

루디는 낮은 목소리로 마치 진지한 이야기를 하려는 듯 말했다.

"행크가 자살했다고 생각하나?"

나는 루디가 왜 갑자기 그것을 물어보는지 궁금했다.

"아니요?"

"나는 행크가 죽었을 때의 밤을 기억하네. 그때 운하에는 안나도 있었어. 안나가 아직 한 살도 안 되었을 때. 나는 아직도 조카가 인생에서 무슨 일이 일어나고 있는지 알지 못했던 순수하고 천진난만한 얼굴을 기억하네. 조카는 인생에서 그런 일을 당할 자격이 없었는데."

"알고 있습니다."

"안나가 형사직에 지원하겠다고 처음 말했을 때 나는 반대를 했었어. 네덜란드 경찰이 행크의 죽음을 어떻게 수사했는지 모든 것을 지켜봤기 때문에. 행크는 자살하지 않았어. 신도 알고 있고. 그리고 조카에게 다시는 상처를 주고 싶지 않으니, 우리에게 실망을 주지 않았으면 좋겠네."

나는 조용히 그의 말을 들었다.

"삼촌, 알아서 잘할 거예요. 왜 이준호 씨한테 부담을 주고 그래요?"

안나가 불편하다는 듯 말했다.

"미안해요. 준호 씨."

"그러죠."

나는 밝은 목소리로 말했다.

"손바닥으로 하늘을 가릴 수 없다는 걸 꼭 증명해 내겠습니다."

"정의의 여신께서 당신을 지켜보고 계시네."

헤이그 법원 정문 앞에 도착해서 게이트에 들어섰다. 이 법원은 1913년 상설중재재판소와 국제사법재판소를 수용하기 위해 지어진 평화 궁전이었다. 겉으로 보기에 복잡한 석조물과 우뚝 솟은 기둥이 특징인 웅장한 외관이 인상적이었다. 건물은 세심하게 관리된 광활한 조경 정원 내에 자리 잡고 있으며, 생동감 넘치는 꽃과 깔끔하게 손질된 울타리가 주변 환경에 색채를 더해 주고 있었다.

법원 홀에 들어서자 나는 웅장함에 압도당했다. 대리석 바닥과 높은 천장, 하늘까지 뻗은 듯한 웅장한 계단이 인상적이었다. 벽은 복잡한 벽화와 예술품으로 장식되어 있었고, 홀에는 국제법과 정치 분야에서 유명한 인물들의 흉상이 줄지어 있었다.

법정에 들어가기 전, 나는 변호인단과 함께 모였다. 왠지 모를 긴장감이 몰려오는 것을 느꼈다. 변호사들이 전략을 논의하는 동안 안나는 내 곁에서 나를 안심시키는 미소를 지어 보였다.

"시작하기 전에 몇 가지 사안들을 살펴보고자 합니다."

변호사 중 한 명이 계속 말을 하는 동안, 법복을 입은 한 금발의 여성이 나를 바라보고 있었다. 그녀의 눈빛은 마치 내가 누군지 아는 것처럼 나를 뚫어지게 쳐다보았다. 그녀가 나를 바라보는 시선이 어딘가 불안하게 느껴졌다.

그녀는 동그란 금테 안경을 쓰고 있었고, 날카로운 광대뼈와 도톰한 입술이 돋보이며, 완벽하게 스타일링 된 롤빵 머리가 눈에 띄었다. 안경은 그녀의 얼굴을 완벽하게 감싸며 밝은 갈색 눈을 강조했다. 하지만 어째서인지 그녀의 눈에는 슬픔이 그려져 있었다.

"혹시 죄송한데, 저기 계신 여자분은 누구시죠?"

그녀의 외모에 매료된 나는 변호인들에게 물었다. 변호인들은 나의 시선을 따라갔다.

"저기 금발의 대단한 미인 말씀하시는 거예요?"

"네."

내가 그녀에 관한 이야기를 하고 있다는 것을 눈치챈 여성은 나의 눈을 피했다.

"이준호 씨, 괜찮으신 거 맞죠? 누구긴 누구겠어요. 당연히 검찰의 엘리사 스탠배리 씨죠."

"뭐, 그건 압니다만…."

나는 할아버지처럼 행동해야 한다는 사실을 기억하고는 고개를 끄덕였다.

"저분이 뭔가 저에 대해 알고 있는 듯해서요."

"변호사님, 너무 걱정이 많으시네!"

다른 변호사가 나의 어깨를 툭툭 쳤다.

"마음 편히 가지세요! 잘될 겁니다."

법정 안은 엄숙하고 진지한 분위기로 가득 차 있었고, 갈색 나무 의자가 갤러리를 가득 채웠다. 벽에는 여러 나라의 국기가 늘어서 있었다. 천장은 머리 위로 높게 솟아 있었고, 정의와 법의 장면을 묘사한 화려한 조각과 벽화로 장식되어 있었다. 공간 전체적으로 복잡한 나무 판넬 표면에 금박 디테일이 장식된 고전적인 스타일이었다. 어두운 조명이 침울한 분위기를 연출했다.

법정 앞쪽에는 높은 단상에 검은 가운을 입는 판사가 앉아 재판을 주재했다. 판사석 뒤에는 국가 문장이 새겨진 커다란 법원 인장이 있었다. 판사석 오른쪽 테이블에는 피고인을 상대로 맞서고 있는 금발 여성을 포함한 검찰 측 사람들이 있었다. 그들의 표정은 단호해 보였다.

판사석 왼쪽에는 변호인 측 테이블이 있었고, 우리 머릿수는 그들보다 더 적었다. 법정 뒤편에는 배심원석과 갤러리에 가득 찬 사람들이 열렬한 관심으로 우리의 일거수일투족을 지켜보고 있었다.

"검사, 증인 신문하세요."

판사가 검사 측을 향해 말했다. 엘리사 스탠배리가 연단 앞으로 나왔다.

"증인의 이름과 소속을 말씀해 주십시오."

"엥겔베르트 만델. 네덜란드 제4SS 기갑척탄병 여단 소속입니다."

"헤이그에서 당신의 임무가 무엇입니까?"

"지역을 총괄하는 임무를 맡고 있습니다. 셰브닝헨에서 군사 작전을 지휘하는 것이 저의 주 임무입니다."

"좋습니다. 혹시 당신은 최근에 일어난 철도 파업에 대해 기억하십니까?"

"아마 작년 9월쯤이었지요."

"3만 명 이상의 철도종사자들이 네덜란드 저항군의 재정적 도움을 받아 은신했죠. 그 파업 이후 어떤 결과가 났는지 간단히 설명해 주시겠습니까?"

"서부에 운송되는 모든 식량 지원이 끊겼습니다. 독일군에게는 자체 기차 노선이 있었기 때문에 그들은 큰 영향을 받지 않았습니다. 진짜 문제는 추위와 굶주림에 고통받는 네덜란드 민간인들이었어요."

"그럼, 제가 정확히 이해했다면 저항군이 스스로 더 나쁜 결과를 가져왔다는 것이군요?"

"그렇습니다."

"그래서 셰브닝헨을 총괄하는 사람으로서 무슨 일을 했습니까?"

"저항군의 배후에 있던 지도자를 찾으려고 했고, 그 사람이 피고인 루디 혹스트라였습니다. 우리는 국민을 위해 존재하며, 이를 위해서는 같은 인종의 국가들의 지원 협력이 필요합니다. 모든 애국적인 네덜란드인은 모든 국민이 행복해지는 것을 바라며, 이 생각에 반대하는 사람을 용서하지 않을 것입니다."

"감사합니다."

엘리사는 신문을 마치고 자리로 돌아갔다.

"수고하셨습니다. 스텐배리 씨."

판사는 시선을 변호인단에게 돌렸다.

"반대 신문 하실 분 진행하세요."

연단 위에 선 나는 신문하기 전에 목을 가다듬었다.

"존경하는 재판장님, 피고 측 변호인 이준호입니다."

"시작하세요."

"혹시 재판장님, 시작하기에 앞서 혹시 증인 말고 엘리사 씨를 신문할 수 있을까요?"

"그러시죠."

나는 그녀 앞으로 다가갔고, 그녀는 걱정스러운 듯 나를 보았다.

"엘리사 씨, 증인은 모든 애국적인 네덜란드인이 행복해지는 것을 바란다고 증언했을 겁니다. 맞습니까?"

"그렇습니다."

"그럼 도대체 훅스트라 씨가 왜 이 자리에 있어야 하는 거죠?"

"그게 무슨 말씀이시죠?"

"그가 이 법정에서 재판받는 것 자체가 모순적이라고 생각하지 않으십니까? 나는 그가 적들로부터 조국을 구하고자 하는 매우 애국적인 사람이라고 확신합니다."

그녀는 잠자코 내 말을 들었다.

"아주 당연한 말에 무심한 당신이 너무하다고 생각하진 않으십니까?"

나는 판사에게 몸을 돌렸다.

"재판장님, 행크 반 루벤 씨는 피고 훅스트라 씨의 친척이며, 네덜란드 경찰 소속의 형사였습니다. 행크는 1907년 제2차 헤이그 만국평화회의에 참가하려고 했던 검사 이준의 의문사를 수사하고 있었습니다. 이준의 사인은 아직 밝혀지지 않았지만, 변호인단은 그것이 제국주의 국가에 의한 살인이라고 의심합니다. 피고인 루디 훅스트라는 제국주의 국가들과 싸워야 할 이유가 있었고, 따라서 저는 피고인 훅스트라 씨를 유죄 판결하는 것은 이 재판의 쟁점이 아니라고 생각합니다. 오히려 제국주의 국가들이 식민 국가에 부당한 대우를 강요하고 있다는 사실을 입증하는 것이 이번 재판의 핵심입니다."

"변호인, 혹시 당신의 주장을 뒷받침할 증거가 있으십니까?"

판사가 요청했다.

"아직은 없습니다만, 그래서 저희가 행크 형사의 수사 기록을 볼 수 있도록 법원에 요청을 드리는 바입니다."

나는 판사 서기에게 요청서를 제출하였다.

재판이 끝나고 난 후 나는 법정을 빠져나왔다. 바로 그때, 뒤에서 누군가 나를 불렀다.

"이준호 씨?"

나는 뒤를 돌아봤고, 금발의 여검사가 서 있었다.

"엘리사 스텐배리라고 합니다."

그녀는 나에게 악수를 청했다.

"이준호입니다."

나는 말없이 그녀의 손을 잡았다. 안나는 멀리서 우리를 보고 있었다. 엘리사가 제안했다.

"혹시 잠깐 이야기 좀 할 수 있을까요? 그렇게 오래 걸리진 않을 겁니다."

"네, 그러시죠."

그녀는 아무도 안 보는 곳으로 나를 끌고 갔다.

"무슨 일이시죠?"

내가 물었다.

"이준호 씨, 제 제안을 흔쾌히 받아들이지 않으실 거라는 건 알지만 그래도 의견을 들어보고는 싶습니다."

"뭐죠?"

"이준 사건 수사에 참여하고 싶습니다."

"뭐라고요?"

"당혹스러우신 거 이해합니다. 그렇지만 제가 이준호 씨에게 도움을 드릴 수 있는 부분이 있어 보여서요."

검사가 먼저 변호사에게 사건 수사를 제안하는 경우를 본 적은 없다. 적어도 내가 아는 한에서는.

"이유가 뭐죠?"

"왜냐하면 수사의 가장 기본은 무죄추정의 원칙에 있기 때문이죠."

"그럼 훅스트라 씨가 무죄라고 생각하는 겁니까?"

"그럼요."

"그럼 혼자 알아서 수사하세요. 왜 굳이 저한테 도움을 주려는 겁니까?"

그녀는 옷소매를 걷어 나에게 그녀의 손목을 보여주었다. 손목에는 정의를 상징하는 듯한 추상적인 저울의 징표가 새겨져 있었다.

"왜냐하면, 저는 디케의 임무를 수행하는 중이니까요."

"뭐요?"

나는 당혹스러웠다.

"근데 분명 디케는 현재 예언자가 없다고 했는데?"

"맞습니다. 그런데 당신도 비밀리에 아이린 여신의 임무를 수행하고 있는 거 아닌가요? 그녀를 따르는 척하면서."

그녀는 나의 손목을 흘겨보았다.

"그걸 어떻게…."

"혼란스러운 건 이해합니다. 그렇지만 저를 믿으셔야 합니다. 시간이 없어요."

그녀의 말에는 무엇인가 설득력 있게 들렸지만, 나는 그래도 그녀를 믿을 수 없었다.

"만약 그렇다고 한다면, 디케 여신은…"

"준호 씨?"

안나가 나와 엘리사를 발견하고 가까이 다가왔다.

"여기서 뭐 하시는 거죠?"

안나는 엘리사를 흘겨보았다.

"그리고 이 사람은 여기서 뭐 하고 있어요?"

나는 안나의 손목을 잡고 엘리사가 우리의 대화를 못 들을 정도의 거리로 끌고 갔다.

"혹시, 저 사람 누군지 아세요?"

"뭐죠? 저 사람이 누군지는 당신도 아시잖아요."

안나는 엘리사를 힐끔 보았다. 나는 내가 할아버지인 척해야 한다는 사실을 계속 잊고 있었다.

"알아요. 검사잖아요. 근데 저 여자가 우리에게 도움을 주고 싶다네요."

"도와준다고요? 그게 무슨 말이죠?"

"이준 사건을 수사하는 데 도움을 주고 싶은가 봐요."

"뭐요? 안 돼요!"

"왜죠?"

"저 사람이 우리 삼촌을 기소했으니까요! 다 아시잖아요!"

"그래요, 저 사람이 우리 적인 건 맞아요. 그런데 왠지 모르게 저 사람이 우리한테 도움을 줄 수 있겠다는 직감이 들어요."

"그게 무슨 소리죠?"

"마피아들 사이에서 아주 유명한 말이 있어요. 친구는 가까이 두되, 적은 더 가까이 두라."

"뭐요?"

"그냥 어떤 영화에서 본 거예요."

"무슨 영화죠?"

"「대부」요. 그런데 그게 중요한 게 아니에요. 적어도 이게 잘못된 선택이 아니라는 것은 제가 보장할게요. 나 한번 믿어 봐요."

대부는 1970년대에 개봉한 영화였지만, 1940년대에 사는 안나는 영화가 실존하는지는 알 수 없었다. 내가 다시 엘리사에게 가려고 할 때, 안나는 나를 멈춰 세웠다.

"하지만⋯."

"네?"

그녀는 무엇인가 하려던 말이 있었던 듯 나를 바라보았지만, 결국 아무 말도 하지 않았다.

"괜찮은 거 맞죠?"

내가 물었다. 안나는 아무 말 없이 고개를 끄덕였다.

비밀조직

1907년, 헤이그

에스메이는 헤이그의 한 카페에서 동료인 한스를 만나려고 했다. 그러나 그녀가 카페에 도착했을 때 한스는 어디에도 없었다. 한 시간이 지났지만, 여전히 한스의 흔적은 없었다. 그녀는 한스가 항상 시간을 잘 지키고 신뢰할 수 있는 사람이라는 것을 알기에 걱정이 되었다. 그녀는 한스가 단순히 아프거나 다른 일에 몰두하고 있기를 바라며 집에 가서 확인하기로 했다.

  그의 집에 도착해 문을 두드렸다. 벨을 눌러보았지만 아무도 나오지 않았다.

  "한스?"

  그녀가 다시 문을 두드렸지만, 아무도 답을 하지 않았다. 문옆에 있는 창문을 들여다보았지만, 커튼이 안쪽의 비밀을 가리고 있었다. 문을 열려고 했지만 잠겨 있었다. 그녀는 점점 더 불안해졌다.

에스메이는 집을 둘러보다가 뒷문으로 갈 수 있는 통로를 발
견했다. 그녀는 갈색 벽돌담을 넘어 뒤뜰로 들어왔다. 뒷문이
활짝 열렸다. 집은 햇볕을 마주하고 있었지만, 다용도실은 음침
했다. 모든 커튼이 내려져 있고, 수도꼭지에서 삐걱거리는 소리
가 들렸다. 거실에서는 부드러운 클래식 음악이 들려왔다.

"한스?"

그녀가 침을 삼키며 다용도실에서 나와 집안을 둘러보았다.
집안에 누군가가 침입한 흔적이 있는 것 같지 않았지만, 보라색
꽃무늬 유리로 된 거실문은 활짝 열려 있었다.

"한스?"

그녀가 긴장한 듯 장갑을 벗었다.

"에스메이예요."

에스메이가 조심스럽게 거실에 들어왔다.

"이사벨?"

그녀가 한스의 와이프를 불렀다. 날아다니는 파리 소리는 에
스메이를 더욱 불길하게 만들었다. 불쾌한 냄새가 공기 중에 떠
돌았고, 그 냄새를 따라가다가 에스메이는 소파에 나란히 누워
있는 두 명의 여성을 발견했다. 뒤에서 보았을 때 그들이 죽었
는지 아닌지 알 수 없었다.

"저기요?"

그녀는 겁에 질렸다. 가까이 다가가 두 사람을 확인한 그녀는

숨을 헐떡였다. 손을 잡은 이사벨과 그녀의 딸은 이미 피를 흘리며 검푸른 입술로 변해 있었다. 그녀는 이사벨의 맥박을 확인했지만, 아무것도 느낄 수 없었다. 그들은 죽어있었다.

에스메이는 충격에 모자를 벗었고, 커피 테이블 위에 놓여 있는 종이를 발견했다. 그녀는 마음을 다잡고 종이를 뒤집었다. 그곳에는 한스의 친필로 된 메시지가 있었다.

우리의 정체가 발각되었어. 만약 이걸 본다면 어서 도망쳐.

에스메이는 한스를 찾기 위해 황급히 거실을 나섰지만 때는 이미 늦었다. 그는 위층 천장에 목이 매달린 채 있었다. 그녀는 눈을 의심했다. 바로 그때, 뒤에서 목소리가 들려왔다.

"미개한 인간 주제에 어디서 감히 신의 능력을 시험하느냐?"

에스메이는 놀란 나머지 바닥에 쓰러졌다. 키가 큰 근육질의 남자가 투박하고 위협적인 존재감을 뽐내고 있었다. 그의 눈은 위험하고 잔인한 지성으로 번쩍이며, 어둡고 날카로웠다. 그의 목소리는 수 세기에 걸친 전쟁과 유혈의 무게를 짊어진 것처럼 깊게 울려 퍼졌다.

"당신 누구야?"

에스메이의 목소리가 떨렸다.

"신의 영역에 들어오다니, 참으로 용감하구나."

에스메이는 권총을 꺼냈고, 방아쇠를 당겼다. 총알은 그의 가슴에서 튕겨 나갔다. 겁에 질린 에스메이는 권총을 잡고 있던 손을 떨었다. 그는 에스메이에게 다가오며 냉소적인 미소를 지었다. 에스메이는 뒤로 물러섰다.

남자는 바닥에 있던 권총을 집어들고 그녀에게 겨누었다.

"필멸의 운명을 쥐고 태어난 자들이라면, 누구든 내 힘으로 정복할 수 있을 것이다."

집은 붉은 벽돌 외관과 박공 창문으로 장식된 뾰족한 지붕이 있는, 아늑하고 전통적인 타운하우스였다. 현관문은 파란색으로 칠해져 있었고, 황동 장식과 사자 머리 모양의 큰 문고리가 달려 있었다. 1층의 내부는 넓고 채광이 좋았고, 커다란 창문으로 바깥의 조용한 거리가 내려다보였다. 벽은 버터 같은 따뜻한 노란색으로 칠해졌으며, 흰색 테두리와 화려한 몰딩이 장식되어 있었다.

행크가 딸에게 책을 읽어주고 있던 방의 분위기는 차분하고 평화로웠다. 방에는 원목 흔들의자, 동화책이 가득한 작은 책장, 바닥에 깔린 광택이 나는 러그 등 소박하지만 편안한 가구들이 놓여 있었다. 크고 푹신한 침대가 벽에 기대어 있었고 베개와 담요가 높이 쌓여 있었다. 행크는 안나가 누워 있는 침대 옆에 낡은 책 한 권을 들고 앉았다. 침대 옆 탁자 위 램프의 은은한 빛이 벽에 부드러운 그림자를 드리우며 방 안에 가득 차 있었다. 커튼이 쳐진 창밖은 부드러운 리듬의 빗방울이 떨어지고, 이야기를 읽어주는 행크의 목소리가 딸에게 평화롭고 고요한 순간을 만들어주고 있었다.

행크는 딸이 잠들기 전에 하루도 빠짐없이 책을 읽어주었다. 안나는 그에게 가장 사랑스러운 존재였고, 엄마의 눈을 닮은 아이였다. 그는 잠든 딸을 볼 때마다 그녀의 아름다움이 자랑스러웠다.

행크가 책의 마지막 문장을 읽었을 때 안나는 이미 잠들었다. 그녀는 어둠을 무서워하는 아이였다. 행크는 침실 탁자 위에 책을 내려놓고, 조심스럽게 안나의 팔을 치우고 위층으로 올라가 잠자리에 들려고 했다. 안나는 깊게 숨을 쉬며 몸을 돌렸고, 행크는 그녀가 깼을까 걱정했다. 운 좋게도 그녀는 깨지 않았고 행크는 마음을 놓았다. 그는 야간 조명의 밝기를 최소로 낮췄다.

'잘자, 아가.'

그가 미소를 지으며 방문을 나왔다. 위층 침실로 걸어가기 전, 누군가가 현관문을 두드렸다. 행크는 무슨 일인지 궁금했다. 잘못 들었나 싶었지만, 혹시나 하는 마음에 대문을 열었다. 루디가 숨을 가쁘게 내쉬며 앞에 서 있었다. 그의 몸은 온통 비에 젖어있었다.

"무슨 일이야?"

행크가 물었다. 루디가 갑자기 찾아올 거라고는 전혀 예상하지 못했다.

"잠깐 이야기 좀 할 수 있을까?"

"급한 일이야?"

"안 그랬으면 내가 찾아오지도 않았겠지?"

"들어와."

행크는 루디를 거실로 안내했고, 안나가 깰까 걱정이 되어 거실 대신 부엌 불을 켰다. 뒤뜰의 베란다는 부엌과 연결이 되어 있어 빗방울이 파라솔을 두드리는 소리가 식탁까지 울려 퍼졌다. 거실의 벽난로 위에는 행크의 아내가 인상파 풍으로 그린 셰브닝헨의 풍경화가 걸려 있었다.

"와인 좀 할래?"

행크가 와인 잔 두 개를 가져오며 말했다.

"좋아."

행크는 루디가 지난 크리스마스에 준 와인을 가져왔다. 그가 코르크를 따자 깊은 포도향이 뿜어져 나왔다.

"야밤에 갑자기 무슨 일이야?"

"네가 맡은 사건에서 손을 뗐으면 좋겠어."

행크는 루디의 잔을 따르다 멈추었다.

"이준 사건 말이야."

루디는 간절한 눈으로 말했다.

"제발 내 말 좀 들어."

"갑자기 왜 그러는 건데?"

행크는 잔을 따르고 조용히 그의 잔을 테이블에 올리며 말했다. 루디는 말없이 신문 기사를 내밀었다. 행크는 조심스럽게 살펴보기 시작했다.

경찰, 실종된 기자에 대한 모든 가능성 열어두고 수사 중

1907년 7월 17일 수요일.

네덜란드 경찰청장 바우터 반 더 미어의 사임을 조사하던 기자로 알려진 에스메이 호헨봄이 어젯밤 실종되었다. 헤이그 경찰은 호헨봄씨의 남편으로부터 실종 사건을 접수해 도시 곳곳에서 대대적인 수색에 착수했다. 목격자에 따르면 그녀는 실종되기 전 일본 외교관 마에다 루코와 함께 있었다고 전한다.

행크는 기사에서 눈을 뗄 수 없었다. 오늘은 근무하는 날이었기에 이 소식을 처음 접했다. 그는 등골이 서늘해지는 것을 느꼈다.

"아레스가 움직이기 시작한 모양이야. 아마 다음 목표는 너일지 몰라."

"그럼 아레스가 날 잡기 전에 더 빨리 움직여야겠지."

"아니, 그건 정말 무모한 생각이야. 제발 내 말 좀 들어. 안나도 생각해야지. 너 없이 안나가 살아갈 수 있을까?"

"그럼 너는 정의의 여신을 충분히 믿지 않는다는 소리야. 아테네 여신도 우리 편이니, 분명 우리를 보호하리라 믿어."

이준의 죽음 이후, 헤이그 전체가 에스메이 실종 사건으로 떠들썩했다. 대중은 갑작스러운 사건의 배후에 의문을 제기했고, 바우터의 사퇴는 자연스럽게 사람들의 관심에서 멀어졌다. 바우터는 사임한 다음 날 오전에 진행된 인터뷰에서 자신은 이미 한 달 전에 사직서를 제출했고, 사표가 받아들여지기를 기다린다는 말 외에는 하지 않았다. 하지만 그 말이 사실인지 확인할 길이 없었다.

행크에게는 친구가 있었다. 애증의 관계를 공유하는 친구. 그는 헤이그에서 불법 카지노를 운영하는 범죄자였지만, 행크는 그의 뒤를 봐주고 있었다. 그의 이름은 안토니 스미츠였다. 두 사람의 우정은 비밀이었다. 행크가 한때 그의 카지노를 급습했을 때 그들은 친구가 되었고, 안토니는 헤이그의 지하 세계에 대한 모든 세부 사항을 누구보다 잘 알고 있었다. 안토니는 행크의 사건 수사를 도왔고, 심지어 최근 헤렌흐라크트에서 가장 큰 연쇄 살인 사건이 발생했을 때도 그를 도와주었다.

호박색으로 빛나는 태양이 서쪽으로 지고 있던 셰브닝헨 해변. 안토니는 멀리서 행크를 보았다. 셰브닝헨 바다가 한눈에 들어오는 모래언덕에서 행크는 담배를 피우며 깊은 사색에 잠긴 채 눈앞에 드넓게 펼쳐진 비취색 바다를 바라보고 있었다. 드문드문 자란 잡초 사이로 바다가 숨을 쉬면서 황금빛 모래가 솟았다가 떨어졌다. 하늘이 짙은 남색이 되기 전에 등대가 서서히 밝아지고 달이 그 모습을 엿보고 있었다.

안토니는 행크에게 다가와 조용히 그의 옆에 앉았다.

"뭐 좀 알아냈나?"

행크가 안토니의 옆에 종이봉투를 놓으며 말했다. 안토니를 위한 일종의 보상이었다. 안토니는 봉투 안을 살펴보고 와인 한 병을 꺼내며 말했다.

"오! 샤토 마고! 친절히 받아주지."

그가 와인의 이름을 프랑스식으로 발음하며 말했다.

"바우터 그 양반에 대해서 좀 말해봐."

안토니는 주위에 누가 오는지 살폈다.

"마약 조직하고 연관이 있는 것 같아."

"마약 조직이라고?"

"이거 진짜 나만 아는 정보인데, 발리라는 마약 조직이 있어."

"발리?"

"그래. 근데 발리의 우두머리가 최근에 죽었거든? 그래서 차기 우두머리를 뽑기 위해 내부적으로 갈등이 있었는데 여기서 바우터가 등장해. 그가 뇌물을 받고 발리의 뒤를 봐주고 있었거든. 그런데 경찰이 권력 싸움을 틈타 적극적으로 발리를 수사하게 되거든?"

"그래서 바우터가 사임했다?"

"내 말 아직 안 끝났어. 여기서 누군가가 바우터에게 접근하는데, 그는 중국으로 아편을 밀수하던 발리의 고객이었어. 그가 바우터에게 사임하라는 이상한 제안을 해."

"그 사람이 누군데?"

행크가 물었다.

"그건 나도 아직 몰라."

안토니가 슬픈 표정을 지으며 말했다.

"그런데 중요한 건 바우터가 이슈를 통해 다른 이슈를 덮으려 했다는 거야."

"무슨 소리야?"

"생각해 봐. 바우터는 경찰의 수사망이 좁혀오는 것을 피할 길이 필요했어. 근데 만약 그가 사임한다면 네덜란드에서는 큰 이슈였겠지."

"그래서?"

"그러니까 사건으로 그 이슈를 덮는 거야. 단순한 사건이 아닌 큰 사건으로."

"이준의 죽음처럼?"

행크가 물었다.

"그렇지! 그러니까 둘 다 윈 – 윈이겠지. 바우터는 대중들의 관심이 자신에게서 멀어지니까 좋은 거고, 발리는 걔네 깡패조직이 계속 돌아갈 수 있으니까 좋고. 왜냐하면 결국 시간이 지나면 사람들은 이름도 잘 모르는 나라에서 온 검사의 죽음에 대해 궁금해하지 않을 거거든."

"이 정보 얼마나 정확한 거야?"

행크가 의심했다.

"내가 지금까지 알려준 것 중에 틀린 것 있었냐?"

안토니가 확신에 찬 얼굴로 말했다.

"좋아. 근데 만약 이게 사실이 아니라면 사업 접을 각오해."

"그러시던지. 아무튼 와인은 고마워. 근데 다음번에는 이거 가지고는 안 될 거야."

안토니는 자리에서 일어나며 바지에 붙어있는 모래를 털었다. 안토니가 자리를 뜨자, 행크는 담배를 꺼냈다.

경찰서는 분주하고 혼란스러웠다. 형사들은 이리저리 뛰어다녔고, 무거운 부츠가 나무 바닥에 덜거덕거렸다. 전신기와 전화벨 소리, 담배 연기가 방 안을 가득 채웠다. 벽에는 포스터와 안내문이 붙어있었고, 책상 위에는 각종 서류와 증거물이 어지럽게 널려 있었다. 경찰들이 최근 발생한 범죄를 해결하기 위해 쉴 새 없이 일하는 모습에서 긴박감이 느껴졌다.

커피 한 잔을 손에 들고 행크는 창밖을 바라보며 깊은 생각에 잠겼다. 그는 아래 거리에서 분주하게 움직이는 사람들을 바라보았다. 길거리에서 소꿉놀이하는 아이들을 보니 입가에 미소가 번졌다.

"반 루벤 경사님?"

발리를 수사하던 경사가 행크를 불렀다.

"말씀하신 자료입니다."

그는 발리의 한 조직원의 신상정보를 건네며 말했다.

"더크 랑허베이크."

신상정보에 있던 조직원의 사진을 보니 생각보다 매우 순진한 얼굴을 가지고 있었다.

"식품 무역회사를 운영한답니다. 발리의 비밀 유통업체일 것으로 추정됩니다."

"이 회사 사무실이 어디 있죠?"

"에스캄프에 있습니다."

"이 사건 저한테 맡기시죠. 제가 처리하겠습니다."

그 경사는 호기심에 물었다.

"뭐, 그러신다면 저야 괜찮습니다만… 혹시 이유가?"

"그냥 그런 이유가 있습니다. 뭐 나오면 알려드리지요."

행크는 경사 옆을 지나가며 말했다.

행크는 말을 타고 헤이그의 에스캄프 지역으로 향했다. 그곳에서 사건에 대한 단서를 찾기를 희망했다. 최근 내린 비로 인해 길이 울퉁불퉁하고 질퍽거렸다. 너른 들판은 형형색색의 꽃으로 가득했고, 그 가운데 큰 풍차가 바람에 살며시 흔들리고 있었다.

그는 마약 조직의 사무실로 향하고 있었다. 날이 따뜻했고, 팽팽하고 축축한 흰색 셔츠 아래로 땀이 등줄기를 타고 흘러내렸다. 30분 정도 가던 중, 행크는 말과 마차가 잔뜩 있는 창고처럼 보이는 건물을 발견했다. 페인트가 벗겨지고 지붕이 새는 작은 단층 벽돌 건물이었다. 창문은 더러웠고 옥상에는 'DL foods B.V'라는 간판이 붙어있었다.

행크는 말에서 내려 1층에 있던 직원을 붙잡고 물었다.

"당신네 사장은 어디 있죠?"

"누구시죠?"

행크는 경찰 신분증을 보여주었고, 직원은 그를 위층으로 안내했다. 행크가 사무실 안으로 들어가자, 안에 있던 남자가 꺼지라는 눈빛으로 쳐다보았다. 사무실 내부는 어수선하고 정리되지 않은 채 서류와 서류첩들이 책상과 탁자 위에 어지럽게 널려 있었다. 남자는 종이에 무엇인가를 적느라 바빴고, 행크는 미소를 지으며 그에게 말을 걸었다.

"당신이 더크 랑허베이크 씨인가요?"

행크가 천천히 다가가며 거만하게 물었다. 그는 벽에 기대어 있는 접이식 의자를 집어 들고 더크의 책상 앞에 앉았다. 더크는 재밌다는 듯 행크를 바라보았다.

"그런데?"

"생각보다 사무실이 깨끗해서 놀랐어. 네가 마약 유통업자인지 아무도 모르겠는걸?"

더크는 그제야 행크가 경찰임을 알아차렸다. 그는 허벅지에 숨겨두었던 칼을 뽑으려고 했다.

"그거 꺼내면 죽는다."

행크가 총을 꺼내 더크를 겨누었다.

벽에 걸린 시계의 똑딱거리는 소리만 들렸다. 행크의 사무실에 있는 책상은 비어있었고, 의자는 밀쳐져 형사들이 다시 돌아오기를 기다리고 있었다. 차가운 나무 바닥에는 지푸라기 몇 조각만 널려 있었다. 형사들이 오랜 시간 근무했다는 걸 증명하듯 오래된 커피 냄새와 담배 냄새가 공기 중에 맴돌았다.

"갈취에 탈세에 폭행이라… 이제는 마약까지. 전과 쌓는 게 취미냐?"

행크가 더크의 전과기록을 보며 말했다.

"너 지금 이 상태로는 15년 동안 빵에서 썩을 거야. 근데 내가 묻는 말에만 성실히 대답하면 형량을 줄여주도록 해볼게."

"형사님, 꿈이 크시네."

더크가 비웃으며 말했다.

"미안한 말씀이지만, 이런 식으로는 나머지 사람들의 행방을 절대 못 알아낼 텐데…."

"뭔가 잘못 알고 있는 것 같은데…."

행크는 속으로 웃으며 말했다.

"나는 네가 나가서 약을 팔던, 세금을 탈루하던 관심 없어."

"그럼 내가 여기 뭐 하러 있는 거지?"

"잘 들어."

행크는 살인적인 미소를 지으며 그에게 가까이 얼굴을 내밀었다.

"나는 네가 끼고 노는 깡패들보다 너희 뒤 봐줘 가면서 나랏밥 먹는 인간들이 더 괘씸해. 그놈들 명단만 넘겨주면 네 형량 줄여줄게."

"재밌네. 그걸로는 절대 나를 설득 못 할 텐데."

그때 클라스가 경찰서로 들어왔다.

"여기 있었군?"

더크가 클라스를 향해 뒤를 돌아보았고, 행크는 더크가 집중하도록 그의 뒤통수를 세게 내리쳤다.

"다들 어디 갔나?"

행크가 클라스에게 물었다.

"수사하러 나갔지."

클라스가 그의 책상에 앉았다.

"못 들었냐? 지금 완전 뜨거운 감자인데. 최근 2주 동안 연쇄 절도사건이 계속 터지는데 단서를 찾지 못해서 언론들이 난리야. 그 때문에 경감님이 완전 골 아프셔."

"절도사건이라고?"

"응."

클라스가 더크를 보며 말했다.

"근데 이 친구는 누구야?"

그때 행크의 머릿속에 영감 하나가 떠올랐다. 그가 클라스에게 말했다.

"혹시 잠시 나가줄 수 있어?"

"뭐 때문에?"

클라스가 물었다.

"담배라도 피고 오던지, 커피라도 마시던지. 그냥 머리 좀 잠깐 비우고 와. 피곤해 보여서 그래."

클라스는 행크를 이상하게 바라보았다.

"근데 난 괜찮은데?"

"아, 그냥 좀 나갔다 와."

"알았어…."

클라스가 자리를 뜨고, 방에는 다시 행크와 더크만이 남았다. 행크는 작성 중이던 서류를 찢고, 담배 두 개비를 입에 물었다. 두 개비에 불을 붙이고 하나를 더크에게 건넸다. 더크는 받기를 망설였다.

"괜찮아."

행크는 달래듯 말했다. 더크는 의심스러운 듯이 그의 얼굴을 행크 가까이 가져갔고, 담배 하나를 그의 입에 물었다. 행크는 담배 연기를 한 모금 내뿜었다.

"마약 유통 혐의로 빵에서 15년 썩을래? 아니면 절도로 6개월 썩을래?"

더크는 잠시 생각하더니 담배 연기를 내뿜고 말했다.

"절도로 합시다."

불운을 파는 상인

1945년, 헤이그

이미 자정이 반쯤 지났고, 나는 감기는 눈을 뜨기 위해 안간힘을 쓰고 있었다. 행크의 서재는 탁상용 램프로 느릿느릿하게 빛나고 있었고, 선반 위에는 오래된 책들이 벽을 따라 빼곡히 꽂혀 있었다. 밖에서 들리는 빗소리가 적막한 실내에 위안을 주었다.

안나와 엘리사는 나와 함께 큰 참나무 탁자에 앉아 행크의 조사 기록을 살펴보고 있었다. 엘리사는 안락의자에 앉아 생각에 잠겼다. 안나가 바스락거리며 책장 넘기는 소리가 방 안을 가득 채웠다.

내 손에는 발리의 고객 목록이 있었다. 목록은 길었고 유통망은 예상보다 컸다. 아편 무역이 주로 그들 사업의 대부분을 차지했으며, 영국에서 네덜란드로 밀수된 아편은 그 후 여러 유럽 국가, 인도네시아, 중국 그리고 일본에 수출되는 형태였다. 명단

중에 한 개인 브로커의 이름이 눈에 띄었다. 일본식 이름이 영어로 표기되어 있었다.

'오가와 미즈키?'

나는 서류를 내려두고 피곤한 눈을 비볐다.

'오가와 미즈키는 또 누구야? 도대체 1907년 네덜란드 마약 조직에 왜 일본인이 연루되어있는 거야?'

"왜 시신에 아무런 상처가 없지?"

안나가 이준의 부검 사진을 보며 찌푸린 얼굴로 말했다.

"좀 볼까?"

나는 호기심에 그녀에게 몸을 기울였다. 엘리사는 행크의 수사 기록을 넘기다가 이위종의 인터뷰를 발견했다.

"이거 봐요."

그녀는 탁자 위에 그 기록을 던졌다.

"이준이 커피 애호가였다는 이위종의 말이 있어요."

"그럼 독살이라는 소리인가요?"

안나가 의심스러운 목소리로 말했다.

"아마도요. 그런데 뭔가 좀 이상하네요."

엘리사는 이준이 죽었던 방안의 사진을 꺼냈다.

"그날 밤, 이준이 머물렀던 객실의 테이블 위에는 빈 커피잔이 있었어요. 하지만 이준 검사가 죽은 당일이나 전날 음료를 주문했던 룸서비스 기록은 없어요."

순간 머릿속에 무엇인가 스쳐 지나갔다. 나는 몇 년 전에 보왔던 넷플릭스 시리즈 「브레이킹 배드」를 기억했다.

"만약 독살이라면 시나리오 정도는 만들어 볼 수 있죠."

"그게 무슨 말이죠?"

안나가 물었다.

"그냥 어디서 본 건데요. '리신'이라고 있어요. 복용 후 며칠이 지나야 사망에 이르게 하는 강력한 독소의 일종인데, 체내에 흔적을 남기지 않아서 부검할 때 절대로 드러나지 않는데요. 그래서 정치인들 암살할 때 주로 쓰인다네요."

"근데 그건 가정일 뿐이에요. 우리는 증거가 필요해요."

"증거가 없다고 해도 그게 아무 의미가 없다는 뜻은 아니에요."

"무슨 뜻이죠?"

"1898년에 고종 황제가 이런 식으로 암살당할 뻔한 적이 있거든요. 1895년, 명성황후가 시해되고 나서 고종은 러시아로 잠깐 망명을 갔어요. 그리고 그의 역관이었던 김홍륙이라는 사람과 다시 돌아오죠. 그런데 그 역관은 러시아와 대한제국 사이에 오가던 공금을 횡령했고, 고종은 그를 황해에 있는 무인도인 흑산도로 추방해요. 김홍륙은 고종에게 원한을 품고 커피에 치사량보다 많은 양의 아편을 타 고종을 암살하려는 계획을 짜게 돼요. 참고로 고종은 커피 애호가로 널리 알려져 있어요."

"그걸 어떻게 아는 거죠?"

엘리사가 호기심에 물었다.

"고종에 관련된 아주 유명한 일화예요. 모르셨어요?"

"아니요?"

"뭐, 그게 중요한 건 아니고…. 그냥 저는 이준이 독살되었을 수도 있다는 생각이 들어요. 그리고 만약 그게 사실이라면, 여기 있는 일본식 이름을 가진 사람하고 관련이 있을 거라고 봐요."

나는 발리의 고객 명단을 엘리사와 안나에게 보여주었다.

"오가와 미즈키."

엘리사가 조용한 목소리로 말했다.

"제가 생각하는 시나리오는 이렇습니다. 1907년에 이준의 사망 이유에 대해 어느 언론도 제대로 취재하지 않았던 것과 이 사건을 조사하던 에스메이 호헨봄 기자가 어느 날 실종되었던 것 기억하죠?"

"즉, 발리와 경찰 고위직들의 유착이 있었다는 것이고?"

안나가 덧붙였다.

"그렇죠. 그리고 오가와라는 놈이 이준을 죽이기 위해 경찰과 음모를 꾸몄다고 저는 생각해요."

"그럼 이 사람을 어디서 찾지? 아직 살아있는지도 모르는데."

안나가 말했다. 나는 잠깐 생각에 잠겼다. 한 가지 아이디어가 떠올랐다.

"안토니 스미츠. 아마 그 사람이 우리를 도와줄 수 있을 거예요. 안나, 아버지가 안토니랑 친한 친구 사이라고 했죠?"

"그런데요?"

"아마 우리가 안토니를 이용할 방법이 있을 거예요. 그 사람 지금 어딨는지 아세요?"

"알고 있긴 한데요. 오가와에 대해서 아는 게 있을지 모르겠어요."

"근데 안토니는 헤이그의 지하 세계에 관한 모든 것을 알고 있다면서요. 그럼 안토니를 통해서 발리에 속해 있던 사람을 찾을 수 있지 않을까요?"

"그렇긴 한데요. 그는 대가를 받지 않고는 절대 정보를 주지 않을 사람이에요. 그리고 설령 대가를 지불할 수 있다고 하더라도, 그 사람이랑 친분이 있어야 하고. 제가 아무리 친구의 딸이라고 할지라도 그 사람이 우리를 선뜻 도와주지는 않을 것 같은데요?"

"흠….."

안나가 잠시 생각하다 입을 열었다.

"그런데, 안토니랑 내기를 건다면 이야기가 달라지죠. 안토니는 불법 카지노를 운영했었고, 도박과 내기를 아주 좋아하는 양반이죠. 지금은 경마장에서 승부조작 브로커로 활동하고 있어요. 독일군이 그의 카지노 사업을 빼앗아 간 이후로는 독일군들 상대로 사기 치는 걸 즐기는 양반이죠."

"그럼 됐네요. 뭐가 문제죠?"

"그런 도박꾼을 상대로 어떻게 이길 건데요? 이미 그 사람이 경마장에 일어나는 모든 판을 쥐고 있는데."

"니케 여신이 당신 뒤를 봐주고 있던 거 아니었나요?"

"니케는 도박에서 이기는 거랑은 상관없거든요? 니케가 승리의 여신이고 내가 니케를 따르는 예언자라고 해도, 그녀의 승리는 오로지 운동이나 군사적 경쟁에서 이기는 것에만 관련이 있다고요."

"그냥 장난으로 이야기해 본 것을 뭐 그리 진지하게 받아들이고 그래요."

엘리사는 우리의 대화를 조용히 듣고 있다가 말했다.

"저한테 좋은 생각이 있어요."

거리에는 모래주머니와 철조망이 늘어서 있었고, 몇 그루 남지 않은 나무들은 잎사귀를 벗겨냈다. 살을 에는 듯한 추위가 구석구석 스며드는 것 같았고, 한때 북적이던 거리는 섬뜩할 정도로 조용했다.

프린센흐라크트는 넓은 대로로, 최근 몇 년 동안 상당한 혼란을 겪었던 곳이다. 오늘은 특히 하늘에 구름이 잔뜩 끼어 눈이 내릴 것만 같았다. 두꺼운 코트와 모자를 쓴 몇몇 행인들은 쌀쌀한 공기에 입김을 내뿜었다. 거리를 따라 늘어선 상점과 집들은 창문을 꽁꽁 닫고 문은 굳게 닫혀 있어 삭막하고 불길한 느낌이 들었다. 간혹 자동차나 자전거가 지나가면서 바퀴가 빙판 길에 덜컹거리는 소리가 들렸다.

엘리사는 베이지색 레인코트와 감청색 베레모로 탐정처럼 차려입고 있었다. 코트 안에는 몸매의 곡선을 살린 블랙 스웨트셔츠를 입어 여성스러움을 강조하는 동시에 실용적인 느낌을 전달했다. 금테 안경은 지성과 권위의 분위기를 자아냈고, 그녀의 시선은 단호해 보였다.

"지금 우리가 만나러 가는 사람의 이름은 마르텐 디프람이에요. 그는 유럽에서 가장 유명한 귀금속세공사죠. 그의 손에서 만들어지는 모든 것들은 부자들이 탐내는 물건이기도 해요. 그런데 아무리 돈이 많아도 절대 그 사람 물건을 살 수 없어요. 왜냐하면 그 사람은 아주 특정한 사람들에게만 물건을 팔거든요."

엘리사는 내 옆에서 걸으며 말했다. 안나는 우리 뒤를 따라오고 있었다.

"그 사람들이 어떤 사람들이죠?"

"지구상에서 가장 오만한 사람들이요."

나는 그녀가 장난으로 이야기하는 줄 알았다.

"에이, 설마요."

"저, 진지해요. 만약 당신이 정말 세상에서 가장 오만한 사람이라고 판단되면 마르텐은 자신의 보석을 심지어 공짜로 주기도 해요. 그는 네메시스 여신을 따르는 사람이고, 네메시스는 신성한 보복과 복수의 여신이에요. 그녀는 세상에 균형과 정의를 가져오는 능력으로 유명해요. 누군가가 너무 성공했거나 너무 거만해지면 네메시스는 그 행동에 대한 대가를 반드시 치르도록 하죠."

"잠깐만요. 그럼 그건 되게 불공평한 거 아닌가요? 성공한 사람들이 막대한 부를 축적했다는 이유로 벌을 받을 수 있다는 게?"

"아니요, 제가 말하는 건 그런 뜻이 아니에요. 네메시스 여신은 세상의 균형을 맞추는 데 초점을 두지만, 만약 누군가의 부가 노력과 행운으로 얻은 것이라면 결코 그런 행동을 취하지는 않을 거예요."

"그러니까, 탐욕으로 축적된 부는 언젠가 회수된다는 뜻인가요?"

"그렇죠. 아마 이준호 씨는 아기 플루투스를 팔에 안고 있는 아이린 여신의 조각상을 본 적이 있을 거예요. 여기에는 이유가 있죠. 플루투스는 부와 번영의 신입니다. 두 신은 서로 연결되는 부분이 있는데, 그것은 부와 번영이 평화와 조화로운 사회로 이어질 수 있다는 생각이에요. 따라서 누군가의 부가 어떤 결과를 초래했느냐가 중요한 거죠."

"그 말인즉, 네메시스와 플루투스가 서로 협동하고 있다는 것이군요?"

"맞습니다."

"그럼 만약 누군가가 마르텐에게 보석을 사면 어떻게 되죠?"

"그의 보석에는 불운이 깃들어 있어요. 그래서 일단 보석을 산 사람은 최악의 운을 품게 되죠."

"잠깐만요. 그러니까, 안토니와의 내기에서 이기기 위해 마르텐의 보석을 사용하겠다는 건가요?"

"그렇죠."

엘리사는 미소를 지었다.

"사람들은 운이 좋으면 내기에서 이길 수 있다고 생각하지만, 다른 사람에게 불운을 주는 것도 내기에서 이기는 방법이죠."

나는 엘리사의 멋진 아이디어에 놀라움을 감추지 못했다.

"당신 천재 아니에요? 제발 당신이 이 생각을 처음 한 게 아니라고 말해줘요."

"저기예요! 하이넌 덴 하그 블라우브!"

안나가 조용한 모퉁이에 있는 작은 상점을 가리키며 말했다. 그러나 무엇인가 이상했다. 창턱에는 네덜란드식 도자기들이 전시되어 있었기 때문이다.

"여기 보석상 맞아요?"

"안으로 들어가면 보석상으로 들어가는 작은 나무 문이 숨겨져 있을 거예요. 가게 주인에게 가능한 한 오만하게 행동하세요."

엘리사가 말했다.

"그걸 어떻게 해요?"

엘리사는 별거 아니라는 듯 웃음을 지어 보였다.

"그냥 강도인 척해요."

아직 이른 아침이라 가게에 손님이 없었다. 가게 내부는 아늑하고 매력적이었고, 우리가 들어갈 때 문에 걸려 있는 작은 종이 땡그랑 소리를 냈다. 친절한 눈빛과 상냥한 미소를 지닌 노령의 주인이 우리를 맞이했다. 상점 내부는 다양한 모양과 크기의 도자기가 있는 여느 도자기 가게와 다를 바 없어 보였다. 밝은 색상의 꽃병, 그릇, 접시 등이 선반 위에 진열되어 있었고, 모두 손으로 그린 정교한 디자인으로 장식되어 있었다. 갓 구운 흙냄새가 풍겼고 잔잔한 클래식 음악이 평화로운 분위기를 더해주었다. 따뜻한 황금빛 조명이 실내를 아늑하게 비추고 있었다.

커다란 도자기 작품들 뒤에 작은 나무 문이 있었다. 나는 호기심에 계산대 뒤에 있던 주인에게 물었다.

"실례합니다만, 저건 무슨 문이죠?"

가게 주인은 미소를 보이며 말했다.

"아, 저기는 특별 전시품들만 모아둔 방으로 향하는 문입니다. 아무나 들여보내지 않아요. 죄송합니다."

나는 그 문이 보석상으로 들어가는 문임을 직감했고, 안나에게 신호를 보냈다. 안나가 내 옆으로 와서 주인에게 말했다.

"저흰 마르텐 디프람을 찾으러 온 겁니다."

"말씀드렸을 텐데요. 여기는 아무나⋯."

안나는 권총을 꺼내 그에게 겨눴다. 그가 두 팔을 들어 올리자 안나는 문에서 비키라고 손짓했다. 나는 문을 열었다. 가게의 아주 깊은 지하까지 연결된 계단이 나타났다. 안나는 먼저 계단을 내려갔다. 나는 엘리사가 아직 가게를 둘러보고 있는 것을 보았다.

"엘리사, 안 내려가요?"

"먼저 가세요. 저는 여기 남아서 이 사람을 지켜보고 있을게요."

엘리사가 계산대의 가게 주인을 쳐다보며 말했다.

"그래요, 그럼."

계단 맨 아래에는 커튼이 있었다. 커튼을 걷자 반짝이는 보석과 귀금속이 멋지게 진열된 방이 나타났다. 반짝이는 다이아몬드, 루비, 에메랄드 케이스가 벽을 따라 늘어서 있었고, 중앙 테이블에는 복잡한 패턴의 금팔찌와 목걸이 트레이가 진열되어 있었다.

방 뒤쪽에는 커다란 나무 책상이 있었고, 내가 마르텐이라고 생각한 남자는 거기에 앉아 상세한 스케치와 치수로 가득 찬 책을 보고 있었다. 그는 키가 크고 마른 체격에 풍화된 피부와 대부분 흰색이지만 약간의 붉은 기운이 감도는 수염을 기르고 있었다. 그의 날카로운 파란 눈은 뿔테 안경으로 가려져 있었고, 심플한 흰색 셔츠와 검은색 바지 위에 짙은 갈색 가죽 앞치마를 두르고 있었다.

"마르텐 씨?"

내가 그를 불렀다. 작은 은색 펜던트를 살펴보던 그의 손이 멈추었다.

"오, 이런. 영혼의 빈곤으로 고통받는 또 다른 자여."

그가 나에게 다가왔다.

"왜 나를 찾아온 거지?"

"여기서 가장 비싼 물건이 뭐죠?"

내가 물었다. 안나는 그에게 총을 겨누었다. 하지만 그는 움직이지 않았다. 오히려 위협을 받지 않은 듯 나에게 더 가까이 다가왔다.

"움직이지 마."

안나가 경고했지만, 마르텐은 신경도 쓰지 않았다.

"내가 수십 년 동안 이 일을 해왔는데, 당신 같은 좀도둑들을 얼마나 많이 봤을 것 같은가?"

안나는 허공에 경고 사격을 했다.

"여기 장난치러 온 거 아닙니다."

내가 말했다. 그는 내 앞에 서서 나의 눈을 유심히 관찰했다.

"아주 이상하구려…."

"뭐요?"

"나는 허영심을 파는 상인이요. 수십 년간 탐욕을 팔아왔지만, 나에게 이곳에서 가장 비싼 물건을 물어보는 당신의 말과는 달리 당신의 눈에는 허영심이 가득해 보이진 않구려. 한번 말해보게나, 젊은이. 나를 찾아온 이유가 무엇인가?"

나는 연기를 못하는 나 자신을 질책했다.

"아이린 여신을 대신해서 온 겁니다. 물론 제가 당신에게 부탁할 자격이 없다는 건 알지만, 저는 변호사이고 제 의뢰인을 위해 사건을 조사하려면 당신의 보석이 필요합니다."

"그 사건이 무엇인가?"

"살인 사건입니다. 피해자의 사망 원인에 대해 해답을 줄 만한 자를 알고 있습니다."

"그래서 정의를 구현하기 위해 나의 보석을 이용하겠다?"

"네. 네메시스 여신의 도움을 빌리고자 합니다."

"젊은이, 미안하지만 그렇게 해줄 수 없네."

"왜죠?"

"네메시스 여신은 부당한 방법으로 성공을 거둔 자들을 보복하는 데 관심이 있다만, 당신이 그런 사람이 아니라면 보석을 팔 수 없네."

"이해가 가질 않네요. 어차피 결국 그녀의 뜻을 이행하는 것이라면, 왜 그녀는 우리를 도와줄 수 없는 거죠?"

그는 나의 말을 무시하고 자신이 하던 일을 계속해 나갔다.

"젠장⋯."

나는 중얼거렸다. 바로 그때, 누군가가 계단을 내려오는 소리가 들렸다. 그 소리는 점점 커지더니, 엘리사가 커튼을 열고 모습을 드러냈다. 엘리사를 보자마자 마르텐의 눈은 커다래졌고, 마치 귀한 손님이라도 온 듯 그의 행동이 바뀌었다.

"공주님*Serene Highness*!"

마르텐은 헐레벌떡 엘리사에게 다가가 그녀에게 깊은 절을 올렸다. 그리고 그녀의 손을 잡고 손등에 부드럽게 입맞춤했다. 존경심이 가득한 표정으로 그녀를 올려다보며 그가 말했다.

"공주님, 정말 오래간만입니다."

'공주라고? 엘리사가 어디 왕실 출신이었어?'

엘리사는 침묵을 유지했고, 나에게 들키지 말아야 할 사실이라도 들킨 듯 당혹스러운 눈빛으로 나를 보았다. 마르텐은 엘리사의 손목에 살짝 드러나 있는 디케 여신의 징표를 발견하고 말했다.

"공주님, 그런데 손목이⋯."

"일어나거라."

엘리사는 소매를 꽉 내리며 말했다. 그녀는 나를 노려보며 말했다.

"내가 굳이 여기까지 내려오고 싶지 않았는데, 뭐가 그렇게 오래 걸리던 거죠?"

"죄송합니다, 공주님. 필요한 게 있으시면 무엇이든 말씀하시지요."

마르텐이 말했다.

"네가 가장 자랑스러워할 만한 물건을 가져오너라."

"예, 공주님."

마르텐은 고개를 끄덕이며 보석과 금속 서랍을 뒤적였다. 그런 다음 파란색 상자를 찾아 엘리사에게 바쳤다.

"말씀하신 대로 여기 있사옵니다."

엘리사가 상자를 열자 정말 고귀해 보이는 목걸이가 들어있었다. 체인은 섬세한 패턴으로 복잡하게 짜인 순은으로 만들어져 빛에 반짝였다. 중앙에는 커다란 에메랄드가 박혀 있었고, 그 주위를 밤하늘의 별처럼 반짝이는 작은 다이아몬드가 둘러싸고 있었다. 나는 순간적으로 그 경이로움에 매료된 나머지 목걸이를 만지려 했다.

"만지지 마요! 아주 막대한 양의 불운이 들어있으니!"

엘리사가 소리쳤다.

"아, 잊고 있었네요. 죄송합니다."

나는 멋쩍은 듯 말했다.

"이거면 충분합니다."

엘리사가 마르텐에게 상자를 닫으며 말했다. 그녀는 나에게 상자를 건네며 말했다.

"절대 잃어버리지 마세요."

경마장은 도시 외곽에 있었고, 그곳에 가려면 작은 마을과 농장을 통과하는 구불구불한 길을 따라가야 했다. 일부 들판과 농지는 눈으로 덮여 있었고, 집과 헛간 지붕에는 눈이 두껍게 쌓여 있었다. 멀리서 들리던 가축들의 울음소리가 잦아들고, 발밑에 눈이 바삭거리는 소리와 가끔 나무에 부는 바람 소리만 들렸다.

"여기가 맞을 텐데…."

나는 국유림이었던 다운딕흐트 주변을 맴돌며 지도를 확인했다.

"확실해요? 우리가 같은 곳만 몇 시간을 맴돈 것 같은데요."

안나가 말했다.

바로 그 순간, 독일군 장교로 보이는 세 남자가 내 눈에 포착됐다. 그들은 풀이 무성한 공터를 걸어가고 있었다. 나는 그들을 계속 주시했다. 그들이 향하는 곳에는 매표소처럼 생긴 곳이 있었다. 지도를 다시 확인해 보니 우리가 찾던 경마장의 입구였다.

'유레카!'

매표소에 도착해서 글자판을 확인했다. 입장권은 1인당 2길더로, 오늘날 환율로 1유로 정도였다.

"잔돈 있어요?"

내가 엘리사에게 물었다. 그녀는 동전으로 6길더를 계산대에 내밀었다. 우리는 입구를 지나 정문에서 뻗어 있는 잔디 길을 따라갔다. 울창한 나무들을 하나씩 지나고 있는데 멀리서 사람들의 함성이 들렸다. 얼마 지나지 않아 드넓은 경마장이 나타났다. 경마장 중앙 잔디밭에서는 여덟 마리의 말과 기수들이 경기를 앞두고 몸을 풀고 있었고, 관중석에서는 독일 군복을 입은 사람들과 네덜란드 사람들이 환호하고 있었다.

경마장은 1911년에 지어졌다는 안내판이 보였다. 경마장의 오래된 클래식 스탠드는 마치 보스턴 레드삭스의 홈구장인 펜웨이파크를 연상시켰다. 네덜란드 정부는 전쟁 전에는 경마에 대한 도박을 금지했지만, 독일의 침공 이후 다시 경마에 돈을 걸 수 있도록 허용했다.

나는 평생 경마장에 가본 적도 없었고, 앞으로도 갈 거라고는 생각지도 못했다. 그런데 처음 경마장에 와보니 뭔가 신비로운 기분이 들었다. 베팅 부스는 스탠드 위에 있었고, 각 말에 대한 배당률이 표시되어 있었다. 최저는 2.5배, 최고는 31.2배였다.

"제일 높은 배당으로 가죠."

엘리사가 배팅 티켓을 적으며 말했다. 그리고 계산대에 티켓을 내밀었다.

"얼마를 배팅하는 거죠?"

내가 물었다.

"50길더짜리 3장이니, 우리가 이기면 4,500길더겠군요."

트랙 자체는 새하얀 눈으로 덮여 있었고, 날렵한 말이 질주하기에 완벽한 노면이었다. 관중석은 사람들로 가득 찼고, 싸늘한 공기 속에서도 관중들의 숨소리가 들렸다. 질주하는 말발굽 소리와 군중의 흥분된 수다로 공기가 가득 차면서 분위기가 한층 고조되었다. 다양한 생김새와 크기의 말들이 밝은 햇살에 빛나는 털을 휘날리며 목장 주변을 돌고 있었고, 말들의 근육은 기대감으로 들썩이고 있었다.

우리는 트랙이 가장 잘 보이는 스탠드 중앙에 자리를 잡았다. 장내 아나운서가 관중들의 분위기를 띄우기 위해 멘트를 하자, 열기는 점점 뜨거워지고 있었다. 여기저기서 네덜란드어와 독일어가 섞이는 소리가 들렸고, 두 그룹의 관중들 사이의 신경전이 격렬해졌다.

우리는 관중석에서 안토니를 찾았고, 안나가 그를 발견하고 소리쳤다.

"저기예요!"

노령의 안토니는 짙은 색 코트를 입고, 중절모를 내려 얼굴을 가린 채 있었다. 그의 키는 평균적인 네덜란드인의 키에 약간 구부정한 자세로 눈에 띄지 않게 보이려고 노력했다. 우리는 안토니에게 다가갔고, 그에게 인사를 건넸다.

"스미츠 씨?"

낯선 사람이 말을 걸자 안토니는 잠깐 당황했다.

"네?"

"이준호라고 합니다."

나는 그에게 악수를 청했다.

"혼란스러우시겠지만, 38년 전 살인 사건에 대해 뭐 좀 여쭤보려고 합니다."

"살인 사건이요?"

"네. 행크 반 루벤 형사랑 친분이 있으셨던 걸로 압니다. 여기

계신 안나 씨가 그의 딸입니다."

나는 옆에 있던 안나를 소개하며 말했다.

"발리와 그의 고객들에 대한 정보를 알려주셨으면 합니다. 협조해 주시면 감사하겠습니다."

"그러시군요. 그런데 제가 왜 그래야만 하죠? 저는 그저 돈을 벌고 평화롭게 살고 싶은 평범한 사업가일 뿐인데."

"그러면, 사업가답게 저희와 거래하시죠?"

엘리사가 대화에 끼어들며 말했다. 안토니는 잠시 엘리사의 미모에 매료된 듯했다.

"이렇게 아름다운 아가씨가 제안하신다면야 어떻게 거절할 수 있겠습니까?"

그는 그녀에게 악수를 청하며 자신을 소개했다.

"안토니 스미츠라고 합니다."

"엘리사 스텐배리입니다."

그녀가 무심하게 그의 손을 잡았다.

"아주 전형적인 스칸디나비아식 성을 가지고 계시네요? 여기 사람이 아니시죠?"

"스톡홀름이 제 고향입니다. 그렇지만 그게 지금 중요한 문제는 아니라고 생각합니다."

'뭐야, 그럼 엘리사는 스웨덴 왕실의 공주라는 거야?'

마음속으로 의심하는 동안 그녀의 정체에 대해 나는 점점 더 혼란스러워졌다. 적어도 내가 아는 한, 스텐배리는 스웨덴 왕실의 성은 아니었다.

"그럼 먼저 제안하시죠, 엘리사 씨?"

"같이 내기하시면 어떨까 합니다."

그녀는 안토니가 들고 있던 배팅 티켓을 힐끗 보았다. 그는 가장 낮은 배당률을 가진 5번 말에 배팅하고 있었다.

"오늘 당신의 운세가 그다지 좋아 보이진 않아서요."

안토니는 재미있다는 듯 웃었다.

"제가 잘못 들은 건 아니죠?"

"실망이군요. 당신이 진정한 사업가였다면 적어도 그보다 더 배짱은 있을 줄 알았는데…."

엘리사가 비웃는 듯한 미소를 지었다.

"하하, 아주 재미있는 아가씨군요. 그럼 당신은 몇 번에 걸었습니까?"

"3번입니다."

내가 배팅 티켓을 보여줬다. 안토니는 웃음을 터뜨렸다.

"경마에 대해서 잘 모르시는군요. 아마 그 말이 예전에는 우승도 많이 했을지는 몰라도 지금은 전성기가 지났는데 말이죠."

"그럼 왜 망설이는 거죠?"

안토니는 나를 의심스러운 눈으로 쳐다보았다.

"무슨 꿍꿍이죠? 마치 당신이 무조건 이긴다는 확신을 가진 듯이 말씀하시네요."

"못 믿으시겠다면, 결과에 상관없이 이걸 받으시는 건 어떻습니까?"

나는 코트 안주머니에서 마르텐의 보석상자를 꺼내 보였다. 그리고 상자를 열었다. 안토니는 감탄하는 눈빛으로 그 목걸이를 보며 말했다.

"이거 마르텐 디프람의 물건 아닌가요?"

"그렇습니다."

"이걸 어떻게?"

"스미츠 씨, 우리와 내기하는 것만으로도 이걸 그냥 드리겠습니다. 원하신다면 한번 착용해 보시지요."

"정말, 그래도 됩니까?"

"그럼요. 이제 이건 당신 거니까요."

내가 고개를 끄덕였다. 안토니는 순진하게 목걸이를 집어 들었고, 반짝 빛이 나는 아름다움에 감탄하였다.

"역시 전설적인 걸작을 직접 보니, 참으로 아름답습니다."

"스미츠 씨. 그런데 만약 우리가 내기에서 이길 경우, 우리가 무엇을 원하는지 아직 듣지 않으셨는데요?"

"말씀하시지요."

"말씀드렸다시피, 발리와 그의 고객들에 대한 정보를 제공해 주셨으면 합니다."

"그게 다인가요?"

"그렇습니다."

첫 번째 경주가 시작되기 전에 말들이 출발선으로 나갔다. 말들이 코를 킁킁거리며 내뿜는 숨결이 수증기 구름을 만들었다. 기수들은 두꺼운 재킷과 장갑으로 무장한 채 말에 올라 앞으로의 경주를 준비했다. 심판이 발포하기 전, 모두의 시선이 말에게 쏠렸다. 출발 종이 울리자 말들은 눈을 걷어차며 결승선을 향해 질주했다. 관중들은 모두 박수를 치며 환호성을 질렀다. 안토니의 말이 선두로 자리 잡고 질주하기 시작했고, 우리 말은 5위권에서 달리기 시작했다. 안토니가 소리쳤다.

"가자, 가자, 가자!"

말들이 트랙의 중간에 이르렀을 때, 안토니의 말과 그 뒤를 따르는 말이 1등을 놓고 치열한 경쟁을 벌였고, 우리 말은 순위에서 약간 밀려났다. 안나와 나는 긴장한 마음으로 손을 모으고 있었지만, 엘리사는 침착하게 경주를 지켜보고 있었다.

모든 말이 첫 바퀴를 돌았고 순위가 갈리기 시작했다. 안토니의 말이 1등이었고, 다른 말들은 순위를 유지하기 위해 필사적으로 싸우고 있었다. 각 말은 뒤따라오는 말을 막기 위해 안쪽 라인을 철저히 방어했다. 이런 식으로 경주가 계속된다면 우리가 내기에서 이길 가망은 전혀 없었다.

"이거 효과 있는 거 맞아요?"

나는 엘리사를 의심스럽게 바라보았다. 그녀는 아무 말도 하지 않았다.

경주는 중반을 향했다. 아나운서의 목소리가 커졌고, 앞으로 두 바퀴가 더 남았다. 나는 매우 불안해졌다. 그러다가 마지막

바퀴에서 대반전이 일어났다. 2위로 달리던 말이 1위로 달리던 안토니의 말을 추월하려다가 서로 엉켜 넘어졌다. 3위로 달리던 말도 넘어져 있는 말들 위에 걸려 넘어졌다.

"오!"

나는 흥분을 감추지 못했다. 우리가 배팅한 말이 마지막 라운드에서 스퍼트를 내며 1위 자리를 차지했다. 안토니는 자신의 말에게 일어나라고 소리쳤지만, 말은 고통에 몸부림치고 있었다. 네메시스 여신은 역시 우리의 뒤를 지켜보고 있었고, 우리가 배팅한 3번 말이 가장 먼저 결승선을 통과했다. 안토니를 포함하여 관중석에 있던 사람들이 절망의 신음을 냈다.

"됐어요!"

나는 흥분한 목소리로 안나와 하이파이브를 했다. 나는 엘리사와도 기쁨을 공유하고 싶었지만, 그녀는 슬픔에 잠긴 채 눈을 감고 생각에 잠겨 있었다. 나는 그녀의 생각이 궁금했지만, 방해하고 싶지는 않았다.

그때 뒤를 돌아보니 관중석 맨 꼭대기에 독일 제복을 입은 남자가 서 있었다. 잠시 그와 눈이 마주쳤는데, 순간 그가 우리에 대해 뭔가 알고 있는 것만 같았다. 그는 조용한 자신감으로 시선을 사로잡는 아우라를 가졌다. 평균 이상의 큰 키에 잘 다듬어진 체격은 힘과 민첩성의 균형을 보여주었다.

그가 자리를 떠났을 때, 나는 그의 정체가 궁금해졌다.

전쟁의 신, 아레스

평화 궁전의 도서관에 들어서자 역사와 지식의 무게가 나를 감싸며 신비한 기운을 드리웠다. 도서관은 지혜의 성소처럼 서 있었고, 서가에는 인상적인 법률 서적과 고문헌이 빼곡히 꽂혀 있었다. 높은 스테인드글라스 창문을 통해 들어오는 햇빛은 광택이 나는 나무 바닥에 형형색색의 무늬를 드리웠다. 오래된 종이와 가죽 제본의 향기가 공기 중에 스며들어 시대를 초월한 느낌을 더했다. 내 시선은 미로처럼 늘어선 책장 사이로 흘렀다. 먼지 입자가 빛의 흐름 속에서 춤을 추며 미묘한 분위기를 더했다.

도서관 안쪽으로 더 깊숙이 들어가니 방이 하나 있었다. 푹신한 카펫에 발소리도 가려졌다. 우뚝 솟은 서가는 고대 이야기를 속삭이는 것 같았고, 천장에서 나오는 우아한 빛은 책 제목을 신비롭게 비추었다. 방 한가운데에는 풍부한 마호가니로 만든 U자 모양의 긴 소파 세 개가 놓여 있었다. 소파는 우아하게 바끝쪽으로 뻗은 정교하게 조각된 나무다리를 자랑하며, 프레임을 감싸고 있는 플러시 천에 받쳐져 있었다. 짙은 버건디 색의 천은 벨벳처럼 부드러워, 지친 영혼이 안락한 소파의 품에 안기도록 하는 듯했다.

"앉으시죠."

웅장한 나무 문을 닫으며 엘리사가 안토니에게 말했다. 안토니는 도서관에 대한 호기심으로 소파에 앉아 방을 둘러보았고, 안나는 고대의 지혜를 발견하고 싶어 서가에서 책 몇 권을 꺼내 들었다.

방은 약간 쌀쌀하고 습한 느낌이 들었다. 나는 안토니를 바라보며 소파에 앉아 입고 있던 외투를 단단히 조였다. 창문이 없어서 햇빛이 내부로 들어오지 않아 실내는 따뜻하지 않았다.

"여기는 안전한 곳입니다. 여기서 논하는 모든 것들은 비밀입니다."

엘리사가 우리에게 다가오며 말했다. 안나가 들고 있던 책을 다시 꽂으며 우리에게 다가왔다.

"혹시 오가와 미즈키라는 일본인에 대해 들어보신 적이 있으십니까?"

나는 우리 앞에 있던 커피 테이블에 발리의 고객 명단을 놓으며 말했다. 안토니는 조심스럽게 명단에 적힌 이름을 보다가 낯설다는 듯한 표정을 지었다.

"아니요, 전혀."

"그럼, 여기 있는 사람 중에 들어본 이름은 있으십니까?"

내가 계속해서 질의를 해나갔다.

"죄송합니다만, 여기 있는 사람들 모두 옛날 사람들이라⋯. 그리고 저는 당시에 발리와는 아무런 친분이 없었습니다. 하지만 적어도 현재 발리의 가장 큰 고객이 누군지는 알고 있습니다. 원하신다면 정보를 드리지요."

"그러시죠."

"메스암페타민이라고⋯ 들어 보셨나요?"

"네."

나는 고개를 끄덕이며 말했다. 나는 그동안 마약 사범들을 자주 수사했었다. 우리에겐 필로폰이라는 명칭으로 알려진, 일반적으로 줄여서 메스라고도 하는 메스암페타민은 중추 신경계에 영향을 미치는 매우 강력하고 중독성이 강한 각성제이다. 메스는 도파민과 세로토닌을 증가시켜 자신감과 행복감을 증가시킨다.

"참혹한 전쟁터에서 군인들에게 필요한 게 무엇이라고 생각합니까?"

"그러니까, 발리가 메스를 독일군에게 제공하고 있다는 건가요?"

"그렇죠."

오늘날 군사 목적으로 메스암페타민을 사용하는 것은 불법이지만, 1940년대에는 메스 사용의 장기적이고 부정적인 결과에 대한 이해가 없었다. 메스는 각성 증가 및 능률 향상과 같은 단기적인 이점이 있었기 때문에 독일군과 일본군 모두에서 널리 사용되었다. 이 때문에 많은 퇴역 독일군과 일본군이 전쟁 후 마약에 중독되어 약물 중독, 수면 장애, 공격성 증가, 심리적 문제 등의 부작용으로 고통받았다.

"왜 저한테 이런 고통을 주시려는 겁니까?"

엘리사가 조용한 목소리로 중얼거렸다.

"네?"

안토니가 물었다.

"아니요, 아닙니다."

그녀는 눈을 감으며 잠시 생각에 잠겼다.

'도대체 누구와 이야기하는 거야?'

나는 엘리사를 의심의 눈초리로 쳐다보았다. 안토니가 말을 이어 나갔다.

"그건 그렇다 쳐도, 아마 오가와라는 사람을 알고 싶다면 레나트 슈미트라는 사람부터 찾아야 할 겁니다. 그는 독일군 중위로 발리의 주요 고객이에요. 미리 말씀드리지만, 매우 악명높은 놈입니다. 특히 유대인들 앞에서는 절대 그의 이름을 내뱉어서는 안 됩니다. 지금까지 그를 보았던 유대인 중에 살아 돌아온 사람은 없습니다."

'레나트 슈미트? 슈미트 중위… 어디서 들어본 것 같은데…?'

순간 머릿속에 아레스와 어떤 남자가 대화하는 것을 엿들었던 밤이 불현듯 떠올랐다.

'그래. 그가 할아버지가 의식을 잃어가는 걸 봤다고 그랬지. 그럼 그 슈미트 중위라는 사람이 할아버지를 납치한 것인가?'

"그래서 그는 지금 어디에 있죠?"

"내가 독일군 소속도 아닌데 그걸 어찌 압니까? 그렇지만 도움을 드리자면, 오늘 아침에 쿠르하우스를 지나가다 보니 내일 독일군 내에서 무도회가 있는 듯합니다."

"그럼, 거기서 그를 찾을 수 있을까요?"

안나가 물었다.

"그런데 당신들은 초대받지도 않았는데 어떻게 참석할 겁니까?"

엘리사가 잠시 망설이다가 말했다.

"사실, 그건 문제가 안 될 겁니다. 그렇지만 그전에…."

그녀가 나를 보며 말했다.

"전에 춤은 춰보셨나요?"

"춤이요? 아니요."

나는 얼굴을 찌푸리며 말했다.

"그럼 이참에 배우시겠네요."

엘리사는 안나를 보았다.

"당신도 같이 가는 게 좋을 것 같아요. 적어도 싸움 잘하는 사람 한 명쯤은 필요할 테니."

저녁 해가 내리기 시작하면서 셰브닝헨 해안에 따뜻한 황금색 빛이 드리워졌다. 그러나 공기는 기대와 두려움이 뒤섞인 채, 전쟁의 잔재는 여전히 남아 있었다. 북해를 끼고 자리 잡은 해안 마을은 고혹적인 매력을 발산했다. 해안을 따라 더 내려가면 수평선 너머로 부두가 뻗어 있고, 불빛은 밤하늘의 별처럼 반짝이고 있었다.

엘리사는 나와 팔짱을 낀 채 걷고 있었고, 안나는 뒤에서 따라오고 있었다. 우리가 셰브닝헨의 포장도로를 따라 걸을 때, 어깨 아래로 흘러내리는 엘리사의 황금빛 머리카락이 세월이 흘러도 변치 않을 우아함을 발산했다. 그녀가 선택한 검은색 드레스는 밤의 그림자와 발밑의 어두운 도로와 매끄럽게 어우러져 주변 환경과 완벽하게 어울렸다. 드레스의 검은 천은 마치 셰브닝헨 파도의 리듬과 춤을 추듯 그녀가 걸을 때마다 부드럽게 흔들렸다. 세련된 디자인이 그녀의 실루엣을 감싸며 날렵한 이목구비와 절제된 아름다움을 강조했다.

헤이그의 상징적인 건물인 쿠르하우스는 우뚝 솟은 장엄한 건축물로 셰브닝헨의 풍부한 역사를 증명한다. 조명이 켜진 외관은 따뜻하게 빛나며 활기찬 풍경에 은은한 빛을 발했다. 독특한 건축 양식을 지닌 인상적인 구조물은 셰브닝헨 산책로를 따라 당당하게 솟아 있었다.

쿠르하우스에 다다르자 커다란 아치형 입구가 방문객들의 기대감을 부풀어 오르게 했다. 풍화된 정문은 샹들리에와 은은한 빛을 반사하는 거울로 장식된 넓은 로비로 이어졌다. 오래된 나무의 향기와 희미한 황동의 흔적이 공기를 가득 채우며 향수와 역사를 느끼게 했다.

우리는 건물에 들어가기 위해 줄을 섰다. 입구 앞에는 독일군이 서 있었고, 우리 앞의 사람들은 손에 초대장을 들고 있었다. 우리는 초대장이 없었기 때문에 나는 긴장하고 있었다. 그러나 어쩐 일인지 엘리사의 얼굴은 평온함이 배어 있었다.

우리 차례가 되자 한 군인이 독일어로 무엇인가 물었다. 아마도 우리에게 초대장이 있는지 물어보는 것 같았다. 엘리사는 그 남자와 같은 언어로 대답하였고, 그들은 한동안 대화를 이어 나갔다. 나는 그들이 무슨 이야기를 하는지 전혀 알 수 없었지만, 얼마 지나지 않아 그 군인은 우리를 들여보내 주었다. 엘리사는 아무렇지 않게 안으로 들어갔지만, 나는 그녀의 정체가 궁금해 한동안 제자리에 서 있었다.

"괜찮은 거죠?"

안나가 뒤에서 나에게 물었다.

"네…."

나는 여전히 엘리사를 바라보며, 안나에게 아무 일 없다는 듯 답했다. 나의 머릿속에는 많은 생각들로 가득 찼다.

'도대체 엘리사의 정체는 뭘까? 왜 나를 도와주려는 거지?'

마르텐이 공주라고 불렀을 때 이후로 나는 그녀가 의심스러웠다. 응징의 여신이었던 네메시스 여신은 분명 아테네와 디케하고는 친분이 있을 것 같지는 않았다.

'엘리사는 나를 방해하려는 스파이인가? 그렇다면, 그녀는 아프로디테인가?'

"뭘 그렇게 멍하니 바라보고 있어요?"

엘리사가 미소를 지으며 나에게 말했다.

"독일어도 할 줄 아는 거예요?"

"네. 왜요?"

"스웨덴 사람 아니었나요? 어떻게 독일어를 할 줄 아시나 해서⋯."

"어머니가 독일 사람입니다."

그녀는 나에게 잡으라며 자신의 손을 내밀었다.

'도대체 이 여자 정체가 뭐야?'

나는 그녀의 손을 잡는 것이 망설여졌지만, 어찌 됐든 그녀를 믿기로 했다.

한때 일반 손님들로 붐비던 내부 복도는 여전히 빛바랜 우아함을 간직하고 있었다. 대리석 바닥은 세월의 흔적을 고스란히 간직한 채 복잡한 무늬를 뽐내고 있었다. 장식용 몰딩과 색이 바랜 예술품으로 장식된 벽은 성스러운 건물 안에서 일어난 수많은 사건과 모임에 관한 이야기를 속삭이고 있었다.

쿠르하우스의 중심인 연회장은 빛바랜 웅장함을 풍겼다. 한때 찬란했던 샹들리에는 여전히 공간을 부드럽고 따뜻한 빛으로 채웠고, 낡았지만 아름다운 쪽모이 세공 마루를 비추고 있었다. 한때 생동감 넘치고 위풍당당했던 벨벳 커튼은 색이 바래 세월의 흔적이 고스란히 묻어난 채 부드럽게 늘어져 있었다.

웃음과 대화로 어우러진 음악 소리가 공기 중에 떠다녔다. 연회장은 촛불의 깜박임으로 활기를 띠었고, 우아하게 차려입은 참석자들을 따뜻하고 친근하게 비추었다. 감미로운 왈츠의 선율이 우리를 앞으로 이끌었다.

이런 행사에 참석한 것은 처음이었기에 나는 주변 풍경에 사로잡혔다. 어렸을 때 미국 드라마를 많이 봤고, 고등학교 때 프롬 파티 같은 문화를 동경하며 살았다. 하지만 내가 무도회를 직접 경험하게 될 줄은 꿈에도 몰랐다. 오케스트라의 잔잔한 선율이 우리 주위를 휘감으며 우아하고 세련된 분위기를 연출했다. 내 안에서는 설레는 마음이 들었으나 춤에 대한 지식이 전혀 없었기 때문에 조금은 긴장감이 감돌았다. 안나는 레나트 슈미츠 중위를 찾기 위해 같이 춤을 출 독일 장교들을 찾았다.

"그냥 여기에 속해있는 척해요."

엘리사가 내 손을 잡고 나를 왈츠 자세로 이끌었다. 그녀의 손길에 나는 안심이 되었고, 그녀의 눈은 나를 격려하는 듯했다. 음악이 연회장을 가득 채우기 시작했을 때, 엘리사가 나를 리드하였다. 그녀는 왈츠의 기본 스텝과 유려한 동작을 그려가며 나를 안내했다. 그녀는 부드럽게 몸을 흔들면서 댄스 플로어를 가로질러 우아하게 나를 이끌었다.

그러나 그녀의 우아한 움직임은 주저하는 내 발걸음과 대조를 이뤘다. 그녀의 전문성과 자신감은 나의 불안감을 증폭시키는 것 같았고, 나의 결점을 절실히 깨닫게 해주는 듯했다. 나는 음악의 박자와 리듬에 맞추려 고군분투했다.

"천천히… 부드럽게…."

엘리사는 나의 긴장을 풀어주기 위해 부드러운 손길로 나를 만졌다. 그녀의 참을성 있는 리드에도 불구하고 나는 백조와 춤을 추려는 새처럼 어색한 느낌을 떨칠 수가 없었다. 그리고 홀에 동양인이 나밖에 없어서 더욱 어색했다.

그녀의 스텝을 따라 하려던 중에 어깨 너머로 한 남자와 눈이 마주쳤다. 그는 분명히 내가 경마장에서 눈이 마주쳤던 그 사람이었다. 한동안 서로의 시선이 고정됐다. 엘리사는 내가 그녀에게 집중하지 못한 것을 눈치채고는 동작을 멈추었다.

"왜 그래요? 무슨 일이죠?"

그녀는 나의 시선을 따라갔다. 그 남자가 우리 쪽으로 다가왔다.

"이렇게 다시 뵙다니 영광입니다, 공주님."

그는 그녀의 손을 잡고 손등에 키스하였다.

"물론 사별하신 지 꽤 오래 지났지만, 이렇게 새로운 남자를 데리고 오실 줄은 생각지도 못했습니다."

'사별이라고? 도대체 누굴 이야기하는 거지?'

그 남자는 엘리사를 비꼬듯이 이야기했지만, 그녀는 아무렇지도 않은 듯 말했다.

"슈미트 씨는 이런 행사에 혼자 오신 걸 보니, 적어도 제 처지가 슈미트 씨보다는 더 나아 보입니다만."

'슈미트 씨라고? 그럼 이 사람이 레나트 슈미트인 거야? 둘은 어떻게 아는 사이인 거지?'

레나트가 웃으며 말했다.

"아직 유머 감각을 잃지 않으셨군요. 그건 그렇고, 루디 씨의 변호인을 이곳에 데리고 올 생각을 하시다니 참 용기 있으십니다."

그리고는 나에게 눈길을 주었다.

"이 아름다운 분의 마음을 사로잡으신 것을 보면, 이준호 씨는 아마 재능이 많은 사람인가 보군요."

'나를 놀리는 건가, 진심인 건가?'

나는 그를 쳐다보았다. 기분 나빠서가 아니라, 그가 불길해서였다. 엘리사가 그와 한패일지도 모른다는 의심을 내려놓을 수가 없었다.

"절 따라오시죠. 아레스께서 뵙기를 고대하고 계십니다."

끝없이 이어지는 듯한 복도가 계속됐다. 벽에 걸린 빈티지 그림과 화려한 촛대가 따뜻한 황금빛을 발산하고 있었다. 발밑에 깔린 부드러운 카펫은 발소리를 흡수하여 조용하고 평온함을 선사했다.

복도를 따라 더 걸어가다 보니 벽에 기대어 앉을 수 있는 작은 좌석 공간이 눈에 들어왔다. 버건디와 네이비 색상의 플러시 벨벳 의자와 소파는 잠시 멈춰서서 작품을 감상하거나 귓속말로 대화를 나눌 수 있는 휴식처를 제공했다.

우리는 나무 문 앞에 섰다. 문에는 파괴와 승리라는 전쟁의 양면성을 상징하는 문양이 복잡하게 새겨져 있었다. 황동 손잡이가 희미한 조명 아래에서 빛나며 힘과 혼돈의 영역으로 우리를 초대했다.

레나트가 문을 열었다. 안나와 엘리사가 먼저 안으로 들어갔고 내가 그 뒤를 따랐다. 방은 은밀한 성역처럼 우리 앞에 펼쳐졌다. 마치 발리 제국의 심장부, 즉 권위와 위험이 공존하는 공간에 발을 들여놓은 것 같았다. 사무실은 널찍했고, 높은 천장과 하늘을 향해 뻗은 짙은 참나무 판넬이 마치 신과 맞닿아 있는 듯했다.

아레스의 존재가 방 구석구석에 스며들어 있었다. 중앙에는 거대한 마호가니 책상이 있었다. 세심하고 질서 있게 정돈된 책상은 발리라는 마약 조직이 전 세계에 퍼뜨린 혼돈과는 극명한 대조를 이루었다. 책상 뒤에는 도시가 내려다보이는 커다란 창문이 있어 아레스가 정복하고자 하는 세계를 엿볼 수 있었다.

"방해되어 죄송합니다만, 손님이 오셨습니다."

아레스가 돌아섰고, 권력과 지배의 정수를 구현하는 듯한 형상이 내 눈에 들어왔다. 전쟁의 신은 웅장하고 당당하게 서 있었고, 그의 존재감은 관심과 존경을 불러일으켰다. 날카로운 회색빛을 띤 그의 눈은 영혼의 깊숙한 곳을 꿰뚫는 것 같았다. 마치 활활 타오르는 불꽃처럼 매혹적이면서도 불안한 강렬함을 지니고 있었다. 그는 몸을 감싸는 블랙 테일러드 수트를 입고 넓은 어깨와 늘씬한 체격을 강조했다. 그는 권위와 통제의 오라를 풍기며 지하 범죄 세계에서 자신의 위상을 드러내고 있었다.

나는 매혹과 두려움이 뒤섞인 감정을 느끼지 않을 수 없었다. 나는 그의 존재 안에서 압도되어 발 디딜 곳을 찾기 위해 안간힘을 썼다. 전쟁의 신이 지배하는 위험한 세계에 발을 들여놓았다는 사실을 극명하게 상기시켜 주는 듯했다.

"엘리사."

아레스가 낮은 목소리로 우리에게 다가왔다.

"의외군요. 이렇게 갑작스럽게 방문하면 적어도 우리를 반겨 줄 줄 알았는데."

엘리사가 말했다.

"그래도 반갑지 않은 것은 아니니, 너무 섭섭해하지는 말게나. 적어도 네가 이곳에 온 것이 썩 기분이 나쁘지는 않으니. 도대체 이게 얼마 만인가?"

"제가 잡담하려고 이곳에 찾아온 것이 아니라는 것을 잘 아실 텐데요?"

"너무 까칠하게 굴지는 말게나. 내가 아프지 않겠는가?"

아레스가 그녀의 볼을 어루만졌다.

"네가 루디 재판에 검사 측으로 들어갔다는 사실은 들었네. 그새 디케에게서 마음을 돌린 것인가?"

"순진한 건 여전하시군요. 매번 아테네에게 지는 이유가 다른 이유가 아닐 텐데요?"

엘리사가 그를 매섭게 노려보며 말했다.

"그럼 그렇지. 아니면 저 사람을 이곳에 데리고 오지 않았을 테니."

아레스가 껄껄 웃으며 안나를 힐끔 바라보았다.

"정의? 그런 구차한 것에 당신이 사랑하는 사람도 잃어봤을 터, 왜 그렇게 목숨 걸고 지키려 하는가?"

"아직도 신으로서 자격을 잃으신 이유가 테미스 때문이라고 생각하십니까?"

"나는 이해가 되지 않는다네. 왜 그렇게 하찮은 인간들을 지키려고 애를 쓰는 거지?"

그러자 엘리사의 눈시울은 붉어졌고, 눈물을 삼키는 듯했다.

"그것이 어머니가 저에게 가르쳐준 것이기 때문이지요. 인간에게 파괴와 갈등을 조장하는 당신과 달리, 어머니는 사랑하는 법을 가르쳐 주셨으니까요. 그래서 저는 당신을 절대로 용서할 수 없습니다. 왜냐하면 당신이 저와 어머니를 망쳐놓았으니까요."

"정말 네가 나를 이길 수 있을 거라고 생각하나?"

아레스는 그녀를 비웃는 듯 말하면서 옆에 있던 나를 보았다.

"이 변호사랑 같이?"

"두고 보시지요. 나는 무슨 수를 써서라도 당신이 신들의 영역으로 돌아가는 것을 막을 테니. 그리고 당신이 이준과 이 세상에 죄 없는 사람들에게 무슨 짓을 했는지 꼭 밝혀낼 겁니다."

엘리사의 말이 끝나자 불길한 기운이 방안을 가득 채웠다. 임박한 충돌을 의식한 듯 벽이 숨을 죽이고 있는 것처럼 긴장감이 맴돌았다. 갑자기 무장한 독일군이 결연한 표정으로 방으로 들이닥쳤다. 그 순간의 무게가 내게 무겁게 내려앉았다. 언뜻 봐도 적어도 20명은 넘어 보였다.

두려움이 가슴을 짓눌렀지만, 반항의 불꽃이 내 안에서 타올랐다. 나는 아레스를 지키려는 군대에 뒷걸음질 치지 않았고, 안나는 나와 엘리사 앞에 섰다.

"메스가 얼마나 강한지는 들어보았나?"

아레스가 재미있는 구경거리라도 난 듯 그의 책상에서 위스키 한 잔을 따랐다.

"설령 안나가 니케를 추종하는 사람일지라도, 그녀는 절대 당신을 보호해 주지 못 할거네. 저 병사들은 지금 약 기운에 두려움이 없는 상태라네."

"걱정하지 말아요. 제가 처리할게요."

안나가 말했다. 나는 아레스를 쳐다보았고, 그는 나에게 말했다.

"이준호 씨, 당신이 평화의 여신 아이린을 추종하기 때문에 질문합니다. 혹시 '전쟁의 목적은 평화이다'라는 명언을 들어본 적 있습니까?"

나는 아무 말 없이 서 있었다.

"아니라는 뜻으로 알겠습니다."

아레스는 잔을 한 번에 비웠다.

"그럼 질문 하나 더 하겠습니다. 당신이 엘리사를 바라보는 시선이 어딘가 혼란스러워 보이던데, 그녀와 잘 아는 사이가 아니죠?"

"그렇습니다만, 그게 당신에게 왜 중요하죠?"

"그럼 당신에게 한 가지 조언하겠습니다."

나는 그가 무엇을 말할지 궁금했다.

"그녀를 절대 믿지 마세요. 힌트를 드리자면, 피는 못 속이는 법입니다."

엘리사는 나의 팔을 꽉 붙잡았다.

"속아 넘어가지 마세요. 그냥 훼방하려고 하는 말이니."

"행운을 빕니다, 이준호 씨."

아레스는 방 밖으로 유유히 발걸음을 옮겼다. 그러다 잠시 멈춰 안나의 어깨를 툭 치고 말했다.

"니케에게 안부 꼭 전해주고."

아레스는 병사들을 비집고 방을 빠져나갔다. 무장한 병사들이 우리에게 다가왔다.

"이제 어쩌면 좋죠?"

내가 걱정스러운 듯 물었다.

"저기 문 보여요?"

안나가 방 왼쪽 구석에 있던 나무 문을 가리켰다.

"저기로 들어가면 아마 발리에 대한 정보를 찾을 수 있을 거예요. 여긴 저에게 맡기고, 제가 셋을 세면 당신들은 저기 가서 오가와에 대한 정보를 찾아요."

안나는 자세를 바꾸었고, 카운트다운을 하기 시작했다.

"하나."

엘리사와 나는 서서히 뒷걸음질을 쳤다.

"둘."

엘리사는 나의 팔을 더 세게 움켜잡았다.

"셋!"

밀폐된 방안에서 안나와 무장한 독일군 사이의 충돌이 분노의 폭풍처럼 몰아쳤다. 군인들은 살기를 품고 칼을 휘두르며 비장한 각오로 그녀를 에워쌌다. 안나는 그들의 공격에 맞섰다.

안나는 맨손으로 타격을 가했고, 움직임도 유연하고 정확했다. 그녀는 초자연적인 우아함으로 움직이며 거의 불가능해 보이는 기교로 칼날의 맹공격을 헤쳐 나갔다. 그녀의 모든 행동은 혈관을 흐르는 신성한 힘에 대한 증거였다.

엘리사와 나는 혼란스러운 틈을 타 방 안에 있는 가구에 몸을 숨겼다. 혼돈 속에서 안나는 여전히 춤을 추었다. 잠시 휴식을 취한 그녀의 눈에 방 한구석에 걸려 있는 검들이 보였다. 그녀는 의지를 불태우듯 무기를 움켜쥐었고 그들을 향해 돌진했다.

무장한 안나는 누구도 막을 수 없는 존재였다. 검은 그녀 자신의 힘의 연장선이자 신성한 권위를 상징하는 화신이 되었다. 검을 휘두를 때마다 그녀는 허공을 가르고, 흔들림 없는 맹렬함으로 적들에게 보복했다.

병사들은 하나씩 그녀 앞에 쓰러졌고, 한때 자신만만했던 그들의 얼굴은 안나의 무자비한 공격의 무게에 무너져 내렸다. 방 안은 승리의 메아리, 강철과 강철의 충돌, 패배자의 비명으로 일그러졌다. 방 안 전체에 울려 퍼지는 전투 소리는 우리를 둘러싼 위험이 사라지고 있음을 상기시켜 주었다. 엘리사와 나는 그 틈에 겨우 나무 문 앞에 다다랐고, 문을 열려고 했다. 그러나 문은 꿈쩍도 하지 않았다.

"젠장…."

나는 힘껏 문을 열려고 했다. 내 몸을 지렛대 삼아 힘을 쏟았지만, 손잡이는 저항했다. 문은 굳건히 닫힌 채 우리에게 통행을 허락하지 않았다. 엘리사도 함께 필사적으로 문을 밀었다. 손은 문손잡이를 움켜쥐었고, 온몸의 근육이 일제히 긴장하며 모든 힘을 쏟아부었다. 그러나 문은 움직이지 않았다. 문안의 비밀은 우리의 손이 닿지 않는 곳에 잠겨 있었다.

순간 내 안에서 영감의 빛이 번쩍였다. 나는 한걸음 물러서서 새로운 관점에서 상황을 다시 판단했다. 내 시선은 오랜 사용으로 나무 프레임이 풍화된 의자에 닿았다.

나는 의자를 잡고 문을 부수기 시작했다. 그 충격은 방 전체에 울려 퍼졌고, 우리 앞에 있는 장벽을 무시하는 듯한 굉음이 들렸다. 나무 조각이 흩어졌고, 문은 마침내 우리가 가한 힘에 굴복했다.

엘리사와 나는 문 뒤에 있는 방으로 들어섰고, 아레스의 서재처럼 보이는 광경이 우리를 맞이했다. 우리는 발리의 고객 정보로 이어질 수 있는 정보를 찾기 위해 서가를 샅샅이 훑기 시작했다. 책 한 권, 한 권을 꼼꼼히 살피는 동안 우리의 희망은 흔들리기 시작했다. 진실을 찾아야 하는 절박함에 더더욱 분주해졌다.

우리의 영혼이 흔들리기 시작했을 때, 시선은 방의 눈에 띄지 않는 구석에 떨어졌다. 거기에는 꼼꼼하게 정리된 두루마리들 사이로 작고 소박한 금고가 있었다. 금고는 금속 상자 안에 담긴 비밀과 숨겨진 지식을 속삭이며 우리를 향해 손짓했다.

기대와 두려움이 커지면서 우리는 금고에 다가갔다. 차가운 금속성 외관은 마치 우리가 찾던 해답을 손이 닿지 않는 곳에 숨겨놓은 것처럼, 우리를 조롱하는 것 같았다. 나는 금고의 비밀을 풀기가 쉽지 않을 것임을 알고 있었다.

금고를 열 방법을 찾기 위해 나는 방을 샅샅이 뒤졌다. 책장 아래에는 서랍이 몇 개 있었다. 나는 서랍 내부를 뒤지기 시작했고, 거기서 권총을 발견했다.

"엘리사! 비켜요!"

나는 권총을 장전하며 소리쳤다. 엘리사는 금고로부터 멀리 몸을 옮겼고, 나는 금고의 다이얼에 총을 겨누었다. 방아쇠를 당겼다.

금고의 무거운 문이 삐걱거리며 열리자 그 안에 숨겨진 보물 창고가 드러났다. 그런데 쏟아진 문건 중 유독 양피지 한 장이 눈길을 끌었다. 바로 어떤 사람의 이름이 적힌 판결문이었다.

문서를 읽는 동안 내용의 무게가 나를 짓눌렀다. 양피지에는 신정환이라는 사람이 사형선고를 받았다는 내용이 새겨져 있었다.

'도대체 이 사람은 누구지?'

나는 머릿속에서 질문을 할 때, 서재 밖이 조용해진 것을 느꼈다.

"…준호 씨."

엘리사가 걱정스러운 목소리로 말했고, 나는 뒤를 돌아보았다. 고통으로 얼굴이 일그러진 안나가 피에 젖은 손으로 배를 움켜쥐고 비틀거리며 서재로 들어왔다.

"안나!"

충격에 휩싸인 나는 그녀에게 달려갔다.

아나키스트의 반란

1907년, 대한제국

1907년 대한제국의 수도 한성부는 일제의 탄압과 식민 지배의 상처를 고스란히 안고 있었다. 한때 활기차고 번화했던 도시는 일제의 강압에 지울 수 없는 흔적을 남기며 큰 변화를 겪었다.

한성부 거리에는 확연한 불안감이 감돌았다. 한때 조선의 전통적인 요소로 장식되었던 도시의 건축물은 식민 지배자들에 의해 강요된 동화 노력을 반영하듯 일본과 서양의 영향이 혼합된 건물들로 대체되었다. 조선의 상징적인 전통 한옥은 점차 서양식 건물과 구조물에 자리를 내주고 있었다.

또한 한성부를 중심으로 번화한 시장과 활기찬 상권은 일본 상인들에게 넘어가면서 침체되었고, 조선의 상인들은 생존을 위해 고군분투하게 되었다. 조선의 전통, 언어, 관습 또한 일본의 식민 지배에 억압되면서 도시의 문화적 구조는 체계적으로 침식되었다. 일제는 공공장소와 기관에 대한 엄격한 통제를 시행했다. 정부 청사, 경찰서, 군 초소 등은 일제의 존재와 권위를 끊임없이 상기시켜 주는 곳이었다. 조선의 상징과 민족 정체성은 매번 일본의 국기와 상징으로 대체되었다.

거리를 걷다 보면 일본 관리, 군인, 경찰관을 흔히 볼 수 있는데, 이들의 존재 자체만으로도 일제의 식민 지배 권력을 불러일으키는 역할을 했다. 저항이 가져올 결과를 경계한 조선 백성들은 억압의 무게에 짓눌린 채 조심스럽게 움직일 뿐이었다. 심지어 이웃이 일제의 정보원으로 변하면서 공포와 불신이 사람들 사이에 뿌리내리고, 공동체 의식을 더욱 분열시켰다.

도시의 기반 시설도 일본의 이익을 반영한 변화를 겪었다. 전차와 철도 같은 새로운 교통수단이 도입되고, 일본 상품과 인력의 이동이 원활해졌다. 반면 조선인들은 교육, 의료, 경제 등은 발전의 기회가 제한되어 예속의 악순환이 지속되었다.

이러한 탄압 속에서도 저항과 회복의 힘은 여전히 존재했다. 숨겨진 모임 장소, 비밀 모임, 지하 네트워크 등이 독립에 대한 갈망과 희망을 싹틔웠다. 비록 모든 것이 침체해 있었지만, 식민 지배로부터 독립하고자 하는 조선인의 정신은 수면 아래에서 꿈틀거리고 있었다.

한성부의 좁고 희미한 거리를 신정환이 터벅터벅 걸어가고 있었다. 그는 집으로 돌아가고 있었다. 전통 한옥 안에 자리 잡은 그의 집은 소박한 분위기를 풍겼다. 집은 비록 작지만 고단한 삶에도 불구하고 부인할 수 없는 따뜻함을 간직하고 있었다.

신정환이 집에 다다르자 삐걱거리는 대문을 밀며 들어섰다. 누군가 앞마당에 서서 그를 기다리고 있는 것을 보았다. 그의 초라한 거처 한구석에 서 있는 모습은 마치 신성한 존재감을 발산하고 있었다. 신성함으로 주위를 비추는 그녀는 천상의 아름다움이 깃든 아테네 여신이었다. 하늘하늘한 흰 가운을 입은 그녀는 지혜와 힘과 결단력의 오라를 풍겼다. 그녀의 눈은 수 세기 동안의 지식이 담긴 짙은 회색빛으로 빛났고, 올리브색 피부는 탄력적인 우아함이 느껴졌다.

"아테네?"

정환은 그녀의 갑작스러운 방문을 예상하지 못했다. 아테네의 손에는 전보가 들려 있었다. 그녀는 정환이에게 그것을 건네주었다.

"너무 늦지 않았으면 좋겠어요."

아테네가 말했다. 정환은 전보를 받아 들고 말없이 읽기 시작했다.

보낸 사람: 러시아 영사관

받는 사람: 신정환

변화의 용감한 선구자, 우리는 당신에게 희망의 소식을 전합니다. 조선인들이 가진 불굴의 정신을 존경하는 러시아의 심장부에서 우리는 광복의 숭고한 대의를 지지함을 약속합니다.

러시아 정부는 자유를 위한 투쟁에 대한 단호한 의지가 있다는 것을 알아야 합니다. 이를 위해 우리는 용감한 대한제국의 의병에게 무기를 제공할 것을 약속하며 손을 내미는 바입니다.

당신의 변함없는 헌신과 불굴의 정신을 잊지 않고 있습니다. 그러므로, 우리는 함께 대한제국의 주권 회복과 국가의 존엄성을 되살리기 위한 길을 개척할 것입니다.

이 서약을 통해 저항의 불씨를 지피고, 조선인들이 새로운 힘과 신념으로 일제와 맞설 수 있도록 용기를 북돋우고자 합니다. 변화의 물결이 거세게 일고 있으며, 더 밝은 미래가 기다리고 있습니다.

해방된 대한제국을 향해 나아가는 여러분의 결의를 굳건히 다지기를 바랍니다.

서명

러시아 영사관

"이제 나머지는 당신의 몫입니다."

아테네가 말했다.

"고마워요. 정말 감사합니다."

정환은 감격을 겨우 누르며 숨을 죽인 목소리로 속삭였다. 존경과 깊은 감사의 표시로 그는 여신 앞에 깊이 고개 숙였다. 그의 감정의 무게가 허공에 무겁게 드리워져 있었다.

일본이 동아시아에서 권력을 장악하자마자 지폐 발행권을 박탈했고, 화폐 통합 사업을 시행함으로써 경제권을 일본에 종속시켰다. 1905년 11월 이후 '대한제국의 근대화를 위하여'라는 명목으로 강제 차관을 도입했는데, 대출 규모가 1,300만 원을 넘었다.

1906년 대한제국의 예산은 790만 원이었다. 일본의 강제 대출은 조선의 연간 예산을 훨씬 초과했다. 대한천일은행은 조선인들이 설립한 은행 중 하나로 인천과 개성에도 지점이 있었다. 그 은행의 자본금은 5만 6천 원이었고, 1,300만 원이면 그에 상응하는 규모의 은행 수백 개를 설립할 수 있는 금액이었다. 대한제국은 그런 대출금을 갚을 능력이 없었다. 대한제국의 재정 수입은 러일전쟁 직전 연간 총소득의 3분의 1에도 미치지 못했고, 청나라로부터 사들인 외채를 여전히 갚고 있었다.

2월의 어느 날 아침, 상동교회에서 독립운동가들이 긴급회의를 열었다. 일본의 감시를 피해 모임은 교회나 사찰과 같은 종교 시설을 주로 이용했다. 상동교회 목사실 안에는 조명이 은은한 빛을 발해 공간을 경건하게 밝히고 있었다. 종교적 도상으로 장식된 벽은 내부에서 피어오르는 저항의 배경이 되었다. 세월의 풍상을 입은 커다란 나무 십자가가 믿음과 단결의 확고한 상징으로 서 있었다. 10명 이상의 독립운동가들이 긴 테이블을 둘러싸고 있었다. 그들 중에는 이준, 안창호, 신정환 그리고 대한매일 출판사 양기탁 기자도 있었다.

"우리가 청나라에 얼마나 빚지고 있습니까?"

양기탁이 물었다.

"약 3백만 원 정도입니다. 하지만 올해 안에 갚을 수 있을지는 아직 확실하지 않습니다."

"정말 심각하오."

"그렇지만 일본인들이 우리의 의지와 상관없이 가져온 차관을 아직도 갚아야 합니까? 무력을 동원해서라도 맞서 싸워야 합니다."

신정환이 말했다.

"그렇지만 현재로서는 그들과 싸울 무기와 병력이 충분하지 않습니다."

"어제 러시아로부터 필요하다면 의병에게 무기를 지원해 주겠다는 전보를 받았습니다. 물론 나중에 갚아야겠지만 지금으로서는 이보다 더 좋은 선택은 없을 것 같습니다."

신정환이 말했다.

"하지만 그렇게 되면 부채만 늘어날 뿐, 그것이 이상적인 해결책은 아니라고 생각합니다."

이준은 주장했다.

"그럼, 다른 방법이 있나요?"

신정환이 물었다.

"국제사회가 일본의 식민지 지배를 정당화하고 있는 만큼, 현재로서는 우리를 지지해 줄 나라가 없습니다. 세계적인 지지를 얻기 위해서는 무력으로 대항하는 것보다 더 성숙한 방법이 필요합니다."

이준이 덧붙였다.

"이렇게 가다가는 정말 나라를 잃을 수도 있습니다! 지금 러시아가 우리에게 손을 내밀 때 그것을 놓치지 말아야 한다고요! 아니면 다음은 없습니다!"

신정환이 강력하게 주장했다.

"나는 이준의 의견에 동의하네. 강제적이든 아니든, 차관을 먼저 갚는 건 꼭 필요하다고 믿네. 그래야 일본이 우리 한반도에 침략한 정당성을 없앨 수 있지 않겠나?"

양기탁이 말했다.

"도대체 나라를 되찾을 의지가 있기는 한 겁니까?"

신정환이 양기탁을 어이없다는 듯 쳐다보았다.

"국채보상운동을 진행하는 건 어떻겠소? 우리 2천만 국민이 힘을 합치면, 충분히 빚을 갚을 수 있을 듯하오."

안창호가 신정환의 의견을 무시하며 말했다.

"그거 아주 좋은 생각이오."

이준이 말했다.

"양기탁 기자, 내일까지 기사 하나만 써주실 수 있겠소?"

1907년 2월 21일, 대한매일신보에 기사가 올라왔다.

국채 1,300만 원은 나라의 존망과 직결되는 만큼 이제는 마음을 가다듬고 국가에 대한 충성과 정의를 보여줘야 할 때다. 이것을 갚으면 나라가 유지되고, 갚지 못하면 나라를 잃는다. 한 번 땅을 잃어버리면 다시 찾을 방법이 없다. 우리는 이 나라가 또 다른 베트남이 되도록 내버려 둘 수 없다. 백성들은 이 국채에 대해 무시해서는 안 되며, 백성들은 이것을 의무로 인식해야 한다. 이 채권을 갚을 방법이 있다. 2천만 명이 3개월간 금연하고, 1인당 월 0.2원을 저축하면 곧 1,300만 원은 금방 모을 수 있다.

기사가 나간 뒤 국채보상운동은 대구를 시작으로 전국으로 퍼져나갔고, 이준은 한성부에서 운동을 지휘하였다. 이 운동은 성공적이었다. 운동을 주도한 사람들은 주로 민족 자본가와 지식인들이었으며, 사회적 지위에 상관없이 고위 관료들과 심지어 고종황제까지 적극적으로 운동에 참여하였다. 여성들도 처음으로 참여했다는 점에서 이 운동 자체가 특별했다.

그러나 이 운동 이후 독립운동가들은 두 갈래로 나뉘었다. 안창호와 같은 사람들은 대한제국이 일본으로부터 독립할 준비가 되지 않았기 때문에, 먼저 경제력을 키우고 인재를 양성해야 한다고 주장했다. 반면, 신정환과 같은 사람들은 무력으로 일본에 저항하자고 주장했다. 안창호를 지지하지 않는 아나키스트들은 그렇게 독립운동단체를 떠났다.

그날 밤, 신정환은 자신의 방에서 블라디보스토크에 사관학교를 세운 의병대장 안중근에게 편지를 쓰고 있었다. 천주교 신자였던 그는 처음에는 안창호의 준비론을 지지했으나, 일제의 침략 수위가 걷잡을 수 없이 전국으로 확대되자 아나키스트로 방향을 바꾸었다.

안중근 장군님께

먼저 이국땅에서 군사 인재 양성에 힘써주신 당신의 노고에 감사드립니다. 조선에서 국채보상운동이 활발히 진행되고 있지만, 안창호 선생의 준비론에 동의하지 않아 저는 그와 결별하였습니다. 지금 이 나라에 필요한 건 나라를 발전시킬 인재가 아니라, 당장 일본인들을 이 땅에서 몰아내는 것입니다. 이미 나라를 잃은 마당에 인재를 양성한다는 것이 무슨 의미가 있습니까?

약 한 달 후, 이토 히로부미는 일왕의 생일잔치에 참석하기 위해 인천항을 떠날 예정입니다. 최근 러시아가 무기 공급을 보장했고, 비밀리에 의병들이 일본에 대항하기 위해 준비하고 있습니다. 우리는 이토의 열차를 급습할 계획이지만, 현재 병력이 부족합니다. 그

래서 안 장군님, 저의 의견에 동의하신다면 한성부로 의병 두 소대를 보내주셨으면 합니다.

신정환 올림

그는 만년필을 책상 위에 살며시 놓았다. 잠시 눈을 감고 생각에 잠겼는데 누군가 현관문을 두드리는 소리가 들렸다. 처음에는 잘못 들었다고 생각했지만, 누군가가 계속 문을 두드렸다. 그는 자신의 앞마당을 둘러보았고, 대문 뒤에서 아는 사람의 목소리가 들렸다.

"문 열어!"

신정환이 문을 열자 강호석이 나타났다. 그는 신정환의 절친한 친구였다.

"야밤에 무슨 일이야?"

신정환이 물었다.

"내가 방금 어디 갔다 왔는지 알아?"

강호석이 들뜬 채 물었다.

"아니, 모르지."

"안창호 선생님 댁."

"그런데?"

강호석은 주위에 사람이 있는지 둘러보며 조용히 말했다.

"몇 달 전 헤이그에 파견된 헐버트 선교사는 진짜 특사가 아닌 것 같아."

"뭐라고?"

신정환이 놀라서 목소리를 높였다.

"쉿!"

강호석은 손가락을 입에 가져다 대며 조심스레 말했다.

"잠깐 안에 들어가도 될까?"

"그래서, 한번 말해봐. 헐버트가 진짜 특사가 아니라니?"

신정환은 방으로 들어와 문을 닫으며 말했다. 그는 차를 탁자에 올렸다. 강호석은 김이 모락모락 나는 차를 들어 올렸다.

"헐버트는 가짜야. 일본 놈들을 속이기 위해 파견된 거라고."

"그리고?"

"고종황제가 아직 진짜를 보내지 않았어. 내가 듣기론, 이준이 진짜인 것 같아."

"이준이라고?"

신정환은 고개를 갸우뚱했다.

"근데 왜 그 양반이지? 별로 특별한 것도 없잖아."

"고종황제가 국채보상운동에 진심인 건 자네도 알잖나. 그래서 이준을 무척 신뢰하는 듯해."

"그건 그렇다 치고. 이 이야기를 왜 나한테 하는 거야?"

강호석은 신정환에게 가까이 고개를 내밀며 말했다.

"너 중국어 할 줄 알지?"

"그런데?"

"너 중국에 아편이 어떻게 수입되는지 아냐?"

"아니?"

"영국에서 원료를 수입해 만주에서 제조하는 거야. 근데 작년에 중국이 아편을 금지했잖아. 지금 중국에서 아편을 제조하다가 걸리면 바로 총살이야."

"근데, 그게 나랑 무슨 상관이 있는데?"

"중국에 장 선생이라는 사람이 있어. 그가 만든 게 워낙 유명한데 이제 더 이상 중국에서 제조하지 못해. 그래서 조선에 공장을 짓고 싶어 하지. 영국에서 원료를 수입해서, 조선에서 제조하는 거야. 그리고 그걸 중국에 다시 판매하는 거지."

신정환은 찻상을 걷어찼고 차가 바닥에 쏟아졌다.

"꺼져라. 나는 약 장사 안 한다."

"아니, 내 말을 끝까지 들어봐. 이 바보 같은 국채보상운동이 벌어지고 있는데, 우리가 빚을 갚을 수 있을 것 같아? 절대로. 하지만 중국의 아편 시장의 규모를 생각해 봐. 우리가 그것을 만들어서 팔기만 하면 당연히 금광이지. 러시아에 갚아야 할 돈보다 더 많은 돈을 벌 수 있을 걸?"

그의 말에 신정환은 잠시 유혹을 느꼈다.

"근데 만약 걸리면 어떻게 할 건데?"

"일본 놈들이 우리나라에 있는 한, 중국은 절대 조선에 약이 존재한다는 걸 모를 거야. 생각해 봐. 일본 놈들이 중국의 일부 지역도 침략하여 식민지로 삼고 있는데, 굳이 외교적 문제를 일으키려고 조선에 관심을 기울일까?"

신정환은 잠시 생각하다가 말했다.

"근데 왜 나야? 중국어 할 줄 아는 사람들도 많은데?"

"당연히 이준 때문이지! 원리원칙대로 사는 양반이 과연 윤리적이지 못한 일을 하는 사람을 가만히 보고만 있을 것 같아?"

"그래서 나를 찾아왔다?"

"모두가 그를 따르는 상황에서 다른 선택의 여지가 없었지."

남대문역의 혼잡한 분위기 속에서 신정환은 두려움과 결연한 의지가 뒤섞여 두근거리는 가슴을 안고 여행객들 속에 몸을 숨겼다. 평범한 복장을 한 그는 수많은 인파 속에 자연스럽게 섞였다. 그의 시선은 단 한 곳, 일제의 악명 높은 탄압의 상징인 이토 히로부미에게 고정되었다.

일본군과 경찰들이 남대문역을 삼엄하게 경비했다. 신정환은 시간표와 가장 가까운 승강장 근처에 자리를 잡았다. 그는 아치형 지붕을 받치고 있는 기둥에 걸린 시계와 손으로 쓴 기차 시간표를 끊임없이 비교했다.

마침내 이토와 그의 일행들이 승강장에 나타났고, 사람들은 감격에 찬 눈빛으로 그들을 바라보았다. 신정환은 조용히 그들이 기차에 오르는 것을 지켜보았다. 열차가 출발을 준비하는 동안, 신정환은 외투 안에 숨겨둔 무기를 손으로 꽉 쥐었다. 그는 이토의 뒤 칸으로 들어갔다. 그곳에는 일반 승객들과 소총을 든 일본군 한 명이 있었다. 그는 군인 앞에 앉았다.

마지막 탑승을 안내하는 방송이 역 안에 울려 퍼지자 신정환의 감각이 예민해졌다. 남대문역에서 제물포로 가는 열차는 언제 교전이 벌어질지 모를 긴장감을 안고 출발했다. 신정환은 창문 밖으로 흘러가는 시골 풍경을 바라보며 한 시간쯤 뒤에 벌어질 전투를 머릿속으로 예행 연습했다.

창밖의 풍경은 매혹적인 움직임과 찰나의 순간으로 변했다. 저 너머의 세계는 색깔, 모양, 그리고 찰나의 풍경으로 가득한 채 흐릿하게 되었다. 울창하고 푸르른 시골 풍경이 지나가고, 자연적인 아름다움의 증거인 선명한 초록색으로 물든 풍경이 나타났다. 태양의 황금빛 햇살을 받아 흔들리는 농작물들이 열심히 땅을 가꾸는 농부들의 이야기를 속삭이고 있었다. 간간이 터져 나오는 화려한 야생화들이 꽃망울을 터뜨리며, 지나가는 파노라마에 섬세한 아름다움을 더했다.

눈 깜짝할 사이에 작은 마을들이 나타났다가 사라졌고, 전통 가옥들이 풍경 속에 조화롭게 자리 잡고 있었다. 굴뚝에서 피어오르는 연기는 가족들이 모여 기쁨과 고난의 이야기를 나누는 분주한 일상을 암시하는 듯했다.

갑자기 열차가 제물포역 승강장에 들어서기도 전에 급정거했다. 승객들은 무슨 일이 일어나고 있는지 궁금해했다. 그때 기관실에서 요란한 총성이 울렸는데, 그것은 의병들이 열차를 급습했다는 신호였다. 신정환은 즉시 권총을 병사에게 겨누고 방아쇠를 당겼다. 병사 옆에 앉아 있던 여성이 비명을 지르자 신정환은 자리를 떴다.

의병과 일본군의 전투가 벌어졌고, 좁은 통로는 치열한 전투의 장이 되었다. 사지가 뒤엉키고 주먹을 불끈 쥔 채 필사적으로 몸싸움을 벌이는 의병들의 모습에 주변 공간은 숨이 막힐 정도로 좁아졌다. 승객들은 열차에서 내리느라 바빴다.

신정환은 통로를 따라가 이토가 있는 칸을 열었다. 그러나 일본군 장교의 시신 외에는 아무도 없었다. 이토는 이미 사라진 뒤였다.

"쌍!"

그가 고개를 돌리는 순간 총알이 날아왔지만, 그를 명중시키지는 못했다. 통로 끝에 있던 일본군 병사가 권총을 들고 그에게 다가왔다. 신정환은 몸을 숨기고 총을 쏘며 맞받아쳤다. 총알이 명중했는지 확인하기 위해 그가 조심스럽게 고개를 내밀자, 그 병사가 한 발을 더 발사했다. 그는 병사가 다가올 때까지 총을 재장전했고, 발걸음이 점점 가까워지는 소리를 들으며 숨을 죽였다.

그 병사가 객실 안으로 들어와서 그에게 주먹을 날렸다. 좁은 공간은 타격 때마다 공기에 스며든 위험을 고조시켰다. 금속이 부딪치는 소리와 이따금 들려오는 고통의 외침이 싸움의 불협화음으로 뒤섞였다. 신정환은 병사에게 달려들어 목을 졸랐다.

"이 개자식아!"

병사의 얼굴이 붉어졌고 정환은 더 세게 주먹을 쥐었다. 정환의 얼굴에는 반항의 흔적이 역력했고, 눈은 흔들림 없는 결의로 불타오르고 있었다. 그러나 그 병사는 탄력성과 민첩성을 증명하듯 몸을 비틀었다. 그는 만만치 않은 적수였다. 병사의 훈련된 몸과 뛰어난 힘은 곧 우위를 점했고, 그의 타격은 정확하고 강력했다.

불리한 상황에도 불구하고 신정환은 굴복하지 않았다. 그는 자신이 추구하는 대의명분에 대한 열렬한 신념을 바탕으로 온 힘을 다해 싸웠다. 그의 움직임은 본능에 의해 움직였다. 그러나 격렬한 몸싸움이 계속되자 피로가 정환을 갉아먹기 시작했고, 숨소리가 거칠어졌다. 그의 시야가 피로로 흐려졌고, 한때 맹렬했던 타격도 점점 약해졌다. 정환의 취약점을 감지한 병사가 기회를 잡았다.

병사의 주먹이 정환의 턱에 꽂히자 그가 뒤로 휘청거렸다. 통증이 정환의 몸을 관통하며 순간적으로 무방비 상태가 됐다. 패배의 현실은 신정환의 어깨를 무겁게 짓눌렀고, 한때 반항적이었던 그의 정신은 순간적으로 꺼져버렸다. 결국 그는 동포들을 억압하는 세력의 포로가 되어 그 무게에 짓눌리고 말았다.

숨겨진 진실

1945년, 헤이그

엘리사와 나는 책상에 앉아 펼쳐진 서류들을 뒤지고 있었다. 흩어진 서류들 사이에 카드 한 벌이 놓여 있었는데, 그 선명한 색깔이 우리를 일로부터 잠시 휴식을 가져다주었다. 엘리사는 할아버지 의자에 앉았고, 나는 손에 스페이드 파이브를 든 채 앞에 앉았다. 나는 손가락 사이로 카드가 우아한 바람개비처럼 돌아가는 것을 지켜보았다. 그 동작이 잠시나마 여유를 제공해 주었고, 나는 다시 일에 집중할 수 있었다.

"이상하네요. 오가와가 한성에서 태어났군요."

엘리사가 책상에 커피를 내려놓으며 말했다.

"그럼 그가 조선 사람이라는 건가요?"

나는 바람개비처럼 회전하는 카드를 지켜보며 말했다. 오가와는 일본인들이 조선으로 본격적으로 이주하기 시작한 1905

년 이전에 태어났다. 그 이전에는 조선인들이 일본으로 많이 유학을 떠났고 이준도 도쿄에서 법학 학위를 받았지만, 그 반대 경우는 흔하지 않았다.

"그의 어머니는 일본인이었네요."

엘리사는 들고 있던 서류를 넘겼다.

"그런데 왜 경찰은 오가와를 조용히 무혐의 처리했을까요? 정말 네덜란드 경찰 내부에 뭔가 심각한 부패가 있었던 건 아닐까요?"

나는 카드를 내려놓고 뭔가를 알아냈다는 듯이 그녀를 바라보았다.

"그거 아세요? 생각해 봤는데, 만약 오가와가 아직 살아 있고 실제로 우리 가까이 있다면?"

"무슨 말씀이죠?"

그녀가 호기심 어린 눈으로 나를 보았다. 나는 방문이 닫혀 있는지 확인하고, 그녀에게 얼굴을 바짝 들이밀었다.

"만약 신정환의 진짜 정체가 오가와였다면 어땠을까요?"

나는 나직하게 말했다.

"뭐요?"

그녀가 내게 터무니없다는 눈빛을 보냈다.

"생각해 봐요. 이토 히로부미 암살에 실패했고 재판에 넘겨져서 사형선고까지 받았는데, 왜 아레스가 아직도 법원 판결문을 가지고 있을까요? 뭔가 이상하지 않아요?"

"아니요? 적의 죽음에 대한 증거로 가지고 있을 수도 있죠."

"그래요. 그런데 누군가가 '더 잘할 생각은 하지 말고, 다르게 할 생각을 하자'라는 유명한 말을 남겼거든요?"

"누가요?"

"스티브 잡스가요."

"그게 누군데요?"

그녀가 나를 이상한 눈으로 보았다.

"애플 창업자요."

"사과요? 그게 회사 이름이라고요?"

"네."

"근데 왜 사과에요? 너무 진부하다는 생각 안 드세요?"

"창조의 과일이니까. 저는 멋진 이름 같은데요."

"그렇군요."

"하여튼 애플은 잊으시고. 나중에 오래 살다 보면 알게 될 거예요. 제가 하고 싶은 말은 신정환이 사형선고를 받고, 아레스가 신정환의 목숨을 구해줬다는 시나리오를 생각해 볼 수 있다는 거죠."

그녀는 여전히 혼란스러워했다.

"그럼 신정환이 아테네를 배신하고, 그 뒤에 이준을 죽였단 말인가요?"

"네."

"근데 왜죠? 그러니까 아무리 신정환이 이준과 결별을 했어도 그렇지, 방법이 달랐을 뿐이지 일본에 저항하고자 하는 목표는 같았는걸요?"

"그런데 제가 그랬잖아요. 다르게 생각해야 한다고요."

"그래서 떠올린 게 고작 그거예요?"

"좋아요. 하지만 제가 의심하는 데는 이유가 있어요. 어느 날 밤, 저는 잠에서 깨서 화장실에 가고 있었어요. 아래층에서 우연히 아레스와 어떤 남자의 대화를 엿들었어요. 얼굴은 못 봤지만, 이 건물에는 조선인밖에 살지 않는 거 알잖아요. 아레스가 새벽 3시에 누구와 대화를 나눌 것 같습니까?"

"근데 그 사람이 신정환이라는 보장은 없잖아요."

"그래도 의심을 해볼 수는 있잖아요! 아레스가 정적의 죽음을 증명하기 위해 신정환의 판결문을 증거로 가지고 있는 게 아닐 수도 있잖아요! 대신 그가 신정환의 목숨을 구해줬다는 은혜의 증거가 될 수도 있는 거죠!"

"너무 앞서나가는 거 아니에요?"

"아니, 왜 동의하지 못하는 거죠?"

"동의하지 못한다는 게 아니라, 의심만으로 결론을 내리지 않는 겁니다."

나는 그녀를 의심스럽게 쳐다보았다.

"그거 알아요? 당신 진짜 이상해요."

엘리사는 나의 눈을 피했다.

"당신 진짜 정체가 뭐예요?"

나는 이상하다는 듯 그녀를 보았다.

"갑자기 그건 왜요?"

"아니, 처음부터 말이 안 되잖아요. 상대편 검사가 왜 나를 도와주려고 하는지, 왜 사람들이 당신을 공주라고 부르는지. 그리고 아레스하고는 어떻게 아는 건지? 그냥 당신의 모든 것이 나중에 내 뒤통수를 치려고 준비하는 느낌이라고요."

엘리사는 깊게 한숨을 내뱉었다.

"때가 되면 알게 될 거예요."

"근데 그때가 왜 지금이 되면 안 되는 거죠?"

엘리사는 입술을 깨물고 잠시 말을 잇지 못했다.

"저는 비밀이 너무도 많은 사람이고, 당신이 알게 되면 상처받을 수 있어요. 답답하시겠지만, 나중에 때가 되면 알려드릴게요. 그러나 지금은 아니에요."

나는 할아버지가 절대 알면 안 되는 비밀이 너무도 궁금했다. 하지만 반면에 엘리사는 내가 할아버지가 아니라는 사실도, 나에 대해 뭔가 아는 것 같았다. 머릿속에선 그녀의 정체에 대한 다양한 시나리오가 떠올랐고, 나는 복잡한 기분을 느꼈다.

"그래요. 그럼."

나는 한숨을 내쉬며 머리를 식히기 위해 책상 위에 놓인 카드를 집었다.

"마술 좋아해요?"

"아니요?"

엘리사가 무심한 어조로 말했다.

"아, 왜요? 오늘 당신 운세나 봅시다."

나는 빠르게 카드를 섞었다. 그리고 다 섞은 카드를 그녀 쪽으로 내밀었다.

"자, 하나 골라요."

그녀는 손을 앞으로 뻗어 손끝으로 카드 위를 미끄러지듯 살피다가 한 장을 골랐다. 그녀는 카드의 이미지와 가치를 기억에 새기며 열심히 살펴보았다.

"아! 영감과 아이디어를 상징하는 잭 다이아몬드."

나는 말했다.

"네. 하지만 게으름과 미성숙함을 상징하기도 하죠."

"그냥 영감과 아이디어를 상징하는 걸로 합시다. 이제 카드를 아무 데나 다시 되돌려 놓으세요."

엘리사는 카드를 되돌려 놓고 나를 의심 많은 눈으로 보았다.

"그리고요?"

"자, 잘 봐요."

나는 카드를 섞으며 민첩한 조작을 재개했다. 그런 다음 나는 그녀 앞에서 카드를 펼쳐놓기 시작했다.

"놀라실 준비가 되셨습니까?"

나는 그 카드를 뒤집었고, 엘리사가 선택한 카드가 잭 다이아몬드임을 밝혔다.

'잭 다이아몬드.'

"봐요!"

내가 흥겹게 말했다.

"오늘은 당신 운이 좋아 보입니다!"

엘리사가 한숨을 내뱉었다.

"신기하긴 한데, 이럴 시간이 없어요."

"아, 진짜 이러기에요?"

"이런 거 할 시간에 여기 있는 거 단어라도 더 봐요."

엘리사가 옆에 쌓인 서류 더미를 툭툭 치며 짜증스럽게 말했다.

"사람 참 더럽게 재미없네."

내가 툴툴거렸다.

"뭐라고요?"

"아니에요."

나는 그녀의 눈을 피하면서 헛기침했다.

"도무지 도움이 되질 않는군요."

엘리사는 자리에서 일어나 방을 빠져나갔다.

"어디 가요?"

나는 그녀를 따라나섰다. 엘리사는 계단을 쿵쾅거리며 내려갔다.

"알았어요. 알았어. 내가 다 잘못했어요. 그런데 이러실 필요는 없잖아요!"

우리가 아래층에 다다랐을 때, 소파에 누워있는 안나가 눈에 들어왔다. 그녀의 얼굴에는 여전한 고통과 함께 어느 정도 회복되었다는 기운도 느껴졌다. 한 형상이 그녀 옆에 서서 부드러운 손길로 상처를 치료하고 있었다. 그는 평온과 치유의 기운을 뿜어내는 의술의 신, 아스클레피오스였다. 아스클레피오스는 존재만으로도 육체적 상처뿐만 아니라 정서적 상처까지 치유하는 힘이 느껴져 방 안은 평온함이 흘렀다.

"몸은 좀 어떠세요?"

엘리사가 안나에게 물었다. 안나는 일어나려 했지만, 아스클레피오스가 제지했다.

"전보다 나아졌어요."

안나가 고통을 참으며 말했다.

"일은 어떻게 진행되고 있어요?"

"바드 박사를 만나러 델프트에 가봐야 할 듯해요. 이준의 사망 진단서를 발급한 사람인데, 이상한 점은 그 사람이 피부과 의사인 것 같아요."

"피부과 의사요?"

엘리사가 끄덕였다.

"당신은 잠시 여기에 머물러 계세요. 준호와 제가 알아서 처리할게요."

델프트. 따뜻한 햇살이 활기를 띠며 눈 앞에 펼쳐진 풍경에 황금색 빛을 드리웠다. 도시는 형형색색의 집들이 늘어서 있고, 아치형 다리로 장식된 매력적인 운하가 반짝이는 태피스트리처럼 맑고 푸른 하늘을 비추고 있었다. 햇빛이 수면 위로 춤을 추며 빛과 그림자의 매혹적인 놀이를 연출했다. 오리와 백조들이 운하 위를 유유히 미끄러지듯 지나가며 목가적인 풍경에 우아함을 더해주었다.

햇빛을 받아 금빛으로 반짝이는 엘리사의 금발 머리는 그녀의 존재감을 더욱 돋보이게 했다. 그녀는 무시할 수 없는 기운을 발산하며 조용한 자신감을 지니고 있었다.

소박한 2층 구조의 집은 이 지역의 건축적 특징을 고스란히 담고 있었다. 따뜻한 흙빛의 미묘한 색조로 물든 벽돌 벽은 건축에 사용된 장인정신을 암시했다. 넝쿨이 옆으로 뻗어 있고 잎사귀는 자칫 딱딱해 보일 수 있는 외관에 자연의 품을 더했다.

엘리사가 집의 초인종을 눌렀다. 한참을 기다렸지만 아무도 나오지 않았다. 그녀가 다시 한번 벨을 누르자 한 노인이 문을 열었다. 그는 대머리에 은테 안경을 썼고, 왼손에는 지팡이를 들고 있었다.

"안녕하세요, 선생님. 바드 박사님이신가요?"

엘리사는 공손하게 물었다.

"누구시죠?"

노인은 달갑지 않은 듯 우리를 맞았다.

"죄송합니다. 엘리사 스텐배리라고 합니다. 일본인 외교관 마에다 루코에 관해 말씀 좀 나눌 수 있을까요?"

"번지수를 잘못 찾아오셨습니다."

그가 문을 닫으려고 했다. 엘리사는 닫히는 문을 잡았고, 그녀가 들고 있던 가방에서 서류 하나를 집었다.

"협조 안 하시면 허위 문서 조작 혐의로 기소할 겁니다."

거실은 레이스 커튼 사이로 스며드는 부드럽고 산란된 빛으로 가득 차 있었다. 햇빛은 마치 자연 그 자체가 진리와 이해의 길을 비추려는 듯, 벽에 춤을 추며 바닥에 복잡한 무늬를 드리우고 있었다. 가끔 바스락거리는 종이 소리만 들리는 고요한 분위기는 그 공간에 경건한 분위기를 주었다.

세월의 흔적이 묻어나는 가구들이 위엄 있게 서 있었다. 낡은 안락의자가 구석에서 손짓하고 있었고, 천은 색이 바래고 닳았음에도 매력적이었다. 종이와 필기구가 어지럽게 널려 있는 나무 책상이 바드 박사의 작업실 역할을 했다. 책상은 헌신적인 학자의 흔적이 고스란히 남아 있었고, 표면에는 잉크 얼룩과 함께 수많은 시간을 연구하고 사색한 흔적이 새겨져 있었다.

"박사님, 피부과 전문의 맞으시죠?"

"은퇴하기 전에는 그랬습니다."

"한번 1907년으로 돌아가 보죠. 이준이라는 조선인 검사를 기억하십니까?"

"네."

"그의 사망 진단서를 발급하셨고요?"

"그렇습니다."

"정식 부검 의사도 아닌데, 왜 그의 진단서를 발급하신 거죠?"

"저는 당시에 레이덴 대학에서 법의학을 가르치고 있었습니다. 당시에는 시신의 부검이 필요하면 레이덴 대학 법의학과에서 진행했죠."

"하지만 박사님은 피부과 의사라고 하셨잖아요. 직업을 무시하는 것은 아니지만, 당신이 진단서를 발급한 이유는 무엇입니까?"

"당시에는 어느 분야에 전문성을 가졌는지는 중요하지 않았어요. 의사로서 합법적인 권한이 있다면, 의료 분야에서 어떤 전문성을 가졌던 누구나 부검을 할 수 있었죠."

"그렇군요."

엘리사가 메모하며 말했다.

"그렇지만 사망 진단서에는 사인에 대해 적혀 있지 않습니다. 왜 그런 거죠?"

바드 박사는 불편하다는 듯 대답하기를 망설였다.

"제가 방금 질문을 드렸을 텐데요?"

엘리사가 재촉했다.

"부검실에서 처음 시신을 봤을 때 외상의 흔적은 전혀 없었어요. 뺨에 종기를 제거해서 생긴 것처럼 보이는 흉터가 있었는데, 피부과 전문의로서 종기 자체가 사람을 죽이지는 않는다는 것은 알 수 있죠. 그런 경우는 보통 농양으로 인한 패혈증인데 이준은 패혈증 증상이 없었어요. 그래서 나는 그의 죽음에 대해 아무것도 결론을 내릴 수 없었죠."

"그러나 부검 결과가 나오기도 전에 기사가 나왔는데, 종기가 이준을 죽였다고 주장하더군요. 그걸 어떻게 설명할 수 있죠?"

의사는 더 이상의 대화를 나누기 불편해했다.

"죄송합니다만 저는 당신의 모든 질문에 대답할 책임이 없습니다. 저는 제가 해야 할 일을 한 것뿐이고, 그게 제가 아는 전부입니다."

엘리사는 의사의 반응에 압도되지 않았고, 그녀는 계속해서 추궁해 나갔다.

"당신은 마에다 루코라는 사람을 알고 있나요?"

"그저 그 사람의 얼굴만 알 뿐입니다."

바드 박사의 얼굴에 짜증이 새겨져 있었다.

"그를 어떻게 아시죠?"

"빌어먹을!"

바드 박사가 의자에서 벌떡 일어섰다.

"나는 그에 대해 아무것도 몰라요! 나는 단지 얼굴만 안다고 말했어. 그게 다예요!"

"바드 박사님, 당신이 협조적이지 않다면…"

"내 집에 무단침입했다고 고소하겠어!"

그 남자는 인내심을 잃고 큰 소리로 외쳤다.

"박사님, 저희는 단지…."

엘리사와 바드 박사가 격렬한 언쟁을 벌이는 것을 차분히 지켜보던 중, 액자 하나가 내 시선을 사로잡았다. 벽에 자랑스럽게 걸려 있는 바드 박사의 대학 졸업장이었다. 그런데 뭔가 이상했다. 나는 호기심이 발동했다.

졸업장에 다가가서 나는 주의 깊게 눈으로 살펴보았다. 정교한 디테일이 돋보이는 디자인이 나를 끌어들였지만, 내 관심을 끈 건 하단의 서명이었다. 우아한 필기체로 새겨진 이름은 내가 들고 있던 사망 진단서의 서명과 달랐다. 뭔가 잘못되었다는 생각에 의심이 밀려왔고 심장이 두근거렸다.

나는 손에 쥐고 있던 사망 진단서를 꺼내 나란히 비교했다. 그것은 마치 서로 다른 두 사람이 이름을 쓴 것처럼 눈에 띄게 차이가 났다. 의심이 점차 마음을 갉아먹듯 나는 문서의 진위에 의문을 품기 시작했다.

"엘리사."

놀란 마음에 나는 조용한 목소리로 그녀를 불렀다. 그러나 엘리사는 듣지 못했다.

"엘리사!"

엘리사가 나를 놀란 눈으로 쳐다보았다.

"이준의 사망 진단서가 위조된 것 같아요."

내 목소리가 떨렸다.

"뭐요?"

그녀가 내 옆에 와서 사망 진단서의 서명과 바드 박사의 대학 졸업장을 비교했다.

"이건 사실일 리가 없어."

엘리사는 믿을 수 없다는 듯이 고개를 저었다.

"우리가 사람을 잘못 찾은 것 같아요."

델프트역에 도착했을 때, 흐린 밤은 어머니의 온화한 기운처럼 조용히 다가왔다. 빗방울이 철길에 부드럽게 키스하며, 낮의 강렬한 색채를 온화한 파스텔 색조로 부드럽게 완화했다. 바드 박사를 만난 것이 오늘 하루의 전부였지만, 낮은 이미 밤으로 바꿰고 있었다. 우리는 헤이그의 도심으로 향하는 도시 간 트램을 타기 위해 승강장에서 줄을 서서 기다리고 있었다. 화려하게 차려입은 젊은 네덜란드 커플이 우리 앞에 서 있었다. 금요일 밤이었다. 그들은 데이트하러 나온 것 같았다.

우리 앞에 행복한 커플과는 대조적으로 엘리사는 납작한 모자 밑에 분노를 숨기고 있었다. 나는 조심스럽게 그녀의 눈을 쳐다보며 물었다.

"그럼 아직도 사망 진단서가 위조되지 않았다고 믿는 거예요?"

엘리사는 아무 대답도 하지 않았다.

낡은 복고풍의 전차가 도착하자 줄을 선 사람들이 하나둘씩 올라탔다. 우리는 빈자리를 찾았지만, 모두 다른 사람들이 차지하고 있었다. 우리는 전차 한가운데에 서 있었고, 트램이 움직이기 시작했다. 엘리사는 모자를 벗었고, 나는 그녀의 눈을 통해 화가 났다는 것을 읽을 수 있었다.

"괜찮아요?"

나는 그녀에게 조심스럽게 물었다. 엘리사는 여전히 침묵했다.

"근데 그거 알아요? 아까 바드 박사한테 너무 앞서 나간 거예요."

나는 그녀의 눈치를 살피며 말했다.

"노인이시라고요. 아마 우리가 그렇게 갑작스럽게 찾아간 것도 반갑지는 않으셨을걸요?"

"지금 저를 가르치시려는 겁니까?"

엘리사가 날카로운 목소리로 말했다.

"당신은 거기서 아무것도 안 해놓고, 제가 잘못했다고 하시는 거예요?"

"아뇨, 그게 아니라요."

나는 차분히 말했다.

"그냥 박사님한테 이야기하실 때, 그 사람이 마치 범인인 듯 몰아갔잖아요. 우리는 그 사람에 대해서 아무것도 모르는데. 당신은 검사지, 형사가 아니잖아요. 형사소송법의 기본 원칙은 무죄추정의 원칙에 있다는 것을 잘 아시잖아요."

"표 좀 볼 수 있을까요?"

전차 차장이 우리의 대화를 끊었다. 우리 둘 다 표를 꺼내자 차장이 표에 구멍을 냈다. 기분이 이상했다. 디지털화된 사회에서 살면서 평생 누군가가 내 표를 손으로 확인한 경험이 없었던 것 같다. 아마도 유럽에서는 아직도 누군가가 티켓을 확인하겠지만, 우리나라에서는 그렇지 않기 때문이다.

"저는 그저 제 할 일을 했을 뿐이에요."

엘리사가 이야기를 이어 나갔다.

"박사님도 그러셨을 수 있어요! 진짜 마에다 루코에 대해 아무것도 모르실 수 있다고요! 적어도 사망 진단서에 왜 아무런 사망 원인이 없는지에 대한 타당한 이유는 줬다고요!"

"그게 무슨 소리죠?"

"기사가 시신 부검이 이루어지기도 전에 나왔다면, 누군가가 먼저 루머를 퍼트렸다는 소리겠죠?"

"그게 마에다 루코이고?"

"그렇죠! 그리고 일본 놈들은 아마도 이준의 죽음을 병사로 결론짓고 싶었을 거예요! 그렇지 않으면 사람들이 의심할 게 뻔하니까요! 헤이그 특사들이 평화회의에 참석하지 못하게 된 날에 자살했다면 매우 이상하게 들리기 때문이죠!"

"일본이 그를 살해했다면, 그렇죠."

"그리고 바드 박사는 아마 이준의 배경에 대해 아무것도 몰랐을 것이고, 그는 그저 자신의 일을 하고 있었을 거예요! 그 말은 사전에 누군가 바드 박사에게 진단서를 위조하라고 말했어야 했는데, 바드 박사의 부검이 끝난 후에는 너무 늦었다는 거죠."

"그래서 결론은 일본인들은 이준을 살해했고, 누군가가 알기 전에 자신들의 살인을 은폐할 무언가가 필요했고. 그래서 이준이 뺨에 종기가 생겼다는 것을 이용해서 소문을 퍼뜨린 것이다?"

"아마도요?"

"그리고 바드 박사는 피부과 의사였기 때문에 사망 원인에 어떠한 결론도 내리지 못했다?"

"그렇죠. 그게 아니라면 왜 사망 진단서에 사망 원인이 없는지 설명이 안 돼요."

엘리사는 잠시 생각했다.

"시나리오는 괜찮은데, 사실임을 밝히려면 아직 가야 할 길이 많아요. 만약 바드 박사가 사망 원인을 설명할 수 없었다면, 다른 외과 쪽에 전문성을 가지고 있는 의사에게 부검을 맡겼어야 해요."

"그래서 저는 이준의 사망 진단서가 위조되었다고 생각합니다."

"그게 무슨 소리죠?"

"생각해 봐요. 바드 박사는 이준의 시신을 부검했을지는 모르지만, 사인에 대해서는 결론을 내릴 수 없었을 거예요. 그리고 아마도 일본 놈들은 그 문서를 위조해서 그의 이름을 불법적으로 사용했을 거예요. 왜냐하면 그때는 이준의 죽음에 대해 아무도 궁금해하지 않았을 거거든요."

"그럼 바드 박사가 왜 진단서를 발급하지 않았다고 말을 안 하는 거죠?"

"우리가 일본에서 보낸 사람이라고 생각했을 수도 있죠."

"왜 그렇게 생각하죠?"

"제가 동양인이라서?"

내가 어깨를 으쓱했다.

"저도 몰라요. 그냥 추측하는 거예요."

전차가 역에 정차하자 우리의 대화는 끊어졌다. 눈 앞에 펼쳐진 승강장에는 서둘러 목적지로 향하려는 사람들로 북적거렸다. 우리는 기차에서 내렸고, 승강장은 소란스러웠다. 갑작스러운 충격이 우리의 움직임을 방해했다. 지나가던 행인이 우리를 들이받고 군중 속으로 재빨리 사라졌다. 깜짝 놀란 우리는 바닥에 작은 종이 한 장이 떨어져 있는 것을 발견했다.

　독일군들의 눈에 띄지 않게 역 사무실로 오세요.

　구석구석에 도사리고 있는 위험을 인식한 우리는 짧은 눈빛을 나눴다. 상황의 긴박함은 우리를 앞으로 나아가게 했고, 의문의 쪽지를 따라 역무실 안에 숨겨진 비밀을 밝혀낼 수밖에 없었다. 심장이 두근거리고 떨리는 마음과 결연한 의지가 뒤섞인 채, 우리는 수많은 승객 사이를 헤치고 앞으로 나아갔다.
　역무실 안으로 들어서자, 그림자에 가려진 한 인물이 위엄 있고 수수께끼 같은 모습으로 우리를 맞이했다. 은은한 조명에 눈이 익숙해지자, 우리는 그가 비밀스러운 쪽지를 남긴 사람이라는 것을 알아챘다. 그의 이목구비는 날카롭고 두드러졌다.
　"안녕하세요."
　내가 조심스럽게 말했다.
　"당신이 이 쪽지를 흘리고 간 사람 맞죠?"
　"이준호 씨, 제가 당신 이름을 맞게 발음했나요?"
　"네."
　나는 고개를 끄덕였다.

"브람 밸런이라고 합니다. 앉으시죠."

우리는 서로를 마주 보고 책상에 앉았다.

"이준호 씨 말씀은 많이 들었습니다. 이준의 죽음에 대해 수사하고 있다고."

"네, 맞습니다. 그런데 누구시죠?"

브람은 그의 옷소매를 걷어 손목을 보여주었다.

"아폴로 신의 예언자입니다. 만나서 반갑습니다, 이준호 씨."

"그러시군요."

나는 압도되어 말했다.

"이준호 씨, 제가 뵙고 싶었던 이유는 다름이 아니고 이준의 부검 결과서 때문입니다."

부검 결과서의 행방

1907년, 헤이그

헤이그 시청의 사무실은 우아하고 짙은 색 목재 가구로 꾸며져 세련된 분위기를 풍겼다. 화려한 커튼이 달린 크고 높은 창문은 부드러운 오후의 햇살이 방 전체에 따뜻한 빛을 드리웠다.

사무실은 높은 천장과 광택이 나는 반들반들한 바닥으로 넓었다. 벽에는 저명한 역사적 인물의 그림과 네덜란드 역사의 한 장면을 묘사한 복잡한 태피스트리가 장식되어 있었다. 방 중앙에는 웅장한 나무 책상이 놓여 있고, 그 위에는 깔끔하게 정리된 서류 더미와 잉크통, 그리고 퀼 펜이 놓여 있었다.

루크 빈터 시장은 책상 뒤에 앉아있었다. 평온해 보이는 루크의 얼굴은 스트레스를 숨기고 있었다. 은밀하게 위안을 얻으려는 듯 그는 책상 서랍을 뒤져 작고 우아한 힙 플라스크를 꺼냈다. 그가 조심스럽게 뚜껑을 열자 은색 플라스크가 반짝였고,

그 안에 담긴 진한 호박색 액체가 드러났다. 그것은 그가 책임감의 무게를 잠시 덜기 위해 선택한 치료제인 고급 보드카였다. 그는 직원들과 방문객들의 눈을 피해 조심스럽게 보드카를 입에 따라 마시며 연습한 대로 정확한 동작을 취했다. 독한 술의 독특한 향기가 공기를 가득 채우며 오래된 책과 광택이 나는 나무 향기와 뒤섞였다. 술이 부드럽게 튀는 소리가 방 안에 은은하게 퍼졌다.

잠시 멈춰 선 루크는 목구멍이 타들어 가는 느낌과 동시에 잠시 고민의 끝이 무뎌지는 것을 느꼈다. 은밀한 탐닉에 만족한 그는 재빨리 플라스크의 뚜껑을 다시 닫아 책상 서랍 속에 숨겨두었다. 그는 다시 근엄한 표정을 지으며 숨겨진 묘약으로 무장한 채 앞에 놓인 일거리들에 맞서기로 결심했다. 사무실의 무거운 나무 문이 삐걱거리며 열리자 근엄한 얼굴의 경찰관이 모습을 드러냈다.

"시장님, 안녕하십니까?"

루크는 일을 멈추고 경찰을 보았다. 경찰관은 어떤 종이를 손에 쥔 채 루크의 앞으로 다가갔다. 루크의 시선이 갑자기 그 예상치 못한 방문객에게 쏠렸다. 경관은 통명스럽게 고개를 끄덕이며 시장의 책상으로 다가와 루크에게 종이를 내밀며 말했다.

"서명 하나만 부탁드립니다."

깔끔하게 작성된 그 서류는 특정 개인의 매장에 관한 것이었다.

"이준, 48세⋯."

루크는 서류 속의 남자가 헤이그에 거주하는 직계 가족이 없다는 사실을 알아차렸다. 루크는 헤이그 시장이었기 때문에 이준의 유해 처리에 대한 결정권을 가지고 있었다. 그러나 그는 문서에 적힌 사인을 보고는 의심의 눈빛을 보냈다.

"종기로 인한 사망? 진짜요?"

"오늘 밤까지 매장해야 합니다."

루크는 계속 서류를 훑어보았다. 이준의 사망 시간을 확인하던 그는 의심이 들었다. 그는 앞 벽에 걸린 시계를 가리키며 말했다.

"사망한 지 열 시간도 안 됐는데, 시신은 아직 부검도 안 됐을 겁니다. 어떻게 생각합니까?"

"이미 그의 동료 이상설에게 동의서를 다 받았습니다."

루크는 어이없다는 표정을 지었다.

"아니, 어떻게 사람이 종기로 죽을 수가 있죠? 이게 말이 된다고 생각해요?"

"정부의 일입니다. 서명하세요."

루크는 경찰관이 자신에게 말하는 태도에 오만함을 느꼈다. 그는 분을 참지 못하고 책상 위의 서류를 집어 들고 의자에서 일어섰다. 그리고는 단호한 몸짓으로 경찰관을 향해 서류를 힘껏 던졌다.

"당신이 뭔데 나한테 서명하라 마라야?"

"제 명령이 아닙니다. 위에서 내려온 명령입니다."

"위에?"

루크가 매섭게 쳐다보며 말했다.

"위에 누구요? 국무총리? 왕실?"

루크의 폭발 이후 팽팽한 긴장감이 감도는 가운데, 예상치 못한 전화가 그들의 침묵을 깨뜨렸다. 날카로운 전화벨 소리에 루크와 경찰관 모두 순간 얼어붙었다. 루크는 이마를 찡그리며 재빨리 수화기를 들고 전화를 받았다.

"빈터 시장입니다."

수화기 너머로 외교부 장관의 목소리가 들려왔다.

"얼른 서류에 서명하고, 시신을 즉시 매장하세요!"

"그렇게 할 순 없습니다. 설사 동료의 동의가 있더라도 시신을 매장하기 전에 먼저 부검하는 것이 원칙입니다."

"도대체 그걸 모르는 사람이 어디 있어요! 오늘 아침에 일본 외무성에서 전화가 왔어요! 계속 이러면 우리 둘 다 곤란해!"

"알아요. 하지만…."

"닥치고 동의서에 사인이나 하세요!"

장관은 단호하게 전화를 끊었다. 방안은 무거운 정적에 휩싸였고, 멀리 밖에서 들려오는 웅성거림만 들렸다. 루크는 잠시 가만히 서서 가슴을 졸이다가 마침내 평정심을 되찾았다.

앞서 경찰관과의 일로 자존심에 상처를 입은 루크는 장관의 직접적인 명령으로 또 한 번 타격을 입었다. 그는 자존심과 좌절감, 책임감이라는 상반된 감정과 씨름하고 있었다. 경찰관과의 격렬한 논쟁과 상급 기관의 지시가 겹치면서 그는 더 큰 정부 구조 내에서 자신의 위치와 영향력에 의문을 품게 되었다.

그때 전화벨이 다시 울렸다. 루크는 공격적으로 전화기 코드를 뽑았다. 그리고 사무실을 뛰쳐나갔다.

"시장님, 어디 가십니까?"

경찰관이 물었다. 루크는 대답하지 않고, 문을 쾅 닫고 나가버렸다. 복도로 나온 루크의 눈에 사무실 문 바로 밖에서 부지런히 책상을 지키고 있는 비서 마리가 들어왔다. 루크는 답답한 마음에 믿을 수 있는 사람에게 불만을 털어놓아야겠다고 생각했다. 그는 짜증 섞인 표정으로 비서에게 다가갔다.

"마리, 잠깐 이야기할 수 있어요?"

루크가 툴툴거렸다. 마리는 얼굴에 걱정스러운 표정을 지으며 일하다가 고개를 들었다.

"물론이죠. 무슨 일이시죠?"

"지금 내 사무실 안에 있는 경찰관! 오만함! 존중의 결여! 도저히 믿을 수가 없어요."

"유감이에요, 시장님. 무슨 일이 있었나요?"

"그는 여기 들어올 때부터 마치 내가 자기 밑에 있는 사람인 것처럼 종이를 들이미는데, 도저히 용납할 수 없어요!"

루크가 답답해서 말했다.

"마음 상하신 것 이해합니다. 모든 사람을 존중하는 것이 참 중요하죠."

마리가 동정심을 표하며 말했다.

"저는 제 행정부 내에서 그러한 행동을 용납할 수 없습니다."

"물론 동의합니다. 하지만 그래도…."

루크의 사무실에서 갑자기 울리는 전화벨 소리에 두 사람의 대화는 끊겼다. 두 사람은 대화가 중단된 것에 놀라 잠시 시선을 주고받았다. 루크는 재빨리 발뒤꿈치를 돌려 사무실을 향해 돌진했다. 그는 문을 힘 있게 밀었다. 눈 앞에 펼쳐진 광경을 믿을 수 없었다. 그는 전화기 옆에 서서 코드를 다시 꽂고 있는 경찰관을 보았다.

"급한 전화인 것 같아서요."

경찰관이 조롱하듯 말했다. 루크의 혈관을 타고 분노가 치솟으며 이미 불붙은 기분을 더욱 고조시켰다. 말없이 그는 전화기 쪽으로 돌진했고, 손은 빠르고 격렬한 동작으로 수화기를 낚아챘다. 그는 홧김에 수화기를 책상 모서리에 내리쳤다.

금속이 철커덕거리는 소리가 사무실 전체에 울려 퍼졌고, 그 순간 루크를 집어삼킨 분노가 메아리쳤다. 루크는 전화기를 바닥에 내동댕이쳤고, 경찰관은 시장의 폭발적인 반응에 깜짝 놀라 얼어붙은 채 서 있었다.

루크는 숨을 쉴 때마다 씩씩대었고, 그의 얼굴은 분노로 붉어졌다. 그는 손을 떨면서 근처의 종이를 강하게 움켜잡았다. 호기심과 다소 불안감을 느낀 경찰관은 무슨 일이 일어나고 있는지 확신하지 못한 채 루크를 열심히 지켜보았다.

루크는 서류 작성을 끝냈다. 그는 단호하게 손목을 튕기면서 그것을 경찰관 쪽으로 힘껏 던졌다. 경찰관은 믿을 수 없다는 표정으로 서류를 훑어보았다. 루크가 서명한 것은 이준의 시신을 보존하라는 행정명령이었다.

루크는 중절모를 꺼내 들고 단호한 눈빛으로 경찰관과 눈을 마주친 후 사무실을 나섰다.

"잘 들어요. 어디 그 시신에 손가락이라도 까딱해 봐요. 내가 친히 당신의 범법 행위를 고발할 테니."

루크는 발걸음을 돌려 사무실을 나섰다. 그는 단호한 동작으로 문을 쾅 닫고 밖에서 재빨리 자물쇠를 비틀어 잠갔다. 루크의 사무실 안에 갇힌 경찰관은 주먹으로 문을 쾅쾅 내리쳤다.

"시장님! 시장님!"

마리는 무슨 일인지 궁금했지만, 루크는 무시하라는 눈길을 보냈다.

옐러 데 브라인은 레이던 대학교 법의학과 교수였다. 그는 밤늦게까지 일하고 집에 가는 길이었다. 그의 머릿속은 그날 하루에 일어난 일들에 사로잡혀 있었다. 그러나 갑자기 공원 벤치에 방치된 신문이 그의 시선을 사로잡았다.

루크 빈터 시장 실종

존경하는 루크 빈터 시장의 의문스러운 실종 소식이 전해지면서, 헤
이그는 충격과 불확실성에 휩싸였다. 우려에 찬 시민들과 당국 모두
이제 카리스마 넘치는 지도자의 행방을 밝힐 단서를 찾기 위해 필사
적으로 수색을 벌이고 있다.

가까운 친구들과 가족들은 빈터 시장의 안전에 대해 깊은 우려를 표
했다. 당국은 이 문제에 대한 조사를 시작했으며, 빈터 시장의 실종
을 둘러싼 정황을 파악하기 위해 부단히 노력하고 있다. 아직 공식적
인 발표는 나오지 않았지만, 수사에 정통한 소식통에 따르면 현재로
서는 타살을 배제할 수 없다는 의견을 내놓고 있다.

기사를 읽던 옐러는 심장이 쉬지 않고 뛰었고, 충격적인 사실
을 받아들여야 했다. 그의 어린 시절 친구였던 루크 빈터가 흔
적도 없이 사라졌다는 사실을 깨닫자 걱정과 염려의 파도가 밀
려왔다. 그는 마침내 집에 도착했다. 현관을 들어서자 그의 아
내 엠마가 걱정스러운 표정으로 서 있었다.

"옐러, 할 말이 있어. 일단 안으로 들어와요."

옐러는 혼란스러움에 미간을 찌푸렸고, 그녀의 말에 심각함
을 느꼈다. 그는 호기심과 걱정이 뒤섞인 마음으로 엠마를 따라
따뜻하고 안락한 집 안으로 들어갔다.

"무슨 일이야? 왜 그렇게 걱정스러운 표정이야?"

엠마는 심호흡을 크게 했다.

"루크가 여기 있어요. 우리 집에 숨어 있다고요."

옐러는 놀라움에 눈을 크게 뜨고 머릿속이 빙글빙글 돌았다. 그 소식은 그에게 불신과 격앙된 감정을 불러일으켰다.

"루크? 어떻게 그가 여기까지 오게 된 거야?"

엠마는 부드럽게 옐러를 거실의 아늑한 공간으로 안내했다. 옐러의 눈이 방을 훑고 있을 때, 그는 루크가 소파에서 푹 자는 것을 발견했다. 루크의 얼굴을 보자 안도감이 밀려왔지만 동시에 그를 한심하게 바라보았다. 옐러는 커피 테이블로 다가갔고, 그의 시선은 그 위에 놓여 있는 와인 빈 병에 쏠렸다.

"야, 인마! 일어나!"

옐러는 커피 테이블을 두드리며 말했다. 루크의 눈꺼풀이 펄럭였고, 혼란스러운 눈을 깜박이며 순간적으로 방향 감각을 잃었다. 차츰 그의 눈에는 놀라움과 고마움이 뒤섞인 표정이 서서히 떠올랐다.

"오, 옐러."

"여기서 뭐 하는 거야?"

옐러는 혼란스러워하며 물었다.

"밖에 사람들 난리 났어. 다 지금 너 찾고 있다고! 아마 지금쯤 메럴이 걱정하고 있을 거야."

메럴은 루크의 아내였다.

"알아, 그렇지만 오늘은 집으로 돌아가지 않을 거야."

루크는 눈을 비비며 말했다.

"왜?"

"집 전화기 부수면 메릴이 날 죽일 테니까."

"뭐? 그걸 왜 부수는데?"

"그냥 그런 일이 있어. 잠깐만 여기 있을게. 지금 경찰한테서 쫓기고 있어서 그래."

"경찰? 무슨 일인데?"

"이준이라는 양반 때문에. 너도 소식 들었는지는 모르겠는데, 엊그제 죽은 대한제국의 외교관인가 뭔가 하는 사람 있잖아."

옐러는 전날 읽었던 기사를 기억했다.

"들어는 봤지?"

"오늘 어떤 경찰관이 찾아와서 다짜고짜 매장동의서에 서명해달라고 요청하더라고. 그런데 생각해봐. 상식적으로 사람이 농양 때문에 죽는다는 게 말이 되냐?"

"그래서 사인 안 했다?"

"어."

"그 경찰관이 너한테 거만하게 굴어서 그런 건 아니고?"

"뭐, 그것도 일부는 맞아.

"어떻게 너는 어렸을 때부터 사람이 변하질 않냐."

"칭찬으로 받아들일게. 그런데 부탁 하나만 해야겠다."

"무슨 부탁일지는 이미 알 것 같은데, 계속해 봐."

"이준 시신 부검, 네가 좀 맡아줘."

"내 그럴 줄 알았다."

옐러는 한숨을 내쉬었다.

"근데 싫어도 해야 할걸? 왜냐하면 나는 엠마가 모르는 너의 비밀계좌를 알고 있거든."

"무슨 소리야?"

옐러는 아무것도 모른다는 듯 순진한 미소를 보였다.

"혹시 엠마가 이미 알고 있나?"

"네가 무슨 말을 하는지 나는 잘…."

"엠마?"

루크는 큰 소리로 그녀를 불렀다.

"알았어, 알았어! 하면 되잖아! 그러니까 엠마한테는 절대 이야기하지 마!"

식은땀이 옐러의 등 뒤로 흘러내렸다.

"네?"

엠마가 거실에 모습을 드러냈다. 옐러는 엠마의 눈을 피했다. 루크는 차분히 옐러의 행동을 보고는 엠마에게 말했다.

"아무것도 아니에요. 방해해서 죄송해요."

엠마는 나갔고, 옐러는 안도의 한숨을 내쉬었다.

"이제 누가 주도권을 쥐고 있는지 알겠지?"

루크는 씨익 웃었다.

"잠깐만. 그런데 그건 누구한테서 들은 거야?"

옐러는 물었다.

"나, 헤이그 시장이야. 내가 누구랑 친구가 되어야 할까?"

"허…."

"그럼 거래가 성사된 거지?"

"그래…."

옐러가 하기 싫은 목소리로 말했다.

"근데 걱정하지는 마. 뒤는 내가 봐줄게. 적어도 너한테 불이익이 가진 않도록 해줄게."

옐러는 의심스러운 눈을 지었다.

"진짜 자신 있냐?"

"아니, 없어."

루크는 보드카가 들어있는 힙 플라스크를 꺼내며 말했다.

"그런데 진통제는 있잖아."

옐러는 우스꽝스럽게 루크를 바라보았다.

루크는 보드카를 한 모금 마시고는 만족스러운 듯 말했다.

"역시 술은 공복에 마시는 게 최고야."

레이던 대학교의 법의학과는 지식과 과학적 탐구의 보루로 존재했다. 유서 깊은 건물 안에 자리 잡은 이 학과는 학문과 지적 탐구의 정신을 구현했다. 건물 안에서는 오래된 양피지 냄새와 희미한 화학약품의 흔적이 공기 중에 남아 있었다. 높은 창문 사이로 부드러운 햇살이 들어와 세심하게 정돈된 공간을 비추는 따뜻한 빛을 던졌다.

다양한 방들은 각기 다른 특정한 기능을 제공했다. 널찍한 강의실에는 정장 차림의 학생들이 나무 책상에 앉아 존경받는 교수들의 가르침에 열중하고 있었다. 강의실은 종이를 뒤적거리는 소리와 양피지 위를 긁어대는 소리로 가득했다.

강의실 옆에 있는 실험실은 과학기구와 보존된 표본의 향기로 가득했다. 유리 용기에는 해부학 모형을 세심하게 분류한 전시물이 있어 의학의 경이로움을 보여주었다. 양복 조끼와 긴 치마를 입은 학자들은 가스램프의 따뜻한 불빛에 얼굴을 비추며 부지런히 실험을 진행했다.

옐러가 라운지에 들어서자 평온함이 그를 감쌌다. 투명한 커튼 사이로 부드럽고 산란된 빛이 들어와 아늑한 좌석 배치에 은은한 빛을 비췄다. 바드 박사는 안락의자 중 하나에 앉아 책에 몰두했다.

"실례합니다, 바드 박사님. 혹시 말씀 좀 나눌 수 있겠습니까?"

바드 박사는 책을 내려놓고 옐러에게 시선을 돌렸다.

"그럼요, 무슨 일이시죠?"

"저는 지금 독특한 상황에 직면해 있습니다, 박사님. 이준 시신에 대한 검사가 필요하다는 사실을 알게 되었습니다. 그리고 제가 이 일을 맡기에 가장 적합하다고 생각합니다."

바드 박사는 호기심에 눈썹을 치켜올렸다.

"마침 부검을 위한 적절한 외과 검사관을 찾고 있었습니다만, 이런 요청의 배경에 관해 물어봐도 될까요?"

옐러는 잠시 머뭇거리며 신중히 답변을 생각했다.

"저는 이 사건과 개인적인 인연이 있습니다, 바드 박사님. 저만이 밝혀낼 수 있다고 생각하는 세부 사항들이 있습니다. 제가 반드시 직접 검사할 기회가 필요합니다."

바드 박사는 옐러의 얼굴에 새겨진 결의를 알아챘다.

"뭐, 그렇다면…."

"박사님의 신뢰와 지지에 감사드립니다. 이번 부검은 제가 최대한 신경 써서 처리하도록 하겠습니다."

별도의 영안실에는 법의학 연구에 대한 엄숙한 증거물이 서 있었다. 만지면 차가워지는 석판에는 고인의 유해가 보관되어 숙련된 병리학자들의 검사를 기다리고 있었다. 스테인리스 스틸 쟁반 위에 완벽하게 정돈된 빈티지 의료 기구들은 생명이 없는 형태 속에 감춰진 신비를 푸는 데 사용되기를 기다렸다.

옐러는 꼼꼼하게 부검을 시작했고, 그의 예리한 눈은 이준의 죽음을 밝혀줄 수 있는 증거를 찾기 위해 모든 세부 사항을 훑었다. 눈에 보이는 상처가 없다는 사실에 의아함을 가진 옐러는 점점 더 깊은 음모가 있음을 느끼기 시작했다.

'그의 피부 표면 아래에 숨겨진 원인이 있었을까?'

옐러는 숙련된 손놀림으로 이준의 몸을 세심하게 살피며 미묘한 변화와 이상 징후에 주의를 기울였다. 그러다 이준의 손에 시선이 닿은 순간, 뭔가 특이한 점이 눈에 띄었다. 옐러는 이준의 손끝에서 정상적인 상황에서는 있을 수 없는 신비한 물질의 흔적을 발견했다. 호기심이 발동한 옐러는 여러 가지 가능성이 떠올랐고, 심장이 뛰었다.

'이 미지의 물질은 무엇을 의미할까?'

옐러는 살균된 면봉을 사용하여 잔여물의 작은 샘플을 조심스럽게 채취한 후 퍼즐의 열쇠를 찾을 수 있기를 바라며 재빨리 전문 분석을 준비했다. 옐러는 당시 검사에 필수적인 도구였던 소형 현미경을 사용했다. 그는 접안렌즈를 통해 샘플을 세밀하게 관찰하면서 표본의 정체에 대한 단서를 제공할 수 있는 특징에 주목했다. 실험실은 큰 창문을 통해 들어오는 자연광의 은은한 조명으로 가득 차 있었고, 옐러는 샘플을 더 면밀하게 조사할 수 있었다.

잔류물의 정확한 성질을 분석하는 데 있어서 현미경의 한계를 인식한 옐러는 더 정교한 접근 방식이 필요하다는 것을 알았다. 그는 당시 빠르게 발전하고 있던 화학 분석이라는 기술을 활용했다. 환기가 잘 되는 실험실의 한편에서 옐러는 일련의 시험관과 시약을 준비해 앞으로 분석에 적합한 시약을 신중하게 선택했다. 정확한 양의 샘플을 반응성 물질과 혼합하면서 색깔 변화, 침전물 형성, 가스 방출 등 모든 변화를 관찰했다.

숙련된 눈과 화학 반응에 대한 예리한 이해를 바탕으로 옐러는 시험관 내부의 미묘한 변화에 주목했다. 이러한 질적 분석을 통해 그는 잔여물의 잠재적 구성 성분에 대한 정확한 추론을 할 수 있었다. 이 초기 관찰을 바탕으로 옐러는 정량적 분석으로 나아갔다. 적정의 원리를 사용하여 특정 용액의 양을 정밀하게 측정하고 조합하여 샘플 내 잠재적 화합물의 농도를 결정했다. 이 꼼꼼한 과정은 인내심과 세심한 주의가 필요했다.

마침내 몇 시간의 부지런한 작업 끝에, 옐러는 돌파구를 찾았다. 화학 분석 결과를 여러 물질의 알려진 특성과 비교함으로써, 그는 이준의 손끝에서 발견된 잔류물과 일치하는 독특한 화합물을 찾아냈다. 이준의 손끝에 남아 있는 잔여물에는 기존의 방법으로는 거의 검출할 수 없는 희귀하고 치명적인 독소가 미량 함유되어 있었다.

이준은 평범한 상황에 굴복한 것이 아니라 치밀하게 계획된 독살의 희생양이 된 것이다. 눈에 보이는 상처가 없었기 때문에, 그의 죽음에 대한 진실이 감춰졌고, 범인은 들키지 않고 도주할 수 있었다.

옐러의 책상에는 노트와 참고서, 그리고 꼼꼼한 분석의 잔해들이 어지럽게 널려 있었다. 깜박이는 오일 램프의 희미한 불빛이 따뜻한 빛을 발했고, 사색에 집중할 수 있는 친밀한 분위기를 제공했다.

옐러는 퀼 펜으로 부검 결과서를 쓰고 있었다. 안정된 손놀림으로 부지런히 부검 결과서를 작성하던 옐러는 갑자기 건물 밖에서 들려오는 소란스러운 소리에 집중력이 흐트러졌다. 희미한 웅성거림과 발소리가 그의 주의를 끌었고, 그의 시선은 창문 쪽으로 향했다.

유리창 너머로 눈앞에 펼쳐진 예상치 못한 광경을 목격한 옐러는 눈을 크게 떴다. 행크가 건물 입구에 배치된 보안 요원들과 열띤 대화를 나누고 있었다. 행크는 다급한 기색이 역력한 표정으로 건물 안으로 진입을 시도하고 있었고, 보안 요원들은 단호하게 그를 제지하고 있었다.

행크의 존재와 그의 방문의 잠재적 중요성을 깨달은 옐러는 개입해야 한다는 책임감을 느꼈다. 그는 행크의 방문이 현재 진행 중인 이준의 죽음에 대한 수사와 연관이 있음을 알고 있었다.

옐러는 대놓고 대치하는 대신, 자신의 의도와 목적을 숨기기로 결심했다. 그는 사무실에서 작은 서류 더미와 버려진 쓰레기를 들고 출구로 향하면서 의도적으로 쓰레기를 처리하는 일상적인 일을 하는 사람으로 자신을 위장했다.

옐러는 심호흡을 하고 손에 든 서류 아래에 부검 결과서를 숨긴 채 밖으로 나갔다. 그는 보안 요원들에게 다가갔고, 보안 요원들은 그를 힐끗 쳐다본 후 다시 행크에게 시선을 집중했다. 그들의 열띤 토론 소리가 허공을 가득 채웠다.

"살살해요, 경사님."

옐러는 아무렇지도 않은 태도로 말하며 쓰레기장으로 향했다.

"진실을 말하는 것이 좋을 거예요! 이준, 독살 맞죠? 일본 놈들이 독살한 거죠?"

행크가 옐러를 따라가면서 물었다. 보안 요원들이 그들을 따라오고 있었기에, 옐러는 이준의 죽음에 대해 아무것도 모르는 척했다.

"무슨 말 같지도 않은 소리를 하고 그래요"

"그럼 뭐예요? 폭행치사에요?"

행크는 옐러의 팔을 붙잡고 대답을 요구했다. 옐러는 행크를 뿌리치며 보안 요원들에게 모든 것이 괜찮다는 신호를 보냈다. 그리고 그는 계속 걸었다.

"아니, 그냥 제발 좀 말해줘요. 젠장!"

행크가 소리쳤다.

"그걸 왜 내가 당신한테 알려줘요? 당신이 직접 알아내야죠."

"당신도 한패죠? 그렇죠? 당신 뭐 받았어요? 뭐 많이 줬나요?"

옐러는 행크를 무시하고 쓰레기장으로 향했다. 그는 아무렇지도 않은 듯한 태도를 유지하면서, 조심스럽게 쓰레기를 지정된 장소에 버렸다. 그는 사무실로 돌아가는 길에 재빨리 행크를 힐끗 쳐다보면서 뭔가 중요한 일이 있다는 신호를 은근히 보냈다. 예리하고 관찰력이 뛰어난 행크는 그 메시지를 알아차렸다. 옐러가 버리고 간 물건들 사이에 뭔가를 숨겼다는 생각이 들자 행크의 수사 본능이 발동했다. 그는 보안 요원들 눈치를 살피며 쓰레기장 쪽으로 이동했다.

행크는 쓰레기통을 뒤적거리며 버려진 종이들 사이를 부지런히 수색했다. 그리고 쓰레기 더미 속에서 그는 귀중한 물건을 발견했다. 옐러가 작성한 이준의 부검 결과서였다.

사건 번호: 1907-113

날짜: 1907년 7월 16일

법의학 병리학자: 옐러 데 브라인 박사

보조: 없음

I. 서론:

이 보고서는 관계 당국의 요청에 따라 48세 남성 이준의 시신을 부검한 결과를 상세히 기술하고 있다. 이 부검의 목적은 사망의 원인과 방식을 규명하는 것이다.

(…)

V. 결론:

부검의 소견과 독성 분석 결과를 토대로 볼 때, 이준의 사인은 분명히 중독으로 판단된다. 그러나 초기 분석 과정에서 식별이 가능한 독성 물질은 검출되지 않았다.

이준을 사망에 이르게 한 특정 독극물을 확인하기 위해서는 특수한 검사 방법과 독극물 탐색을 포함한 좀 더 포괄적인 독성학적 검사가 필요하다.

VI.권장 사항:

1. 추가 분석을 위해 수집된 모든 샘플은 보존한다.
2. 종합적인 조사를 위해 법의학 독성학자 및 해당 분야 전문가와 상담한다.
3. 부검 결과를 공유하고 법 집행 기관과 협력하여 진행 중인 수사를 지원한다.

서명

옐러 데 브라인 박사

법의학자, 레이덴 대학교 법의학과

행크는 이준의 부검 결과서를 조심스럽게 숨겼다. 그는 옐러

의 미묘한 도움의 손짓을 인정하며, 중요한 정보를 제공해 준
것에 대한 감사를 표했다.

엘리사의 비밀

1945년, 헤이그

"그럼 당신 말은, 행크가 부검 결과서를 보관하고 있을지도 모른다는 건가요?"

나는 놀라움과 호기심으로 물었다.

"아뇨. 그 결과서의 행방은 비밀과 비극에 싸여 있어요."

브람의 시선은 아득해졌고, 목소리에는 약간의 후회가 묻어났다.

"왜요? 어떻게 된 거죠?"

나는 다급한 목소리로 물었다.

"사실인지는 모르겠지만, 제가 아는 바로는 행크가 원래 그것을 숨기고 있다가 가까운 동료에게 맡겼어요."

나는 실망감을 느꼈다.

"하지만 지금은 어디에 있을까요? 그 동료는 어떻게 됐어요?"

브람의 시선이 나의 시선과 마주쳤다. 그의 표정은 과거의 무
게로 무거워 보였다.

"안타깝게도 그 동료는 1차 세계대전의 혼란에 휩쓸려 사라
졌어요. 그 결과서는 현재 미스터리로 남아 있죠."

"하지만 당신은 그냥 추측하고 있을 뿐이죠, 그렇죠? 아니면
부검 결과서가 없어졌다는 말을 하려고 저를 찾아오지는 않았
을 테니까."

"네."

"아직 어딘가에 부검 결과서가 남아 있을 거예요."

나는 자신 있게 말했다.

기대감에 가슴이 두근거리며 나는 조심스럽게 안나의 집에 들
어섰다. 당면한 과제가 어깨를 무겁게 짓눌렀다. 우리는 각자
흩어져서 집 안 구석구석을 샅샅이 뒤졌다. 나는 행크의 방에서
시작하여 조심스럽게 서류 더미를 꼼꼼히 훑어보고 구석구석
을 살폈다. 서랍을 열어보고, 선반도 살피고, 먼지로 뒤덮인 구
석진 곳까지 철저히 뒤졌다.

몇 분이 몇 시간으로 늘어났지만 결연한 의지와 책임감으로

우리의 노력은 계속되었다. 엘리사는 책장을 꼼꼼히 뒤지며 손가락을 움직여 숨겨진 칸이나 잘못 놓인 서류를 찾았다. 예리한 눈을 가진 안나는 양탄자 아래와 가구 뒤를 확인하면서 모든 틈새를 파고들었다.

기대와 좌절이 뒤섞인 떨리는 손으로 각 방을 꼼꼼히 살펴보는 동안 시간이 느리게 흐르는 것 같았다. 모든 종이가 사라진 부검 결과서일 가능성이 있었고, 숨겨진 모든 칸 역시 계시적 약속을 속삭이는 듯했다. 하지만 수색을 거듭할수록 희망은 더 시들해졌다. 매 순간 의심이 슬며시 밀려와 우리의 사명에 그림자를 드리웠다. 실망의 무게가 우리의 정신을 짓누르기도 했지만, 절대 포기하지 않았다.

철저한 수색 끝에 우리는 거실 중앙에 다시 모였다. 우리 얼굴에 드러난 집단적 피로와 실망이 내 감정을 반영했다.

"아무것도 없어요."

나는 좌절감에 찬 목소리로 중얼거렸다.

"부검 결과서의 어떠한 흔적도 없어요."

침울한 침묵이 방 안을 가득 채웠다. 시간이 길어지는 것 같았고, 지나가는 순간마다 우리의 호흡 소리만 들릴 뿐이었다. 고요함을 헤치는 산들바람처럼 안나의 목소리가 공허감을 메웠다.

"혹시…"

그녀가 조심스럽게 제안했다.

"와인 한 잔 하실래요? 잠깐 긴장도 풀 겸."

나는 엘리사를 힐끗 쳐다보았다. 그녀의 눈빛에는 피곤함과 안식에 대한 갈망이 섞여 있었다. 우리는 잠시의 휴식이 필요하다는 무언의 합의에 동의했다.

안나는 안도의 표정을 지으며 미소 지었다. 그녀는 우아한 발걸음으로 작은 찬장을 향해 움직였다. 술잔을 부딪치는 소리와 병마개 따는 소리가 방안을 가득 채우자 점차 침묵의 무게에서 일시적인 해방을 느꼈다.

와인을 따랐다. 와인의 진한 향기가 공기 중에 퍼지면서 긴장감과 어우러졌다. 우리는 각자 잔을 들고 조용히 건배했다. 부드러운 액체가 목구멍으로 흘러내리자 온기가 온몸을 감싸는 것을 느꼈다. 와인이 술잔 속에서 소용돌이치는 동안 내 머릿속은 의심과 의혹의 미로 속으로 빠져들기 시작했다. 부검 결과서를 찾지 못해 공백이 생겼지만, 생각의 한구석에서 또 다른 의문이 떠올랐다.

'도대체 브람은 누구지?'

뭔가 불안한 느낌이 들었고, 무시할 수 없는 의혹이 남아 있었다.

'브람은 우리의 행방과 우리가 역에 있을 것을 어떻게 알았을까?'

그것은 너무 우연 같기도 하고, 너무 완벽한 타이밍 같기도 했다. 내 머릿속은 여러 가지 가능성으로 춤을 추었고, 끈질긴 의심이 내 의식 속으로 슬금슬금 들어왔다.

'브람이 아레스의 추종자가 아닐까?'

그러나 나의 의심은 거기서 멈추지 않았다. 내가 신뢰할 수 있는 동반자인 엘리사는 여행 내내 내 곁에 있었다. 하지만, 의혹의 그림자가 그녀에게도 베일을 씌웠다.

'그녀가 브람과 연관이 있었을까? 혹시 이중생활을 하며 내 임무에 위협을 가하는 것은 아닐까?'

나는 내 머릿속을 맴도는 의구심, 특히 브람 앞에서 엘리사가 침묵하는 것에 관한 나의 의구심을 떨쳐버릴 수가 없었다. 이런 생각들, 이런 의심들은 내 마음속 깊은 곳에서 위험한 비밀을 속삭이고 있었다. 하지만 나는 그것들을 큰 소리로 말하는 것이 위험하다는 것을 알았다. 적어도 안나는 보호받을 자격이 있었다. 내 의심을 드러내는 건 불확실성을 불러일으키고 잠재적으로 안나를 위험에 빠뜨릴 뿐이었다.

와인은 내 안에서 소용돌이쳤고, 그 온기가 나를 집어삼키려던 격렬한 생각들을 진정시켰다. 그 순간, 나는 인내심과 분별력의 중요성을 다시금 깨달았다. 때가 되면 진실이 밝혀질 것이고, 그때까지 나는 경계를 늦추지 않고 집중해야 했다.

"뭘 그렇게 깊이 생각해요?"

엘리사가 깊은 생각에 잠겨 있는 내 모습을 발견하고 물었다. 우리는 한참 동안 서로의 눈을 마주쳤다.

"아니에요…."

나는 의구심을 마음속 깊숙한 구석에 몰아넣고, 와인을 한 모금 더 마셨다.

"아직도 누군가가 부검 결과서를 가지고 있다고 생각해요?"

엘리사가 계속해서 물었다.

"아마도요⋯."

나는 무관심하게 말했다.

"희망을 갖는 건 좋아요. 그런데 아마 존재하지 않을 가능성도 높아요. 30년도 더 지났고, 누군가가 가지고 있다고 할지라도, 그 사람을 어떻게 찾을 수 있느냐도 문제에요."

"그래도 당신처럼 비관적인 것보다는 낮죠."

"비관적인 게 아니고 현실적인 겁니다."

안나가 우리의 대화를 끊었다.

"그런데 만약 아버지가 부검 결과서를 누군가에게 주었다면, 과연 누구였을까요?"

"뭐 떠오르는 이름 있어요?"

내가 물었다.

"아니요."

안나는 고개를 저었다.

"그런데 적어도 아버지의 동료 형사였을 거 같지는 않아요. 이준의 미스터리는 경찰이 절대로 드러내고 싶지 않은 비밀이었으니까요. 아버지가 신뢰하는 사람에게 부검 결과서를 주었을지는 몰라도, 그 사람은 아버지의 동료는 아니었을 거예요."

"만약 그렇다면…"

술을 마셔서 정신이 몽롱해졌고, 문득 생각이 떠올랐다.

'할아버지는 어떻게 이준의 가짜 사망 진단서를 찾았을까?'

'할아버지께서 직접 발견하지 않으셨다면, 누가 그것을 전달했을까? 왜 누군가가 이 수사에 그를 끌어들이는 수고를 범했을까?'

여러 가지 가능성으로 머릿속이 복잡하게 돌아갔다. 헤이그 지역사회에서 할아버지의 위상과 명성을 떠올리며 숨겨진 정보를 파헤쳤다면, 나는 할아버지가 이미 표적이 된 것은 아닌지, 그의 끈질긴 진실 추구가 주목을 받고 있는 것은 아닌지 궁금했다. 어쩌면 누군가 이준과의 연관성과 앞으로 일어날 피할 수 없는 의문들을 예상하며 그를 감시하고 있었는지도 모른다.

나는 이준의 사망 진단서를 꺼냈다. 위조된 사망 진단서의 구석구석을 유심히 관찰하며 숨겨진 단서나 불규칙한 부분이 없는지 종이를 훑어보았다. 그것은 속이기 위해 꼼꼼하게 만들어진 전형적인 문서처럼 보였다. 하지만 내 마음 한구석에서 뭔가 날 계속 괴롭혔다. 이 증거에는 눈에 보이는 것 이상의 것이 있다는 느낌이 들었다.

그러다 마치 순전히 우연인 것처럼, 문서 중앙에 희미하게 쓰인 작은 숫자가 내 눈에 들어왔다. 호기심이 발동한 나는 문서를 더 가까이 들여다보며 이 뜻밖에 발견의 의미를 해석하려고 애썼다. 이 숫자가 어떤 목적으로 사용될 수 있을까? 그것은 단순한 우연이었을까, 아니면 누군가가 남긴 의도적인 단서일까?

호기심을 느낀 나는 이 신비한 숫자에 대해 더 많은 것을 알 수 있기를 바라며 문서를 조명 가까이 가져갔다. 문서를 들어 올리자 조명 빛이 종이를 비추면서 글씨 주위에 희미한 후광이 드리워졌다. 그리고 전보다 더 선명하게 표면에 뚜렷한 숫자가 새겨져 있는 것이 보였다.

"6138."

나는 조용히 숫자를 내뱉었다. 머릿속에 천둥이 치는 느낌이 들었다. 그 숫자는 절대로 우연히 생긴 게 아니라, 목적이 있었다.

"안나! 엘리사! 봐요!"

안나와 엘리사는 내 옆으로 와 숫자를 보았다.

"투명 잉크로 쓰인 것 같은데…?"

안나가 말했다.

"숫자의 크기로 보았을 때, 누군가가 의도적으로 쓴 게 분명해요."

내가 말했다.

"그런데 누가?"

"모르죠. 그런데 이게 의미하는 게 무엇일까요?"

"어떤 금고의 비밀번호일까요?"

"그런데 어떤 멍청한 사람이 금고의 위치도 안 알려주고 비밀번호만 적어놓죠?"

"어떤 특정한 장소이지 않을까요?"

엘리사가 말했다.

"만약 그렇다면…."

안나는 생각에 잠겼다.

"림버그 주에 있는 우편번호일 거예요."

"림버그요?"

"네, 림버그가 확실합니다."

엘리사와 내가 서 있는 승강장에 아침 햇살이 황금빛 광선을 비추고 있었다. 기차가 역에 들어서자 증기를 공중으로 내뿜으며 허공으로 솟구쳤다. 기차의 금속 외관은 전쟁으로 파괴된 세상의 상처를 고스란히 담고 있었다. 한때 반짝반짝 빛났던 표면은 녹슬고 퇴색된 페인트 자국으로 얼룩져 있었다. 기차의 낡은 외관은 객실에 탑승한 사람들의 얼굴에 새겨진 피곤함을 반영했다.

객실 안으로 들어서자 침울한 분위기가 감돌았다. 희미한 조명이 은은한 빛을 발하며 그 공간에 우울한 분위기를 더했다.

좌석은 오랜 사용으로 인해 색이 바랜 천으로 덮여 있었고, 색은 무뎌지고 닳아 있었다. 벽을 따라 늘어선 나무 패널은 세월의 흔적을 고스란히 드러내며 가끔 긁힌 자국을 남겼는데, 이는 승객들이 수많은 여행을 다녀온 증거였다.

갑자기 밖에서 큰 소리가 들렸다. 나는 창밖으로 고개를 내밀었고, 승강장 건너편에서 펼쳐지는 광경을 보았다. 나는 충격으로 말문이 막혔다. 제복을 입은 독일군들이 분주하게 유대인 무리를 기차에 태우고 있었고, 그들의 얼굴에는 공포와 절망이 새겨져 있었다. 유대인들의 초췌한 모습과 독일군의 냉철한 효율성이 극명하게 대비되어 등골이 오싹해졌다. 그것은 내 기억 속에 영원히 새겨질 끔찍한 않는 광경이었다.

가차 없는 발소리와 고함 소리가 허공에 울려 퍼지며 중압감을 고스란히 드러냈다. 가족들은 분열되었고, 삶은 그들이 통제할 수 없는 힘에 산산조각이 났다. 그것은 내가 아무리 애써봐도 이해할 수 없었던 불의와 비인간적인 장면이었다. 내 앞에 앉아있던 엘리사는 슬픔이 깃든 눈으로 내 눈길을 따라갔다. 그녀는 말없이 우리 둘 다 느끼는 고통을 묵묵히 인정하며 위로의 손을 내밀었다.

기차가 덜컹거리며 황폐한 현장에서 점점 더 멀어져 가는 동안 나는 마음속에 자리 잡은 희망의 불빛에 매달렸다. 무고한 생명들이 뿌리째 뽑히고 갈기갈기 찢어지는 광경은 다시는 이런 끔찍한 일이 일어나지 않는 세상을 위해 변화가 절실히 필요하다는 것을 극명하게 일깨워주었다.

창밖에 펼쳐진 풍경은 전쟁의 상처와 네덜란드인들의 회복력을 보여주는 증거였다. 건물들은 포격의 흔적을 지니고 있었고, 한때 생동감 넘치던 들판은 이제 황량한 상처투성이가 되었다. 그러나 폐허 속에서도 재생과 재건의 조짐이 나타나면서 더 밝은 미래를 엿볼 수 있었다.

엘리사는 깊은 생각에 잠긴 채 창밖을 응시하고 있었다. 황금빛 머리가 그녀의 얼굴을 감싸고 있었고, 부드러운 햇살이 그녀의 섬세한 이목구비에 반사되었다. 기차의 부드러운 흔들림이 그녀의 생각 리듬과 일치하는 것 같았다. 나는 무엇이 그녀의 머릿속을 가득 채우고 있는지 궁금하지 않을 수 없었다. 금색 둥근 뿔테 안경으로 포인트를 준, 평소 밝았던 그녀의 푸른 눈동자에 지금은 슬픔이 묻어났다. 그러나 전쟁으로 폐허가 된 풍경의 침울함과는 다른 미묘한 슬픔이었다.

어떤 생각이 엘리사의 마음을 짓누르고 있는지 궁금했다. 개인적인 문제일까? 아니면 과거에 사랑했던 사람을 떠나보냈거나 전쟁으로 인해 영원히 바뀐 삶의 기억일까?

"괜찮아요?"

나는 객실을 감싸고 있는 침묵을 깨고 부드럽게 물었다. 그녀는 시선을 내 쪽으로 돌렸다. 감정의 소용돌이에 휩싸인 그녀의 눈동자는 입술에 살짝 번지는 미소로 바뀌었다.

"네. 왜요?"

"모르겠어요. 무슨 생각을 하고 있는지 궁금해서요."

"왜 물으시죠?"

"글쎄요, 그냥…."

나는 잠깐 망설였고 머릿속에서 무엇을 말해야 할지 생각했다.

"그거 알아요? 당신을 평가하거나 하는 건 아닌데요. 왜인지 모르게 당신의 눈에는 항상 슬픔이 깃들어 있어요. 왜 그런 거죠?"

"그런가요?"

그녀가 당황한 듯 말했다.

"부정하지 않는 걸 보니, 당신도 아는 모양이네요. 그렇죠?"

"다른 사람들에게도 그렇게 보일까요?"

"그건 모르죠. 그런데 저한테는 그렇게 보여요."

"왜 그렇죠?"

"저야 모르죠. 당신은 항상 다른 사람이랑 같이 있을 때 슬픈 눈을 하고 있어요. 우리가 경마장에 있을 때도 그렇고, 안나가 곁에 있을 때도 그렇고, 항상요. 저는 궁금해요. 당신의 눈 뒤에 숨겨져 있는 슬픔의 비밀이."

"글쎄요. 저는…."

엘리사는 창밖으로 시선을 돌렸다.

"그냥 처음에 헤이그 왔을 때를 떠올리고 있었습니다."

"여기는 어떻게 오시게 된 거죠?"

엘리사는 아무 말도 하지 않았다.

"뭐, 좋아요."

나는 한숨을 내쉬었다.

"세상의 모든 비밀이 다 드러날 필요는 없는 거죠."

"그런데 제가 슬퍼 보인다는 것을 어떻게 눈치채셨는지 궁금하긴 하네요. 왜냐하면 적어도 당신 앞에서는 저는 항상 웃음을 지어 보려고 했거든요."

그제야 엘리사가 나에게 미소를 지어주던 순간들이 떠올랐다. 그녀가 나에게 네메시스 여신에 대해 설명해줬을 때, 그리고 우리가 독일군 무도회에 몰래 들어갔을 때. 나는 적어도 그녀가 웃는 것을 본 적이 있다는 것을 깨달았다.

"기억 못하시니 유감이네요…."

그녀가 슬픈 듯 말했다.

"아니요, 기억 못하는 게 아니라요. 그냥 궁금해서요. 왜 제가 당신의 웃는 얼굴을 볼 수 있는 사람이 되어야 하는 거죠? 아니면 당신이 나를 속이고 조종하기 위한 당신의 계략일까요?"

그녀는 무엇인가 말하기를 망설이더니, 그녀의 눈이 흔들렸다.

"왜냐하면 당신은 제가 오래전에 사랑했던 사람을 떠올리게 하거든요…."

그녀의 말은 번개처럼 나를 때렸고, 내 안에 상반된 감정의 폭풍에 불을 붙였다. 엘리사가 말을 이었다.

"그는 정의를 위해 싸우는 외교관이었고, 당신처럼 똑똑하고 열정적인 사람이었습니다. 그래서 당신과 함께하는 모든 순간 이 저를 힘들게 하는 것 같아요."

내 안의 상반된 감정들이 뒤엉킨 거미줄처럼 일그러졌다. 사랑과 의심이 지배권을 놓고 싸웠고, 나는 당황했다. 이런 감정에 더 깊이 빠져서 상처와 잠재적 아픔을 감수해야 할까? 아니면 잠재적인 배신으로부터 마음을 지키며 신중한 거리를 유지해야 할까?

"그 사람은 지금 어떻게 되었나요?"

나는 조심스레 물었다. 엘리사는 처음에는 아무 말도 하지 않았지만, 곧이어 그녀의 눈시울이 붉어졌다.

"저는 정말 나쁜 사람이에요. 왜냐하면 그 사람이 저를 필요로 할 때, 저는 그 사람 곁에 있어 주지 못했거든요."

그녀의 옛사랑에 대한 나의 궁금증은 커져만 갔다. 그렇지만 나는 그녀의 감정을 존중하기로 했다.

"우리가 서로 알게 된 지 얼마 되지는 않았지만, 자신에게 너무 가혹하게 굴지 말아요. 당신이 잘못했든 안 했든, 그 사랑이 아팠건 안 아팠건, 적어도 누군가를 사랑할 수 있었던 게 사랑하지 못했던 것보다는 나으니까요."

"미안합니다."

그녀가 울먹이며 말했다. 나는 상반된 감정에 맞서야 했다. 나는 엘리사에 대한 애정이 커지고 있는 것도, 우리의 관계를 어둡게 하는 불확실성도 부인할 수 없었다. 불확실성으로 가득 찬 우리 사이였지만, 그것을 무시할 수 없었다.

나는 부드러운 힘으로 그녀를 안아주며 그녀가 과거의 무게를 내려놓을 수 있도록 해주었다. 그녀를 안고 있는 동안 시간은 정지해 있는 것 같았다. 나는 그녀의 과거를 더 이상 캐물을 필요가 없었다.

"고마워요."

엘리사가 조용히 말했다.

기차가 목적지에 거의 도착하자, 풍경은 전쟁으로 폐허가 된 도시에서 고풍스러운 마을과 구불구불한 언덕으로 바뀌었다. 창밖으로 펼쳐진 풍경은 끊임없이 변화하는 그림 같은 풍경의 캔버스였다. 구불구불한 언덕과 활기찬 푸른 들판, 그리고 아기자기한 마을이 내 시선을 사로잡았다. 시간이 흐를 때마다 우리는 수수께끼 같은 림버그 지역에 더 가까이 다가갔다. 그 시골은 전쟁의 암울한 잔재를 뚫고 선명한 초록빛으로 치유의 나라다운 색채를 띠고 있었다. 역사와 비밀이 깃든 도시 마스트릭트를 향하는 여정에서 기대감이 과거의 슬픈 흔적과 섞여 있었다.

중세와 르네상스의 영향을 혼합한 마스트리트의 건축 보물들이 도시 풍경을 장식했다. 하늘을 향해 뾰족하게 솟은 웅장한 교회들이 지역사회에 위안과 희망의 등대 역할을 하고 있다. 종탑은 비록 분쟁의 참화로 훼손되었지만, 여전히 자랑스럽게 서 있었고, 종소리는 인내심으로 울려 퍼졌다.

도시를 걷는 동안 우리를 감싸는 광경은 생생한 그림으로 그려졌다. 거리는 일상을 살아가는 주민들의 분주함과 활기로 가득했고, 집과 사업장을 재건하는 주민들의 회복력이 빛을 발하고 있었다. 안도감과 애도가 섞인 대화의 메아리가 공기를 가득 채우며, 도시 주민들의 집단적 경험을 상기시키는 역할을 했다.

마스강을 가로지르는 도시의 그림 같은 다리는 평온함과 사색을 선사했다. 다리 위에 서서 그 아래로 흐르는 물을 바라보니 새로운 변화와 쇄신의 기운이 느껴졌다. 이 다리는 변화와 재탄생을 포용하는 도시의 회복력을 반영하고 있었다.

우리는 우편번호 6138이 적힌 길을 따라 걸었다. 길가에 늘어선 집들은 담장 안에서 펼쳐진 이야기와 삶을 증언하고 있었다. 각기 다른 건물 양식이 깔끔하게 정돈된 외관은 매력과 친근감을 풍겼다. 우리의 눈은 거리를 스캔하며 원하는 집을 찾았다. 주변 환경의 미묘한 디테일이 확대되어 보였다.

줄지어 늘어선 집들 사이에서 나는 어떤 집을 발견했다. 현관 앞에는 '야스퍼'라는 이름이 당당히 서 있어 눈길을 끌었다. 나는 집을 제대로 찾았다고 생각했다. 차분한 크림색으로 칠해진 외관은 우아하고 소박한 분위기를 풍겼다. 사랑스럽게 가꾸어진 작은 정원이 활기찬 꽃들로 앞을 장식했고, 화사한 색감을 더했다. 조약돌이 늘어선 구불구불한 통로가 현관까지 이어져 안으로 들어서게 되었다.

"엘리사!"

나는 그녀를 불렀다.

엘리사가 나에게 왔다.

"여기가 맞는 집일 텐데."

나는 집의 외관을 보면서 말했다.

"어떻게 알아요?"

"야스퍼라는 이름이 친숙하게 들립니다. 사실 그는 과거 이준의 사건을 담당했던 네덜란드 외교관이었죠."

나는 초인종을 눌렀다. 잠시 후 문이 열리면서 한 노인이 모습을 드러냈다. 그의 풍화된 얼굴에는 지혜와 경험의 이야기를 속삭이는 선으로 새겨진 삶의 흔적이 고스란히 담겨 있었다.

"누구시죠?"

그 남자는 인사를 건넸다.

"실례합니다만, 혹시 이 문서를 보내신 분이십니까?"

나는 이준의 사망 진단서를 꺼내어 건네주었다. 그는 그것을 주의 깊게 관찰했다.

"네!"

야스퍼가 우리를 안내한 거실은 소중한 기념품들로 장식되어 있었다. 방의 한쪽 구석에는 벽난로가 중심을 이루고 있었고, 난로 위에는 따뜻하고 포근한 불이 탁탁 소리를 내며 피어오르고 있었다. 벽난로 위에는 장신구와 가족사진이 전시되어 있어 소중한 순간들과 사랑하는 사람들을 떠올리게 한다.

"앉으시죠."

야스퍼가 말했다. 우리가 소파에 앉아있는 동안 야스퍼는 주방에서 커피를 끓였다.

"아마 제가 왜 가짜 진단서를 보냈는지 많이 궁금하실 겁니다."

야스퍼가 거실로 돌아와 말했다.

"네, 맞습니다."

야스퍼는 온화한 웃음을 지었다.

"아, 아시다시피 저희가 워낙 위험한 시대에 살고 있지 않습니까. 독일군이 나라를 철통같이 장악하고 있고, 우리의 일거수일투족을 면밀하게 감시하고 있습니다. 그런 민감한 정보를 공식적인 경로를 통해 보내면 당연히 두 분 모두를 위험에 빠뜨릴 수 있으니까요."

"그래서 독일군의 감시를 피하려고 했다?"

"바로 그거죠. 저항군을 지속적으로 감시하고, 그들의 통제에 대한 위협이 감지되면 신속하게 처리합니다. 여러분을 보호하기 위해 주의를 딴 데로 돌리는 것이 제 의도였습니다."

"이제 알겠어요. 당신의 선견지명에 대해 큰 감사를 표합니다."

"감사할 필요 없습니다. 이준호 씨. 이 어려운 시대는 파격적인 방법과 희생을 요구하는 법이죠. 저는 무고한 사람들이 무참히 고통받는 것을 너무 많이 보았고, 정의와 자유를 위해 싸우는 사람들을 돕는 것이 노인이 된 저의 임무인 건 당연합니다."

야스퍼의 시선은 엘리사에게 향했다.

"그런데, 당신의 얼굴은 이상하게도 저에게 친숙해 보입니다. 우리가 전에 뵌 적이 있었던가요?"

엘리사는 잠시 놀란 듯했다.

"당신이 잘못 알고 있는 것 같군요. 저희는 한 번도 뵌 적이 없는 사이입니다."

야스퍼는 웃으며 말했다.

"아마 제가 틀릴 가능성이 더 큽니다. 그 사람은 제가 30년 전에 봤던 사람이거든요."

"그렇군요. 사실 제가 꽤 흔한 얼굴을 가지고 있긴 합니다만."

"오해하지 마시죠. 당신의 외모를 비하하는 것이 아니니."

"전혀 기분 상하지 않았습니다."

엘리사가 웃으며 말했습니다.

"하지만 실례가 안 된다면, 성함을 여쭤봐도 될까요?"

엘리사는 그에게 자신의 이름을 말하기를 망설이는 듯 잠시 나를 힐끗 쳐다보았다. 나는 그녀의 행동이 궁금했다.

"엘리사입니다."

그녀는 자신의 이름을 밝혔다.

"네?"

야스퍼는 믿을 수 없다는 듯 얼굴을 찡그렸다.

"엘리사입니다."

야스퍼는 혼란스러운 표정으로 그녀를 바라보았고, 엘리사는 긴장한 듯 그의 눈을 피했다. 나는 엘리사의 행동이 의심스러웠다. 잠시 침묵이 이어지고, 야스퍼는 놀란 듯 말했다.

"정말 우연의 일치군요! 당신은 사실 제가 아는 사람과 이름이 꽤 비슷합니다!"

"그렇군요."

엘리사는 어색한 미소를 지었다.

"그녀의 이름은 엘리사베타였습니다! 정말 이상한 우연이군요!"

"사실 엘리사는 꽤 흔한 이름이니까요."

엘리사는 멋쩍은 웃음을 지었다.

내가 그들을 지켜보는 동안 엘리사는 조심스럽게 나를 힐끗 힐끗 보았다. 그녀는 마치 나에게 무언가를 숨기려고 하는 것처럼 보였다.

야스퍼는 화제를 바꾸었다.

"뭐 그건 그렇다 치고, 위조된 증명서를 보낸 이유를 말씀드려야겠군요?"

"말씀하시죠."

내가 말했다.

"1907년에…."

이상한 외교관 오가와

1907년, 헤이그

사무실은 고풍스러운 가구와 현대적인 가구들이 조화로운 균형을 이루며 세련되게 꾸며져 있었다. 세련된 균형은 방문객들을 20세기 초의 우아함과 화려함으로 이끌었다. 중요한 결정이 내려지고, 지적 탐구가 번성하며, 역사와 외교의 무게가 얽혀 있는 공간이었다. 사무실은 우아하고 세련된 시대를 구현했다.

커다란 창문 너머로 도시의 그림 같은 풍경이 내려다보였다. 짙은 버건디와 금빛 색상의 커튼이 창문을 장식하고 있어 사무실에 우아함을 더했다. 사무실 곳곳에 몇 그루의 화분이 놓여 있었고, 싱그러운 초록색 잎들은 차분한 톤의 문과 상쾌한 대조를 이루었다. 벽에는 존경받는 외교관들과 영향력 있는 인물들의 초상화가 네덜란드 외교의 풍부한 역사에 경의를 표하며 장식되어 있었다.

야스퍼는 책상 뒤에 앉아 대한제국 외무대신에 보내는 편지를 작성하고 있었다.

친애하는 외무대신님께

저는 우리 외교계에서 그 존재와 공헌을 높이 평가한 유망한 인재 이준 대사의 별세와 관련하여 안타까운 소식을 전하고자 이 글을 씁니다.

유감스럽게도 이준 대사는 얼굴에 생긴 농양을 제거하는 수술을 받은 후 건강이 급격히 악화하였고, 존경하는 의료진의 최선의 노력에도 불구하고 합병증으로 인해 끝내 숨을 거두었습니다. 이준의 잠재력과 그가 우리의 공동 노력에 끼친 영향을 잘 알고 있기에 무거운 마음으로 이 소식을 전합니다.

슬픔에 잠긴 이준의 가족과 사랑하는 사람들에게 진심으로 애도를 표합니다. 우리는 이 어려운 시기에 그들의 슬픔을 함께 나누고 지원을 아끼지 않겠습니다. 이준 대사의 공헌이 우리 외교계에서 기억되고 소중히 간직될 것이라는 사실에 위안을 얻을 수 있기를 바랍니다.

진심으로 경의를 표하며,

야스퍼 데 비트
수석 외교관
네덜란드 외교부

마지막 문장을 마무리한 후, 그는 조심스럽게 편지를 접어서 봉투에 넣고, 외교부의 공식 밀랍 도장으로 그것을 봉인했다.

갑자기 사무실 문을 두드리는 소리가 들렸다. 행크가 다급하게 방으로 들어왔다. 일에 몰두하고 있던 야스퍼는 행크의 갑작스러운 등장에 깜짝 놀라 고개를 들었다.

"행크 형사?"

"야스퍼, 잠깐 이야기 좀 해요. 즉각적인 조치가 필요한 아주 중요한 정보를 입수했어요."

"뭔데요?"

"이준의 부검 결과서를 손에 넣었어요. 아주 신중하게 다뤄야 할 자료입니다."

"뭐라고요? 이미 끝난 사건 아니었나요?"

야스퍼가 신경질적으로 말했다.

"뭔가 불길한 예감이 드는 것을 떨칠 수 없었어요. 그리고 어떻게 해서 부검 결과서를 손에 넣긴 했는데, 뭔가 이준의 사인에 대해 앞뒤가 안 맞는 게 있어요."

"앞뒤가 안 맞는다니요? 필요한 절차를 밟고 이미 관련 당국에서 다 처리했는걸요?"

"그게 문제에요. 공문서에 기재된 사인이 조작되었을 가능성이 있어요. 이준의 죽음은 우리가 생각하는 것보다 그렇게 간단하지 않아요."

"지금 당신이 무슨 말을 하고 있는지 알고 있죠? 우리는 어떤 스캔들이나 의혹도 감당할 수 없어요. 우리의 외교적 노력이 위태로워질 수 있으니까요."

야스퍼가 미친 듯이 말했다. 행크는 야스퍼에게 부검 결과서를 건네주었다.

"그래서 제가 당신을 찾아온 거 아니겠습니까? 우리는 이 문제를 신중하게 다루고 대중의 소란을 일으키지 않고 진실이 밝혀지도록 해야 합니다. 지금 경찰이 주시하고 있어 언론을 통해 공개하는 것은 매우 위험해요."

"그럼 다른 방법이 있나요?"

"당신 평화회의에 참석하고 있지 않나요?"

"그런데요?"

"국제사회에 이 문제를 직접적으로 드러내는 게 더 효과적인 방법일지 몰라요. 국제사회가 움직이면, 경찰은 아무것도 하지 못할 테니까."

"그러니까 이준이 독살이 되었다?"

야스퍼가 부검 결과서를 보며 말했다.

"그렇죠."

"그런데 한 가지 문제가 있어요. 누가 죽였는지 어떻게 증명할 수 있죠?"

"무슨 뜻이죠?"

"그러니까 독살당한 것은 확실한데, 누가 죽였는지는 아직 모르는 거잖아요."

"그러니까 평화회의에 이 문제를 드러내야죠! 국제사회를 움직여서 경찰을 압박하는 거죠!"

"아, 이제 이해가 갔습니다."

"이렇게 해야 불필요한 위험을 줄일 수 있어요. 그리고 우리가 그 결과서를 가지고 있는 이상, 패는 우리가 쥐고 있어요."

"알겠습니다."

야스퍼는 고개를 끄덕였다.

"한번 최선을 다해 보도록 하죠. 그렇지만 100% 성공할 거라고는 장담 못합니다."

제2차 헤이그 대회를 위해 각국의 외교관들이 모인 비넨호프의 대회의장은 활기로 가득 찼다. 육지에서 전쟁이 일어났을 때 중립국과 국민의 권리와 의무에 대해 논의하기 위해 모인 대표단의 분위기는 그 중요성과 긴박감으로 가득 찼다.

주요 회의장은 정교한 장식과 화려한 샹들리에로 꾸며져 있어 회의의 역사적 의미를 강조했다. 긴 나무 테이블이 말굽 모양으로 배열되어 있었고, 각 대표단의 좌석에는 명판이 붙어있었다. 회의장 안에는 열띤 토론과 대화를 나누는 외교관들의 웅성거림으로 가득 찼고, 그들의 목소리에는 자국의 이해관계가 고스란히 담겨 있었다.

정장 차림의 대표단은 당면한 긴급 사안에 대해 심도 있는 토론을 벌이고 있었다. 테이블 곳곳에 종이와 문서가 흩어져 있었는데, 이는 대회를 위한 세심한 연구와 오랜 준비의 증거였다. 통역관들은 효과적인 의사소통을 위해 부지런히 움직이며 국제적인 모임에 존재하는 언어적 격차를 해소하기 위해 노력했다.

"전적으로 찬성합니다. 중립의 신성함이 반드시 지켜져야 하며, 전쟁의 소용돌이에 휘말린 사람들의 생명과 권리를 보호하기 위해 모든 노력을 기울여야 합니다."

"중립의 중요성을 이해하지만, 중립국이 직면한 현실적인 문제도 고려해야 합니다. 중립국이 자국의 안보나 주권을 훼손하지 않으면서 의무를 이행할 수 있는 균형을 잡는 것이 중요합니다."

"맞습니다. 우리는 중립국이 과도하게 부담이나 불이익을 받지 않도록 해야 합니다. 하지만 우리는 책임과 의무의 문제도 다루어야 합니다. 중립국은 자국 영토 내에서 발생하는 국제법 위반을 단순히 눈감아서는 안 됩니다."

야스퍼가 끼어들었다.

"존경하는 대표 여러분, 제가 한 말씀 드리자면 중립국의 의무를 감시하고 집행할 수 있는 메커니즘을 구축하는 것이 필수적이라고 생각합니다. 이것은 투명성을 강화할 뿐만 아니라 불법적인 목적으로 중립성을 남용하는 것을 방지할 수 있습니다."

"당신의 우려에 공감합니다. 책임에 대한 명확한 지침과 메커니즘을 확립하는 것이 중요합니다. 우리는 또한 전쟁 중 인도주의적 지원 문제를 해결하여 중립국들이 피해 주민들에게 원조를 제공할 의무를 이행할 수 있도록 해야 합니다."

"저는 중립 위반으로 인해 발생하는 분쟁을 감독하고 중재하기 위한 국제 위원회를 구성할 것을 제안합니다. 본 위원회는 위반 사항을 조사하고 적절한 조치를 취할 수 있는 권한을 갖게 될 것입니다."

"존경하는 대표단 여러분, 이 중요한 토론에 통찰력 있는 의견을 주셔서 감사드립니다. 세션이 막바지에 다다른 이 시점에, 저는 여러분의 적극적인 참여와 사려 깊은 배려에 감사를 표하고 싶습니다."

넬리도프 백작이 말했다.

시간이 얼마 남지 않은 것을 의식한 대표단은 마지막 발언을 통해 핵심 사항을 요약하고 논의된 사안의 진전에 대한 희망을 표한다. 회의장 분위기는 기대감과 성찰의 무게가 느껴졌다.

"폐회하기 전에 존경하는 대표단 여러분께서 혹시 남은 의견이나 마무리 발언을 듣고자 합니다. 아직 다루지 못한 사안이 있다면 지금 이 자리를 빌려 발언하시기 바랍니다."

대표단은 한 명씩 돌아가며 마지막 통찰을 공유하고, 중립국과 전쟁으로 피해를 입은 개인의 권리와 보호를 증진하기 위한 약속을 표명했다. 마지막 대표자가 발언을 마치자 넬리도프 백작은 참석한 모두의 귀중한 기여에 감사를 표하며 회의를 마쳤다.

"이와 함께, 여러분의 적극적인 참여와 귀중한 기여를 해주신 여러분 한 분 한 분께 감사드립니다. 우리가 일을 계속하면서 이 토론의 정신을 이어 나가도록 합시다. 이로써 이 회의를 마치고, 다음 회의에서 여러분과 다시 만날 수 있기를 기대합니다."

장시간 회의 끝에 곳곳에서 대표단의 한숨과 신음이 여기저기서 흘러나왔습니다. 모두가 회의장을 나서려 할 때, 갑자기 누군가가 큰 소리로 외쳤습니다.

"넬리도프 백작님!"

방 안의 모든 시선이 그에게 집중되었는데, 그는 오가와 미즈키라는 일본 외교관이었다.

"넬리도프 백작님, 그리고 존경하는 대표단 여러분. 죄송하지만 아직 오늘 다루지 못한 아주 중요한 사안이 있습니다. 그것은 전쟁 중 점령지에 있는 민간인에 대한 처우와 보호에 관한 것입니다."

오가와의 말에 야스퍼는 당황하면서도 호기심 있게 그를 보았다. 그는 이 예상치 못한 그의 발언이 자신이 이야기하고 싶은 딜레마와 연관이 있는지 궁금했다.

"미즈키 씨, 당신의 의견을 환영합니다. 이 문제와 그 중요성에 대해 자세히 설명해 주시기 바랍니다."

"최근의 분쟁 과정에서 보면, 우리는 식민지에서 붙잡힌 민간인들이 직면한 중대한 광경을 목격했습니다. 그들의 삶이 혼란에 빠지고, 권리가 침해되고, 안전이 위협받고 있습니다. 이러한 문제를 해결하고 피해를 입은 사람들에게 필요한 보호를 제공하는 것이 우리의 공동의 의무입니다."

야스퍼는 일본 외교관에 대해 더 호기심이 생겼다. 그는 식민 지배 국가에서 그런 발언이 나올 수 있다는 것을 믿을 수 없었다. 오가와는 말을 이었다.

"우리는 군축과 평화를 논의하기 위해 이 회의를 시작했지만, 우리는 결국 식민 지배 국가들의 힘의 균형을 맞추며 끝났습니다. 저는 우리가 이 토론을 이렇게 끝내서는 안 된다고 생각합니다. 왜냐하면 우리는 피식민지 국가가 국제사회에서 자신을 호소할 수 있는 절차에 대해 언급하지 않았기 때문입니다. 최근 평화회의에서 대한제국 대표단을 거부한 것처럼 보호국은 아직 국제사회에서 소통할 수 있는 통로가 없습니다."

야스퍼는 오가와의 발언에 의구심을 가졌다. 이것이 그가 기다리던 기회였을까? 이준의 죽음의 진실을 밝힐 기회?

"미즈키 씨, 당신의 지적은 옳습니다. 점령지 내 민간인 보호는 정말 시급히 해결해야 할 문제입니다. 저는 우리가 다음 회의에서 이 주제에 대해 별도의 시간을 할애할 것을 제안합니다. 신중하게 검토하고 종합적으로 논의할 가치가 있다고 생각합니다."

야스퍼는 긴박감을 느끼며 재빨리 대회장 복도를 걸어갔다. 그의 눈은 오가와를 살폈다. 마침내 그는 정원이 내려다보이는 화려한 창문 근처에서 오가와가 소수의 외교관들과 대화를 나누고 있는 모습을 발견했다. 야스퍼는 그들의 대화에 주의를 끌지 않으려고 애쓰며 그에게 조심스럽게 다가갔다.

"실례합니다, 선생님. 잠시 시간을 좀 내주시겠어요?"

야스퍼가 조용한 목소리로 물었다. 오가와는 고개를 돌려 야스퍼와 시선을 마주했다.

"물론입니다. 무슨 일이시죠?"

야스퍼는 손을 뻗었다.

"야스퍼 데 비트라고 합니다. 네덜란드 외교관입니다."

"네, 회의장에서 당신을 본 것을 기억합니다."

오가와는 야스퍼의 손을 잡으며 말했다.

"회의가 끝날 무렵 당신의 발언에 호기심이 생겨서요. 뭔가 중요한 내용이 있는 것 같습니다. 그게 무엇인지 물어봐도 될까요?"

"글쎄요, 먼저 제가 갑작스러운 행동에 대해 사과를 드려야 겠습니다. 그러나 저는 단지 우리가 오늘 논의에서 매우 중요한 문제를 간과했다고 생각합니다."

"정확히 무엇인가요?"

"특정 개인과 관련된 최근 사건과 관련이 있습니다."

야스퍼는 그들의 대화를 엿듣는 사람이 있는지 확인했다. 그리곤 조심스럽게 말을 꺼냈다.

"혹시 이준…?"

"그런데 왜 물으시는 거죠?"

"저는 이준이 어떻게 죽었는지 알기 때문이죠."

야스퍼가 속삭였다.

"뭐라고요?"

야스퍼는 이준의 부검 결과서를 그에게 보여주었다. 오가와
는 그 부검 결과서를 보며 놀란 듯했다.

"잠깐 차나 커피 어떻습니까?"

야스퍼가 물었다.

야스퍼와 오가와는 조용한 휴게실에 들어섰다. 두 사람은 구석
에 있는 작은 테이블에 자리를 잡았다. 갓 내린 커피 향이 공간
을 채웠다. 휴게실에는 그들뿐이었다. 대화를 시작하기 전, 야스
퍼의 눈은 오가와의 손목에 새겨진 문신에 향했다. 흥미를 느낀
야스퍼는 나뭇가지에 우아하게 앉아있는 올빼미의 복잡한 문
양에 매료되었다. 올빼미의 날카로운 눈은 말로 표현할 수 없는
지혜를 품고 있는 것 같았다.

"아주 멋있네요. 혹시 어떤 의미를 담고 있는 거죠?"

야스퍼가 물었다. 오가와는 손목을 내려다보며 미소를 지어 보였다.

"아주 강렬한 징표이지요. 일본에서는 올빼미가 지혜, 보호, 직관을 상징합니다."

"흥미롭네요."

"그렇죠. 아주 멋있다는 걸 저도 알고 있습니다."

"문신이 오늘 회의장에서 마지막에 당신의 발언에 대한 이유라고 보아도 될까요?"

"아마도요. 그렇지만 정의를 위해 싸운다거나 하는 목표는 없습니다. 그냥 저를 뒤통수친 자들에게 복수의 칼을 갈고 있을 뿐이지요."

"복수라고요?"

"저는 한때 발리라는 조직의 회원으로 있었습니다."

"발리요?"

"네. 네덜란드의 마약 조직인데, 발리의 우두머리는 최근에 죽었죠. 조직 내의 권력 투쟁이 저를 몰락으로 이끌었죠. 저는 제거 대상이 되었고, 그래서 지금 그 안에 있는 사람들의 타락한 이상에 대한 믿음을 잃은 상태입니다."

"그런데 왜 조국을 상대로 맞서 싸우는 거죠?"

"아주 더럽고 비겁하니까요. 이준의 죽음에 책임이 있는 진범은 야마모토 아키라라는 사람입니다. 그는 일본군 장교이기도 한데, 이준의 죽음으로 이어지는 사건들을 조율하여 자신의 이익을 위해 발리를 조종했어요."

야스퍼는 귀중한 부검 결과서를 오가와에게 넘겨줄지 고민하며 손을 떨었다.

"혹시 평화회의에 이준의 부검 결과서를 공개할 생각이십니까?"

오가와가 물었다.

"생각은 하고 있었습니다만…."

"그렇다면, 더 좋은 생각이 있습니다."

"뭐죠?"

"이 정보를 가져야 할 사람은 따로 있는 듯합니다."

이준의 무덤 앞에 위종과 상설이 서 있다. 헤이그 공동묘지의 고요한 배경에 음산한 분위기가 감돌았다. 전통적인 검은색 상복을 입은 그는 눈에 띄게 피곤하고 슬퍼 보였다. 그의 검은 머리는 헝클어져 있었고, 얼굴에 새겨진 슬픔의 선들은 그의 심장을 무겁게 짓누르는 고통을 말해주었다.

이위종의 러시아인 아내 엘리사베타는 그에게 위로와 지원을 아끼지 않았다. 어깨를 타고 흘러내리는 금빛 머리카락에 가려진 그녀의 고운 피부는 상복과는 대조적이었다. 그녀는 우아함을 강조하는 긴 검은색 드레스를 입고 묘지의 엄숙함 속에서도 우아함을 더했다.

엘리사베타는 살며시 손을 뻗어 이위종의 팔을 어루만지며 묵묵히 자신의 존재를 확인시켜주었다. 남편이 동료와 대한제국의 자유를 위해 얼마나 치열하게 싸우고 있는지 이해하고 있던 그녀의 눈에는 눈물이 고였다. 엘리사베타의 편안한 손길에서 위안을 찾은 위종은 그녀에게 살짝 기대어 슬픔의 무게에서 잠시나마 벗어날 수 있었다.

위종이 동료의 무덤 앞에 서서 슬픔에 잠겨 있을 때, 오가와는 야스퍼와 함께 그에게 다가왔다.

"이위종 씨?"

위종이 뒤를 돌았다.

"당신의 고통과 상실의 무게를 이해합니다. 제가 당신을 응원하고 당신 동료에게 애도를 표하기 위해 이 자리에 있다는 것을 알아주세요."

오가와가 말했다.

"죄송합니다만, 누구시죠?"

위종은 그를 어리둥절한 표정으로 보았다. 오가와가 손을 내밀었다.

"오가와 미즈키라고 합니다."

위종은 일본인이라는 사실에 그의 손 잡기를 잠시 망설였다.

"예상하던 반응이었습니다. 제가 일본 사람인 것에 거부감이 드시는 모양입니다."

오가와는 손을 내려놓으며 말했다.

"그러나 저는 이준과 친분이 있었던 사람입니다. 그래서 이곳에 온 것이지요."

"뭐요?"

잠시 둘만의 시간의 필요성을 느낀 오가와는 엘리사베타, 야스퍼, 그리고 상설에게 부드러운 눈빛을 보내며 잠시 위종과 단둘이 있게 해달라는 부탁을 전했다. 엘리사베타는 이해한다는 듯이 고개를 끄덕이고 야스퍼와 잠깐 눈짓을 주고받았다. 그녀는 위종의 손을 살며시 잡아주며 응원의 뜻을 전한 뒤 뒤로 물러나 야스퍼와 몇 발자국 떨어져 두 사람이 대화를 나눌 수 있게 했다.

"조선말을 할 줄 아니, 그냥 조선말로 하겠습니다."

오가와가 말했다. 위종은 오가와의 유창한 발음에 깜짝 놀랐다.

"놀라지 마시지요. 겉으로는 일본인일지는 몰라도, 조선 땅에서 나고 자랐으니."

"그렇군요. 그런데 왜 찾아오신 거요? 그리고 이준 씨랑은 어떻게 되는 사이요?"

"한성에 있을 적에 같은 독립운동단체에 있었습니다. 결국 뜻이 안 맞아, 갈라서기는 했어도, 그분이 아주 정의로운 검사였던 것은 기억합니다."

"마치 친일파가 된 것이 자랑스럽기라도 하듯 말씀하시는군요."

"러시아인인 척하는 사람이 할 말은 아닌 것 같습니다만?"

"적어도 저는 당신처럼 조국을 배신하지는 않았소."

"왜 제가 조국을 배신했다고 생각하십니까? 제가 일본인 행세를 하는 이유만으로?"

"나한테 원하는 게 뭐요?"

"뭘 바라서 이곳에 온 게 아닙니다. 그냥 이걸 드리려고."

오가와는 위종에게 이준의 부검 결과서를 건넸다. 위종은 부검 결과서를 보고는 놀란 눈으로 그를 바라보았다.

"이준이 살해되었다는 겁니까?"

"정확히는 독살입니다. 저는 범인의 이름을 알고 있습니다. 야마모토 아키라입니다. 일본군에서 장교로 활동하고 있는 놈이지요."

"근데 이걸 왜 저한테 주시는 겁니까?"

"저는 일본 외교관입니다. 원래는 평화회의에 이 결과서를 공개할까 고민하기도 했지만, 위험 요소가 많습니다. 강대국들은 지금 평화라는 대의명분 뒤에 숨어 식민 지배를 외치고 있는 마당에, 이준의 사망 원인을 밝히자는 게 아닙니다. 지금 우리가 필요한 건 일본에 맞설 힘을 빌리는 것입니다."

"당신의 생각은 뭐요?"

"오늘 중으로, 미국 국무부에 대한제국 대표단이 헤이그에서 뉴욕으로 떠난다는 공문을 보낼 겁니다. 뉴욕에 도착하자마자 부검 결과서를 들고 기자회견을 열어 루스벨트 대통령을 만나고 싶다고 말하세요. 만국평화회의의 실상이 공개된다면 미국인들의 마음을 움직이기에 충분할 겁니다."

"그렇게 하도록 하지요."

"그럼 행운을 빕니다."

오가와는 살짝 고개를 숙이고 인사를 건넸다.

"잠시만요! 가기 전에⋯."

위종이 다급하게 그를 붙잡았다.

"왜 나를 도와주는 거요? 당신 누구요?"

오가와는 걸음을 멈추고, 위종의 손목에 시선을 돌렸다. 그리고 그곳에 하트모양과 그 위에 별이 있는 문신을 보았다. 그것은 질서의 여신 에우노미아를 상징하는 징표였다. 오가와는 부드러운 미소를 지었다.

"그건 당신이 따르는 여신에게 물어보시지요. 아마 그분도 저의 여신과 같은 목적을 가지고 계실 테니."

1907년 로테르담의 분주한 항구는 배들이 정박하고 출발하는 리듬감 있는 소리로 활기가 넘쳤다. 위종은 여행객들 사이에 서서 쓸쓸한 표정을 짓고 있었다. 배에 탑승하려는 사람들이 사랑하는 사람들에게 작별 인사를 하고 각자의 여정을 떠나기 전, 그곳에는 기대감과 우울함이 섞였다. 위종은 곧 자신이 사랑하는 엘리사베타와 헤어질 것을 알고 가슴이 먹먹해졌다.

"조심히 갔다 와요."

엘리사베타가 위종을 안은 채 러시아어로 속삭였다. 위종은 그녀를 더 꽉 안았다. 바다 소금과 모험의 향기가 엘리사베타의 은은한 향수 향과 어우러져 위종의 기억 속에 아로새길 만한 감각적인 태피스트리를 만들어 냈다. 그들은 마치 이 순간을 그들의 영혼에 각인시키려고 하는 것처럼, 그들의 심장은 동시에 뛰고 부드러운 포옹으로 얽히고 있었다.

배의 경적이 항구에 울려 퍼지면서 곧 출항할 것을 알렸다. 위종은 그녀를 잡고 있던 손을 풀며 말했다.

"곧 돌아올 거요. 약속하오."

"다음번에 만날 때는 상트페테르부르크에서 만나는 건가요?"

위종은 끄덕였다.

"베라한테 아빠가 곧 집에 돌아올 거라고 전해주오."

"베라가 많이 보고 싶어 할 거예요."

베라는 그들의 첫째 딸이었다. 이제 엄마 아빠 부를 수 있는 말을 뗀 아이였다. 그들의 손은 잠시나마 조금 더 서로를 붙들고 있었고, 위종은 떠나기 전 그녀의 이마에 살며시 키스했다.

"사랑하오."

위종이 속삭였다.

"나도 사랑해요."

위종은 무거운 마음으로 뒤로 물러나 눈물로 얼룩진 엘리사
베타의 얼굴에 시선을 고정했다. 그는 미소를 지으며 곧 헤어질
그녀를 안심시켜 주려고 했다. 그녀는 그들 사이를 오가는 무언
의 이해와 함께 떨리는 자신의 미소로 답례했다.

기다리고 있던 유람선에 오르기 위해 몸을 돌린 위종은 엘리
사베타의 흔들리는 모습을 기억하며 마지막으로 뒤를 돌아보
았다. 마지막으로 마주친 두 사람의 눈빛은 사랑, 회복, 그리고
미래의 재회에 대한 약속이 담겨 있었다.

배는 천천히 부두에서 멀어지기 시작했고, 위종과 엘리사베
타 사이의 간격은 시간이 지날수록 벌어졌다. 그러나 점점 멀어
지면서, 두 사람의 마음은 물리적인 거리를 초월한 끊을 수 없
는 유대감으로 연결되어 있었다. 위종은 이별의 순간을 붙잡고,
둘의 사랑이 자신을 다시 엘리사베타가 기다리는 품으로 인도
하는 등불이 될 것이라고 믿었다.

이위종의 선택

뉴욕의 번화한 거리에 발을 내디딘 위종은 끔찍한 광경을 보지 않을 수 없었다. 얼굴에 공포와 괴로움이 가득한 필리핀 사람들이 차가운 금속 수갑에 손이 묶인 채 강제로 끌려가고 있었다. 위종은 불의한 행위를 목격하면서 뱃속이 매스꺼웠다.

그의 시선은 세인트루이스에서 개최될 '국제 박람회'를 자랑스럽게 알리는 화려한 현수막으로 장식된 트럭으로 옮겨갔다. 깊은 분노가 위종의 혈관을 타고 흘렀다. 이 필리핀 사람들은 단순히 이송되는 게 아니라, 다른 사람들의 즐거움을 위해 전시되는 전시품으로 취급되고 있었다.

부당하게 사람들을 실어 나르는 트럭을 보면서 위종은 결심을 굳혔다. 그는 그러한 전시가 존재할 수 있게 만든 무지와 편견에 도전하는 데 헌신할 것이라고. 그는 목소리 없는 자들의 대변자이자 정의와 평등의 옹호자가 될 것이었다. 위종은 확고한 결단을 가지고 그의 동포들에게 변화를 끌어내고, 인식을 제

고하며, 민족의 착취와 소외로부터 영구히 해체하는 임무를 수행하기 시작했다.

위종과 상설이 호텔 방에 들어서자 우아하고 세련된 분위기가 물씬 풍기는 공간이 맞이했다. 방은 복잡한 무늬의 벽지와 대비되는 짙은 색 나무 가구로 장식되어 화려함과 세련됨이 풍부하고 조화를 이루고 있었다. 호화로운 안락의자와 작은 커피 테이블이 있는 편안한 휴식 공간이었다. 두꺼운 커튼으로 장식된 창문은 부드럽고 여과된 빛이 방 안으로 스며들도록 하여 바깥의 번화한 도시 풍경을 한눈에 볼 수 있게 해주었다.

위종은 창문 옆 책상 위에 조심스럽게 사진 액자를 놓았다. 액자는 정교한 은색 선조로 제작되어 섬세한 무늬가 방의 우아함을 더해주었다. 액자 안에서 행복한 순간을 포착한 사진 한 장이 시간을 멈추고 있었다. 사진 속에는 위종과 엘리사베타가 나란히 서서 환한 미소를 지으며, 사랑과 온기로 가득한 모습이 담겨 있었다. 그는 사진을 바라보며 낯선 땅에서 아내가 곁에 있다는 사실에 감정이 솟구치는 것을 느꼈다. 그 사진은 그들의 끈끈한 유대감을 상기시켜 주었고, 불확실한 상황 속에서도 위로와 힘을 주는 원천이 되었다.

사진을 제자리에 두고, 위종은 방을 감상하며 은은한 고급스러움과 평온함을 느꼈다. 그리고는 다가오는 회의를 위해 간단한 샤워로 몸을 씻고 나니, 긴 여행의 피로가 사라지고 활력을 되찾는 느낌이었다. 욕실 자체는 깨끗한 흰색 타일과 광택이 나는 비품으로 깔끔했다.

위종이 옷 갈아입을 준비를 하고 있을 때, 부드러운 벨 소리가 방안에 울려 퍼지며 그의 시선을 사로잡았다. 그는 탁자 위에 놓인 전화기에 손을 뻗었고, 프런트 데스크에서 목소리가 들려왔다.

"이위종 씨?"

"네?"

"1층에서 손님이 기다리고 계십니다."

"바로 내려가도록 하겠습니다."

고급스러운 스테이크 레스토랑은 지글거리는 스테이크의 감칠맛 나는 향과 구석에 마련된 무대에서 연주하는 재즈 밴드의 부드러운 선율로 가득 찼다. 은은한 황금빛 조명이 방을 비추며 세련되고 매력적인 분위기를 연출했다. 위종, 상설, 그리고 미국 기자 윌리엄 카터는 무대 근처의 개인 테이블에 앉았다.

윌리엄은 자신감 넘치는 태도를 강조하는 맞춤 정장을 흠잡을 데 없이 차려입은 뛰어난 인물이었다. 희끗희끗한 머리카락은 그의 외모에 독특함을 더했고, 날카로운 개암색 눈동자는 호기심과 지적인 느낌을 발산했다. 그는 따뜻하고 매력적인 미소로 상대방을 편안하게 만들었다. 웨이터는 크리스털 잔에 와인을 조심스럽게 따라주며 세련된 분위기를 더했다. 육즙이 풍부한 스테이크를 한 입 베어 물고 있는 사이에 세 사람은 대화를 계속했다.

"카터 씨, 저녁을 함께할 수 있어서 영광입니다. 기자회견을 여는 데 도움을 주셔서 감사의 말씀을 드립니다."

위종이 말했다.

"제가 더 영광입니다. 저는 여러분의 여정을 면밀하게 지켜봐 왔고, 이 역사적인 행사에 참여하게 되어 영광입니다. 그래서, 다가오는 회의에 대해 어떻게 생각하십니까?"

"기쁘기도 하지만, 솔직히 긴장도 됩니다. 우리의 메시지가 미국의 대중들에게 전달되는 중요한 자리입니다. 이 메시지가 지속적인 영향을 주고자 하는 게 저희의 목표입니다."

"이해합니다. 미국인들은 당신의 이야기와 국민의 어려움, 그리고 시급한 변화의 필요성을 들을 필요가 있습니다. 안심하세요. 당신의 메시지가 효과적으로 전달될 수 있도록 최선을 다하겠습니다."

"헌신에 감사드립니다. 저희에게는 정말 큰 의미입니다. 식민 지배 국가들의 비인간적인 만행을 폭로하고, 공평한 미래를 위해 노력하는 것이 중요하다고 생각합니다."

"공감합니다. 이것은 미국인들을 일깨워 줄 수 있는 중요한 순간입니다. 당신의 경험과 말을 통해 공감을 키우고 변화를 끌어낼 수 있습니다."

"이해해 주셔서 감사합니다."

상설이 말했다.

"그나저나, 오가와가 당신의 이름을 언급했을 때 저는 궁금했습니다. 도대체 헤이그에서 무슨 일이 있었던 겁니까?"

"만국평화회의 말씀이시군요. 정말 실망스러운 경험이었습니다. 저희가 목소리를 내고 싶었지만, 우리는 그곳에 있었던 다른 대표단들에 의해 침묵을 강요당했습니다."

"구체적으로 무슨 말씀이시죠?"

"회의 주최 측과 다른 국가들은 일본이 대한제국의 이익을 대변하고 있다고 생각했습니다. 그들은 조선인들이 자신의 목소리를 가지고 있다는 것을 믿지 않았죠. 그것은 중대한 오해이자 부당함이었습니다."

"정말 어처구니가 없군요? 그래서 대한제국에 대한 우려와 열망을 말할 기회를 거절당했나요?"

"그렇습니다. 우리의 목소리와 투쟁이 중요하지 않다는 듯 회의에서 소외되고 배제되었습니다. 정의와 화해의 장이 돼야 할 평화회의가 허울뿐이라는 사실을 깨닫는 것은 고통스러운 일이었죠."

"당신과 당신의 동료 조선인들에게 얼마나 좌절감을 주었을지 그저 상상만 할 수 있을 뿐입니다…."

"더 황당한 얘기를 해도 될까요?"

"그럼요, 말씀하세요."

"나의 동료 대표 중 한 명인 이준이 우리의 임무 중에 사망한 채로 발견되었습니다. 하지만 아무도 그의 죽음에 대해 신경 쓰지 않았죠."

"그 이야기는 어느 정도 알고 있지만, 정확히 무슨 일이 일어난 거죠?"

위종은 이준의 부검 결과서를 꺼냈다. 윌리엄은 문서를 주의 깊게 관찰하다가 사인이 독살이라는 것을 깨닫고 놀랐다. 그는 손을 부르르 떨면서 물었다.

"이런 문건이 나오면 난리가 났을 텐데, 도대체 왜 이 사실이 공개되지 않은 거죠?"

"이제 아시겠나요? 그 빌어먹을 평화회의가 얼마나 엉터리였는지."

"이제야 알겠군요. 오가와가 위종 씨를 여기에 보낸 이유를."

"내일 기자회견은 루스벨트 대통령을 움직일 만큼의 충분한 영향력이 있어야 합니다."

"글쎄요. 그건 사실이지만, 쉽지 않을 겁니다. 당신도 아시겠지만, 루스벨트는 강력한 백인 우월주의자입니다. 그를 설득하려면 날카로운 무언가를 준비해야 할 텐데요."

"그건 걱정하지 마세요. 저한테 좋은 생각이 있으니."

"그게 뭐죠?"

"루스벨트가 움직이지 않는다면, 조미수호통상조약 파기를 한다는 뜻으로 받아들이겠다고 압박할 겁니다."

위종과 윌리엄이 대화를 이어가던 중, 위종의 시선은 순간적으로 식당 입구 근처의 소란에 쏠렸다. 웨이트리스 유니폼을 입은 젊은 동양 여성이 실수로 쟁반을 떨어뜨려 바닥에 유리잔이 산산조각이 나 어찌할 바를 모르는 모습이 눈에 들어왔다.

위종은 식당 사장이 도움이나 이해를 베푸는 대신에 그녀를 경멸하고 무례하게 대하며 거친 말로 그녀를 꾸짖는 것을 보았다. 부당한 처사가 분명했고, 위종은 분노가 치밀어 오르는 것을 느꼈다. 좌시할 수 없게 된 위종은 주먹을 꽉 쥐고 자리에서 벌떡 일어났다.

"위종 씨, 어디 가요?"

상설이 걱정스럽게 물었다. 순식간에 위종이 사장에게 다가갔다.

"이 더러운 자식아!"

그는 강력한 펀치를 날렸고, 그의 타격의 힘이 공중에 울려 퍼졌다. 사장은 충격을 받고 뒤로 비틀거리며 잠시 침묵했다. 손님들과 직원들이 모두 예상치 못한 상황의 변화를 지켜보는 가운데 식당은 정적에 휩싸였다. 위종이 또 한 방을 날리려 하자 상설이 위종과 사장 사이로 끼어들었다.

"그만 해요. 됐어요."

상설은 단호하면서도 달래는 목소리로 말했다. 감정을 억제하려고 안간힘을 쓰다가 위종의 숨결은 무거워졌다. 그는 마지

못해 상설의 말을 듣고 두 주먹을 불끈 쥔 채 천천히 뒤로 물러섰다. 상설은 심호흡을 크게 하고 미안한 표정으로 사장 쪽으로 고개를 돌렸다.

"죄송합니다. 그의 행동에 대해 사과드립니다."

기자회견을 위해 미국의 다양한 신문 기자들이 몰려들면서 회견장은 기대감으로 가득 찼다. 카메라가 연신 셔터를 눌러대며 순간의 열기와 흥분을 담아냈다. 이상설과 이위종은 나란히 서서 쏟아지는 질문에 맞설 각오를 했다. 첫 번째 질문은 뉴욕타임스 기자가 던졌다.

"최근의 일들을 고려하여 조선인에 대한 당신의 목표와 포부를 요약해 주시겠습니까?"

"우리의 목표는 조선인들이 처한 곤경을 조명하고, 그들이 직면한 불의와 불평등에 관한 관심을 환기하는 것입니다. 우리는 대한제국을 자주권을 가진 독립 국가로 자리매김할 수 있도록 노력하고 있습니다. 우리는 다른 나라에 대한 오해를 불식시키고, 대한제국 국민의 저력을 보여줌으로써 우리가 국제사회에서 단순한 졸이 아니라는 것을 알리기 위해 이 자리에 모였습니다."

"기자회견 이후에 일본이 어떻게 반응할 것으로 예상하십니까?"

"그들이 어떻게 반응할지는 뻔합니다. 그리고 우리는 현재 암살의 표적이 되고 있다는 사실도 잘 알고 있습니다. 하지만, 우리는 이에 굴하지 않고 정의를 위해 용감하게 싸울 것입니다."

"다른 나라에 도움을 요청했었을 수도 있는데, 왜 하필이면 미국입니까?"

"우리는 미국을 이기적인 나라로 생각해 본 적이 없으며, 그런 이유로 우리는 미국에 호소합니다. 일본은 신뢰할 수 없습니다. 문명국들은 지금 부당하게 대한제국의 외교권을 장악하고 있는 일본의 약탈을 목격하고 있습니다. 대한제국이 근대화된 일본에 뒤처져 있는 것은 분명할지 모르지만, 서구를 따라잡는 데 있어서 우리보다 겨우 20년 정도 앞서 있습니다. 그리고 그들이 한반도에 발전을 가져온다는 것은 완전한 사기입니다."

"당신이 여기 오기 전에 헤이그에 있었다는 사실을 알고 있습니다. 당신은 평화회의에 초대받지 못했는데, 헤이그에서의 임무는 실패했다고 생각하시나요?"

"저는 그것이 실패라고 생각하지 않습니다. 저는 우리의 임무가 약소국에 강요된 부당함을 서방 국가에 알린 것만으로도 충분했다고 생각하며, 그것이 우리의 임무가 실패한 것이 아니라고 생각하는 이유입니다."

"당신의 임무 수행에 동행했던 사람 중 한 명인 이준이 세상을 떠났습니다. 사인이 무엇이라고 생각하십니까?"

위종은 이준의 부검 결과서를 기자들에게 휘둘렀다.

"이준의 사인이 적혀 있는 부검 결과입니다! 그는 독살되었고, 우리는 그가 일본에 의해 살해되었다고 판단됩니다! 하지만, 만국평화회의에 참석한 외교관 중 누구도 이 문서에 주목하지 않았습니다! 이것은 만국평화회의가 얼마나 비열한지를 증명하는 것이며, 그렇기에 우리는 미국이 우리를 도와주기를 기대하는 이유입니다!"

위종의 폭로에 흥미를 느낀 기자들은 메모를 쓰느라 더욱 바빠졌다.

"이위종 씨, 이 회의가 끝난 후에 루스벨트 대통령을 만나기를 희망한다고 들었는데 맞습니까?"

"맞습니다! 그리고 만약 그가 우리를 만나주지 않는다면, 우리는 그것을 조선과 미국의 수호통상조약이 무효라는 뜻으로 간주할 겁니다! 그것은 1882년에 조선과 미국 사이에 협상 된 14 조항의 조약이고, 그 조약은 외부 침략 시 상호 간의 우호와 상호 원조를 확립합니다! 그리고 이 조약은 조선에 있는 미국 시민들에 대한 치외법권과 국가의 무역 지위와 같은 미국의 이익을 다룹니다!"

백악관의 방은 웅장하게 꾸며져 있었고, 벽에는 역대 대통령의 초상화와 역사적 유물들이 장식되어 있었다. 이위종과 이상설은 시어도어 루스벨트 대통령의 도착을 기다리며 기대에 차 있었다. 공기는 긴장과 결의가 뒤섞인 상태였다.

문이 열리자 루스벨트 대통령이 권위적인 모습으로 회의실로 성큼성큼 걸어 들어왔다. 그는 건장한 체격에 강한 턱선과 카리스마 넘치는 존재감을 강조하는 두꺼운 콧수염이 특징이었다. 안경테를 두른 그의 날카로운 눈빛은 예리한 지성과 흔들림 없는 결의를 드러냈다.

"대통령님, 시간 내주셔서 감사합니다."

위종은 의연하고 단호하게 우뚝 서서 의중을 분명히 했다.

"고맙습니다. 저는 당신의 나라가 직면한 어려움을 알고 있으며, 미국이 이 지역의 평화와 안정을 유지하기 위해 헌신하고 있음을 확신합니다."

"존경하는 대통령님, 평화와 안정만으로는 충분하지 않습니다. 우리 국민들은 독립을 갈망하고, 우리 자신의 운명을 결정할 권리를 갈망합니다. 헤이그 평화 협정은 우리에게 그런 기회를 주지 않았고, 우리는 이 부당함을 바로잡기 위해 당신의 지지를 구합니다."

"나는 당신의 독립에 대한 열망을 이해합니다. 그러나 국제 외교는 복잡한 영역이기 때문에 신중하게 진행해야 합니다."

"대통령님, 하지만 대한제국은 너무 오랫동안 외국의 점령하에서 고통을 받아왔습니다. 우리 국민은 고난과 불의를 견뎌왔습니다. 다른 국가들이 우리에게 자유를 주기만을 기다릴 수 없습니다. 우리는 행동을 취해야 하며, 우리의 투쟁에서 미국의 지원을 기대합니다."

"여러분의 우려에 유감을 표하지만, 우리는 신중하게 접근해야 합니다. 외교적 합의는 충분한 고려 없이 단순히 폐기될 수 없습니다. 우리의 행동은 이성과 신중함이 바탕이 되어야 합니다."

"대통령님, 저는 국제 관계의 복잡성을 이해하지만, 우리 상황의 긴급성을 강조하지 않을 수 없습니다. 조미수호통상조약은 현재 상태로는 전혀 이행되고 있지 않습니다. 만약 우리가 미국으로부터 의미 있는 지지를 받지 못한다면, 저는 그 조약이 무효라고 생각할 수밖에 없습니다."

"미국은 이 지역의 평화와 안정을 위해 노력하고 있습니다. 그러나 기존 조약을 변경하거나 무효화 하는 결정은 더 광범위한 결과에 대한 신중한 심의와 고려가 필요합니다."

"아무 대책 없는 결과는 의미가 없습니다. 지금 우리가 나서지 않으면, 부당한 현실에 도전하지 않는다면 조선인의 희망과 꿈은 계속 짓밟힐 것입니다."

"하지만 이위종 씨, 어쩌면 그 조약이 이미 무효라고 생각해

본 적이 있나요?"

위종은 깜짝 놀라며 루스벨트를 넋을 잃고 바라보았다.

"뭐라고요?"

"당신은 당신의 나라를 대표하는 사람치고는 너무 순수하군요."

루스벨트의 시선은 비서에게로 옮겨졌고 비서는 재빨리 고개를 끄덕였다. 갑자기 문이 휙 열리면서 방의 분위기가 바뀌었고, 빳빳하고 당당한 일본군 군복을 입은 키 큰 모습이 드러났다.

장교의 준엄한 표정과 날카로운 눈빛은 절제되고 흔들림 없는 태도를 반영해 눈길을 끌었다. 그의 존재는 방 안에 긴장과 불안의 그림자를 드리웠고, 위종은 가슴이 철렁 내려앉는 기분이었다. 그는 일본의 개입이 조선과 미국 사이의 미묘한 협상에 중대한 영향을 미칠 것이라는 느낌이 들었다.

위종은 무심코 아키라의 손목에 새겨진 문신을 언뜻 보았는데, 그 문신은 창에 방패를 교차시킨 추상적인 모양을 묘사하고 있었다. 아레스를 상징하는 문양이었다.

"야마모토 아키라입니다. 만나서 반갑습니다,"

일본 장교가 말했다.

오가와 미즈키가 알려줬던 이준을 살해한 진범의 이름이 떠올랐고, 위종의 가슴은 두려움과 분노가 뒤섞여 두근거렸다.

"당신이… 누구라고요?"

"당신의 행동을 이해합니다. 제 군복은 아마도 당신에게 너무 압도적으로 보일 테니까요."

"어째서…."

"대통령님, 제가 앉아도 될까요?"

아키라는 말했다.

"네, 그러시죠."

침묵의 힘겨루기가 벌어지고 있는 것을 의식한 위종과 아키라의 눈이 한동안 마주쳤다. 위종은 이 위험한 길을 조심스럽게 걸어가야 한다는 것을 알고 분노를 삼켰다.

"이위종 씨, 혹시 조미수호통상조약이 오래전에 무효가 되었다는 사실은 아셨습니까?"

아키라가 물었다. 위종은 심장이 뛰는 것을 느꼈다. 아키라는 신중하게 위종 앞에 놓인 탁자 위에 서류를 올려놓으며 말했다.

"한 2년 전에 있었던 일인데 당신이 몰랐다니, 안타까운 일입니다."

위종은 믿지 못하겠다는 듯 눈을 크게 뜨고 종이를 펼쳤다. 그것은 미국과 일본 사이의 비밀 협정인 가츠라-테프트 밀약이었다. 그 문서는 다음과 같이 언급했다.

1. 미국이 필리핀을 지배하는 것은 일본에 유리하고, 일본은 필리핀에 대해 침략할 의도가 없다.

2. 일본, 미국, 영국 세 나라 정부 간의 상호 이해는 극동 지역의 전반적인 평화를 유지하기 위한 최선이자 유일한 수단이다.

3. 미국은 일본의 조선 내 보호권 획득이 러일전쟁의 결과이며, 극
   동 평화에 직접 기여할 것으로 인식하고 있다.

"죄송하지만, 당신의 나라 조선은 이미 일본의 이익권 안에
있습니다."

루스벨트는 말했다. 위종의 손은 떨리고 얼굴은 좌절감으로
붉어졌다. 배신의 무게가 해일처럼 그를 덮치고, 그의 몸은 아
드레날린이 솟구쳐 온몸이 긴장했다. 그의 미간은 찌푸려지고,
아키라를 노려보면서 턱은 굳게 다물고, 눈은 반항으로 불타올
랐다.

미국은 일본의 한국 침략에 대한 침묵의 대가로 필리핀을 확
고한 식민지로 확보한 것이다. 불의에 대한 침묵은 문명의 한계
였고, 소위 문명국가들 사이의 비밀 거래를 위한 불문율이었다.

그러나 아키라의 얼굴은 두려움이나 협박으로 반응하기는커
녕 비웃음으로 일그러졌다. 그는 조롱하는 듯한 미소를 지으며
자신이 일으킨 혼란을 즐겼다. 그의 눈은 뒤틀린 만족감으로 빛
나며 위종의 고뇌를 만끽했다.

유리창을 때리는 빗소리가 호텔 방을 가득 채우며, 위종의 마음

을 달래주었다. 희미한 불빛이 비치는 공간에 홀로 남겨진 그는 펜을 손에 쥐고 무거운 마음으로 책상에 앉았다. 위종은 필체 하나하나에 정성을 담아 감정을 종이 위에 쏟아내었다. 깜박이는 촛불은 그의 영혼의 격동을 반영하며 방 전체에 춤추는 그림자를 드리웠다.

밖에서 내리는 비는 더욱 거세졌고, 그 리듬은 종이에 닿는 위종의 펜의 일정한 리듬과 합쳐졌다. 물방울 하나하나가 그의 내면에서 소용돌이치는 감정, 그리움과 결단의 교향곡을 반영하는 듯했다.

사랑하는 엘리사베타에게

당신의 사랑스러운 포옹으로부터 멀리 떨어진 이 이국땅에 앉아있는 나는 우리의 이별의 무게가 실감 나지 않을 수 없소. 우리가 헤어진 이후로 내가 마주한 고난은 고달팠고, 앞으로의 길은 위태롭고 불확실해 보이오. 그러나 이 순간, 밖에 비가 쏟아질 때, 나는 나의 힘과 변함없는 지지의 기둥인 당신에게 보내는 편지에서 위안을 발견하오.

나는 다시 한번 당신 곁에 있고, 당신 존재의 따뜻함을 느끼고, 당신의 편안한 포옹에서 위안을 얻기를 갈망하오. 그러나 우리 조국을 위한 자유와 정의의 길이 수많은 장애물로 가득 찬 낯선 이 땅의 상황이 나를 이곳에 머물게 하오.

우리 민족을 위해 싸우고 독립을 되찾기 위해 나는 중요한 결정을 내렸소. 생시르 사관학교에서 2년간 공부하면서 얻은 경험을 바탕으로, 러시아의 명문 블라디미르 사관학교에서 더 많은 군사훈련을 받기로 결심했소. 그곳에서 나는 나의 기술과 지식을 다듬고, 최고의 헌신과 충성심을 가진 러시아군 장교로 복무하기를 희망하오.

엘리사베타, 나는 이 결정의 중요성과 그것이 수반하는 희생을 이해하오. 우리의 이별이 길어질 것 같아 마음이 아프오. 그 점에 대해 진심으로 미안하오. 당신과 떨어지는 것이 내 바람은 아니지만, 이 길만이 내가 가야 할 유일한 길이라고 굳게 믿고 있소. 우리가 투쟁하는 대의는 우리가 모을 수 있는 모든 힘과 전문성을 요구하며, 나는 내가 할 수 있는 모든 방법으로 기여하기로 결심했소.

우리를 갈라놓은 이 먼 거리에서도 당신에 대한 나의 사랑은 변함이 없다는 것을 알아주시오. 당신의 변함없는 사랑과 지지가 이 싸움을 계속할 수 있는 원동력이오. 내가 내딛는 모든 발걸음, 직면하는 모든 도전은 우리와 조국을 더 나은 미래에 대한 희망으로 인도하오.

부디, 내 사랑, 내 결정의 심각성을 이해해 주오. 그게 쉽지 않다는 것을 알고 있고, 우리가 떨어져 지내야 하는 시간에 대한 죄책감이 크오. 그러나 나는 지금 우리의 희생이 억압의 족쇄에서 벗어나 함께 할 수 있는 더 밝은 내일을 위한 길을 열어줄 것이라고 믿소.

진심을 담아,
위종

위종은 한숨을 쉬며 펜을 옆으로 치우고 편지를 접어 그리움의 입맞춤으로 봉인했다. 그는 엘리사베타에게 보내는 편지를 봉투에 조심스럽게 넣었다. 유리창을 타고 흘러내리는 빗방울을 바라보며 위종은 창밖을 응시했다. 그는 빗방울이 떨어질 때마다 그의 말이 사랑하는 사람에게 도달하여 그들 사이의 거리를 좁히고, 그녀가 자신의 마음을 엿볼 수 있기를 바랐다.

엘리사의 배신

1945년, 헤이그

야스퍼와의 대화가 끝난 후, 그의 집을 나서자 초현실적인 분위기가 우리를 에워쌌다. 미로처럼 얽힌 조약돌 거리에는 수백 년된 매력적인 건물들이 늘어서 있었고, 일부는 전쟁의 상처가 남아 있었다. 그러나 나는 깊은 슬픔이 묻어나는 엘리사의 눈빛에 쏠렸다. 걱정의 물결이 나를 덮쳤다. 무엇이 그녀가 그런 표정을 짓게 하는지 궁금하지 않을 수 없었다. 엘리사베타와 위종에 대한 야스퍼의 이야기가 과연 그녀와 개인적인 연관이 있었을까?

"괜찮아요?"

내가 물었다.

엘리사는 시선을 나에게 돌렸고, 그녀의 표정은 감사와 우울함이 뒤섞여 있었다.

"네. 그런데요?"

희미한 미소를 지은 채, 그녀가 말했다.

"야스퍼가 말한 엘리사베타 씨에 관한 이야기를 듣고 왠지 모르게 당신이 슬퍼 보여서요. 무슨 일이죠?"

"그냥 제 옛날 일을 생각나게 해서요. 그런데 저에 관한 이야기는 아니에요."

"그렇게 말씀하시니 당신이 진짜 이위종의 아내였던 것 같잖아요."

"뭐라고요?"

그녀가 얼굴을 찡그리며 말했다.

"그냥 그렇다고요. 뭐 기분 나빠 할 것까진 없잖아요?"

엘리사가 한숨을 내쉬었다.

"기분 나쁜 건 아니고, 그냥 당신의 그 추측이 어디서 오나 궁금해서요."

"무슨 소리예요?"

"생각해 봐요. 엘리사베타는 30년도 더 된 사람이고, 그때 당시에 그녀가 적어도 20살이었다 치면 지금은 몇 살이겠어요?"

"알아요, 알아. 진정해요. 그렇다고 화낼 필요는 없잖아요?"

"화내는 거 아니에요. 그냥 황당한 소리를 하시니까 하는 소리지."

계속 걷던 중에 멀리서 한 어린 소녀가 보였다. 그녀는 5살쯤 되어 보였고, 낡은 곰 인형 하나를 끌어안고 있었다. 가녀린 체구에 연약해 보이는 소녀의 눈동자에는 굶주림의 흔적이 역력했다. 독일군과 싸우는 네덜란드의 겨울은 수많은 삶에 자국을 남겼고, 사람들을 굶주림의 벼랑 끝으로 내몰며, 그들의 회복력을 시험했다.

눈앞에 놓인 빵과 페이스트리가 있는 빵집은 희망의 등불이자 충족되지 못한 욕구를 상기시키는 역할을 했다. 빵 진열대를 바라보는 아이의 동경 어린 시선은 물질에 대한 집단적 갈망, 마치 그녀에게 사치품이 되어버린 기본 필수품에 대한 갈망이었다.

나는 그 장면에 깊은 고통을 느껴 어쩔 수 없이 행동에 나서야 한다고 생각했다. 내 마음속의 연민은 소녀의 배고픔을 덜어주기 위해 내가 가진 것을 비록 일시적으로나마 다 주어야겠다고 생각했다.

"안녕, 꼬마야."

나는 부드럽게 몸을 숙이며 물었다.

"배고프니?"

그녀는 나의 말을 알아듣지 못했다는 듯 가만히 서 있었다. 그녀는 분명 아직 영어를 배우지 못한 것이 분명했다. 소녀를 엘리사 곁에 두고, 나는 서둘러 빵집으로 들어갔다. 제빵사와 눈이 마주쳤다. 그는 친절한 눈을 가지고 있었다. 내가 가진 동전들을 모두 꺼내어 놓고 망설임 없이 그에게 말했다.

"이 돈으로 살 수 있는 만큼 최대한 주세요."

제빵사는 나의 표정에 공감하며 고개를 끄덕였다. 그는 재빨리 여러 가지 빵들을 모아 조심스럽게 갈색 봉지에 포장했다. 나는 빵 봉지를 단단히 움켜쥐고 서둘러 엘리사와 소녀가 서 있는 곳으로 돌아갔다. 내가 다가가자 어린 소녀는 놀라서 눈이 휘둥그레졌고, 그녀의 배고픔은 순간적으로 잊혔다. 내가 조심스럽게 빵 봉지를 소녀에게 내밀자, 소녀의 입가에 안심의 미소가 번졌다.

봉지를 받아든 어린 소녀의 눈동자는 감사와 경이로움이 뒤섞여 빛을 발했다. 수줍은 미소를 지으며, 그녀는 배고픔과 희망이 뒤섞인 손가락을 떨면서 봉지를 꽉 움켜쥐었다. 엘리사와 나는 그 소녀가 새로운 기운으로 걸음을 옮기는 것을 지켜보았다. 나는 가슴이 벅찼다.

어린 소녀의 모습에 잠시 넋을 잃고 있는 동안, 하늘을 찢는 천둥 같은 폭발음과 함께 우리의 세계는 갑자기 산산조각이 났다. 폭발의 힘이 몸에 울려 퍼지면서 우리는 비틀거리며 본능적으로 귀를 막았다. 두려움과 공포에 휩싸인 우리는 참화의 원인을 찾기 위해 고개를 돌렸다. 우리 뒤로 연기 기둥이 하늘로 치솟으며 전쟁의 파괴력을 극명하게 보여주었다. 정신을 차리고 보니, 그것은 공습이었다.

주변에서 벌어진 혼란을 파악하기도 전에, 귀청을 찢을 듯한 또 다른 폭발이 우리 앞에서 터져 나왔고, 파편 조각들이 공중으로 튀었다. 그 순간 나는 본능적으로 움직였다.

"엘리사! 위험해요!"

내가 소리쳤다. 우리는 함께 튼튼한 돌담 뒤로 피신한 뒤, 돌담에 위안을 구하듯 몸을 벽에 밀착시켰다. 그리고 나는 혼란 속에서 필사적으로 안전한 곳을 찾으며 주위를 둘러보았다. 피어오르는 연기와 떨어지는 불씨 사이로, 나의 시선은 불길에 휩싸인 광경에 고정되었다. 야스퍼의 집이 불타고 있었다. 불길의 강렬함이 밤하늘을 비추며 폐허 위에 섬뜩한 빛을 드리웠다. 나는 가슴이 철렁 내려앉았고, 그것을 믿을 수 없다는 듯 바라보았다.

그때 나는 그 어린 소녀가 혼란의 한가운데 빠져 있는 것을 보았다.

"엘리사! 가서 저 아이 좀 도와줘요! 저는 야스퍼한테 가볼게요!"

엘리사가 고개를 끄덕였다. 나는 우리가 잠깐 몸을 숨겼던 담벼락에서 나와 불타는 야스퍼의 집을 향해 조심스럽게 움직였다. 엘리사는 더 이상의 시간을 낭비하지 않고 재빨리 그 어린 소녀를 향해 나아갔다. 나는 엘리사가 아이를 포옹으로 감싸면서 위험에서 벗어나 더 안전한 곳으로 데려가는 것을 지켜보았다.

야스퍼의 집에 가까이 다가가자 불길에서 뿜어져 나오는 열기가 더욱 거세져 주위의 파편을 핥으며 현장에 섬뜩한 빛을 드리웠다. 조심스러운 발걸음으로 잔해가 널려 있는 곳을 걸었고, 내 몸의 모든 감각을 동원해 생명의 흔적을 찾고 있었다. 불꽃이 꽉 뛰어 오를 때마다 허공에 불길한 기운이 울려 퍼지는 것 같아서 불안감이 더욱 커졌다. 검은 연기 사이로 그을음으로 뒤덮인 어떤 사람의 모습이 눈에 들어왔다.

"야스퍼!"

나는 망설임 없이 임박한 위험에서 그를 구해야 한다는 절박한 심정으로 그를 향해 달려갔다. 그러나 내가 그의 팔을 잡으려고 손을 뻗었을 때, 그는 체념과 슬픔이 뒤섞인 표정으로 힘없이 고개를 저었다.

"이준호 씨…."

그가 거친 목소리로 고통스럽다는 듯 말했다.

"빨리 가세요. 저는 이미 늦었어요. 어서 도망치세요."

"아니에요! 나랑 같이 갑니다!"

나는 믿을 수 없다는 듯, 빨리 해결책을 생각해 내려 했다. 내 마음속은 그를 지옥의 손아귀에서 구할 방법을 찾고 있었다. 야스퍼는 고맙다는 듯 나에게 희미한 미소를 지어 보였다.

"나 때문에 당신의 목숨이 위험해지는 것을 볼 수 없어요. 나는 충분히 살았어요. 얼른 가세요."

"이렇게 포기할 수 없습니다!"

내 손을 잡은 그의 힘이 순간적으로 팽팽해졌고, 그의 힘은 덧없지만 깊은 의미로 가득 차 있었다.

"가기 전에, 이것만은 기억하세요."

그의 목소리가 서서히 죽어가며 말했다.

"엘리사를 믿지 마세요."

혼란과 충격이 밀려왔지만, 더 질문하기도 전에 야스퍼의 손
아귀는 약해지고 그의 눈이 서서히 감겼다. 내가 그를 구하겠다
는 약속과 그의 경고 뒤에 숨겨진 진실을 밝혀야 할 필요성 사
이에서 갈팡질팡하며 서 있는 동안, 그의 말의 무게는 공중에
무겁게 매달려 있었다.

그 절박한 순간, 나는 야스퍼의 마지막 부탁을 들어줄 수밖
에 없다는 것을 깨달았다. 나는 무거운 마음으로 마지못해 그
의 손을 놓아주며 불타는 잔해 속에서 물러났다. 불길은 야스
퍼의 집의 잔해뿐만 아니라 그를 구해낼 수 있다는 희망마저
집어삼켰다.

나는 야스퍼의 불타는 집의 불길에서 도망쳤고, 심장은 두려
움에 두근거렸다. 잔해에서 빠져나왔을 때, 나는 엘리사가 걱정
스러운 표정으로 어린 소녀와 함께 서 있는 것을 발견했다. 일
시적으로 안도의 한숨을 내쉬며 그들에게 다가간 순간, 바로 그
때 몇 명의 독일군 병사들이 갑자기 나타났다. 그들의 위협적인
존재가 현장을 아수라장으로 만들면서, 안도감은 부서지고 위
험의 장막이 드리워졌다.

본능적으로 우리는 망설임 없이 심장이 터질 듯 질주하기 시
작했다. 엘리사는 어린 소녀를 꼭 안고 미로 같은 거리를 헤쳐
나갔다. 뒤에서 독일 병사들이 추격해 왔고, 그들의 고함과 군화
소리가 시시각각 가까워졌다. 두려움에 사로잡힌 나는 한계를

뛰어넘기 위해 몰아붙였고, 근육은 지쳐서 불타오르고 있었다.

도망치는 동안 생존을 위한 필사적인 싸움이 펼쳐졌고, 엘리사와 나는 추격자를 따돌리기 위해 최선을 다했다. 우리는 좁은 골목길로 숨어들어 샛길을 쏜살같이 지나 구불구불한 도시의 미로 속으로 피신했다.

하지만 운명은 우리 편이 아닌 것 같았다. 잔인한 운명의 뒤틀림이 나를 오싹한 결의로 가득 찬 눈의 병사 중 한 명과 마주치게 했다. 그 참혹한 순간, 나는 내 안에 있는 모든 힘을 다해 맞서 싸웠지만, 그들의 무자비한 악력에 또 수적으로 압도당했다.

내 몸에 일격이 가해졌고, 그 힘에 나는 땅바닥에 나자빠졌다. 어둠이 내 의식을 집어삼킬 것처럼 고통이 온몸에 스며들었다. 시야가 흐려졌고 계속되는 몸부림의 소리는 아득한 불협화음으로 사라졌다. 나는 고통과 피로에 굴복했고, 내 세계는 무의식의 공허 속으로 빠져들었다.

나는 천천히 정신을 되찾았고, 여기가 낯설고 어둡고 좁은 방이라는 사실을 인식하게 되었다. 한 줄기 현기증이 밀려와 잠시 방향 감각을 잃었다. 하지만 희미한 불빛에 내 시야가 적응하면서 오싹한 기운이 다가왔다.

나는 잠시 놀랐다. 2022년에 날 괴롭혔던 악몽 속에 내가 있었던 그 방과 같은 방이었기 때문이다. 그 꿈에 대한 기억, 예감과 절망감이 다시 밀려와 현재의 현실과 뒤엉켜 불안한 춤을 추었다.

혼란스러운 순간, 나의 시선은 근처에 앉아있던 엘리사의 절망과 걱정으로 가득 찬 얼굴로 옮겨갔다. 그녀를 보자마자 나는 안도감이 밀려왔고, 그녀의 상태를 확인하려 다가갔다.

"엘리사, 괜찮아요?"

그녀는 피곤한 기색이 가득한 눈빛으로 고개를 끄덕였다.

"그 아이는요? 아이는 어떻게 되었어요?"

"놓쳤어요."

그녀는 슬픔에 찬 목소리로 속삭였다.

"혼란 속에서 우리는 헤어졌고, 다시 그녀를 찾을 수 없었어요."

어린 소녀를 안전하게 지키지 못했다는 죄책감이 무겁게 내려앉으며 깊은 슬픔이 내 안에 자리 잡았다. 내가 현재 상황을 파악하기도 전에, 문이 삐걱거리는 소리가 정적을 깨뜨렸다. 독일군 경비병이 방으로 들어왔다. 그의 존재는 우리가 포로로 잡혀있다는 걸 상기시키며 우리 위로 어렴풋이 다가왔다.

"두 분, 누군가가 찾으십니다."

그의 목소리가 공기를 가르며 오싹한 메시지를 전했다. 그 누군가가 누군지 생각해 내려 애쓰면서, 불확실성과 두려움이 뒤엉키며 내 마음속에는 의문이 소용돌이쳤다. 독일 경비병은 우리를 미로 같은 복도로 안내했고, 우리의 발소리는 차가운 벽에 메아리쳤고, 기대와 두려움이 뒤섞인 채 울려 퍼졌다.

우리는 어떤 방에 도착했다. 그곳은 테이블 하나와 의자 두 개가 있는 작고 어두운 방이었다. 경비병은 우리에게 들어오라고 손짓했다. 우리가 기다리는 동안 독일 병사들이 우리를 에워싸고 있었다.

문이 휙 열리면서 우리 앞에 나이 든 동양인 신사가 나타났다. 그 노인은 지혜와 경험을 풍겼지만, 나는 그의 정체를 알지 못했다. 깊고 날카로운 그의 눈은 나이를 무색하게 하는 젊은 호기심의 불꽃을 품고 있었다. 노인의 뒤를 이어 네덜란드 청년도 나타났다.

"브람 밸런?"

나는 눈이 휘둥그레졌다. 놀랍게도 엘리사는 매우 침착해 보였고, 표정에서 그 상황을 잘 알고 있다는 힌트를 읽을 수 있었다. 그것은 마치 이 만남을 예견하고 마음속 깊이 간직하고 있던 비밀처럼 보였다.

"두 분을 만나서 반갑습니다."

노인은 우리 앞에 앉아 말했다.

"누구시죠?"

내가 물었다.

"저를 먼저 소개하지 않아서 죄송합니다. 제 이름은 야마모토 아키라입니다."

"당신이…, 뭐라고요?"

나는 혼란스러움이 뒤섞인 떨리는 목소리로 더듬거렸다. 그
이름이 갖는 의미가 내 마음속에 메아리쳤다.

"다시 뵙게 되어 반갑습니다, 공주님."

아키라는 엘리사에게 인사했다. 엘리사는 그에게 동요하지
않는 듯, 그 상황을 예견했다는 침착함으로 야마모토와 시선을
마주쳤다. 그들이 서로 이해하고 있다는 사실에 나는 뒤얽힌 운
명의 흐름 사이에 끼인 이방인처럼 느껴졌다.

"엘리사, 이 사람 알아요?"

나는 믿을 수 없다는 듯이 그녀를 쳐다보았다. 엘리사는 잠자
코 고개를 끄덕이며 눈을 감았다.

"뭐라고?"

나는 여전히 혼란스러웠다.

"이준호 씨가 혼란스러워하는 것을 보니, 공주님이 위장을
참 잘하신 것 같습니다."

아키라가 말했다.

"엘리사, 이 사람 지금 무슨 말을 하는 거예요?"

"이준호 씨, 우리는 정말 간절히 당신을 찾고 있었습니다. 우
리의 원래 계획은 당신을 납치하는 것이었지만, 우리가 잡은 사
람은 다른 사람이라는 것을 알았습니다. 그리고 분명히, 여기
계신 우리 공주께서 당신을 이곳으로 데려오시는 데 큰 도움이

되셨습니다."

"엘리사, 이 사람 지금 뭐라고 하는 거예요?"

"아직 모르셨다면, 공주님은 아레스와 아프로디테의 손녀이십니다."

"뭐라고?"

나는 숨을 헐떡였다.

"엘리사, 아니죠? 에이 설마, 지금 장난치는 거죠? 그죠?"

엘리사는 고개를 저었다. 그녀의 얼굴에는 놀라움이나 부정의 기미가 전혀 보이지 않았다. 대신, 그녀는 이 모든 것을 알고 있었다는 표정으로 나를 바라봤다. 그녀의 얼굴에서 숨겨진 목적의 베일이 벗겨졌다.

나는 얼마나 위험한 상황에 있는지 깨닫고 공포와 후회가 밀려오는 것을 느꼈다. 이 상황의 엄중함이 내 오감들을 압도하여 순간적으로 두려움에 사로잡혔다. 혼란스러운 와중에도 아키라는 침착하게 주머니에 손을 넣어 우리 사이에 있던 책상 위에 권총을 꺼내놓았다. 그의 목소리가 무거운 침묵을 깼다.

"이준호 씨, 지금이 당신의 여정을 결정짓는 순간입니다. 권총에는 단 한 발의 총알이 들어 있으니 현명하게 사용할 기회를 드리겠습니다."

나는 재빨리 권총을 집어서 엘리사에게 겨냥했다. 엘리사는 깜짝 놀랐고, 나는 그녀의 진짜 의도를 알아내려 애쓰며 시선을 고정했다. 내 안의 상반된 감정들이 거센 폭풍 속에서 소용돌이쳤다. 그녀를 향한 동료애의 순간들이 눈앞에 스쳐 지나갔다.

"그래요. 제가 말하는 게 그겁니다."

아키라는 만족스러운 듯 말했다. 엘리사의 눈동자가 나를 응시하며, 지금의 분노와 배신감 너머를 보라고 조용히 애원했다. 그 눈빛에서 나는 자신의 취약성을 보았다.

"어서 쏴요."

아키라가 나를 부추겼다. 나는 그녀의 눈을 계속 관찰하면서 나를 독일 감옥으로 데려오려는 그녀의 복잡한 의도를 파악하려고 애썼다. 그녀의 배신에는 분명 이유가 있었을 것이고, 나는 단지 알고 싶었다. 적어도 지금까지 내가 알고 있던 엘리사는 아무런 목적도 없이 나를 이 상황으로 끌어들일 사람이 아니었다.

"어서 쏴요! 어서!"

나는 천천히 총을 내렸다. 아키라는 실망하여 담배 한 개비를 움켜쥐었다.

나는 아키라에게 총을 겨누었다. 독일 병사들이 불안하게 움직이며 나에게 무기를 겨누었다. 엘리사는 두려움으로 가득 찬 시선으로 얼어붙은 채 서 있었다.

"날 쏠 수 있다고 생각합니까?"

나는 아키라를 노려보며 권총의 해머를 내렸다.

"입 닥치고 있는 게 좋을 텐데?"

"혹시 그녀를 사랑합니까?"

아키라가 담배 연기를 내뿜으며 말했다.

엘리사는 놀라움에 눈을 크게 뜨고 목에 숨이 막히면서 내쪽으로 고개를 돌렸다. 그리고 내 눈동자에 담긴 진실을 찾았다. 나는 아무런 반응도 보이지 않았고, 권총의 무게를 굳게 잡은 채 아키라를 응시했다. 방안은 짙은 안개처럼 공기 중에 긴장감이 감도는 섬뜩한 정적에 싸여 있었다. 방아쇠에 손가락을 올려놓은 채 결정의 무게가 나를 짓눌렀다.

마침내 나는 방아쇠를 당겼다. 총소리가 방 안에 울려 퍼졌다. 총알은 천장에 박혔고 방안은 먼지만 날아다니는 채 모두 숨을 죽였다. 아키라의 눈이 휘둥그레졌고, 잠시 충격으로 그의 이목구비가 일그러졌다가 다시 평정을 되찾았다.

나는 달궈진 금속을 손가락으로 움켜쥔 채 천천히 총을 내렸다. 내 행동의 책임이 나를 괴롭혔고, 체념과 실망이 뒤섞여 나의 시선을 흐렸다. 독일 병사들은 빠르게 움직였다. 수갑의 차가운 금속이 다시 내 손목을 묶어 감쌌고, 내 자유를 구속했다.

"두고 봅시다."

나는 결의에 찬 목소리로 아키라의 시선을 마주쳤다.

"나는 당신의 사형 집행자가 아니라, 당신이 죄 없는 사람에게 행한 진실과 책임을 밝힐 도구가 될 테니."

군인들은 나를 방에서 데리고 나가려고 단단히 움켜쥐었다. 내 발소리는 무거웠고, 나는 엘리사를 마지막으로 힐끗 돌아보았다.

디케의 계략

다시 한번 어두운 방에 갇힌 나는 소용돌이치는 생각과 감정의 바다에 빠져들었다. 그동안 있었던 일들, 나에게 밀려온 계시들, 그것들은 모두 내 마음속에서 끊임없이 소용돌이쳤다. 나는 혼돈 속에서 희미한 명료함을 찾기 위해 모든 것을 이해할 필요가 있었다.

어두운 공간에 앉아있자니 공기가 무겁고 숨이 막힐 것 같았다. 그림자들이 벽을 따라 춤을 추며 나를 집어삼킨 생각의 소용돌이를 흉내 냈다. 온갖 질문들이 내 의식 속에 울려 퍼졌고, 각각의 해결책을 찾으며 주의를 요구했다. 고요한 방에서 위안을 찾으려 나는 눈을 감았다. 그림자 속에서 인도적인 빛을 갈망했다. 하지만 해답은 보이지 않는 유령처럼 손이 닿지 않는 곳에서 춤을 추며 나를 피했다.

캄캄한 방안에 숨 막히는 정적이 흐르고 있을 때, 불규칙한 노크 소리가 허공을 뚫고 들어와 내 주의를 끌었다. 마치 누군가가 일부러 나와 소통하려는 듯 뚜렷한 노크 소리의 연속이었다. 내가 갇힌 공간에 혼자가 아닐 수 있다는 가능성에 내 안에서 희망이 꿈틀거렸다.

호기심과 인간에 대한 간절한 열망에 이끌려 나는 서둘러 소리의 근원을 찾았다. 내 손은 벽의 거친 표면을 두드리며 신비한 두드림의 근원을 찾았다. 기대감에 가슴이 두근거리면서, 나는 손가락으로 불규칙한 패턴을 따라가며 마침내 그 지점을 발견했다.

"거기 누구 있어요?"

내가 걱정과 설렘이 섞인 목소리로 소리 질렀다. 잠시 정적이 흘렀다. 그런데 놀랍게도 벽을 뚫고 희미한 목소리가 들려왔다. 속삭임에 불과했지만 부인할 수 없는 존재감으로 가득 차 있었다.

"네, 여기 있어요. 저는 옆방에 있어요."

나는 우리를 갈라놓은 벽에 더 가까이 몸을 기대었다.

"누구세요?"

"제 이름은 이준호입니다. 당신은요?"

조용한 목소리로 대답이 돌아왔다.

"이준호?"

나는 그가 할아버지라는 것을 알고 가슴이 두근거렸다.

"이준호 씨, 당신입니까?"

내 목소리에는 긴박감이 감돌았다. 잠시 멈칫하며 기대감에 부풀어 있던 순간, 이준호의 목소리가 우리 사이의 공간을 다시 메웠다.

"네, 저예요. 저를 아세요?"

나는 어찌할 바를 몰라 무슨 대답을 해야 할지 망설였다. 하지만 어쨌든 내 소개를 해야 했다.

"네, 제 이름은 이예빈입니다."

"뭐요?"

"이예빈이라고 합니다. 저도 당신과 마찬가지로 조선에서 왔습니다. 그래서 조선의 이름을 가지고 있죠."

"아, 조선말을 할 줄 아시나요?"

"네, 압니다."

나는 내 언어를 한국어로 바꾸었다.

"어떻게 여기까지 오게 되었나요? 그리고 아까 엘리사 씨의 목소리도 들리는 것 같던데."

"조금 전에 여기 있었는데…."

어디서부터 이야기를 시작해야 할지 머릿속이 복잡해졌다.

"그런데요?"

"이야기는 길지만, 지금은 그게 중요하지 않습니다. 여기서 탈출할 방법을 찾아야 해요."

"탈출이요? 여기는 탈출할 방법이 없어요. 탈출로를 찾아봤지만 모든 시도가 실패했어요."

"하지만 여기서 포기할 수는 없죠. 우리는 지금 여기 갇혀있고, 저는 탈출구가 있을 것이라고 믿어요. 저 사람들이 예상하지 못하는 방법을 생각해 보기만 하면 됩니다."

"벽, 문, 심지어 경비병의 일과까지 조사했어요. 저 사람들, 그렇게 쉽게 뚫리지 않습니다. 불가능합니다."

"모든 것에는 약점이 있는 법이죠. 갑옷에도 금이 가기 마련입니다. 그걸 찾아내기만 하면 됩니다."

나는 벽을 둘러보며 말했다.

"뭐 어쩌시게요? 구석구석에 경비병들이 배치되어 있는데."

내 머릿속에 갑자기 뭔가가 떠올랐다.

"혹시 경비병들이 어디에 서 있는지 아세요?"

"글쎄요. 우리 감방으로 통하는 복도 입구에 경비병이 한 명 있고, 주 출구 근처에 또 다른 경비병 한 명이 있고, 중앙 통제실에 두 명이 더 배치되어 있습니다."

"만약 우리가 어떻게든 그들의 관심을 주 출구로부터 돌릴 수 있다면…."

"근데 아무 의심도 사지 않고 어떻게 하시게요?"

"이준호 씨, 당신은 아이린 여신을 따르는 사람이죠?"

"네. 그걸 왜 묻죠?"

"아레스가 이 상황에 휘말렸다면 어떻게 대처할 것 같습니까?"

"무슨 소리죠?"

"생각해 보세요. 전략적으로 전쟁에서 싸우는 아테네에 비해, 아레스는 전쟁의 가공할 잔인한 힘과 그로 인한 혼돈을 상징합니다. 그는 종종 충동적이고 화를 잘 내는 신으로 묘사되죠. 만약 아레스가 여기에 휘말렸다면, 당신이라면 어떻게 할 것 같습니까?"

"아마 충동적으로 행동하겠죠?"

"바로 그겁니다."

"그런데 뭐 어쩌게요? 우리가 신적인 힘이 있는 것도 아니고."

나는 할아버지를 무시하고, 유용한 것을 찾기 시작했다. 한쪽 구석에서 나는 작은 돌 조각을 발견했다. 나는 그것을 주워서 문 가까이 갔다. 나는 철문 중간의 직사각형 문짝을 열고 비명을 지르기 시작했다. 날카로운 사이코패스 같은 비명이 복도에 울려 퍼지며 돌로 된 차가운 벽에 메아리쳤다. 그것은 공포를 불러일으키기 위한, 혼돈을 불러일으키기 위한 소리였다. 나는 경비병들이 내 쪽으로 오는 것을 보았고, 그들의 눈은 경계심과 놀란 눈으로 휘둥그레졌다. 나는 성공적으로 그들의 주의를 끌었다.

경비병들은 겁에 질려 걸음을 재촉하며 나를 향해 달려왔다. 나는 일그러진 미소를 유지했고, 내 눈은 광기로 빛났다. 나는 예측할 수 없는 아우라를 투영하여 그들이 자신의 안전에 대해 의문을 품게 하고 싶었다.

"뭐지?"

경비병 중 한 명이 불안한 목소리로 소리쳤다. 나는 정신이상 흉내를 계속 냈고, 내 존재의 깊숙한 곳으로부터 웃음이 끓어올랐다. 악의가 가득 찬 웃음은 상대를 불안하게 만들려는 의도였다. 경비병들의 표정에는 두려움과 불확실성이 뒤섞여 있었다. 나의 행동은 소기의 효과를 거두었다.

"뭐가 문제야?"

다른 경비병이 물었다.

"이리 가까이 와봐."

나는 불안한 미소를 지으며 속삭였다. 그들은 불확실한 시선을 주고받으면서 망설이는 모습이 역력했고, 결심이 흔들렸다. 경비병이 조심스럽게 다가왔고, 그들의 주의를 끌 수 있는 기회가 왔다.

나는 갑자기 문짝의 작은 틈으로 팔을 밀어 넣고, 경비병의 목을 두 팔로 감싸고 헤드록을 걸었다. 내 손에 들린 돌은 경비원의 머리에 강력한 타격을 가했다. 그의 동료는 충격과 공포로 눈이 휘둥그레졌다. 그는 두 번 생각하지 않고 몸을 돌려 도움을 찾아 달려갔다. 그의 발소리가 복도를 따라 울려 퍼지며 멀리 사라졌다.

나에게 잡힌 경비병이 빠져나오려고 애를 썼다. 그러나 내 주먹의 타격이 가해질수록 경비병의 저항은 사라지고 의식도 희미해졌다. 마지막 한 번의 타격으로 내 손아귀가 느슨해졌고, 경비병은 땅에 털썩 주저앉았다. 나는 숨이 가빠졌고, 순간의 격렬함에 몸이 떨렸다.

나는 필사적으로 손을 뻗어 그의 옆구리에 꽂힌 총을 잡으려고 애썼다. 내 손은 다급하게 떨렸다. 손끝이 무기의 차가운 금속에 살짝 닿았지만, 나는 떨리는 손으로 그것을 단단히 잡으려고 안간힘을 썼다. 내 손아귀에 잡힌 경비병의 몸은 점점 축 늘어져 저항하지 못했다. 시간이 더디게 흘러가는 것 같았다. 마지막 한 번의 결심으로, 내 손가락은 권총의 손아귀를 감았다. 나는 권총을 권총집에서 빼냈다. 무기의 무게는 이 혼란스러운 상황에서 내게 안도감과 힘을 불어넣어 주었다.

나는 감옥의 자물쇠에 총을 쐈다. 총알의 힘으로 자물쇠가 산산조각이 났다. 나는 방에서 나와 몇 명의 경비원이 나를 향해 돌진하는 것을 보았다. 나는 망설임 없이 방아쇠를 당겼고, 날카로운 총성이 복도를 메아리쳤다. 총알이 벽과 바닥에서 자국을 만들었고, 경비원들은 단단한 구조물 뒤로 피신해야 했다.

그들의 행동을 확인한 후, 나는 할아버지가 갇힌 감옥의 문손잡이로 시선을 옮겼다. 나는 총알 한 발을 발사했고, 금속 조각들이 땅에 탁탁 떨어졌다. 나는 가슴이 두근거리면서 문 쪽으로 달려갔다. 할아버지가 구타당한 뒤 바닥에 쓰러져 있는 것을 보았다. 피가 그의 옷을 더럽혔고, 나는 얼른 그에게 다가갔다.

"이준호 씨!"

나는 절박함이 묻어나는 목소리로 외쳤다. 그의 부상을 보고 나는 서둘러 계획을 세웠다. 시간은 점점 흘러가고 있었고,

멀리서 다가오는 발소리는 더욱 커졌다. 경비병들이 곧 우리를 공격할 것이었다. 나는 신속하게 행동해야 했다. 우리는 천천히 조심스럽게 문을 향해 절뚝거리며 걸어갔다. 복도에 들어섰을 때, 경비병들이 우리를 향해 돌진하는 모습에 두려움이 밀려왔다.

갑자기 총성의 메아리가 허공에 울려 퍼졌다. 그림자 뒤에서 안나가 우리 앞에 나타났다. 그녀의 존재는 위엄 있고 단호했다.

"안나?"

그녀의 모습은 어둠 속에서 깜박이는 빛처럼 희망의 등대와도 같았다. 전투의 여파를 살피던 안나의 눈이 결의한 의지로 빛을 발했다.

"안나, 어떻게?"

"설명할 시간 없어요."

그녀의 시선이 나에게 따라오라는 손짓을 했다. 그녀는 우리를 교도소의 미로 같은 복도를 쉽게 안내했다. 마치 이 복도를 수천 번도 더 지나간 것처럼 그녀의 발걸음은 신중했고, 움직임은 계획적이었다. 어둠이 우리를 숨겨진 통로와 비밀 출구로 안내하면서 그녀를 위해 일을 하는 것처럼 보였다. 마치 그녀가 우리의 자유를 여는 열쇠를 쥐고 있는 것 같았다.

우리는 희미한 불빛의 복도를 빠져나왔다. 안나는 한 치의 흔들림 없이 집중력을 발휘해 경비병을 쉽게 피하고 잠재적 위험을 피할 수 있도록 우리를 안내했다. 마침내 태피스트리 뒤에 숨겨진 출구에 도달했다. 안나가 그것을 부드럽게 옆으로 밀자, 자유로 통하는 좁은 통로가 드러났다. 시원한 밤공기가 우리를 반기며 안도감을 주었다.

트럭이 나타나서 우리 앞에 섰다. 나는 열린 트럭 문으로 달려갔고, 탈출 약속은 점점 현실이 되었다. 차량에 가까워지자 몇몇 캐나다 군인들이 대기하고 있는 것을 볼 수 있었다.

안나는 군인들과 고개를 끄덕이며 잠깐 무언의 소통을 했다. 두말할 것도 없이 우리는 트럭에 올라 화물 사이의 안전한 곳을 찾았다. 나는 앉으면서 피로감에 어깨가 들썩이는 것을 느낄 수 있었고, 이 휴식의 순간에 등에 닿은 시원한 금속이 내게 작은 위안을 제공했다.

엔진이 굉음을 내며 트럭의 구조물에 진동을 보냈다. 바람이 얼굴을 휘몰아쳐 포로 생활에서 탈출하는 통쾌감으로 가득 찼다. 우리는 감옥의 벽과 과거를 뒤로하고 앞으로 나아가고 있었다.

부드러운 어스름이 지평선 위에 떠올랐다. 태양은 세상의 가장자리 위로 올라오기 전에 대지에 따뜻한 빛을 비추며 인사를 건넸다. 하늘을 보라색과 분홍색의 색조로 칠하면서, 새벽녘의 부드러운 색조가 나타나기 시작했다.

트럭 안에서 군인들은 여행의 리듬과 조화를 이뤄 멜로디가 흐르는 노래를 불렀다. 그 소리는 부드러운 바람을 타고 밤새 메아리쳤다. 그들의 목소리는 자연의 심포니와 어우러져 가슴 깊은 곳에 울려 퍼지는 아름다운 멜로디를 만들어 냈다. 트럭이 울퉁불퉁한 지형을 따라 달릴 때 유쾌한 분위기로 가득했다. 동료애와 투지가 담긴 목소리가 트럭에 울려 퍼졌고, 공간에 활기찬 에너지를 불어넣었다.

나는 따뜻한 미소를 짓고 있는 친절한 캐나다 장교 옆에 앉았다. 노래의 후렴구에 합류한 그의 눈은 자부심과 연민이 뒤섞여 빛을 발했다. 그들이 공유한 경험의 무게를 담고 있는 가사는 용기, 회복력, 그리고 사랑하는 사람들에게 돌아가고 싶은 갈망에 대해 말하고 있었다. 리듬감 있는 선율이 내 혈관을 타고 흘러가 기운을 북돋우고, 연대에서 오는 힘을 상기시켜 주었다. 그것은 역경 속에서 삶을 찬양하는 곡이었다.

태양의 부드러운 품에 안기니 평온함이 내게 엄습했다. 우리의 어깨를 무겁게 짓눌렀던 걱정과 두려움이 걷히기 시작했고, 아침에 희미하게 빛나는 희망의 빛으로 대체되었다. 여행하는 동안 트럭 안의 행복이 따뜻한 포옹처럼 우리를 감쌌다. 우리는 단지 차를 함께 탄 낯선 사람들이 아니었다. 우리는 인류애라는 변함없는 정신으로 묶인 동지였다. 그 순간, 우리는 서로의 동행에서 위안을 찾았고, 우리의 길에 놓인 어떤 장애물도 함께 극복할 수 있다는 것을 알았다.

　그래서 캐나다 군인들의 의기양양한 멜로디와 동지애에 둘러싸여 미소를 짓지 않을 수 없었다. 그 트럭은 우리를 안전한 곳으로 데려다주었지만, 우리를 앞으로 나아가게 한 것은 희망, 사랑, 그리고 가족과의 재결합에 대한 열망이라는 집단적 정신이었다. 그 순간 우리는 서로에게 힘을 얻었고, 즐거운 재회의 약속으로 가득 찬 앞길이 조금 더 밝아진 것 같았다.

문을 밀어 열자 삐걱삐걱 소리가 났다. 방은 희미하게 불이 켜져 있었고, 한쪽 구석에 따뜻한 빛이 비치고 있었다. 공기 중에는 오래된 책과 추억의 향기가 희미하게 남아 있었다.

　부분적으로 열린 커튼 사이로 보이는 헤이그 거리에는 독일 병사들이 줄지어 있었다. 그들의 군홧발이 권위적인 분위기를 풍겼다. 그들은 지역을 순찰했고, 근엄한 표정은 여전히 도시를 장악하고 있는 억압적인 점령을 극명하게 보여줬다. 그 광경을 보니 등골이 오싹했다. 나는 체포될 위험을 무릅쓰고 밖으로 나갈 수 없는 수배자라는 것을 너무나 잘 알고 있었다. 네덜란드의 브라방트와 림버그 지역은 캐나다군에 의해 거의 해방되었지만, 헤이그와 같은 도시들은 여전히 독일군의 점령으로 어려움을 겪고 있었다.

할아버지는 다른 곳에서 아스클레피오스에게 치료받고 있었다. 독일군이 그에게 무슨 짓을 했는지는 전혀 알 수 없었지만, 그의 몸은 상처와 부상으로 뒤덮여 있었다. 그리고 며칠 동안 아무것도 먹지 못했기 때문에, 그의 혈당 수치는 최악이었다.

방은 향기와 편안함을 풍겼고, 할아버지의 책상 위에 섬세하게 놓여 있는 반짝이는 황금 사과 펜던트가 눈에 들어왔다. 그것은 은은한 빛 속에서 반짝이며 매혹적인 매력을 내뿜었다. 나는 펜던트의 중요성과 그 뒤에 숨겨진 이야기가 궁금해졌다.

'도대체 이 펜던트의 주인은 누구야? 왜 할아버지가 이걸 가지고 있지?'

생각에 잠겨 있던 나는 안나가 조용히 방으로 들어오자 깜짝 놀랐다.

"그건 엘리사 거예요."

그녀는 그 펜던트에 대해 말했다. 나는 그녀에게 궁금하다는 눈빛을 보냈다.

"잠깐 이야기 좀 할 수 있을까요?"

그녀가 물었다.

"물론이죠."

거실로 들어서자 안나는 오래된 소파의 안락한 곳으로 나를 안내했다.

"그래서, 무슨 일이죠?"

나는 물었다.

"축하합니다. 당신은 마침내 임무를 완수했습니다."

"네? 뭐라고요?"

"당신은 디케의 임무를 성공적으로 완수했고, 이제 당신의 시대로 돌아갈 수 있는 선택권이 있습니다."

"무슨 말을 하는 거예요? 알아듣게 좀 말해봐요."

"디케는 이준 사건의 원인을 찾기 위해 당신을 데려온 것이 아니라, 실종된 당신의 할아버지를 찾기 위해 당신을 데려온 것입니다. 이준의 부검 결과서가 어디 있는지, 그가 열쇠를 쥐고 있었기 때문이죠."

"뭐요?"

"실망했다면 미안하지만, 당신의 1945년의 여정은 여기서 끝납니다. 당신의 노력에 감사드리며, 당신의 시간으로 돌아갔을 때 행운이 있기를 빕니다."

"잠깐만요, 안나!"

그녀가 떠나려고 몸을 돌렸을 때 내 목소리가 울려 퍼졌다.

"하지만 적어도 나는 이 모든 상황에 대해 들어야 할 자격이 있어요! 혹시 처음부터 다 알고 있었어요? 내가 준호가 아니라는 것을 알고도 마치 우리가 서로를 알고 있는 것처럼 행동하고 있었단 말인가요?"

안나는 말없이 고개를 끄덕였다.

"엘리사는 어때요? 그녀도 이미 알고 있었나요? 그리고 당신은 엘리사가 아레스의 손녀라는 것도 알고 있었나요?"

"네."

"뭐가 어떻게 돌아가고 있는 거예요? 그래서 당신은 이미 그녀가 우리의 적이라는 것을 알면서도, 왜 계속 그녀가 우리 편인 척한 거예요?"

"엘리사는 우리의 적이 아닙니다."

"그럼, 설명해 주세요!"

내가 호통을 치고 나서도 안나의 침묵은 계속되었다. 그녀는 심호흡을 했다.

"엘리사는 반신반인입니다. 그녀의 어머니는 하모니아 여신이고, 전설적인 테베의 창시자이자 왕인 인간의 왕자 카드모스와 결혼했죠."

"그래서 엘리사가 반은 신이고 반은 인간이다?"

"네…. 그리고 그녀는 천 년 넘게 인간 세상에 살고 있습니다. 하모니아 여신의 목표는 신들과 인간들 사이의 조화로운 동맹을 가져오는 것이었고, 그것이 엘리사가 살아왔던 이유이기도 하지요. 그래서 엘리사는 한곳에 머물 수 없었고, 몇 년에 한 번씩 여러 곳을 여행하며 신분과 이름을 바꿔야 했죠."

"그럼 펜던트는요? 어떻게 그 펜던트가 엘리사의 것이죠? 황금 사과는 에리스 여신을 상징하지 않습니까?"

"당신 말이 맞아요. 하지만 그 펜던트는 원래 아프로디테의 것이고, 나중에 그녀는 그것을 하모니아에게 결혼 선물로 준겁니다. 이후 하모니아가 딸인 엘리사에게 준 것이죠."

"그럼 그걸 왜 이준호가 가지고 있는 거죠?"

"이준 사건의 미스터리가 풀리면, 엘리사가 이준호에게 그녀의 아이들에게 펜던트를 가져다 달라고 부탁했기 때문이에요."

"그녀의 아이들이요?"

"네, 그녀는 세 명의 아이가 있어요. 베라, 니나, 제나. 하지만 그들은 더 많은 인간의 피를 물려받았기 때문에 그들의 어머니처럼 불멸하지는 않습니다. 그들은 지금 아마 30대 중반일 것이고, 그래서 엘리사가 아이들에게 돌아갈 수 없는 이유에요. 엘리사는 그들이 아주 어렸을 때 이준의 죽음의 미스터리를 밝히기 위해 그들을 떠났고, 그래서 그녀는 그들이 자라는 것을 볼 수 없었던 것에 대해 항상 죄책감을 느끼고 있죠."

"그런데 이준의 수수께끼가 왜 그녀에게 그토록 중요한 것이었을까요?"

"그것은 그녀가 과거에 사랑했던 사람과 관련이 있습니다."

엇갈린 운명

1905년, 상트페테르부르크

마린스키 극장. 러시아의 상트페테르부르크는 매혹적인 장소였다. 마린스키 극장의 외관은 웅장한 기둥과 장엄한 외관으로 장식된 신고전주의 건축의 걸작이었다. 관객들이 대극장에 들어서자 화려한 금박 장식과 따뜻한 빛을 발하는 정교한 샹들리에, 그리고 차이코프스키의 발레 공연에 대한 달콤한 기대감이 그들을 맞았다.

　로비를 지나 은은한 조명이 비치는 장엄한 공간인 대강당으로 들어갔다. 극장의 천장은 신화의 한 장면과 매혹적인 풍경을 묘사한 정교한 프레스코화로 화려하게 장식되어 있었다. 벽은 금색 술잔으로 고정된 화려한 벨벳 커튼으로 장식되어 있어 공간에 위엄 있는 분위기를 연출했다. 곧 펼쳐질 발레의 장관을 간절히 기다리는 관객들로 인해 극장 안은 흥분과 기대감으로 가득 찼다. 좌석 층층이 배치된 화려한 레드 벨벳으로 꾸며져 무대의 멋진 전망을 제공했다. 우아하게 차려입은 관객들은 열띤 대화와 귓속말로 극장을 가득 채웠다. 향수 향이 갓 닦은 나무의 은은한 향과 어우러져 세련된 우아함이 물씬 풍겼다.

차이코프스키의 「잠자는 숲속의 미녀」 발레 공연이 시작되자, 무대는 매혹적인 모습으로 변신했다. 우뚝 솟은 성, 울창한 정원, 그리고 마법의 숲 등 정교한 세트가 관객을 마법의 세계로 안내했다. 세트 디자인의 예술성은 반짝이는 스팽글, 섬세한 레이스, 흐르는 듯한 실크로 화려하게 디자인되고 장식된 눈부신 의상으로 보완되었다. 발레 무용수들의 우아한 움직임과 정확성, 그리고 예술성은 무대 위에서 시각적인 교향곡을 그려냈다. 은은한 투투를 입은 발레리나들은 우아한 실루엣과 섬세한 발놀림으로 천상의 아름다움을 자아냈다. 왕자 복장을 한 남자 무용수들은 힘과 우아함을 동시에 뽐내며 도약과 회전을 선보였다.

발레 공연과 함께 오케스트라 피트에 자리 잡은 라이브 오케스트라가 극장을 선율로 감싸 안았다. 열정과 정확성을 갖춘 마에스트로가 지휘하는 차이코프스키의 매혹적인 악보가 울려 퍼지며 관객들을 음악적 황홀경의 세계에 몰입시켰다.

극장 테라스에 앉아있는 관객들 사이로 위종의 시선이 떠돌며 낯익은 얼굴에 시선을 고정했다. 그곳에는 생시르 사관학교 시절부터 알고 지내던 옛 친구 빅토르가 빛나는 군복을 입고 앉아있었다. 빅토르는 강인하고 위엄 있는 존재감으로 군 장교에 걸맞은 자세를 취했다. 훈장과 휘장으로 장식된 제복은 그의 큰 키와 당당한 모습을 더욱 돋보이게 했다. 그의 잘 다듬어진 이목구비는 자신감을 뿜어냈고, 검은 눈동자는 결연한 의지와 향수가 뒤섞인 채 반짝였다.

그러나 위종의 시선이 빅토르에게 머물러 있을 때, 그의 시선은 뜻밖에도 빅토르의 곁에 앉아있는 빛나는 존재에 사로잡혔다. 그녀의 섬세한 이목구비를 감싸는 금빛 머리카락이 흘러내린 채, 아름다움의 환상인 엘리사가 앉아있었다. 그녀의 고운 피부는 은은한 극장 조명 아래서 빛나는 듯했고, 새파란 눈동자는 무시할 수 없는 매혹으로 반짝였다.

위종은 순간적으로 엘리사와 눈이 마주치자 정신을 잃었다. 마치 숨겨진 보물을 발견한 것처럼 따스하고 매혹적인 감정이 그를 엄습했다. 엘리사의 움직임 하나하나에서 우아함과 기품이 묻어났고, 그녀의 미소는 주변 사람들을 사로잡았다. 그 순간 위종은 설명할 수 없이 그녀의 존재에 끌리는 자신을 발견하고 시간이 멈춘 것 같았다.

위종의 혈관 속으로 호기심의 소용돌이가 휘몰아쳤다. 그는 마치 보이지 않는 실이 그들의 영혼을 연결해 준 것처럼 자석 같은 당김을 느꼈다. 빅토르와의 예상치 못한 만남과 엘리사의 매혹적인 매력은 그의 내면에 기억, 욕망, 의문을 뒤섞어 놓았다. 앞으로 펼쳐질 가능성에 대한 설렘과 두려움을 동시에 안겨

주었다.

무대 위에서 공연이 계속되자 위종의 시선은 빅토르를 훔쳐
보는 것과 엘리사의 매혹적인 존재감에 빠져드는 걸 번갈아 가
며 미묘하게 움직였다. 그 순간은 일련의 감정과 생각을 불러일
으켰고, 남은 공연 시간 동안 매혹적인 아우라를 던졌다.

마지막 박수 소리가 극장 안에 울려 퍼지며 공연의 끝을 알렸
다. 빅토르와 엘리사는 자리에서 일어나 퇴장하는 관객들의 행
렬에 합류했다. 위종은 다급함과 호기심에 이끌려 재빨리 그들
을 향해 나아갔다.

"빅토르!"

위종은 흥분과 향수를 머금은 듯한 목소리로 그를 불렀다. 빅
토르는 돌아서서 군중 속에서 옛 친구를 발견하고는 얼굴이 환
해지며 반가움과 놀라움을 감추지 못했다.

"오래간만이네."

빅토르가 프랑스어로 따뜻함이 가득한 목소리로 말했다.

"그래, 어떻게 지냈소?"

위종도 프랑스어로 대답했다.

"군사학교에서의 날들이 어제의 일처럼 생생하네."

빅토르는 향수에 찬 미소를 지으며 말했다.

"우리가 함께 겪었던 시련과 승리를."

위종이 웃으며 동지애가 느껴지는 눈빛을 보였다.

"사실, 그 시절은 정말 중요한 시기였지. 그 후로 먼 길을 왔네, 친구. 할 얘기는 많지만, 이 아름다운 여인은 누구신가?"

위종의 목소리는 호기심과 설렘으로 가득 차 있었다.

"아, 엘리사. 이분을 소개하는 것을 잊어서 미안하네. 이쪽은 위종이네. 그는 우리가 생시르 사관학교에 다니던 시절의 소중한 친구인데, 조선이라는 극동에서 왔다네."

엘리사가 손을 내밀어 인사를 하는 동안 그녀의 눈은 기쁨으로 반짝였다.

"위종 씨, 드디어 뵙게 되어 반갑습니다. 오라버니가 당신에 관해 칭찬을 아끼지 않았는데, 그의 이야기를 통해 당신에 대해 많이 들었습니다."

"정말이요?"

위종의 시선은 빅토르와 엘리사 사이를 오가며 놀라움과 기쁨이 뒤섞인 표정을 지었다.

"글쎄요, 만나 뵙게 되어 영광입니다만…. 빅토르는 전에 당신에 대해 이야기를 한 적이 있어도, 당신의 아름다움과 매력에 대해 듣지는 못했습니다."

"미안하네. 뭔가 일이 생긴 듯하오. 나중에 또 보세."

빅토르가 변명하며 자리를 떴다. 위종은 고맙다는 듯이 고개를 끄덕였고, 다시 엘리사와 눈이 마주쳤다. 그가 그녀를 향해 정중한 미소를 지으면서 그의 마음속에는 여러 가지 감정이 소용돌이쳤다.

"어떻게 그렇게 프랑스어를 잘하시죠? 내 말은, 비록 러시아 상류층들이 프랑스어를 잘하지만, 저는 당신과 같이 발음이 좋은 분을 본 적이 없어요."

엘리사가 감탄의 눈빛으로 말했다.

"고마워요. 당신의 이름이 엘리사베타 맞죠?"

그의 부드러운 질문은 진심 어린 관심으로 가득 차 있었다.

"맞아요. 하지만 당신은 저를 엘리사라고 불러도 돼요."

위종은 여전히 그녀의 아름다움에 사로잡혔다.

"무슨 말을 해야 할지 모르겠소. 당신은 나를 흥미롭게 하는 무언가가 있소. 당신을 보는 순간부터 당신의 존재가 나를 사로잡았소."

칭찬을 고맙게 받아들이는 엘리사의 뺨에 희미한 홍조가 번졌다. 그녀의 눈은 호기심으로 반짝였고, 그것은 위종의 관심을 불러일으켰다.

"우리 어디 좋은 곳으로 가서 이야기 좀 하는 게 좋지 않겠소?"

위종이 제안했다.

별이 빛나는 하늘 아래, 네바강은 은빛 리본처럼 빛났고 잔잔한 물살은 상트페테르부르크의 반짝이는 빛을 반사했다. 엘리사와 위종은 강가를 따라 이어지는 대로를 걸었다. 그들의 발걸음은 밤의 리듬과 조화를 이루었다. 공기는 약간의 서늘함을 전달했지만, 물기를 따라 걸을 때 그들에게 기운을 북돋아 주었다. 멀리서 들려오는 도시의 소리가 강물의 부드러운 물결에 섞여 잔잔한 교향곡이 되어 그들을 감싸고 있었다.

이따금 지나가는 배 한 척이 강물의 수면을 따라 미끄러지듯 나아가며, 그 뒤를 따라 희미한 물길의 흔적을 남기곤 했다. 배에서 흘러나오는 부드러운 목소리와 웃음소리가 야경의 낭만을 더하곤 했다. 마치 강기슭을 건너서도 사람이 살고 있다는 메시지를 주고 있다는 듯했다. 엘리사와 위종은 걸으면서 저녁 바람을 받으며 서로 말을 주고받았다.

"저는 사실 항상 그게 궁금했소. 빅토르는 항상 차르의 가문을 반대해 왔는데, 왜 그는 황실 근위대 장교가 되었을까?"

위종이 물었다.

"오라버니에게 이유를 물어보셨나요?"

"그에게 매번 물어봤지만, 그때마다 그는 그저 웃고만 있을 뿐 아무 말도 하지 않았소."

"당연하지 않을까요? 우리처럼 영원히 사는 사람들에게 삶이 얼마나 지루할까. 그는 아마 단지 지루했기 때문에 그렇게 하고 있는 것 아닐까요?"

"그럼, 당신도 당신의 삶에 대해 똑같은 생각을 하오?"

"반은 옳고 반은 그르죠. 시간이 지날수록 인간 사회가 어떻게 변하는지 보는 것은 꽤 흥미롭죠. 그리고 때때로, 나는 사람들이 주어진 시간 안에 그들의 삶에서 무언가를 성취하기 위해 고군분투하는 걸 볼 때마다 감동하죠."

"그래서 지금까지 어떻게 살아왔소?"

"글쎄요, 많은 걸 했지요. 하지만 나에게 주어진 시간이 무한하기 때문인지, 나는 내 삶을 제대로 살아본 적이 없어요."

"그게 무슨 말이죠?"

"지난 천 년 동안 나는 얼마나 많은 이름을 가져보았겠어요. 또 살면서 얼마나 많은 것들을 경험했겠어요? 그러나 나 자신이 존재하는 순간은 없었죠. 만약 그게 비참하다면 그렇게 말할 수 있겠지만, 사람들은 이해하지 못할 거예요. 왜냐하면 인간들은 가능한 한 많은 경험을 하는 게 좋은 일이라고 생각하기 때문이죠. 하지만, 그것은 결코 좋은 것이 아니에요. 세상에 대해 더 많은 것을 알게 되면 매우 외롭고 고통스럽죠."

"그러니까 내가 인간으로 사는 것에 감사해야 하오?"

"그렇다고 생각해요. 언젠가는 죽을 운명이라는 것을 안다면, 지금 살아 있는 모든 순간에 감사해야 하지 않을까요?"

"정말 그렇게 생각하오? 그런데 왜 아직도 사람들이 살아가면서 고통받고 있겠소?"

"아마도 그들은 실제로 고통을 받는 것이 아니라, 스스로 행복하지 않다고 믿고 있을 수도 있어요."

"그렇군요. 반신반인의 관점에서 본 세상은 인간과는 매우 다를 거라 생각되오."

"혹시 꿈이 있으신가요?"

"꿈?"

위종은 깜짝 놀랐다.

"내 인생의 목표 말이오?"

"네."

위종은 잠시 말을 멈추고 네바강의 반짝이는 수면을 바라보았다.

"나의 꿈은 조국의 독립이오."

"그래요?"

엘리사의 표정이 호기심으로 가득 찼다.

"조국의 독립을 꿈꾸는 이유가 뭔가요? 당신은 인생의 대부분을 외국에서 살았고, 모국과는 별로 인연이 없는 것 같은데요."

"공리주의에 대해 들어본 적이 있소?"

엘리사는 그가 왜 그런 질문을 하는지 의아해하며 그를 보았다.

"윤리학에서 다루는 이론이 아니에요?"

"그렇소. 만약 당신의 어떠한 행동이 사람들의 전반적인 행복을 극대화한다면 도덕적으로 옳다고 생각하오?"

"그러니까 다시 말해서, 사람들에게 가장 큰 행복을 주기 위해 몇 사람을 희생시키는 것이 도덕적인지 묻는 건가요?"

"정확하오."

"알았어요, 흠…."

엘리사는 잠시 생각에 잠겼다.

"질문이 너무 어려웠소. 철길을 달리는 기차가 있다고 생각해 보오. 앞에 있는 철길에는 다섯 명이 묶여 탈출하지 못하고 있소. 하지만, 기차를 한 사람만 묶여 있는 다른 철길로 우회시킬 수 있는 레버가 있소. 만약 당신이 그 레버를 만질 수 있는 상황이라면 어떻게 하겠소?"

"당신의 생각은 어때요?"

"나라면 레버를 당길 거요."

엘리사는 예상하지 못한 답변이라는 듯 놀란 눈으로 그를 바라보았다.

"그럼 당신은 다수를 구하기 위해 소수를 희생해야 한다고 생각하나요?"

"무슨 말이오? 그 상황에서는 아무도 희생하지 않을 거예요."

"어떻게요?"

엘리사는 궁금했다.

"생각해 보시오. 어차피 기차는 멈출 수 없소. 만약 당신이 정말로 모두를 구하는 것에 관심이 있다면, 당신은 레버를 당긴 후에 그 한 사람을 풀기 위해 모든 위험을 감수할 거요. 왜냐하면 다섯 사람보다 한 사람을 풀어주는 데 시간이 덜 걸릴 것이기 때문이오."

"그렇죠. 하지만 그 사람을 풀 수 없다면?"

"그러면 당신은 목숨을 잃을 것이지만, 그렇다고 할지라도 여전히 소수를 희생시키는 것은 사람들에게 행복을 가져다주는 필수 조건은 아니오. 그러나 모두를 행복하게 하는 필수 조건은 있소. 레버 옆에 서 있는 사람이 모든 인간이 평등하다고 믿을 수 있는 도덕을 가지고 있다면 말이오. 만약 모든 인간이 진정으로 평등과 공정성을 가지고 태어났다면, 철로에 묶여 있는 사람들은 모두 동등하게 생존할 자격이 있소. 그것이 정의요. 그리고 만약 그 사람이 정의를 믿는다면, 그는 레버를 당길 것이고, 기어이 그의 목숨을 바칠 것이오. 그렇기에 정의를 믿는 것은 용기가 필요하지만, 그렇다고 그 용기를 갖는 것은 결코 잘못된 것이 아니오. 왜냐하면 그것은 세상에 그 누구의 희생도 없이 모두를 행복하게 할 수 있는 기회를 주기 때문이오."

엘리사는 위종의 비전과 그에게서 뿜어져 나오는 열정에 매료되어 귀를 기울였다.

"위종…."

"당신 말대로 나는 조국과 인연이 별로 없소. 그러나 한반도의 2천만 이상의 영혼들이 일본을 위해 희생해야 한다면, 나는 기어이 용기를 내어 일본에 맞서 싸우고 싶소."

그가 말할 때, 조용한 강렬함이 그의 말에 스며들어 그의 내면에 자리 잡은 확고한 신념을 반영했다. 유유히 흐르는 네바강은 균형과 정의로운 질서 추구를 상징하는 에우노미아의 본질을 반영하는 것처럼 보였다.

엘리사는 부드러운 미소를 지으며 물었다.

"언제부터 에우노미아를 따르기 시작했어요?"

위종은 강에 가까이 왔다.

"나는 평생을 어머니 없이 살아왔소. 아버지와 함께 미국으로 갔을 때 나는 열 살이었소. 그리고 이렇게 낯선 땅에서 혼자 길을 잃었을 때, 에우노미아 여신이 내게 와주었소. 그녀는 나를 이끌어 주었고 나를 보살펴 주었소. 그녀는 나의 어머니와 다를 게 없는 분이오."

"그렇군요."

그는 조용히 엘리사 쪽으로 돌아섰다.

"나는 그녀의 가치관을 수용함으로써 정의와 조화가 승리하는 세상을 만드는 데 기여할 수 있다고 믿소. 진부한 열망처럼 들리지만, 지속적으로 배우고, 성장하고, 세상에 의미 있는 영향을 미치도록 하는 게 나의 열망이오. 나 자신의 성공을 위한 꿈이라면, 그런 꿈은 꾸지 않겠소. 왜냐하면 내가 죽고 나면 그 꿈들은 공허하게 변할 거요. 나는 차라리 모두를 행복하게 하는 꿈을 꾸고 싶소. 이 정도면 하모니아 여신의 딸이 사랑하는 사람이 되는데 충분하지 않겠소?"

한때 호기심으로 가득했던 그녀의 시선은 감탄, 경외심, 그리고 새롭게 발견한 이해가 뒤섞인 보다 심오한 것으로 변했다. 그 순간, 그녀는 위종에게서 자신이 소중히 여겼던 이상의 진정한 구현을 보았다.

엘리사는 망설임 없이 위종에게 다가갔고, 그녀의 가슴은 이루 말할 수 없는 감정이 솟구쳐 올랐다. 충동적이고 흥분되는 행동으로 그녀는 그의 입술에 입술을 맞췄다. 이 키스는 서로의 연결과 말로 표현할 수 없는 그리움을 말해주었다.

그 친밀한 포옹 속에서 그들의 세계가 충돌하면서 시간이 멈춘 것 같았다. 위종은 온몸에 불이 붙은 것처럼 에너지가 솟구치는 것을 느꼈다. 그것은 두 영혼이 서로에게 위안과 이해를 얻는 부정할 수 없는 진실의 순간이었다. 키스를 하고 엘리사는 연약함과 애정이 뒤섞여 빛나는 위종의 눈을 깊이 들여다보았다.

"물론이요."

그녀는 조용한 확신에 찬 목소리로 속삭였다.

1917년, 상트페테르부르크

아레스의 손녀인 엘리사와 에우노미아의 예언자인 위종의 금지된 사랑으로 두 사람의 엇갈린 운명이 펼쳐지기 시작했다. 그러나, 적어도 한동안은 그들의 행복이 봉인된 것처럼 보였다. 그들은 올림퍼스의 신들과 여신들, 그리고 헤라 여신의 축복을 받으며 결혼 승낙을 얻었지만, 그들의 행복은 마치 허락되지 않은 운명인 듯했다.

위종에게 큰 의미를 준 인물로서 이준의 죽음은 그에게 채울 수 없을 것 같은 공허함을 남겼다. 슬픔에 휩싸여 고통에서 벗어나고 싶었던 위종은 러시아의 블라디미르 사관학교에서 위안과 목적을 찾기로 어려운 결정을 내렸다.

위종은 군인의 길을 더 깊이 파고들었고, 새로운 길에 대한 요구가 그의 관심과 시간을 빼앗아 갔다. 훈련과 임무에 대한 그의 헌신은 한때 엘리사와 가족과 나눈 관계도 점차 약하게 만들었다. 군인으로서의 책임감이 그를 무겁게 짓눌렀고, 그가 그토록 열심히 쟁취했던 사랑에 소홀해지고 멀어지게 만들었다.

한때 희망과 영원한 사랑의 약속으로 가득 찼던 엘리사는 이제 혼란스러운 상황 속에 갇힌 자신을 발견했다. 그녀의 마음은 그녀가 사랑하는 위종의 존재와 애정을 갈망했지만, 그의 부재와 무관심은 그들 사이에 커지는 균열을 끊임없이 상기시켰다. 그녀의 출신이 주는 무게와 사랑의 복잡한 감정 사이에서 갈등하던 그녀는 가족에 대한 충성심과 잃어가는 사랑을 다시 찾고 싶은 간절한 마음 사이에서 갈팡질팡하는 자신을 발견했다.

위종은 휴가를 나와 러시아 군복을 입고 집으로 돌아왔다. 그는 사랑하는 엘리사와 가족의 즐거운 재회를 기대했다. 그러나 그를 기다리고 있던 것은 그의 기대를 산산조각 내는 가슴 아픈 장면이었다.

집에 들어선 위종의 눈에 엘리사의 얼굴에 결연한 표정이 새겨진 채 짐을 잔뜩 싸들고 있는 모습이 들어왔다.

"엘리사, 이게 뭐 하는 거요?"

의종의 시선은 불신과 고통이 뒤섞인 채 그녀를 향했다.

"이제 당신이랑은 끝났고, 떠날 거예요! 당신이 그렇게 무지한 사람일 줄은 몰랐어! 나는 떠날 거예요!"

"무슨 말이오? 이 모든 것을 그냥 버릴 수는 없지 않소!"

좌절과 상처로 얼룩진 엘리사는 슬픔과 결연함이 뒤섞인 목소리로 위종과 시선을 마주쳤다.

"도대체 나의 삶은 무엇인가요? 당신은 항상 이곳에 없고, 군 생활에만 매몰되어 있고! 당신의 무관심에 우리의 사랑은 시들고 숨이 막힐 지경이에요! 더 이상 참을 수가 없어요."

위종은 그리움과 회한이 뒤섞여 떨리는 손을 엘리사에게 내밀었다. 그리고 자포자기한 목소리로 말했다.

"엘리사. 내가 멀리 떨어져 있었다는 것은 알지만, 내가 가고 있는 이 길을 이해해 줘요. 쉬운 일이 아니오. 나는 가족을 위해 내가 할 수 있는 일을 하고 있지 않소?"

"그래서, 우리에게 무엇을 했죠?"

엘리사는 위종을 무섭게 쳐다보았다.

"나… 나는…."

위종은 말문이 막혔다.

갈등이 고조되는 가운데 막내 제나의 울음소리가 허공을 찔렀다. 그 소리는 그들의 갈라진 관계를 적나라하게 상기시켜 주는 역할을 했다. 그것은 그들의 불화가 가족에게 끼친 피해에 대한 뼈아픈 반성이었다. 엘리사의 눈에는 눈물이 고였고, 분노와 슬픔이 뒤섞인 목소리는 떨렸다.

"당신의 일이 매우 중요하다는 건 알지만, 더 이상 이렇게 살 수는 없어요. 난 당신과 가족을 꾸리기 위해 모든 걸 포기했죠. 그러나 지금 상황이 어떤지 봐요. 우리 아이들은 아버지를 필요로 하고, 나는 파트너, 동반자, 나를 아끼고 지지해 주는 사람이 필요해요. 하지만 당신이 우리 가족 중 어디에 있는지 도무지 모르겠어요."

엘리사의 말들은 허공에 무겁게 드리워졌고, 상처 입은 마음을 꿰뚫는 날카로운 비수가 되어 위종에게 날아 들어왔다. 위종은 고뇌에 찬 목소리로 두 사람의 허물어진 관계를 살려내려 안간힘을 썼다.

"엘리사, 나는 당신들과 내 아이들을 사랑하오. 나는 변할 것이오. 약속하오. 한 번만 더 기회를 주시오. 우리는 이 일이 잘 해결될 수 있는 방법을 찾을 수 있소."

"이미 늦었어요."

그녀의 목소리는 이제 체념의 빛을 띠며 슬픔과 결심이 뒤섞인 채 고개를 저었다.

"너무 오랫동안 노력했지만, 나는 계속 실망하고 당신이 약속을 지키지 못한 상태에서 살 수는 없어요. 우리의 사랑은 한계에 다다랐고, 나는 나만의 행복과 성취감을 찾아야 할 때예요."

"그래서 당신은 무엇을 원하오?"

위종이 떨리는 목소리로 물었다.

"헤어지고 싶어요."

그녀의 말이 허공을 가르자 위종의 가슴이 철렁 내려앉았고, 충격과 불신이 밀려와 말문이 막혔다.

"그럼, 잘 지내요."

슬픔과 결연함이 뒤섞인 엘리사의 결정은 위종의 가슴에 극복할 수 없을 것 같은 공허함을 남겼다. 그는 인생의 반려자가 그의 아이들과 함께 걸어가는 걸 보며, 군인의 책임과 무게, 그리고 후회가 그를 무겁게 짓눌렀다. 그녀는 한 걸음 한 걸음 그의 손길에서 더 멀어졌다.

엘리사가 위종의 시야에서 사라졌다. 그의 지친 어깨 위에 깊은 상실감이 내려앉았다. 그들의 말다툼은 메아리가 되어 빈 공간을 맴돌았다. 또한 그들의 잃어버린 사랑과 서로에게 가한 아픔은 잊혀지지 않았다.

위종은 무거운 마음으로 자신의 소홀함이 가져온 결과와 한때 찬란하게 타들어 갔던 사랑이 산산이 부서진 조각들과 씨름하며 고독 속으로 가라앉았다. 러시아군의 중위로서뿐만 아니라 한 아버지이자 남자로서 자신의 선택이 초래한 결과에 직면하고, 그가 어떤 길을 택할지 결정해야 하는 결단의 순간이었다.

고요한 밤의 고독 속에서 빗방울이 창유리 위로 춤을 추었고, 빗방울의 부드러운 패턴은 우울한 멜로디의 교향곡을 만들어 냈다. 엘리사는 아이들과 함께 어머니의 집으로 이사했다. 상트 페테르부르크의 아늑한 집 안. 창밖의 폭풍우 속에서도 위안을 얻으며 엘리사는 끝마치지 못한 법학 학위를 마치기로 결심하고 지식의 영역에 몰두하였다.

법률 서적과 문서 더미로 장식된 세련된 나무 책상에 앉아, 엘리사는 법적 원칙과 사건의 복잡한 깊이를 탐구했다. 탁상용 램프의 희미한 빛이 그녀의 집중한 얼굴에 따뜻한 기운을 드리우며 결연한 의지를 엿보였다.

엘리사는 피로의 무게를 느끼며 금테 안경을 조심스럽게 벗었다. 그녀가 관자놀이를 문지르면서 지친 눈에 잠시 쉼을 주고 있는데, 누군가가 아래층으로 내려오는 소리가 들렸다. 부드러운 발소리는 제나의 걸음인 듯했다. 제나는 문간에 서서 엘리사를 바라봤다. 그녀의 순진한 눈에 호기심과 약간의 걱정이 가득했다.

"엄마, 왜 안 자요?"

제나는 궁금했다.

"아가, 왜 그러니? 왜 아직도 안 자고 있니?"

엘리사가 걱정스러운 듯이 물었다.

"폭풍이 무서워요."

제나는 조용한 목소리로 말했다. 엘리사의 입술에 부드러운 미소가 떠올랐고, 그녀는 환영의 포옹으로 팔을 벌리며 가까이 오라고 손짓했다.

"이리 와, 아가."

제나는 망설이던 걸음을 내디뎠고, 어머니의 따뜻한 포옹 속에서 위안을 찾았다.

"엄마, 뭐 하고 있었던 거예요?"

손가락으로 제나의 머리카락을 부드럽게 어루만지며 대답하는 엘리사의 목소리는 사랑과 부드러움으로 가득 차 있었다.

"엄마는 법을 공부하고 있어요."

"법이 뭐예요?"

"법은 우리 사회를 규율하고, 사람들이 옳고 그름을 이해하도록 돕는 거예요. 사람들이 따라야 하는 규칙 같은 거예요."

"왜 사람들은 규율을 따라야 해요?"

"그것은 우리가 조화롭게 함께 살 수 있게 해주기 때문이에요."

"사람들이 규율을 지키지 않으면 어떻게 되죠?"

"그럼 디케 여신이 벌을 주겠죠?"

"디케 여신이 누구예요?"

"그녀는 인간 세상을 지배하는 정의의 여신이에요."

제나는 호기심에 눈이 휘둥그레졌고, 그녀의 어린 마음은 정보를 흡수하고 싶어 했다.

"엄마, 저도 커서 디케가 될 수 있을까요?"

엘리사는 순간적으로 피로를 잊으며 기쁨으로 가슴이 부풀었다.

"물론이죠. 우리 제나는 마음만 먹으면 무엇이든 될 수 있어요."

"엄마, 아빠는 어디 있어요? 아빠는 왜 여기 우리와 함께 있지 않아요?"

엘리사의 눈에는 감정이 뒤섞여 있었다.

"아빠는….."

그녀는 숨기기 어려운 진실을 설명할 적당한 말을 찾으며 제나의 뺨을 부드럽게 쓰다듬었다.

"아가, 아빠는 지금 다른 길을 가고 있어요. 때때로 인생은 우리를 별개의 여행으로 데려가기도 하지만, 우리가 서로를 덜 사랑한다는 것을 의미하지는 않아요. 함께 있지 않더라도 우리는 항상 가족으로 연결되어 있을 거예요."

제나의 어린 마음이 어머니의 말을 그대로 받아들였다. 엘리사는 위로와 안심을 주며 그녀를 더욱 가까이 끌어안았다.

"우리 소중한 아가. 아빠는 제나를 매우 사랑해요. 비록 아빠가 지금 우리와 함께하지 못하더라도, 아빠는 항상 제나를 위해 여기에 있을 것이고, 제나를 지지하고 사랑할 거예요."

제나의 시선은 엘리사와 마주쳤고, 어머니의 눈빛 깊은 곳에서 위안을 찾았다. 엄마와 아이 사이의 깨지지 않는 유대감이 사랑과 회복력의 등불 역할을 했다.

그 순간, 조용한 집 안에 요란한 노크 소리가 연이어 울려 퍼졌다. 엘리사는 깜짝 놀라 서둘러 문으로 갔다. 그녀는 떨리는 손과 불안한 눈빛으로 문손잡이를 돌렸다. 문이 휙 열리자 엘리사는 우산을 들고 앞에 서 있는 군인과 마주쳤다. 그의 얼굴에 침울한 표정이 어렴풋이 떠올랐다.

"부인, 혹시 성함이 엘리사베타 리입니까?"

"네, 그런데요?"

"이위종 중위님의 부인?"

"네."

사태의 심각성을 깨닫고 엘리사의 숨결이 목구멍에 걸렸다.

"이런 참담한 소식을 전하게 되어 유감입니다."

그의 손에는 봉인된 봉투가 들려 있었다. 편지를 받기 위해 뻗은 그녀의 손은 떨렸고, 눈은 군인의 금욕적인 태도에 고정되어 있었다. 순간순간 두려움이 그녀의 마음을 사로잡기 시작했다.

친애하는 엘리사베타 부인께

어떤 말로도 위로가 되지 않을 비보를 전하며, 오늘 당신께 무거운 마음으로 편지를 씁니다. 당신의 사랑하는 남편인 이위종 중위가 임무 수행 중에 안타깝게 전사했다는 소식을 전해드리게 되어 엄숙한 마음으로 이 글을 올립니다.

이위종 중위는 용감하게 조국을 위해 싸우는 동부전선에서 복무하면서 변함없는 용기와 헌신을 보여주었습니다. 불행하게도 전쟁의 위험이 그의 목숨을 앗아갔고, 그는 그가 소중히 여겼던 이상을 위해 최고의 희생을 했습니다.

말로 표현할 수 없을 정도로 어려운 이 시기에 여러분과 여러분의 가족을 생각하며 기도합니다. 그 어떤 애도도 그의 부재를 메울 수 없다는 걸 알고 있지만, 군 모두가 함께 슬픔과 연대하는 마음을 나누고 있다는 것을 알아주시길 바랍니다.

앞으로 이위종 중위의 기억이 위로와 힘이 되기를 기원합니다. 헌신적인 남편이자 아버지, 군인으로서의 그의 유산은 영원히 남을 것입니다.

엘리사의 마음은 그 편지의 무게를 이해하려고 애썼고, 불신이 파도처럼 밀려왔다.

"오, 위종….."

"엘리사베타 여사님, 삼가 조의를 표합니다."

"아닙니다. 내 남편은 죽지 않았어요."

두 번 다시 생각하지 않고 엘리사의 본능이 발동했다. 그녀는 어두워진 하늘에서 쏟아지는 비를 무시하고 가슴을 두근거리며 집을 뛰쳐나갔다.

"위종!"

이 소식이 잘못됐기를, 위종의 흔적을 찾아 헤매는 그녀의 발걸음에는 절박함이 가득했다. 그들에게 닥친 운명을 어떻게든 뒤바꿀 수 있기를 기도했다.

"위종!"

고뇌와 절망이 뒤섞인 목소리로 위종의 이름을 부르는 그녀의 목소리가 텅 빈 거리에서 울려 퍼졌다. 비가 그녀의 머리와 옷을 적셨다. 그녀는 사랑하는 사람을 찾아야 한다는 절박함에 사로잡혀 그 무엇도 신경 쓰지 않았다.

전쟁의 잔혹함으로 황폐해진 동부전선에 도착했을 때 엘리사는 심장이 뛰었다. 공기는 연기와 절망의 냄새로 무겁고, 전투의 메아리로 얼룩진 풍경이었다. 그녀가 사랑하는 위종을 찾을 수 있는 단서를 위해 발걸음을 옮길 때마다 결연한 의지가 그녀를 이끌었다.

시간이 지날수록 엘리사의 절박함은 커졌고, 제복이 닳고 지친 러시아 장교들에게 다가갈 때마다 목소리는 떨렸다.

"이위종, 당신은 어디 있나요?"

그녀는 혼돈 속에서 간절한 기도를 하듯 아무 소식이라도 간절히 바랐다. 장교들의 얼굴에는 수많은 인명 손실의 무게로 피로와 슬픔이 가득했다. 그들은 나지막한 어조로 전사자들과 부상자들에 대한 단편적인 정보를 공유했다. 엘리사가 위종의 이름을 조금이라도 들으려고 안간힘을 쓰는 동안, 그녀의 마음속에서 희망이 흔들렸다.

소란과 고통 속에서 엘리사의 눈에 침울한 행렬이 보였다. 지친 의료진의 손에 이끌려 들것 하나가 어둠 속에서 나타났다. 그녀는 본능적으로 알았다. 그녀의 심장은 얼어붙었고, 그녀의 숨결은 목구멍에 걸렸다. 하얀 덮개 밖으로 드러난 손목에는 에우노미아의 징표가 있었다.

엘리사는 무릎을 꿇고 떨리는 손으로 사랑하는 사람의 시신을 향해 손을 뻗으며 목이 메는 듯한 외침을 내뱉었다. 그녀의 손가락이 그의 차갑고 생기 없는 뺨을 스쳤고, 상실의 현실이 그녀를 감싸 안으면서 눈물이 그녀의 얼굴을 따라 흘러내렸다.

그 고통스러운 순간에 엘리사의 세계는 산산조각이 났다. 그녀를 앞으로 나아가게 했던 희망은 이제 절망으로 무너졌다. 위종, 그녀의 연인, 절친한 친구, 그녀의 사랑은 그녀에게서 사라졌고, 그의 삶은 전쟁의 잔인한 혼돈 속에서 목숨을 잃었다.

들것이 멀리 희미해졌을 때, 엘리사는 그 자리에 무릎을 꿇고 자신을 집어삼키려는 슬픔의 잔인한 힘에 필사적으로 맞서고 있었다. 전쟁으로 피폐해진 풍경은 통제할 수 없는 힘에 갈기갈기 찢긴 사랑을 증언하는 그녀의 고통스러운 외침을 울려 퍼뜨렸다.

상트페테르부르크의 기차역. 여행객들이 서둘러 자신들의 기차로 향했다. 엘리사는 결연한 의지와 슬픔이 뒤섞인 눈빛으로 승강장에 서 있었다.

그녀의 앞에는 세 아이가 고사리 같은 손을 꼭 쥔 채 혼란과 슬픔이 뒤섞인 표정으로 서 있었고, 그들의 할머니인 하모니아 여신은 혼란스러운 현장 한가운데서 위안을 주는 존재로 아이들의 곁에 서 있었다. 그녀는 침울한 표정을 짓고 있었고, 그녀의 눈은 엘리사가 어깨에 짊어진 무게에 대한 깊은 이해로 가득 차 있었다.

"정말 이게 네가 원하는 거지?"

하모니아가 물었다. 엘리사는 망설임 없이 고개를 끄덕였다.

"걱정하지 마세요. 제가 도착하면 디케가 기다리고 있을 겁니다."

"그곳에 안전하게 도착했으면 한다."

기차의 출발이 임박했음을 알리는 기적 소리가 울리자 엘리사는 무릎을 꿇고 두 팔을 쭉 뻗어 여행을 떠나기 전 마지막으로 아이들을 안아주었다.

"엄마, 어디 가요?"

제나는 눈물이 붉어진 뺨을 물들이며 어머니에게 매달렸다. 엘리사는 껴안고 있던 팔을 놓았고, 슬픔에 잠긴 채 제나를 바라보았다.

"엄마는 아빠 찾으러 갈 거예요"

속삭이던 그녀의 목소리는 안도감과 아픔이 뒤섞여 떨렸다.

"진짜요?"

엘리사는 말없이 고개를 끄덕였다.

"할머니 말씀 항상 잘 들어요. 엄마는 집으로 돌아올 거예요."

그리고 그녀는 큰딸 베라에게 눈길을 돌렸다.

"우리 큰딸은 아빠 없이도 항상 용감해. 난 네가 정말 자랑스러워."

"언제 돌아오실 건가요?"

베라가 물었다.

"곧. 약속할게. 하지만 내가 돌아오기 전에 항상 할머니 말씀을 잘 들어, 알았지?"

베라는 고개를 끄덕였다. 엘리사는 아이들을 꼭 껴안고 체온을 느꼈다. 그녀는 앞으로 불확실성과 답이 없는 질문들로 가득 찬 위험한 여정이 될 것이라는 걸 알고 있었다. 그러나 그녀는 아이들뿐만 아니라 전사한 남편을 기억해야 할 책임이 있다는 것을 알고 있었다.

기차 문이 열리자 엘리사는 그녀의 아이들을 조심스럽게 풀어주었다. 그녀는 아이들 한 명 한 명과 눈을 마주쳤고, 그녀의 눈빛에는 결연한 의지가 가득했다. 그리고 그들의 이마에 마지막 키스를 하고는 마지못해 손을 놓았다.

하모니아 여신이 앞으로 나서며 부드러운 손길로 아이들을 단상 가장자리에서 멀어지게 했다. 엘리사의 손에서 작은 손들이 미끄러져 나갔다. 하모니아 여신은 아이들을 안심시키는 미소를 지으며 엄마의 부재 속에서도 아이들을 보호하고 양육하겠다는 무언의 약속을 했다. 엘리사는 미지의 세계가 주는 무게에 마음이 무거워진 채 기차 쪽으로 시선을 돌렸다. 그녀는 심호흡을 한 번 하며 기차에 올라탔고, 그녀의 발걸음은 텅 빈 객차의 복도에 울렸다.

그녀는 낡고 너덜너덜해진 실내 장식장 쪽에 자리를 잡았다. 기대와 두려움이 뒤섞였다. 기차는 비틀거리며 앞으로 나아갔고, 리듬감 있는 움직임은 격렬히 뛰는 엘리사의 심장 박동과 일치했다. 창문을 통해 그녀는 성 베드로 대성전을 지켜보았다. 상트페테르부르크는 그렇게 그녀의 가장 깊은 기쁨과 가장 어두운 슬픔을 모두 간직한 채 멀리 사라졌다.

기차는 그녀의 목적지인 헤이그로 향했고, 엘리사의 마음은 질문과 가능성으로 가득 차 있었다. 그때부터 그녀의 여행이 시작됐다. 강대국들의 부조리를 폭로하고자 했던 남편의 원한을 풀기 위한 그녀의 여정은 그렇게 시작되었다. 엘리사가 상트페테르부르크를 떠났을 때, 그녀는 마침내 삶을 찾았다고 느꼈다. 반신반인으로 살아오면서 한 번도 느끼지 못했던 삶의 의미였다.

엘리사는 이준의 죽음에 대한 미스터리를 풀기 위해 수십 년 동안 열심히 일해왔다. 그리고 이준호가 부검 결과서의 위치를 알고 나서 실종되었을 때는 엘리사와 그가 만나는 날이었다.

마침내 엘리사가 왜 나를 찾아와 도와주었는지, 미스터리가 풀렸다. 이준의 죽음에 대한 세상의 관심을 되찾기 위해 엘리사는 루디를 기소할 수밖에 없었다. 그녀는 단순히 디케의 명령을 따랐을 뿐이었다. 그녀는 아레스의 손녀라는 걸 숨기기 위해 나에게 자신의 정체를 숨겨야만 했다. 그리고 아레스의 손녀라는 사실을 이용하여 아레스 앞에서 몰래 아레스의 편인 척하고 있었다.

모든 것은 디케의 계략이었다. 엘리사와 안나가 모두 내 앞에서 연기한 이유는 모두 다 디케의 계략이었다. 엘리사는 부검 결과서의 정확한 위치를 알아내려고 일부러 나를 독일 감옥으로 데려온 것이었다.

1945년의 엘리사 스텐배리의 정체는 1907년의 엘리사베타 발레리아노바 놀켄이었다.

엘리사의 펜던트

1945년, 헤이그

초원은 끝없이 펼쳐져 있고, 무수한 색깔의 활기찬 야생화로 장식되어 있었다. 꽃잎은 자연의 리듬에 따라 춤을 추고 있었다. 나비들은 꽃에서 꽃으로 우아하게 날아다녔고, 그들의 섬세한 날개는 복잡한 무늬로 칠해져 있었다. 멀리서 졸졸 흐르는 시냇물 소리가 고요한 분위기에 선율을 더했다.

디케는 고요한 천상의 환경 속에 서 있었다. 그녀는 자신의 정원에서 고대 나무들의 캐노피를 통해 스며드는 부드러운 햇볕을 쬐고 있었다. 공기는 비밀을 속삭이고 평온함을 유지하는 산들바람이 불어왔다.

이 매혹적인 장소에서 나는 진실과 공정성의 상징으로 장식된 그녀의 하늘하늘한 드레스를 발견했다. 나는 용기를 내어 그녀를 불렀고, 내 목소리는 고요한 분위기 속에 울려 퍼졌다.

"저는 못 돌아갑니다!"

나의 목소리에 놀란 디케는 호기심에 가득 찬 눈으로 시선을 내 쪽으로 돌렸다. 그녀는 지혜와 침착함, 인간의 곤경에 대한 깊은 이해의 아우라를 발산했다.

"제가 이 사건을 마무리하겠습니다. 그 전에 저는 절대로 제 현재의 시간으로 돌아가지 않을 겁니다."

그녀는 내 말을 부인하며 고개를 저었다.

"당신의 임무는 여기서 끝납니다. 나머지는 할아버지 이준호의 몫입니다."

"근데 할아버지는 여전히 회복 중이잖아요! 그러니 제가 사건을 끝낼 수 있게 해주세요! 이건 저에게 중요한 일이니 제대로 해내리라 약속합니다!"

그녀는 나의 간청을 받아들이면서 천천히 고개를 끄덕였다.

"그럼 말해보세요. 왜 이 일이 당신에게 그렇게 중요하죠?"

"이것은 정의에 대한 문제입니다. 이준의 죽음에 대한 진실을 밝혀야겠어요. 저는 그의 부검 결과서를 찾을 때까지 절대 멈추지 않을 거고, 그걸 종결하는 게 저의 의무에요."

나의 말의 책임을 이해한 디케의 표정이 부드러워졌다.

"정말 그렇게 생각하세요? 엘리사에 대한 당신의 사랑이나 그녀의 남편에 대한 원한 때문이 아니고?"

"아니요?"

디케는 엄숙한 표정으로 그녀의 신성한 검을 꺼내 들었고, 그

검의 빛나는 칼날은 신의 힘으로 작동하고 있었다. 그녀는 내게로 다가왔고, 그녀의 눈은 내 얼굴을 들여다보며 속임수나 불순한 동기가 있는지 찾았다.

"뭐 하는 거죠?"

나는 그녀의 행동에 놀랐다. 그녀는 빠르고 정확한 동작으로 진실과 거짓을 분별하는 능력이 깃든 검으로 내 심장을 꿰뚫었다. 나는 숨을 헐떡이며 눈을 크게 떴다.

그녀가 검을 빼자 따뜻한 빛이 검을 감싸며 천상의 에너지로 깜박였다. 그녀는 그 빛을 열심히 바라보며 내 의도의 깊이를 파고들었다. 빛나는 오라 속에서 그녀는 진실을 흘끗 보았고, 얼굴은 연민과 실망을 드러내었다. 그녀는 순수한 정의를 기대했지만, 그녀 앞의 진실은 나의 또 다른 동기를 드러내었다.

"당신의 의도는 당신의 개인적인 감정에 의해 흐려집니다. 엘리사에 대한 당신의 순수한 애정을 용납하지 않는 것은 아니지만, 그것은 정의를 추구하는 당신의 순수함을 희미하게 만듭니다. 개인적인 욕망만으로 추진되는 대의를 승인하는 것은 제가 할 일이 아닙니다."

"저는… 당신의 말씀을 이해합니다. 제 의도가 불순했던 것에 대해 사과드립니다."

나는 말을 더듬었다.

"이번 일을 보고 배우시기 바랍니다. 진정한 정의는 공정성, 그리고 더 큰 대의에 대한 변함없는 헌신이 필요합니다. 내면의 명확성을 찾고 새로운 목적을 가지고 정의를 추구하십시오. 앞으로 정의를 향한 탐구가 올바른 방향으로 가기를 바랍니다."

디케는 그녀의 자리를 뜨기 위해 발걸음을 내디뎠다. 나는 무기력하게 그녀가 떠나는 것을 지켜보다가, 다시 한번 단호하게 큰 소리로 외쳤다.

"하지만 정의는 고귀함의 추구입니다!"

디케는 걸음을 멈추고, 나를 향해 돌아섰다. 나는 계속했다.

"엘리사에 대한 저의 애착이 제 결심에 영향을 미쳤을지는 몰라도, 그것이 내가 결국 정의를 실현할 수 없다는 것을 의미하지는 않습니다."

디케은 마치 내 말을 계속 듣고 싶어 하는 것처럼 호기심 어린 눈으로 나를 바라보았다.

"저는 인간 세상의 검사입니다. 저는 이곳에 오기 전에 8년 동안 검사 생활을 했습니다. 하지만 검사로서의 경험을 통해, 저는 피해자에 대한 완전한 이해와 동정 없이는 피해자의 고통과 고충을 해결할 수 없다는 것을 배웠습니다."

디케가 나를 바라보는 시선을 바꾸었다.

"적어도 신들의 세계에서 정의는 어떻게 작동하는지 모르겠으나, 인간 세상에서의 정의는 그런 식으로 작동한다고 생각합니다. 제가 엘리사의 삶에 애잔함을 느낄지는 몰라도, 그것이 그녀와 남편인 이위종이 느꼈던 고통을 이해하지 못한다는 건 아닙니다. 저는 그녀를 돕고 싶고, 그것이 제가 1945년에 머무는 동안 검사로서 사는 궁극적인 의지입니다."

"정말 이 길을 택하고 싶은 건가요?"

"그렇습니다! 진실이 저에게 무거운 짐을 지울 수도 있다는 것을 알고 있지만, 기꺼이 그것을 감수할 것입니다. 이준은 정의를 받을 자격이 있고, 이위종도 마찬가지입니다. 그리고 저는 그들의 역사가 무명으로 사라지는 것을 용납하지 않을 것입니다. 그것을 밝힐 여정이 아무리 어려울지라도 과거의 진실을 파헤쳐야겠습니다!"

디케는 감탄과 경계가 섞인 눈으로 나를 바라보았다.

"아주 좋아요. 정의를 향한 당신의 탐구를 돕겠지만, 진실을 추구하기 위해서는 지혜와 공정성에 대한 변함없는 헌신이 필요하다는 것을 기억하십시오. 역경에 직면하더라도 원칙에 충실하길 바랍니다."

"감사합니다. 당신의 지지는 저에게 큰 의미입니다. 반드시 과거의 그림자를 밝히고 이준이 마땅히 받아야 할 정의를 추구하도록 노력하겠습니다."

"단…."

내가 막 떠나려 하자 디케가 입을 열었다.

"한 가지 조건이 있습니다."

"그게 뭐죠?"

나는 그녀 쪽으로 돌아섰다.

"루디의 재판에서 최후변론을 하는 사람은 당신이 아닌, 당신의 할아버지 이준호가 되어야 할 것입니다."

나는 그녀의 의도가 궁금했다.

"좋아요. 하지만 이유라도 물어봐도 될까요?"

"당신의 능력을 믿지 못하는 것은 아니지만, 법관은 법정에서 그 누구에게도 개인적인 감정을 투영해서는 안 됩니다. 그것이 정의의 여신으로서 나의 규율입니다. 사건을 종결시키겠다는 당신의 의견에 기꺼이 동의하겠지만, 최후변론은 당신의 할아버지에게 맡기시기 바랍니다."

"예. 알겠습니다."

한밤중. 어둠이 세상을 편안한 장막처럼 뒤덮고, 신비로운 매력 속에 모든 것을 감싸 안았다. 고독한 파수꾼인 달은 창백하고 오묘한 빛을 풍경에 던지며, 세상을 은빛 그늘로 물들였다. 산들바람에 나뭇잎이 멀리서 바스락거리는 소리나 야행성 동물들의 속삭임만이 밤의 정적을 깨뜨린다. 마치 밤 자체가 그 덮개 아래 숨겨진 신비의 음모를 꾸미는 것처럼, 공기는 적막감으로 무겁게 드리워져 비밀을 가까이에서 간직한 채 숨죽이고 있었다.

이준의 부검 결과서를 찾기 위해 나는 지칠 줄 모르고 깊이 파고들었다. 그러자 잃어버린 무덤의 속삭임이 귓가에 들려오기 시작했다. 고대 문헌과 역사적 기록은 숨겨진 묘지의 존재를 암시했다. 걸음을 옮길 때마다 기대감의 무게가 내 안에서 더 무거워졌다. 내가 걸었던 길은 섬뜩한 적막에 휩싸여 있었고, 오직 멀리서 부엉이 울음소리와 발밑에서 바스락거리는 나뭇잎 소리만이 이따금 들려왔다. 달빛이 빽빽한 나무숲 사이로 비집고 들어와 앞길을 은은한 빛으로 비추고 있었다.

공동묘지는 잊힌 영혼들의 엄숙한 왕국처럼 내 앞에 나타났다. 풍화된 묘비들은 오래전에 떠난 사람들의 기억이 새겨진 채 말 없는 보초처럼 서 있었다. 나는 이준의 마지막 비밀을 밝혀줄 묘비를 찾기 위해 빛바랜 비문과 풍화된 조각들을 훑어보았다.

가슴이 두근거렸다. 나는 묘비와의 거리를 좁히면서, 풍화된 조각들을 손가락으로 훑어보며 그것들의 의미를 해독하려고 애썼다. 나는 떨리는 손으로 조심스럽게 상자를 열었다. 부서지기 쉬운 오래된 서류 뭉치가 나왔다. 나는 숨을 참으며 바스러지기 쉬운 페이지들을 조심스럽게 펼쳐보았다. 그리고 오랫동안 잃어버렸던 이준의 부검 결과서를 찾았다는 사실을 깨달았다. 그 순간, 무거움이 나를 엄습했고 흥분과 두려움이 뒤섞인 감정이 내 혈관을 타고 흐르고 있었다.

귀중한 부검 결과서를 두 손에 꼭 쥐고 탈출을 준비하는 순간, 불길한 예감이 엄습했다. 내가 미처 반응하기도 전에 등 뒤에 오싹한 존재가 나타났다. 고개를 돌리자 공포 그 자체의 화신과 마주쳤다.

"누구죠? 당신은 누구입니까?"

내 목소리가 떨렸다.

"네가 감히 내 아버지의 영역에 도전하려 하느냐?"

그 남자는 웃었다.

그가 내 앞으로 다가오자 가슴이 무척 두근거렸다. 그의 악의에 찬 눈빛이 나를 노려보았다. 나는 내 목숨이 이 무서운 적수를 이기는 데 달려 있다는 것을 알고, 앞으로 벌어질 싸움에 대비했다. 나는 심호흡을 한 번 하며 결의를 다지고 방어할 준비를 했다.

그는 공포의 신 포보스였다. 그는 환각을 쏟아내며 내 가장 깊은 두려움과 불안감을 담은 태피스트리를 엮어냈다. 그림자들이 춤을 추고 뒤틀리며 내 주위의 현실을 왜곡했다. 실패와 상실, 그리고 내가 소중히 여겼던 모든 것들이 파괴되는 이미지들이 내 마음을 공격했고, 내 결심을 산산조각 낼 것이라고 위협했다.

나는 맹공에 맞서 싸웠지만, 일격마다 천 번의 악몽의 힘이 나를 강타했다. 내 몸은 점점 쇠약해졌고, 의심이 내 의식의 가장자리를 갉아먹기 시작했다. 포보스의 공격의 무게가 나를 압도할 정도로 위협했고, 나는 취약한 상태로 노출되었다.

패배의 문턱에 서 있는 것을 느꼈을 때, 갑작스럽게 숨 막히는 공포의 손아귀를 산산조각 냈다. 그림자 속에서 한 사람의 형상이 나타나 공중에 울려 퍼지는 힘으로 포보스를 덮쳤다. 이 끔찍한 순간에 나타난 건 대장장이의 신 헤파이스토스였다. 그는 강한 주먹을 포보스에게 휘둘렀고, 그 틈에 나는 잠시 숨을 골랐다.

'헤파이스토스?'

나는 그가 포보스와 싸우는 것을 보면서 눈을 깜박였다. 헤파이스토스는 나를 향해 고개를 돌렸고, 그의 목소리가 힘차고 다급하게 울려 퍼졌다.

"도망쳐요, 얼른! 어서 이곳을 떠나서 안나와 엘리사를 찾아요!"

나는 망설임 없이 그의 명령에 순종했다. 부검 결과서를 가슴에 꽉 움켜쥐고 전력을 다해 달아났다. 내 뒤에서는 신들의 충돌과 전투의 메아리가 공중을 가득 채웠지만, 나는 오직 탈출하는 것과 부검 결과서의 진실을 보존하는 것에 집중했다.

나는 어둠이 깔린 헤이그 거리를 배회했고, 내 발소리는 적막 속에서 울려 퍼졌다. 나는 그녀를 찾기 위해 온갖 곳을 다 뒤졌다. 이제 나는 희망의 약속을 간직한 나 자신을 발견했다. 희미한 불빛 속에서 나는 캐나다군의 상징이 새겨진 군용 트럭을 발견했다. 도시의 혼란과 파괴 속에서 그 존재는 힘과 도움을 주는 등대와 같았다. 주변에 임무를 수행하는 병사들의 얼굴에 피로감이 묻어나는 것이 보였다. 그들은 전쟁으로 황폐해진 이 풍경에서 도움이 필요한 사람들을 돕는 데 헌신하는 생명선이었다. 나는 눈에 희미한 희망을 품고 용기를 내어 군인 중 한 명에게 다가갔다. 이 뜻밖의 생명줄에 감사하며, 나는 트럭에 올라탔다.

밤공기가 얼굴을 스쳤다. 길을 지나갈 때마다, 그리고 우리가 구조한 사람들과 함께, 나의 결심은 더욱 굳건해졌다. 우리는 함께 전쟁으로 파괴된 거리를 누비며 마주친 사람들에게 도움과 위로를 건넸다. 도시의 광경과 소리는 연민과 결단의 교향곡으로 변했다. 한때 헤이그를 뒤덮었던 어둠이 걷히는 듯했고, 우리 안에서 밝게 타오르는 희망의 빛으로 대체되었다.

밤낮을 가리지 않고 우리는 변화를 만들겠다는 약속을 굳건히 지키며 나아갔다. 거리는 파괴로 얼룩이 졌을지 모르지만, 회복력의 정신과 우리 사이에 맺어진 유대감이 우리를 앞으로 나아가게 했다.

캐나다 군용 트럭이 웅장한 쿠르하우스 앞에 멈춰 섰고, 내 심장은 기대감으로 뛰었다. 트럭에서 내린 뒤, 나는 대피소로 쓰이고 있는 쿠르하우스 안으로 들어갔다. 대피소 안은 분주하게 움직이는 사람들로 북적였다. 사람들은 폭풍을 피해서 찾아온 안식처에서 편안함과 위안을 구하며 옹기종기 모여들었다.

나는 자원봉사자들에게 다가가 그들이 가지고 있을지도 모르는 정보를 필사적으로 물었다.

"저기요. 혹시 엘리사 스텐배리라는 사람을 알고 있나요?"

그들의 지친 눈이 내 얼굴과 마주쳤지만, 그들은 내 얼굴에 새겨진 절박함을 이해하지 못했다.

"그래요."

나는 절망적으로 중얼거렸다. 나는 지친 줄 모르고 엘리사를 본 사람이 있는지 물었다. 계속해서 그녀를 찾았지만, 시간이 길어지는 것 같았다. 하지만 나는 포기하지 않았고, 내 마음은 혼란 속에서 그녀를 찾을 수 있다는 희망에 매달렸다.

"엘리사!"

나는 다시 한번 우리가 운명처럼 마주칠 것이라는 희망을 품었다. 모든 방, 모든 구석에서 나는 절박함을 느끼며 움직였다. 나의 감각은 주위의 작은 소리나 움직임만으로도 반응했다. 대피소 안에서 다른 피난민들을 만날 때마다, 그들 사이에서 그녀를 발견할 수 있다는 가능성으로 내 마음은 순간적으로 뛰곤 했다. 그러나 그때마다 내 희망은 산산조각이 났다.

쿠르하우스를 벗어나자 서늘한 밤공기가 내 얼굴에 입을 맞추며 밀폐된 피난처의 혼돈으로부터 잠시 휴식을 선사했다. 거리는 전쟁의 혼란 속에서 숨을 죽이고 있는 것처럼 섬뜩할 정도로 조용했다.

그러나 멀리서 들려오는 희미한 소리가 내 귀를 사로잡았다.

발뒤꿈치가 인도에 또각또각 소리를 내며, 시간이 지날수록 더 큰 리듬의 운율을 보였다. 내 심장은 더 빠르게 뛰었고, 기대감이 혈관을 타고 흘렀다. 희미한 가로등 불빛 속에서 그림자가 천천히 형체를 드러냈다. 희미하게 가려져 있던 실루엣은 점점 가까워지면서 구체화 되었다. 그 광경은 나의 시선을 끌었다.

한때 먼 곳에서 들리던 발뒤꿈치 소리가 이제는 약속과 가능성의 선율이 되었다. 부드러운 바람이 그녀의 금빛 머리칼을 점점 흔들리게 했다. 그녀의 힐 소리가 점점 고요한 밤에 메아리 쳤고, 격렬하게 뛰는 내 심장의 박동과 조화를 이루었다. 그녀의 이목구비는 더욱 뚜렷해졌고, 강인함과 연약함을 동시에 지닌 얼굴이 드러났다.

우리 사이의 거리가 줄어들면서 그녀의 존재감 있는 광채는 부인할 수 없는 것이 되었다. 그녀는 혼란 속에서 우아함의 상징이었다. 바람에 살짝 부풀어 오른 베이지색 레인코트를 입은 그녀는 조용하고도 결의에 찬 태도로 움직였다. 그녀의 코에 걸터앉은 금빛 둥근 테 안경은 그녀의 이목구비를 돋보이게 했고, 그녀의 외모에 지성과 우아함의 아우라를 더했다. 희미한 가로등 불빛이 렌즈에서 반짝이며 그녀의 영혼 속의 불을 비추는 은은한 빛을 던졌다.

따뜻함과 결단력을 담은 매혹적인 그녀의 눈동자가 말로 표현할 수 없는 감정으로 빛나며 내 눈을 꼭 붙들었다. 그 찰나의 순간 시간은 멈춰 있었고, 세상은 희미해지고 그녀와 내 마음의 깊은 곳만 남게 되는 것 같았다.

"엘리사."

나는 그녀를 향해 달려갔다. 바람은 희망을 속삭이듯 우리 주위에 속삭였다. 산들바람이 그녀의 얼굴을 어루만지며 매혹적인 느낌을 주었다. 이윽고 그녀는 빛의 등대처럼 내 앞에 서 있었다. 내 마음은 그녀의 영혼에 깃든 아픔 때문에 아려왔다.

밤은 벨벳 망토를 두른 채 온 세상을 뒤덮었고, 빛나는 은빛 구슬인 달은 부드럽고 천상의 빛으로 광활한 바다를 비추었다. 북해의 파도가 리드미컬하게 밀물과 썰물을 반복하며 평온의 교향곡을 만들어 냈다. 반짝이는 조명으로 장식된 부두는 우리를 꿈과 가능성의 세계로 이끄는 통로처럼 보였다. 밤의 속삭임과 신비롭고 매혹적인 멜로디가 우리를 감쌌다.

멀리 셰브닝헨 해안의 도시 불빛이 수평선의 별처럼 깜박이며 어두운 하늘에 매혹적인 색의 태피스트리를 그려냈다. 마치 바다의 고요함과 해안의 활기찬 에너지, 두 세계 사이의 문턱에 서 있는 것처럼 느껴졌다. 엘리사의 금빛 머리카락이 어깨 위로 흘러내려 별빛처럼 달빛을 받아 반짝였다.

"아직 당신의 시간으로 돌아가지 않았군요."

나는 주머니에 손을 넣어 그녀의 황금 사과 펜던트를 꺼내 엘리사에게 내밀었다.

"이거, 당신 거 맞죠?"

천천히, 그녀는 손을 내밀었고, 손가락은 펜던트를 휘감았다.

"안나에게 당신 얘기를 다 들었는데, 어떻게 맨정신으로 돌아갈 수 있겠습니까?"

엘리사는 펜던트를 손에 쥔 채 고개를 숙이고 슬픈 듯이 눈을 감았다.

"도대체 왜 저한테 숨긴 겁니까?"

그녀의 목소리에는 우울함이 묻어났다.

"두려움 때문에 제 혈통을 숨길 수밖에 없었어요. 그것이 당신에게 어떻게 인식될지에 대한 두려움, 그것이 가져올 불확실한 미래에 대한 두려움."

"그래요. 뭐 설명해 준다고 뭐가 달라지겠어요? 어차피 다 끝난 일인데."

그녀는 잠시 말을 멈추고 먼 수평선에 시선을 고정했다.

"저는 자라면서 전쟁의 파괴적인 힘과 수많은 생명에게 가해진 고통을 보았어요. 저는 아레스의 후손이 되었을 때 오는 부담감과 기대에서 벗어나 나만의 길을 개척하고 싶었죠."

"그렇군요."

엘리사는 연약함과 결단력이 뒤섞인 눈빛으로 나를 향해 돌아섰다.

"저는 조상의 그림자에서 벗어난 삶, 전쟁의 신이 아닌 한 개인으로서 제 존재를 알릴 수 있는 기회를 갈망했어요."

"그렇다면 저한테 처음부터 사실대로라도 말씀해 주셨어야죠."

엘리사는 침묵을 지켰다.

"저는 사건을 해결하고, 당신과 당신의 남편을 위해 정의를 실현하기 전까지는 제 시간으로 돌아가지 않을 겁니다. 무슨 수를 써서라도 이준의 죽음 뒤에 숨겨진 진실을 밝혀낼 수 있도록 돕겠습니다."

감사와 희망이 뒤섞인 엘리사의 얼굴에 부드러운 미소가 떠올랐다.

"고마워요."

그녀는 안도감과 기대감으로 가득 찬 목소리로 속삭였다.

최후의 전투

캐나다군 사령부는 임무를 수행하는 병사들의 에너지로 활기찬 활동의 중심지였다. 튼튼한 임시 건물 내 사령부는 주변 지역의 작전을 감독할 수 있는 전략적 위치에 있었다. 사령부 안은 종이와 잉크 냄새, 그리고 약간의 오래된 커피 향이 가득했다.

지휘소의 벽면에는 병력 이동, 적의 위치, 전략적 목표를 나타내는 컬러 마커로 덮인 지도가 장식되어 있었다. 세밀하게 관리되고 업데이트된 지도는 아군과 적군을 표시하는 빨간 색과 파란색 선이 교차하여 전장을 시각적으로 표현했다.

사령부의 한구석에는 커다란 무전기 세트가 정전기와 함께 윙윙거리며 메시지를 송수신하고 있었다. 무전기 위에 구부정한 자세로 앉아 스피커를 통해 흘러나오는 목소리에 열심히 귀를 기울이는 지휘관은 팀원들에게 필요한 정보를 전달했다.

방 중앙에는 서류, 보고서, 사진으로 가득 찬 커다란 나무 테이블이 놓여 있었다. 이 테이블은 장교와 병사들이 모여 정보를 분석하고 전략을 논의하며 중요한 결정을 내리는 곳이었다. 테이블 위에는 깜빡이며 희미한 빛을 내는 오일 램프가 테이블 위에 걸려 있어 그 주위에 옹기종기 모여 있는 사람들의 얼굴을 따뜻하게 비추고 있었다.

"제군들, 우리의 목표는 명확하다. 우리는 이 지역을 확보하고 남은 독일군의 저항을 무력화시켜야 한다. 아군은 상당한 진전을 이뤘지만 적을 과소평가해서는 안 된다. 그들의 절박함은 그들을 더 위험하게 만들 것이다."

"중대장님, 정보 보고에 따르면 독일군은 강 근처의 진지를 강화했다고 합니다. 그들은 아마 그 자리를 지키기로 결심한 것 같습니다."

"최신 정보 고맙네, 하사. 우리는 적의 방어를 뚫을 수 있는 계획을 세워야 한다. 장기전의 수렁에 빠질 여유가 없다."

"중대장님, 하지만 그 지역에 독일 저격수들이 있다는 보고가 있습니다. 우리 군의 피해가 큰데, 어떻게 처리해야 하겠습니까?"

"저격수들은 강력한 위협이 될 수 있지만, 우리 부대에도 숙련된 사수들이 있다. 저격수들을 무력화시키고 진격할 수 있는 길을 확보하기 위해 그들의 전문성을 활용해야 한다."

"포병 지원은 어떻습니까?"

"물론. 포병 부대와 협력하여 효과적인 화력 지원을 제공할 것이다. 효과를 극대화하고 부수적인 피해를 최소화하기 위해

서는 정확한 조준과 정확한 타이밍이 필요하다."

"중대장님, 하지만 그 지역에 있는 민간인들은 어떻게 합니까? 작전 중에 그들의 안전을 어떻게 보장합니까?"

"민간인이 최우선이다. 우리는 민정 부서와 긴밀히 협력하여 대피 계획을 조율하고 안전 구역을 설정할 것이다. 우리의 임무는 민간인들의 안전을 보장하고 보호하여 해방하는 것이다."

나는 다급하게 사령부로 들어가 중대장에게 다가갔다.

"실례합니다, 중대장님."

나는 분주한 사령부에서 그의 주의를 끌기 위해 말했다.

"긴급한 요청이 있습니다. 당신의 지원이 필요합니다."

"무슨 일입니까?"

"야마모토 아키라를 잡을 수 있도록 한 소대만 지원해 주십시오, 그는 일본군에 몸담았던 사람입니다."

그 장교는 약간 회의적인 눈빛으로 나를 힐끗 쳐다보았다.

"우리는 현재 독일군을 상대로 작전을 수행하고 있습니다. 당신의 요청을 위해 필요한 자원을 확보할 수 있을지 모르겠습니다."

나는 중대장의 손목을 보았고, 우리를 연결해 줄 수 있는 어떤 징표가 있는지 살폈다. 올빼미 징표가 그의 손목에 있었다. 나는 소매를 걷어 올려 내 손목에 새겨진 징표를 드러냈다.

"중대장님, 한 번만 봐주십시오."

나는 긴박한 어조로 다시 간청했다.

"당신의 여신이 제가 하려는 일을 지지할 것이라고 확신합니다. 이 임무는 정말 중요합니다."

내 손목의 징표를 흘끗 보았을 때 중대장의 눈이 깜빡였고, 그의 의심은 사라지는 듯했다. 우리 사이에 무언의 이해가 오고 갔다.

"그렇군요."

그가 목소리를 누그러뜨리며 대답했다.

"알겠습니다. 당신의 대의를 위해 단결하겠습니다."

"감사합니다, 중대장님."

나는 진심으로 말했다.

"아닙니다."

그가 엄숙하게 고개를 끄덕이며 내 감사 인사에 대답했다.

기차역 안에서 나는 낡은 나무 벤치에 앉아 신문에 몰두하는 척하고 있었다. 내가 들고 있는 신문은 진짜 목적을 감추기 위한 소품일 뿐이다. 나는 신문 위로 북적거리는 승강장을 훑어보는 동안 심장이 뛰었다. 지친 얼굴들의 바다 속에서 나의 시선은 하나의 목표물에 고정되었다. 야마모토 아키라는 정해진 승강장을 향해 당당하게 걸어가고 있었다.

나는 그가 자신을 둘러싼 혼잡에 방해받지 않고 군중들 사이를 헤쳐가는 모습을 지켜보았다. 그의 모습을 보고 있자니 내 혈관에 아드레날린이 솟구쳤지만, 내 마음은 오로지 눈앞의 일에만 집중했다.

나는 조심스럽게 신문을 접어 겨드랑이에 끼고 벤치에서 일어났다. 나는 승객들의 흐름에 자연스럽게 몸을 섞었다. 의심을 사지 않도록 조심하면서 안전거리를 유지했지만, 목표물을 놓치지는 않았다. 삐걱거리는 확성기를 통해 열차 도착이 알려지자 공기는 긴장감으로 가득 찼다. 승객들은 피곤함과 기대감이 뒤섞인 얼굴로 서둘러 자리를 찾느라 허둥지둥 댔다.

그를 체포하기 위해 방법을 고민하며 선택의 기로에 선 나는 가슴이 두근거렸다. 떠나는 기차 소리와 왁자지껄한 대화 소리는 완벽한 엄폐물이 되었으며, 내 의도를 가린 교향곡이었다.

열차 문이 열리고 승객들이 탑승하기 시작하자, 나는 숨을 깊이 들이마시고 움직일 준비를 했다. 기차역은 온통 분주한 움직임으로 혼잡했다. 나는 기관실 쪽으로 발걸음을 옮겼고, 그 사이 안나는 중절모를 얼굴 아래쪽으로 깊숙이 내리고 조심스럽게 기차에 올라탔다.

권총을 꽉 움켜쥔 채 나는 기관실의 좁은 공간으로 들어섰다. 기관실은 기름 냄새와 기계 냄새, 엔진의 리드미컬한 윙윙거리는 소리로 가득 차 있었다. 이마에 땀이 송골송골 맺힌 중년 남성 기관사는 곧 들이닥칠 나의 기습을 예상하지 못했다. 나는 단호함과 권위가 섞인 목소리로 그에게 다가가 명령했다.

"기차에서 내려! 당장!"

나는 그에게 총을 겨누면서 외쳤다. 기관사의 눈은 놀라움과 두려움이 뒤섞여 휘둥그레졌다. 그가 마지못해 조종 장치에서 떨리는 손을 떼면서, 저항이 소용없다는 걸 깨달은 후 마지못해 자리를 내주었다. 그는 기관실을 빠져나갔고, 사건의 향방을 좌우하는 중요한 공간에 나는 혼자 남겨졌다.

그 사이 아키라는 창가 쪽에 자리를 잡고 시선을 바깥쪽으로 고정한 채 혼자만의 생각에 빠진 듯했다. 중절모로 얼굴을 가린 안나는 조심스럽게 아키라와 정면으로 마주 보는 자리에 앉았다.

그 좁은 공간에서 안나는 아키라와 단지 몇 발자국 정도 떨어져 있었고, 얇은 비밀의 장막에 가려져 있었다. 두 사람의 운명은 과거의 사건들과 그들을 이곳으로 이끈 선택들로 연결되어 위태로운 균형을 이루고 있었다.

불안감을 느낀 아키라는 손목시계를 흘끗 내려다보며 시간을 확인했다. 그의 시선이 시계 바늘에 집중되자 미간이 찌푸려졌다. 똑딱거리는 초침을 보며 그는 기차가 이미 출발했어야 했다는 걸 알았다. 혼란스러움이 그를 덮쳤고, 창밖을 내다보며 승강장에 지연이나 소란의 조짐이 있는지 확인하려고 했다.

"정말 나의 아버지를 죽음으로 몰아넣고도 무사할 거라고 믿었나?"

안나는 얼굴을 가린 중절모를 천천히 벗었다. 이목구비가 드러나자 그녀의 눈은 아키라의 눈에 고정되었다.

"만나서 반갑습니다, 아키라 씨."

두 사람은 말없이 행동에 뛰어들었다. 안나와 아키라가 격렬하고 신화적인 충돌을 벌이면서 객실은 전쟁터로 변했다. 니케와 아레스의 추종자들이 서로에게 힘을 쏟아내자, 공기는 신성한 에너지로 가득 찼다.

우아하고 정확한 그녀의 동작은 니케의 정신을 구현했다. 한 걸음 한 걸음 걸을 때마다 그녀는 승리의 기운과 결단력을 뿜어냈다. 그녀의 공격은 승리의 본질에서 나오는 것처럼 보이는 다른 차원의 우아함에 따라 유연하게 이어졌다. 그녀는 공간을 휘젓고 다니며 자신이 숭배하는 여신의 날개를 닮은 공격을 날렸다.

이와는 대조적으로 아키라의 움직임은 아레스의 원초적인 힘을 구현했다. 그의 공격은 강력하고 계산적이었으며, 일격마다 전쟁의 신의 포악함이 배어 있었다. 아키라는 움직일 때마다 지배와 정복에 대한 열망으로 무자비한 공격의 물결을 일으켰다.

전투가 전개됨에 따라 그들의 힘은 눈부신 광채를 발하며 충돌했다. 충돌할 때마다 신성한 에너지의 불꽃이 터져 나와 오묘한 빛으로 선실을 비추었다. 공기는 상대 세력의 충돌로 탁탁 소리를 내며 단순한 사투의 경계를 넘어선 듯한 분위기가 조성

되었다.

아키라는 싸움에서 이길 수 없다는 것을 깨닫고 재빨리 기차 밖으로 탈출했다. 그러나 몇 명의 캐나다 병사들이 자신을 향해 달려오는 것을 보고 즉시 뛰기 시작했다.

나는 밖에서 들리는 소리를 좇다가 아키라가 도망치는 것을 보았다. 나는 망설임 없이 그를 쫓기 시작했다. 북적이는 헤이그역의 기차 승강장에서 삐걱거리는 브레이크 소리와 기관차의 덜컹거리는 소리가 허공을 가득 메웠다. 나는 아키라를 쫓아 달려갔다. 승강장은 불안에 떠는 여행자들로 붐볐고, 그들은 추격전이 펼쳐지는 장면을 힐끗 보려고 눈을 크게 떴다.

시간이 흐를수록 우리의 추격의 강도는 더욱 거세졌다. 포획되면 자신의 행동에 대한 대가를 치러야 한다는 것을 알고 있는 아키라의 눈빛에서 결연한 의지를 엿볼 수 있었다. 우리는 짐수레와 놀란 행인들을 피해 승강장을 따라 질주했다. 나는 둘 사이의 간격을 좁혔다. 아키라의 움직임은 빠르고 민첩했으며, 훈련받은 군인으로서의 경험은 그의 몸놀림에서 더욱 분명해졌다. 비에 젖은 승강장은 미끄러운 표면으로 인해 우리의 추격을 위태롭게 만들었다.

기차역에서 뛰쳐나오자마자 나는 즉시 권총을 꺼내 아키라를 조준했다. 총성이 울렸지만 안타깝게도 총알이 빗나갔다. 아키라는 번화한 거리를 질주했고, 나는 그를 쫓았다. 번화한 헤이그 도심은 우리의 전쟁터가 되었다. 보행자들은 흩어지고, 행인들은 눈 앞에 펼쳐지는 광경에 놀라 눈을 부릅뜨고 있었다. 나는 혼잡한 거리를 헤집고 다니며 오로지 아키라에게만 집중했다. 아키라는 민첩하게 목적을 가지고 움직였고, 나의 손이 닿을 수 없는 곳으로 달렸다.

모든 골목길은 그를 따라잡을 수 있는 기회였다. 시간과의 싸움을 벌이는 동안 우리의 발자국 소리가 좁은 골목길에 울려 퍼졌다. 순간순간 추격의 강도가 높아져 내 안에서 감정의 소용돌이를 일으키게 했다.

아키라는 붙잡히지 않기 위해 높은 곳을 찾아 아파트 안으로 피신했다. 그를 놓치지 않기로 결심한 나는 계단을 오르는 발소리가 메아리치도록 바짝 뒤를 따랐다. 건물 내부는 희미하게 불이 켜져 있었고, 내 숨소리와 벽에 울려 퍼지는 발소리가 섞여 가파른 복도를 채웠다.

마침내 우리는 꼭대기 층에 다다랐고, 아키라는 열린 창문을 향해 빠르게 나아갔다. 그의 눈에는 절망의 빛이 역력했다. 옥상이 눈앞에 아른거렸다. 나는 힘겹게 근육에 힘을 주며 앞으로 나아갔다.

아키라는 재빨리 몸을 일으켜 창문 너머로 빠져나갔고, 구름으로 뒤덮인 옥상으로 몸이 사라졌다. 나는 그를 놓치지 않고 그의 뒤를 따라가기 위해 몸을 더 밀어붙였다. 옥상에 올라서자 황량한 풍경이 나를 맞이했다. 세상은 모두 짙은 구름 아래 가라앉아 있었다.

아키라는 옥상 가장자리에 서 있었고, 그의 모습은 조용한 주변 환경과 조화를 이루었다. 공기는 습기를 머금어 대기에 드리워진 긴장감과 섞였다. 부드러운 안개에 가려진 아래 도시 풍경은 아득하고 초현실적으로 보였다.

나는 굳은 결심으로 방아쇠를 당겨 총알을 발사했다. 총알은 하늘로 솟구쳤지만 실망스럽게 아키라를 빠른 속도로 지나쳤다.

"젠장."

아키라와 내가 비에 젖은 옥상에서 위험천만한 추격전을 계속하자, 우리 사이에 팽팽한 긴장감이 감돌았다. 하늘 위의 구름은 희미하고 산란된 빛을 드리우며 그 광경을 어두운 분위기로 뒤덮었다. 하늘에서 떨어지는 빗방울은 발밑 표면을 미끄럽게 만들어 추격전에 위험한 불확실성을 더했다.

아키라는 고르지 않은 지형을 능숙하게 헤쳐 나갔고, 움직임은 유연하고 빨랐다. 그는 엄폐물을 이용해 장애물을 피해 빠르게 이동했다. 우리는 녹슨 통풍구와 우뚝 솟은 구조물 사이를 누볐고, 총소리가 황량한 옥상에 울려 퍼졌다. 날카로운 총알이 허공을 뚫었고, 각각 승리를 위한 필사적인 투쟁의 증거를 쏘아 올렸다. 화약의 매캐한 향이 비의 냄새와 섞이면서 독특한 혼합물을 만들었다.

빗줄기가 더욱 거세지면서 시야가 가렸고, 불확실한 상황이 나를 더욱 불안하게 만들었다. 억수같이 쏟아지는 폭우에 흠뻑 젖은 옷이 몸에 달라붙어 동작을 방해했다. 젖은 노면은 급회전과 급정지 때마다 발을 헛디디게 할 정도로 위험했다.

아키라는 땅으로 내려갔고, 나는 계속해서 그를 쫓았다. 그는 거리를 헤집고 다니며 목적지에 집중했다. 비넨호프가 비밀과 권력의 요새처럼 상징적인 실루엣을 드러내며 눈앞에 나타났다. 아키라는 창문을 깨고 비넨호프 안으로 들어가더니 건물 깊은 곳으로 사라졌다. 나는 그를 뒤쫓았다.

웅장한 홀 안에는 내 발소리가 울려 퍼져는 가운데 그림자가 춤을 추었다. 공기는 긴장감으로 무거웠고, 나는 갑작스러운 움직임이 있을지도 모른다는 생각에 감각이 예민해져 조심스럽게 움직였다.

"아키라!"

아키라가 미로 같은 복도로 사라진 것 같았지만 나는 포기하지 않았다. 모퉁이를 돌 때마다 나는 주변을 훑어보았고, 내 눈은 화려한 아치형 통로에서 복잡한 천장을 훑으며 그의 흔적을 찾았다. 비넨호프의 신성한 홀은 권력과 음모에 관한 이야기를 속삭였지만, 이제 그들은 우리의 필사적인 추적을 목격했다. 나는 역사적인 건물을 가로질러 가면서 가슴이 두근거렸다.

"아키라! 다 끝났어!"

중앙 홀에 가까워졌을 때 갑자기 총소리가 공기를 산산조각 냈다. 그 소리는 대리석 벽에서 울려 퍼졌다. 나는 본능적으로 몸을 숙여 어깨를 스치듯 지나가는 치명적인 발사체를 아슬아슬하게 피했다.

혈관이 오싹해지면서 나는 재빨리 상황을 파악했다. 웅장한 홀에 가려진 그림자 같은 형체가 언뜻 보였다. 아키라가 나를 발견했고, 이제 우리는 각각 치명적인 대치 상황의 반대편에 서 있었다.

총성의 메아리가 희미해지자 장내는 조용해졌다. 우리가 맞닥뜨린 대결의 무게가 공기 중에 고스란히 느껴졌다. 아주 작은 움직임도 전세가 기울거나 운명이 결정될 수 있다는 생각에 팽팽한 긴장감이 감돌았다. 나는 떨리는 손을 진정시키고, 눈앞의 흐릿한 형상을 응시했다. 아키라가 중앙 홀을 빠져나갔고, 나는 그를 뒤쫓았다.

비넨호프의 안뜰로 들어서자 아키라의 숨소리가 거친 헐떡임과 함께 드넓은 공간에 울려 퍼졌다. 아키라의 눈은 출구를 찾기 위해 주변을 샅샅이 뒤졌지만, 유서 깊은 건물의 웅장한 벽에 둘러싸인 자신을 발견했다.

갑자기 운명의 장난처럼 총성이 울리며 날카로운 균열이 허공을 갈랐다. 그리고 안나의 목소리가 안뜰에 울려 퍼졌다.

"아키라! 총을 내려놓고 항복하라!"

아키라는 본능적으로 몸을 숨기기에 바빴다. 멀리서 캐나다 병사들의 존재를 알리는 웅성거림과 발소리가 들려왔다. 건물 2층 창문 너머로 캐나다 병사들이 삼엄한 경계를 하면서 아키라를 주시했다. 운명의 세력이 비넨호프 안뜰에 모이는 결정적인 순간, 추격전의 정점이었다. 수적으로 열세이며 갇혀 있는 상황에서 아키라의 선택지는 점점 줄어들었다. 그는 어떤 저항도 소용없다는 것을 알았고, 포획의 문턱이 자신을 둘러싸고 있다는 것을 알았다.

나는 안뜰로 서서히 모습을 드러냈다. 내 뒤로 캐나다 병사들이 자세를 갖추고 준비를 마친 채 아키라에게 다가왔다. 그들의 눈은 부릅뜨고 있었고, 손은 적을 경계하며 무기를 준비했다. 비넨호프의 안뜰은 항복의 무대가 되었다.

끈질긴 추격에 지치고 숨이 가빠진 아키라는 잠시 망설였다. 캐나다 병사들 사이에서 나는 안나와 눈이 마주쳤다. 안나는 아키라를 향해 소총을 겨누고 있었지만, 내 눈은 그녀와 마주쳤다. 나는 잠시만 참으라는 신호를 보냈다.

"이준호! 당신이 이 싸움에서 이겼다고 생각합니까?"

나는 권총을 들어 그에게 가까이 다가갔다.

"미안하지만, 당신은 이 싸움에서 졌다."

아키라는 정신병적으로 나를 비웃었다.

"뭐라고?"

"나는 당신이 방아쇠를 당길 수 없다는 것을 알고 있다, 왜냐하면 당신은 나를 산 채로 체포해야 하기 때문이지. 만약 당신이 이준의 죽음을 증명하고 싶다면."

나는 사태의 심각성에 가슴이 철렁 내려앉았다. 내 심상은 뛰었고, 목소리는 떨렸다. 나는 권총을 그에게 겨누며 말했다.

"총 내려놔."

"진실은 밝혀지지 않을 것이고, 당신은 엘리사베타에 대한 죄책감으로 남은 생을 살 것이다. 어떻게 생각하지?"

"총 내려놔!"

아키라의 얼굴에 싸늘한 미소가 번지면서 그의 이목구비가 불안한 만족감으로 뒤틀렸다. 그는 나를 조롱하며 웃음을 터뜨렸다.

"아레스 신 만세! 전쟁의 신 만세!"

아키라의 손가락이 권총의 방아쇠를 조이는 동안 시간은 느려지는 듯했고, 그 결정적인 움직임은 순간의 불안정한 균형을 깨뜨렸다.

귀청을 찢는 듯한 총소리가 안뜰을 메아리쳤다. 방금 눈 앞에 펼쳐진 돌이킬 수 없는 비극이 생생하게 드러났다. 아키라의 생기 없이 몸은 땅바닥에 구겨졌다. 그의 절망과 그를 삼켜버린 사악한 결심을 보여주는 엄숙한 증거였다.

내 세상은 그 끔찍한 순간에 산산조각이 났다. 깊은 상실감과 슬픔이 뒤섞이면서 그 광경을 믿을 수 없었다. 이루지 못한 정의의 무게, 풀지 못한 의문, 산산조각이 난 희망이 나를 덮쳐 절망의 바다에 빠진 것만 같았다. 끈질긴 추격의 비극적 결말인 아키라의 마지막 장면은 내 영혼에 지울 수 없는 상처를 남겼고, 내 여정의 방향을 영원히 바꾸어 놓았다.

그 엄숙한 순간에 비넨호프의 안뜰은 비극의 장엄한 무대가 되었고, 인간의 어둠의 깊이를 보여주는 증거가 되었다.

"안돼!"

내 비명이 비넨호프의 안뜰에 울려 퍼졌다.

아테네의 오디세우스

헤이그의 한 조용한 공원 위로 쉴 새 없이 비가 쏟아졌다. 슬픔과 전쟁의 무게로 공기는 무거웠다. 기념비가 우뚝 서 있었고, 돌 표면이 빗물로 반짝였다. 사람들이 하나둘씩 그 주위에 모여 위안을 얻고 추모했다.

낡은 외투에 너덜너덜한 모자를 쓴 노인이 앞으로 나섰다. 그는 떨리는 손에 국화 한 송이를 들고 있었고, 그 선명한 꽃잎들은 침울한 분위기와 대조를 이루고 있었다. 그는 기념비 앞에 무릎을 꿇고, 손을 떨면서 그 꽃을 돌 위에 놓았다.

"친구야, 편히 쉬렴."

남자가 속삭였다. 상복을 입은 젊은 여자가 작은 공책과 연필을 움켜쥐고 앞으로 나섰다. 그녀는 노인 곁에 무릎을 꿇고 슬픔에 찬 눈빛을 보였다. 떨리는 손으로 돌 위에 이름을 적기 시작했고, 연필이 젖은 표면을 긁었다.

"헨리에타, 네가 오늘 여기 있었으면 좋겠어."

그녀의 목소리는 감정으로 떨렸다.

천천히, 더 많은 사람이 그 엄숙한 의식에 참여했다. 남녀노소 모두 각자의 상실과 아픔의 짐을 짊어지고 있다. 어떤 이들은 사명감을 가지고, 어떤 이들은 압도적인 슬픔을 가지고 이름을 썼다. 그 추모비는 산산조각이 난 공동체의 집단적 기억이 새겨진 추모의 캔버스가 되었다.

나는 슬픔과 결의가 뒤섞인 마음으로 무겁게 그 자리에 서 있었다. 자비로운 안나는 쏟아지는 비를 피하기 위해 우산을 들고 내 곁에 서 있었다. 추모비를 향해 다가가자 하늘이 우리와 함께 눈물을 흘리는 것처럼 빗방울이 돌 표면에 튀었다.

나는 이름을 적었다. *야스퍼 데 비트.* 연필을 한 획 한 획 그을 때마다 그의 이름이 돌에 새겨졌다. 그것은 잃어버린 생명에 대한 엄숙한 헌사였다.

"편히 쉬세요, 야스퍼 씨."

나는 고개를 숙이고 눈을 감자 무거움이 나를 집어삼키도록 내버려 두었다. 여기 모인 사람들의 집단적 상실의 크기와 슬픔이 내 영혼 깊숙이 울려 퍼졌다.

나의 슬픔을 함께하고 있던 안나는 위로와 응원의 몸짓을 하며 그녀의 팔을 나의 팔과 부드럽게 연결했다. 그녀의 손길이 나를 이 여정에서 혼자가 아니라는 것을 상기시켜 주었다. 비가 계속 내리는 동안에도 서로의 존재에서 힘을 얻으며 끈끈한 유대감을 유지했다. 우리를 둘러싼 국화와 이름들은 전쟁으로 인해 영원히 바뀐 수많은 삶의 집단적인 증거가 되었다.

나는 할아버지의 방 창가에 서서 쏟아지는 빗줄기에 시선을 고
정했다. 그 빗방울이 유리잔을 타고 흘러내리면서 저 너머 세계
의 시야가 흐려졌다. 폭풍이 몰아치는 날에 어울리는 폭우, 좌
절과 부끄러움에 관한 생각이 내 마음속에서 소용돌이쳤다.

빗줄기가 점점 더 거세지고, 폭우가 쏟아지면서 내 안의 폭
풍도 더욱 거세졌다. 나는 아키라의 생기 없는 시신에서 벗어날
수 없었다. 그의 비극적인 죽음의 진실이 무거운 비밀처럼 내
안에 묻혀 있었다. 그 진실의 무거운 짐이 내 양심을 짓누르고
죄책감으로 질식할 것만 같았다.

생각에 잠긴 나는 엘리사가 김이 모락모락 나는 커피잔을 들
고 조용히 방으로 들어왔을 때 깜짝 놀랐다. 그녀는 내가 위로
가 필요하다는 것을 잘 알고 있었다. 그녀는 부드러운 미소를
지으며 내게 다가왔다.

"자, 커피 한잔해요."

그녀의 존재와 갓 내린 커피 향이 내면의 혼란으로부터 나를
잠시 휴식으로 인도했다. 나는 그녀의 지지에 감사하며 그녀를
마주 보았다.

엘리사에게서 컵을 받아 두 손으로 감싸 쥐자, 손끝으로 따뜻한 온기가 스며들었다. 우리는 함께 나란히 서서 빗방울이 맺힌 창문을 통해 바깥세상이 흐릿해져 회색 캔버스에 녹아드는 모습을 바라보았다.

"당신은 할 수 있는 모든 것을 했어요."

그녀는 공감으로 가득 찬 눈으로 부드럽게 말했다.

"당신은 최선을 다했고, 이 짐은 결코 당신 혼자 짊어져야 할 게 아니에요."

나는 좌절감과 자괴감이 교차하는 눈빛으로 엘리사를 향해 시선을 옮겼다.

"모두 제 잘못입니다. 제가 아키라를 잡기 위해 무모하게 나서지 않았다면, 아마 30년 동안 당신이 준비해 온 것들이 한순간에 물거품이 되지 않았을 거예요."

"그런 말 하지 마세요, 절대 당신의 잘못이 아니에요."

"미안해요. 엘리사."

"당신은 단지 불가능한 상황에 내몰린 것뿐이에요."

그녀의 목소리에는 위안을 주는 안도감이 담겨 있었다.

"당신은 해야 할 선택을 당연히 했고, 진실은 적절한 때가 되면 드러나는 법이에요. 당신의 의도는 순수했고, 때로는 그것으로 충분합니다."

어깨가 축 늘어졌다. 안도와 슬픔이 뒤섞인 감정이 나를 덮쳤다. 그녀의 말이 내 영혼 깊은 곳에서 울려 퍼졌다. 엘리사는 팔을 뻗어 나를 부드럽게 껴안았다. 참았던 감정의 댐이 마침내 무너져 내렸고, 눈물이 흘러내렸다. 슬픔의 무게와 좌절감, 수치심이 한꺼번에 밀려 나와 나는 상처투성이가 되었다. 그녀의 손이 부드럽게 내 등을 쓰다듬으며 위로의 말을 속삭였다.

"괜찮아요. 이 슬픔을 혼자서 견딜 필요는 없어요."

그녀의 흐느낌이 나의 흐느낌과 섞였다. 우리는 서로를 부둥켜안고 눈물이 바깥의 빗물과 섞이도록 서 있었다.

엘리사와의 포옹은 집안을 울리는 초인종 소리로 인해 갑자기 끊어졌다. 우리는 놀라움과 호기심이 뒤섞인, 눈물로 얼룩진 얼굴로 마지못해 떨어졌다. 아래층에서 안나의 목소리가 들렸는데, 그 목소리는 그녀가 문 앞에서 누군가와 마주쳤다는 걸 직감했다. 곧이어 계단에서 발소리가 들렸다. 안나가 다가오고 있다는 신호였다. 그녀는 손에 편지를 들고 호기심과 걱정이 뒤섞인 표정으로 방에 들어섰다.

"누군가가 이 편지를 전해줬어요."

호기심이 가득찬 내가 편지를 받으려고 손을 뻗었을 때, 내 손이 약간 떨렸다. 봉투는 마치 내게 닿기도 전에 먼 거리를 여행한 듯 풍화된 느낌이었다. 조심스럽게 봉투를 뜯어보니, 그 안에 들어 있는 종이 한 장이 내 눈에 들어왔다.

456 프린센흐라크트, 헤이그, 2512 AB

헤이그의 무작위 주소처럼 보였고, 나의 삶과는 아무런 의미도, 연결고리도 없는 곳이었다. 혼란스러운 마음에 나는 안나가 통찰력을 갖고 있기를 바라며 그녀를 바라보았다.

"이게 무슨 주소인지 알 수 있을까요?"

안나는 고개를 저으며 당황한 듯 미간에 주름을 잡았다. 우리는 호기심과 두려움이 섞인 눈빛을 주고받으며 서로를 바라보았다.

나는 수수께끼 같은 주소가 적힌 종이쪽지를 손에 꼭 쥐고 인적이 드문 거리를 따라 힘차게 걸었다. 건물과 집들이 마치 그들 자신의 비밀을 간직한 것처럼 창문을 닫은 채 조용했다. 길 한복판에 다다르자 고요함 속에 자리 잡은 고풍스러운 카페가 눈에 들어왔다. 마치 내게 호기심 어린 태도로, 진실을 밝히라는 무언의 초대로 손짓하는 거 같았다.

'여기가 그 장소일까?'

나는 종이쪽지에 적힌 주소를 다시 한번 확인하며 이곳이 정말 맞는 장소인지 확인했다. 나는 결심을 굳히고 발걸음을 재촉하여 카페로 다가갔다.

카페테라스에서 작은 테이블에 혼자 앉아 맥주 한잔을 마시는 동양인 노인이 눈에 띄었다. 노인의 얼굴에는 오랜 세월을 살아온 흔적이 역력했고, 그의 시선은 사색에 잠겨 있었다. 호기심이 생긴 나는 수수께끼 같은 노인에게 가까이 다가갔다.

"실례합니다, 선생님."

나는 노인에게 말을 걸었다.

"방해해서 죄송합니다만, 이 주소를 보낸 이유를 설명해 주시겠습니까?"

노인의 눈빛은 지혜와 인정의 빛을 가득 담긴 채 나를 향해 시선을 돌렸다. 마치 그가 나의 도착을 기다렸다는 듯이. 마치 우리가 마주칠 운명인 것처럼.

그는 세월의 무게를 짊어진 채 한국말로 말했다.

"아, 젊은이. 맞습니다. 앉으세요."

잠시 나는 그가 내게 한국말을 하는 것에 놀랐다. 기대와 호기심의 감정이 교차했다. 나는 텅 빈 거리를 뒤로 하고 노인의 맞은편에 앉았다. 웨이트리스가 우리 테이블로 다가왔고, 그녀의 친절한 미소가 카페의 침울한 분위기를 밝게 비추었다.

"안녕하세요. 무엇을 도와드릴까요?"

"뭐 마실래요?"

노인은 매력적인 어조로 말했다. 나는 잠시 망설였고, 본능적으로 거절하고 싶었다.

"아, 저는 정말 괜찮습니다."

나는 그의 제안을 거절했다. 노인은 고개를 가로저으며 나직이 웃었다.

"그렇게는 안 됩니다. 이곳 헤이그에서는 현지 맥주를 꼭 마셔봐야 합니다. 절 믿으세요. 놓쳐서는 안 될 경험입니다."

"좋습니다. 그러면….'

나는 입가에 미소를 띠며 승낙했다.

"루츠 한 잔 주세요."

웨이트리스는 고개를 끄덕이며 맥주를 준비하러 돌아갔다. 기다리는 동안 노인은 한 모금을 마셨다.

"비 오는 날에는 맥주보다 더 좋은 것이 없죠."

웨이트리스가 돌아와 거품이 가득한 맥주잔을 내 앞에 놓았다.

"그럼, 드시죠."

노인이 제의했다. 잔을 들어 올리자 황금빛 액체가 반짝였다. 나는 한 모금을 마시고 혀에 풍미가 돌도록 내버려 두었다.

"맛이 어떤가요?"

노인이 물었다.

"맛이 꽤 좋은데요?"

노인의 얼굴에 만족스러운 미소가 번졌다. 그리고 그는 주제를 바꾸었다.

"혹시 트로이 전쟁 이야기를 들어본 적이 있나요?"

나는 고대 이야기에 대한 나의 제한된 지식을 인정하며 고개를 저었다.

"그냥 어느 정도만 알고 있습니다."

"그럼 이야기해 드리죠."

그가 약간 흥분한 듯한 목소리로 말했다.

"트로이 전쟁은 아름다운 헬레나 여왕이 납치되면서 시작되었는데, 그녀의 납치로 인해 국가들의 운명이 결정되는 전쟁이 촉발되었죠."

"네, 그 부분은 이미 알고 있습니다."

"모든 것은 테살리아의 왕 펠레우스가 바다의 요정 테티스와 결혼하면서 시작되었죠. 불화의 여신 에리스를 제외한 모든 신들과 여신들이 그 결혼식에 초대되었습니다."

"에리스 얘기도 알고 있습니다."

"에리스는 분노한 나머지 '가장 공정한 자를 위하여'라는 글귀가 새겨진 황금 사과를 군중에게 던졌죠. 이 일로 헤라, 아테네, 아프로디테 여신이 서로 사과를 차지하겠다고 주장하며 분쟁을 일으켰습니다. 이 분쟁은 제우스 앞에 제기되었는데, 제우스는 결정을 내리지 못했습니다. 그래서 제우스는 트로이의 왕자 파리스에게 선택권을 줍니다."

"네. 그리고 파리스는 결국 아프로디테를 선택했죠?"

"아프로디테가 파리스에게 자신을 선택하면 세상에서 가장 아름다운 여인인 스파르타 왕 메넬라오스의 아내 헬레네의 사랑을 그에게 보장하겠다고 했기 때문입니다. 파리스와 헬레네는 도망쳤고, 메넬라오스는 자신의 아내를 되찾기 위해 큰 소동을 일으켰습니다."

"트로이 전쟁."

"하지만 10년 동안 그리스군은 트로이를 포위하고 있었지만, 어느 쪽도 결정적인 우위를 점하지 못했죠. 강력한 성벽으로 보호받는 트로이군은 그리스군의 공격을 몇 번이고 격퇴했습니다. 돌파구가 절실했던 오디세우스는 아테네의 도움을 받아 교활한 계획을 세우게 됩니다."

"그것이 트로이 목마인가요?"

"네. 그리스군이 분명히 패배한 것을 보고 트로이군은 그 거대한 목마를 전리품으로 도시로 들여왔습니다. 그날 밤 트로이군이 승리를 자축하는 동안 말 안에 숨어 있던 그리스 병사들이 모습을 드러냈고, 결국 트로이군을 무너뜨렸습니다."

"재밌는 이야기이긴 한데요. 왜 저한테 이 이야기를 해주시는 거죠?"

나는 그에게 이상하다는 눈빛을 보내며 물었다.

"이준호 씨, 아직도 오디세우스가 누군지 눈치채지 못하셨습니까?"

"무슨 소리죠?"

나는 당황했다.

"저는 이 순간만을 기다리고 있었습니다."

그 남자의 얼굴은 부드러워졌고, 그의 시선은 엄숙한 강렬함으로 나에게 고정되었다.

"40년 동안 묻혀 있던 진실, 그 진실을 밝힐 적절한 순간을."

깨달음의 물결이 나를 휩쓸고 지나가면서 이전에는 이해할 수 없었던 점들을 연결하였다.

"당신이…."

나는 말을 더듬었고, 내 목소리는 거의 들리지 않았다.

"오가와 미즈키군요?"

"조선의 이름으로 불러주시면 좋겠건만…."

그는 맥주를 한 모금 마시고는 악수를 청했다.

"만나서 반갑습니다. 신정환이라고 합니다."

"알아보지 못해 죄송합니다."

나는 의자에서 일어나 그의 손을 맞잡으며 90도로 허리를 숙였다.

"저는 이 순간을 오랫동안 기다려 왔습니다. 마침내 트로이 목마 밖으로 모습을 드러내는 순간을요."

그는 조심스럽고 경건한 태도로 테이블 위에 서류 뭉치를 꺼냈다. 나는 호기심에 그 문서에 적힌 내용을 자세히 살펴보았다. 각각의 서류마다 지난 40년간 야마모토 아키라의 어두운 비밀을 담고 있었기에 나는 깜짝 놀랐다.

"선… 선생님! 이건…."

내가 보고 있는 것을 믿을 수 없었다. 나는 기대와 책임감이 뒤섞여 가슴이 뛰었다. 수많은 생명의 운명과 아키라의 범죄를 폭로하는 일이 이제 내 손에 달렸다.

"뭘 꾸물거리고 있는 거죠? 서둘러요! 루디 재판에서 최후변론을 준비하러 가야죠!"

"네. 정말 감사합니다!"

"맥주값은 꼭 내세요."

노인이 테이블을 떠나기 전에 말했다.

"그리고 만약 디케를 다시 만나게 된다면 안부 꼭 전해주시고."

나는 그가 멀리 사라지는 것을 지켜보았다. 노인의 뒷모습이 비에 젖은 거리의 안개에 싸여 있었다.

"선생님! 감사합니다!"

나는 그가 멀리 사라지는 모습을 지켜보며 소리쳤다.

가로등 불빛이 긴 그림자를 드리워 방 안을 가득 채운 흩어진 종이와 책들을 비추었다. 식민 지배 국가들의 비합리성과 그들이 약자들에게 가한 결과를 폭로하는 실마리를 찾기 위해 역사의 깊숙한 곳을 파고들면서 시간은 점점 흘러갔다. 불의의 무게가 나를 짓누르며 진실을 추구하고 정의를 실현하겠나는 결의를 부채질했다.

내 손가락은 수많은 문서와 계좌를 뒤지며 타자기 위로 춤을 추었다. 밤이 길어졌지만 나는 멈출 생각을 하지 않았다. 이준의 비극적인 죽음과 식민 열강들의 교활한 행동이 거미줄처럼 얽혀 있는 퍼즐 조각을 꼼꼼히 맞춰나갔다.

헤이그 평화회의는 새로운 부조리를 드러냈으며 약소국의 고통을 외면했다. 정치적 책략과 숨겨진 의제 속에서 그들의 목소리는 사라졌다. 부인할 수 없는 진실이 눈앞에 펼쳐졌다.

새로운 사실이 밝혀질 때마다 분노와 슬픔이 밀려왔다. 일본과 미국 사이의 가츠라-테프트 밀약을 조율한 야마모토 아키라의 범죄가 드러났다. 이러한 결정들이 수많은 생명을 희생시키면서 이뤄졌다는 사실을 깨닫자 나는 의로운 분노로 가득 찼다. 그날 밤, 세상 밖은 내가 방안에서 벌이는 전투를 망각하고 있었다. 나는 정의를 향한 끊임없는 열망에 이끌려 앞으로 나아갔다. 피로가 나를 괴롭혔지만, 나의 결심은 꺾이지 않았다.

밤이 지나고 새벽이 다가오자 창문 너머로 부드러운 빛이 들어와 지친 내 얼굴에 은은한 빛을 비추었다. 나는 밖을 내다보며 새로운 날이 밝아오고 있음을, 변화와 구원을 가져올 수 있는 잠재력을 지닌 날이 밝아오고 있음을 깨달았다.

그 순간 피로와 희열이 뒤섞인 감정이 밀려왔다. 나는 내 어깨 위에 놓인 책임의 무게를 뼈저리게 깨달았다. 내 앞에 놓인 증거는 불의의 세력에 맞서고 진실을 밝히기 위해 휘두를 무기이자 도구였다. 떠오르는 태양을 벗 삼아 나는 결의를 다졌다. 나는 심호흡을 한 번 하고, 방안에 남아 있는 고요한 정적을 음미했다. 내가 힘들게 밝혀낸 진실로 무장한 채 그 성역을 벗어나 법정으로 나갈 때가 왔다.

나는 무겁지만 결연한 마음으로 의자에서 일어났다. 내가 문 쪽으로 향했을 때, 아침 햇살이 방을 황금빛으로 물들였다. 그 것은 정의를 추구하는 사람들의 희망과 꿈을 안고 세상이 계속해서 돌고 있다는 것을 상기시켰다.

나는 내 손에 있는 증거물을 마지막으로 살펴보았다. 그 증거물은 우리가 싸웠던 전투와 영향을 받은 사람들의 삶에 대한 증거였다. 새로운 목적의식을 가지고, 나는 나를 기다리고 있는 도전에 맞설 준비를 하며 앞으로 나아갔다.

최후의 변론

나는 아스클레피오스의 집으로 걸어갔다. 벨을 누르자 문이 열리며 의술의 신이 직접 모습을 드러냈다.

"들어오세요."

집에 들어서자 복잡한 예술작품과 태피스트리로 장식된 넓은 홀이 펼쳐졌다. 약재와 치유의 향유를 연상케 하는 향기가 공기에 배어 있었다. 천장에서 은은한 조명이 쏟아져 내려와 공간에 은은한 빛을 발했다. 벽에는 고서적들이 선반 위에 장식되어 있었고, 닳고 풍화된 책등은 그 안에 담긴 유구하고 방대한 지식에 대한 증거가 되었다. 그 방은 학문의 성역이었고, 수 세기에 걸친 지혜와 치료법의 보고였다.

아스클레피오스가 집 안으로 안내했고, 나를 둘러싼 섬세한 디테일에 감탄했다. 힐링 허브와 꽃들이 가득한 섬세한 꽃병들이 곳곳에 놓여 있었고, 선명한 색감이 공간에 생기와 활력을 불어넣었다.

집 안으로 더 깊숙이 들어가자, 치유 성분이 꼼꼼하게 적힌 항아리와 용기가 있는 방에 들어갔다. 방 안은 치유 에너지의 기운으로 가득 차 있었는데, 마치 그 안에 담긴 모든 물약과 치료제가 깊은 상처를 치료하는 힘을 가지고 있는 것처럼 느껴졌다. 아스클레피오스의 지혜와 구석구석 스며든 치유의 에너지에 둘러싸인 신성한 공간에서 깊은 위안과 안도감을 느꼈다.

침대에 앉아 환하게 웃고 있는 나의 할아버지, 이준호의 얼굴이 눈에 들어왔다. 그가 훨씬 더 건강하고 편안해 보이는 것을 보니 마음이 따뜻해졌다.

"오, 왔어요?"

그는 나를 반갑게 맞이했다. 내가 다가가자 그는 손에 들고 있던 사과를 한입 베어 물었다. 나는 미소 짓지 않을 수 없었다.

"다시 만나서 반가워요."

준호는 내 인사를 받으며 고개를 끄덕였다.

"몸은 좀 어떠세요?"

내가 물었다.

"점점 나아지고 있어요. 적어도 큰 부상들은 다 나았어요."

"좋은 소식입니다만, 도대체 독일군에게 무슨 일을 당했던 겁니까?"

준호는 잠시 생각했다.

"부검 결과서의 위치를 알았기 때문에 그런 고통을 겪어야 했던 거죠. 그 종이를 찾으려고 저를 고문하다니…."

"그런데 끝끝내 밝히지 않았군요?"

"물론이죠. 그런데 재미있는 게 뭔지 알아요? 어느 순간 나를 그냥 내버려 두더군요. 내가 진짜 이준호가 아니라나 뭐라나."

"그렇군요."

"그리고 나중에서야 당신에 관한 이야기를 아스클레피오스에게서 들었어요. 그래서 당신이 부검 결과서를 찾은 거고."

나는 그에게 미소를 지으며 가방에 손을 넣어 정성스럽게 정리한 서류들을 내밀었다.

"그건 그렇고, 이건 당신을 위한 거예요."

준호는 사과를 한 입 더 먹고 서류를 뒤졌다.

"진짜 이걸 다 혼자서 한 거예요?"

"네."

나는 고개를 끄덕였다. 그는 내 얼굴을 주시하며 무언가를 알아차린 듯 말했다.

"아직 아침밖에 안 되었는데, 그렇게 피곤해 보이는 데는 다 이유가 있었군요."

"그래요?"

나는 긴장된 미소로 대답했다.

"그런가 봐요. 지금까지 계속 밤새 깨어 있었어요."

"그렇군요. 음, 법률 분야에서는 누구나 겪는 일 아닙니까?"

준호는 아무렇지도 않게 서류를 더 들여다보았다.

"그렇죠?"

나는 그의 말에 일부 동의하며 웃었다. 그는 집중해서 자료를 숙독했고, 그 내용의 무게를 흡수하면서 때때로 미간을 찌푸렸다.

"와, 정말 놀랍군요."

그는 감사한 마음이 가득한 목소리로 말했다.

"정말 대단한 일을 하셨어요. 이걸 다 혼자 하셨다는 게."

"네…. 음, 완전히 혼자는 아니지만, 모든 증거를 수집하는 건 긴 여정이었습니다. 엘리사의 도움이 없었다면 아마 끝낼 수 없었을 거예요."

준호의 눈에서 고마움을 느낀 순간, 나는 내가 옳았다는 생각에 자신감이 밀려오는 것을 느꼈다. 잠 못 이루는 밤과 지칠 줄 모르는 노력이 모두 가치가 있었다는 것을 상기시켜 주었다.

"엘리사 씨요?"

준호는 호기심 어린 눈으로 나를 쳐다보았다.

"엘리사 스텐배리 씨요?"

"네."

"음, 그분이 사실 이 사건에 아픔을 많이 가지고 있긴 하죠."

그 순간, 내 머릿속에서 무언가가 스쳐 지나갔다.

"혹시… 준호 씨도 그녀가 반신반인인 것을 알고 있었나요?"

그는 내가 왜 그런 멍청한 질문을 하는지 의아하다는 듯이 나를 의심의 눈초리로 쳐다보았다.

"네. 그런데요? 어머니가 하모니아 여신이잖아요. 왜요?"

할아버지가 엘리사를 '그분'이라고 불렀기 때문에, 나는 그가 엘리사와 가까운 사이인지 시험해 봤다. 보아하니 그들은 그저 서로 알고 있는 사이인 듯했다. 다시 말해, 법관이 법정에서 그 누구에게도 개인적인 감정을 투영해서는 안 된다는 디케의 말은 객관적이었다.

"그렇군요."

나는 가볍게 고개를 끄덕이며 대답했고, 떠나려고 걸음을 돌리려던 참이었다.

"그럼, 사과 맛있게 드세요. 준호 씨."

문 쪽으로 방향을 틀자, 나는 등 뒤에서 할아버지가 나를 바라보는 시선이 느껴졌다.

"잠깐만요!"

그가 뒤에서 나를 불렀다.

"네?"

"그냥 물어보고 싶었습니다. 이 사건을 해결하기 위해 그렇게 고생했는데, 혹시 최후변론도 할 생각 없어요?"

"할 수 있으면 좋겠는데."

"근데 왜 안 하는 거죠?"

나는 머릿속으로 곰곰이 생각하며 망설였다.

"이 사건을 해결한 사람은 제가 아니라 당신이니까요."

"그래요? 근데 저는 아무것도 한 게 없는데?"

"그냥 제가 디케와 한 약속 때문이라는 것만 알아두세요."

"약속이요?"

그는 내 얼굴을 유심히 살폈다.

"무슨 약속인데요?"

"그냥 그런 게 있습니다. 죄송합니다."

"그래요, 그럼. 근데 아쉽진 않겠어요?"

"아뇨. 전혀."

나는 고개를 저었다.

"그럼 오늘이 당신이 여기에 머무는 마지막 날이 되겠군요?"

"그런 것 같아요."

"그래요, 그럼."

"그럼 만나서 반가웠습니다."

"가기 전에."

준호가 다시 나를 멈춰 세웠다.

"마지막 재판은 보고 가요. 작별 인사도 없이 떠나면 엘리사 씨가 서운해하지 않겠어요?"

⚖

평화 궁전의 웅장함은 숨죽인 기대감으로 가득 찼고, 임박한 재판의 무게감으로 분위기가 짙어졌다. 나무 의자가 질서정연하게 줄지어 늘어서 있고, 방청객과 기자, 법률 전문가들로 가득 차 재판이 열리는 중앙 무대에 시선을 고정하고 있었다.

법정의 앞쪽에는 참가국들의 국기가 나란히 걸린 크고 위풍당당한 판사석이 자리하고 있었다. 그 뒤에는 엄숙하면서 공정한 태도로 재판에 임하고 정의를 실현할 준비가 된 판사들이 앉아있었다. 중앙에는 마호가니로 만든 긴 테이블이 있었고, 그 위에는 꼼꼼하게 정리된 서류 더미와 전시물이 놓여 있었다. 이곳에서 법무팀은 재판의 향방을 결정지을 증거와 지식으로 무장한 채 변론을 펼쳤다.

"변호인, 최후변론을 진행해 주십시오."

판사는 요구했다. 준호는 정장 재킷을 추스르며 자리에서 일어났다. 모든 시선이 그에게로 쏠리며 방 안은 조용해졌다.

"존경하는 재판장님, 신사 숙녀 여러분. 오늘 우리는 역사의 중요한 순간에 서 있습니다. 우리는 증거를 듣고, 사실을 조사했으며, 야마모토 아키라와 공모한 국가들의 행동으로 인한 인류의 고통의 깊이를 폭로한 증언을 들었습니다."

재판장은 기대감으로 들떠 있었고, 말의 무게가 회중에 퍼졌다.

"식민 지배 국가들은 권력과 지배력을 추구하기 위해 약소국들을 황폐화하고 파괴된 삶의 흔적을 남겼습니다. 평화 궁전은 정의에 대한 우리 모두의 헌신을 보여주는 증거지만, 억압받는 사람들의 외침을 외면한다면 정의는 실현될 수 없습니다."

준호의 최후변론 중간에 나는 조심스럽게 법정으로 들어왔다. 준호의 눈이 잠시 저와 마주쳤다. 준호는 말을 계속 이어 나갔다.

"가츠라-테프트 밀약으로 촉발된 외교라는 벽 뒤에서 자신의 범죄를 조정한 주모자인 야마모토 아키라는 고통과 불평등을 영속시키는 불의한 체제를 유지하기 위해 음모를 꾸몄습니다. 이준의 죽음처럼 무고한 생명의 죽음은 단순한 전쟁의 사상자가 아니라 냉혹한 불의의 행위입니다."

준호는 잠시 숨을 골랐다.

"하지만 고맙게도 오가와 미즈키 씨는 진실을 밝혀냈습니다. 너무 오랫동안 숨겨왔던 진실을요. 이 문서들, 이 논쟁의 여지가 없는 증거들은 약 40년 동안 우리를 괴롭혀 온 거짓과 기만의 그물을 폭로합니다. 오늘날, 우리는 고통받은 사람들을 위해서뿐만 아니라 공정성과 책임감을 갈망하는 세상을 위한 희망의 등불로서 정의가 실현되기를 요구합니다."

준호의 목소리는 열정에 가득 찼고, 눈빛은 재판관들의 시선을 맞추고 있었다.

"재판장님, 침묵의 사슬을 끊고 전범국들이 자신들의 범죄에 대한 책임을 져야 할 때가 왔습니다. 여러분 앞에 놓인 선택은 분명합니다, 정의를 선택하세요. 진실을 선택하세요. 역사의 서사를 다시 쓰고 처벌받지 않는 시대에 종지부를 찍도록 선택하세요.

우리는 역사가 반복되도록 내버려 둘 수도 없고, 권력자들이 무소불위의 힘을 남용하는 것을 방치할 수 없습니다. 정의의 저울은 반드시 균형을 이루어야 하며, 바로 이 법정에서 우리는 진실에 유리한 방향으로 저울을 기울이는 힘을 가지고 있습니다. 이준을 비롯한 수많은 이들의 이름으로, 우리는 이 법원이 그들이 저지른 범죄의 심각성을 반영하는 판결을 할 것을 간곡히 요청합니다.

따라서, 피고인 루디 훅스트라는 무죄입니다. 오늘이 정의가 권력을 이기는 전환점이 되고, 가장 강력한 권력자에게도 책임을 물을 수 있다는 것을 전 세계가 목격하는 순간이 되기를 바랍니다. 치유와 회복의 시간은 지금이고, 그것은 여러분의 평결로부터 시작됩니다."

준호가 힘찬 최후 발언을 마치자 법정에서는 박수가 터져 나왔다. 박수 소리가 공기 중에 울려 퍼졌고, 그의 말이 방청객들에게 미친 영향을 실감할 수 있었다. 나는 이준호가 확고한 신념을 가진 자태로 우뚝 서서 제대로 된 인정을 받는 모습을 지켜보았다.

박수갈채 속에서 내 시선은 검사석의 엘리사를 발견했다. 우리의 눈이 마주쳤고, 그 찰나의 순간, 기억의 홍수가 내 마음을 휩쓸었다. 함께 나누었던 웃음의 순간들, 슬픔의 시간에 흘린 눈물들, 그리고 우리를 이 고단한 여정을 헤쳐 나가게 해 준 변함없는 응원을 떠올렸다. 우리가 함께한 경험의 무게, 우리가 맺은 유대감이 그 조용한 교류에서 생생하게 느껴졌다.

감사와 존경의 마음을 담아 나는 중절모를 벗고 엘리사에게 묵례를 올렸다. 그것은 그녀가 제공한 힘과 변함없는 응원에 대한 말 없는 감사의 표시이자 우리가 공유한 깊은 유대의 상징이었다.

나는 다시 중절모를 쓴 뒤 조용히 법정을 빠져나와 복도로 나왔다. 박수 소리가 아직도 귓가에 울렸다. 순간의 중압감이 머릿속을 맴돌았지만, 내 안에는 평온함이 자리 잡았다. 우리의 노력이 여기까지 이르게 했다는 것을 알았고, 이제는 다음 장이 펼쳐져야 할 때였다.

법정 너머의 세계로 발걸음을 옮기면서 나는 박수와 추억, 정의가 승리할 것이라는 변함 없는 믿음을 가지고 떠났다. 그 여정은 아직 끝나지 않았고, 나는 정의를 추구하는 사람들이 가진 불굴의 정신에 이끌려 진실과 책임을 위해 계속 싸울 것을 다짐했다.

그렇게 조용히 작별을 고하며, 나는 임무의 다음 단계로 향했다. 내가 얻은 기억과 교훈을 통해 정의를 추구하는 데 지속적인 영향을 주기 위해.

셰브닝헨 부두의 끝에서 나는 내 앞에 펼쳐진 광활한 바다 풍경을 바라보았다. 1945년 헤이그에서의 마지막 날은 화창한 날씨였고, 평온한 분위기는 최근에 벌어진 격동적인 사건들을 무색하게 했다.

나는 부두의 풍화된 나무 널빤지 위에 서 있었다. 부드러운 바람이 내 머리카락 사이로 속삭이며 평온한 기운을 전해주었다. 북해의 푸른 바다는 태양의 따뜻한 광선 아래서 반짝였고, 매혹적인 빛과 반사의 춤을 만들어 냈다. 부드러운 거인처럼 잔잔한 물결이 모래사장에 리듬감 있게 부딪치며 그들의 잔잔한 소리가 공기에 스며들었다.

헤이그와 작별을 준비하고 있을 때, 내 옆에는 아이린 여신이 나의 마지막 순간을 위해 서 있었다.

"당신의 노력에 감사드립니다. 당신은 오랫동안 문혀 있던 진실을 밝혀내 과거의 그림자에 빛을 가져다주었습니다."

아이린은 나에게 따뜻한 미소를 지어주었다.

"글쎄요, 저는 당신에게 감사할 뿐입니다. 저는 단지 변화를 만들고, 고통을 겪은 사람들에게 치유를 주기 위해 노력했을 뿐입니다."

"당신의 의도는 고귀했고, 당신의 행동은 많은 것을 말해주었습니다. 노력의 결과는 이 순간을 뛰어넘어 멀리 울려 퍼질 것입니다."

"인간 정신의 회복력과 끈질긴 연민의 힘을 목격하는 좋은 경험이었습니다. 하지만 아직 해야 할 일이 너무 많다고 생각합니다. 평화를 추구하는 것은 끊임없는 노력인 것 같습니다."

"평화를 향한 여정은 영원할 수밖에 없습니다. 하지만 기억하세요, 아주 작은 행동이 큰 변화를 일으킬 수 있습니다. 당신이 내딛는 한 걸음, 당신이 내뱉는 말 한마디가 세상을 바꿀 수 있는 잠재력을 가지고 있습니다. 신념을 굳건히 지키고 희망의 등불이 되어주세요."

"말씀 꼭 기억하도록 하겠습니다. 어디를 가든 이해와 연민의 씨앗을 뿌릴 수 있도록 노력하겠습니다."

그녀는 수긍하며 고개를 끄덕였다.

"당신은 강한 정신력을 가지고 있습니다. 변화를 일으키는데 필요한 회복력과 결단력을 가지고 있어요. 여정에 시련이 없는 것은 아니지만, 모든 도전에는 성장의 기회가 있다는 것을 기억하십시오."

갑자기 목소리가 멀리서 우리의 대화를 끊었다.

"이준호 씨!"

나는 시선을 돌렸고, 멀리서 우리를 향해 달려오는 엘리사를 발견했다. 그녀의 얼굴에는 긴박감이 서려 있었고, 바람이 그녀의 머리를 헝클어뜨렸다.

"이준호 씨!"

나는 기대감에 가슴이 뛰며 멍하니 서 있었다. 나는 엘리사의 모습이 점점 더 선명하게 다가오는 것을 보면서 내 눈을 믿을 수 없었다.

갈색 레인코트를 입고 금테 안경을 쓰고 있던 그녀. 그녀의 발걸음이 빨라졌고, 나는 내 안에서 기대감이 밀려오는 것을 느낄 수 있었다. 나는 이 갑작스러운 만남을 예상하지 못했기 때문에 심장이 뛰었다. 그녀의 발소리는 부서지는 파도 소리와 부두의 나무 널빤지에 부드러운 리듬을 일으키며 조화를 이루었다.

그녀의 눈이 내 눈과 마주쳤고, 시간은 정지한 것 같았다. 그녀의 눈빛에는 안도와 설렘이 뒤섞여 있었다.

"안녕하세요. 아이린."

그녀가 숨을 고르며 말했다. 아이린은 알겠다는 듯이 미소를 지었다.

"그럼, 두 분만의 대화에 맡기도록 하겠습니다."

엘리사는 볼이 빨개진 얼굴로 나를 바라보았다. 한마디도 할 필요 없이 우리의 눈은 서로에게 고정되어 있었다. 그때 우리 사이에는 말로 표현할 수 없는 감정들이 넘쳐흘렀다.

"어떻게, 어떻게 제대로 된 작별 인사도 없이 떠날 생각을 할 수가 있죠?"

엘리사는 여전히 숨을 고르려고 애쓰며 말했다. 나는 할 말을 잃고 그녀를 바라보기만 했다.

"그냥 감사하다고 말하고 싶어서 온 거에요. 당신이 떠나기 전에 당신을 만나고 싶었어요. 당신이 저를 위해 해 준 모든 것에 대해 얼마나 감사한지… 어떻게 표현할 수가 없네요."

나는 눈에 슬픔을 내비치며 고개를 끄덕였다.

"당신과 함께 싸울 수 있어서 영광이었습니다. 당신의 변함없는 지지와 결단력이 없었다면 저는 해낼 수 없었을 거예요."

"아닙니다. 정의를 추구하는 당신의 변함없는 헌신이 더 컸습니다."

"저는 그저 제가 옳다고 생각하는 일을 했을 뿐입니다."

"당신은 나를 포함한 수많은 영혼의 삶을 변화시켰어요. 그래서 당신이 저에게 해 준 일들을 어떻게 표현해야 할지 모르겠어요."

"엘리사, 당신의 우정이 나에게 모든 것을 의미했어요. 같이 함께 할 수 있어서 즐거웠습니다."

순간적으로 정적이 감돌았다. 용기를 내어 가슴을 짓누르던 질문을 던지는 엘리사의 눈빛에 감사와 슬픔이 섞여 있었다.

"그럼, 오늘이 마지막으로 보는 건가요?"

나는 가슴 속에서 소용돌이치는 감정들이 뒤섞인 채 고개를 끄덕였다.

"우리가 같은 시대 사람이었다면 좋았을 텐데."

"가기 전에…."

엘리사가 고개를 숙이며 말했다.

"진짜 이름이 뭔지 말해줘요."

나는 말없이 그녀를 바라보았다.

"예빈이라고 합니다. 이예빈."

"이예빈?"

고개를 든 엘리사의 눈가가 촉촉이 젖어있었다.

"참, 러시아 이름처럼 들리네요."

"글쎄요. 사실 한국에서는 주로 여자 이름으로 쓰이는데요. 그렇게 말씀하시다니 재미있네요."

"이예빈."

그녀는 나에게 미소를 지으며 말했다.

"꼭 기억할게요."

"기억 못 해도 괜찮아요. 천 년 넘게 살아온 당신에게 저는 결국 스쳐 지나가는 한 조각의 환상에 지나지 않을 테니."

엘리사는 고개를 저었다.

"아니에요."

"저는 당신이 그 약속을 지키지 않아도 상관없지만, 적어도 저는 당신에게 다른 약속을 하고 싶습니다. 꼭 지키겠다고 약속해 줘요."

"뭐죠?"

"그 펜던트. 준호 씨에게 준 것도 알고, 이준의 사건이 해결되면 아이들에게 펜던트를 주라고 한 것도 알고 있어요. 하지만 그걸 주는 사람은 당신이어야 한다고 생각해요. 왜냐하면 당신의 아이들은 아직도 엄마를 기다리고 있을 테니까요."

엘리사의 눈에는 눈물이 그렁그렁했고 그녀의 감정이 북받쳐 올랐다. 위로가 필요하다는 것을 느낀 나는 본능적으로 그녀를 부드럽게 끌어안았다. 나는 위로의 마음을 전하며 부드럽게 그녀의 등을 토닥였다.

"전 정말 나쁜 엄마예요."

그녀는 고통에 겨워 훌쩍이며 흐느꼈다.

"아닙니다. 제가 알아요. 당신은 제가 만난 사람 중에 가장 친절하고 따뜻한 사람입니다."

나는 그녀를 감싸고 있던 팔을 부드럽게 풀었다. 내 손은 그녀의 어깨에 잠시 더 머물렀다. 내가 뒤로 물러나면서 그녀의 얼굴을 잠시 살폈고 이목구비에 새겨진 연약함을 알아차렸다. 그녀의 눈은 힘과 연약함이 뒤섞여 있었고, 그 모습이 나의 마음을 울렸다.

"힘내요, 엘리사."

그녀는 아무 말 없이 고개를 끄덕였다. 그녀가 첫발을 떼자 슬픔이 나를 엄습했다. 나는 그녀가 떠나는 것을 차마 볼 수 없었고, 멀리서 멀어지는 그녀의 모습에서 쓸쓸함을 보았다. 그 순간, 나는 그녀를 그대로 두고 내 시간으로 돌아갈 수 없었다.

"공주님!"

내 목소리가 그녀의 주의를 끌었고, 그녀는 잠시 멈추었다가 돌아섰다. 그녀의 눈이 내 눈과 마주쳤다.

"공주님, 만나 뵙게 되어 영광입니다. 그리고 기억해 주셔서 감사합니다."

나는 엘리사의 눈이 감사함으로 반짝이는 것을 보았다. 그녀가 가까이 다가왔고, 내 심장은 더 빠르게 뛰었다. 그녀는 나를 팔로 감싸 안았다. 우리가 걸어온 여정, 고통, 그리고 시련의 잿더미 속에서 타오르는 희망에 대한 감사의 표시였다. 엘리사는 슬픔을 담은 표정으로 말했다.

"비록, 우리는 서로 다른 길을 걸어갈지라도 우리가 공유하는 대의의 정신을 이어 나갈 수 있었으면 좋겠습니다."

엘리사가 어색한 상태로 서 있는 나를 내버려 두고 떠나갔다. 이제 나의 시대로 돌아가 이곳과 내 마음에 깊은 감동을 준 사람들과 작별을 고할 때가 왔다는 뜻이었다.

나는 결연한 각오로 광활하게 펼쳐진 바다를 향해 몸을 돌렸고, 파도는 거침없이 해안에 부딪혔다. 나는 순간의 무게가 어깨 위에 내려앉는 것을 느끼며 심호흡을 크게 했다. 나는 눈을 감고 바다의 소리가 나를 감싸도록 했다. 바닷바람이 내 피부를 스치는 부드러운 애무가 불안한 영혼을 달래게 했다. 그 정지된 순간, 나는 내가 무엇을 해야 하는지 알았다.

나는 가슴이 두근거렸지만 한 걸음 앞으로 나아갔다. 부두 가장자리에 이르자 내 몸은 중력의 법칙을 무시하고 본능적으로 앞으로 나아갔다. 내가 물을 향해 내려가자 시간이 느려지는 것 같았고, 내 주위의 세계는 흐릿하게 사라졌다. 공기가 나를 스쳐 지나갔고, 짜릿한 순간에 감각이 예민해졌다. 해방감이 내 혈관을 관통했다.

물이 가까워지자 나는 눈을 감고 미지의 심해에 몸을 맡겼다.

그 충격은 빠르고 강력해서 나를 감각의 소용돌이에 휩싸이게 했다. 물이 나를 감싸자 의식은 사라지고 고요한 포옹으로 대체되었다.

그 정지된 상태에서, 내 의식이 퇴색하고 흐를 때, 깊은 평화가 내 안에 자리 잡았다. 1945년에서 내가 짊어졌던 짐들이 모두 바다의 품 안에서 사라지는 것 같았다. 삶의 흐름이 나를 필요한 곳으로 데려다줄 것이라고 믿는 순간이었다.

헤이그의 비밀

2022년, 대한민국

의식이 서서히 돌아오자, 나는 희미하게 불이 켜진 할아버지 집 지하실의 익숙한 곰팡내에 둘러싸여 있는 나 자신을 발견했다. 나는 가라앉은 조명에 적응하며 눈을 깜박이며 흩어진 감각을 가다듬으려고 애썼다.

일어나 앉으며 나는 내게 달라붙어 있는 꿈 같은 상태의 잔재를 털어냈다. 헤이그의 기억은 남아 있었다. 그러나 나는 나의 시간, 현재로 돌아왔다는 것을 알았다. 나는 땅에서 몸을 밀어내며 떨리는 다리를 진정시키기 위해 잠시 시간을 가졌다. 마치 시간과 공간을 막 횡단한 것처럼 초현실적인 느낌이 들었고, 이제 다시 현실의 벼랑 위에 섰다.

숨을 깊이 들이쉬며 나는 집의 위층으로 통하는 계단을 향해 나아갔다. 한 걸음 한 걸음이 내 발밑이 단단하게 느껴졌다. 오래된 나무 계단의 삐걱거리는 소리가 정적 속에 메아리쳤고, 익숙한 소리가 안도감을 주었다.

나는 할아버지의 서재로 통하는 문 앞으로 나아갔다. 서재로 들어가자 낡은 책들과 기념품들로 가득 찬 익숙한 서가가 한눈에 들어왔다. 방의 분위기를 느끼는 순간 향수가 밀려왔다. 햇빛이 커튼 사이로 스며들어 창가의 낡은 안락의자에 따뜻한 빛을 비췄다.

그때, 할아버지 책상 위에 놓인 핸드폰이 눈에 들어왔다. 나는 핸드폰을 손에 들고 익숙한 무게를 느끼며 안락의자에 앉았다. 기대와 두려움이 뒤섞인 상태에서, 나는 헤이그에서 우리가 함께 지낸 이후 80년 동안 무슨 일이 일어났는지 궁금해하며 엘리사에 대한 정보를 찾기 시작했다. 지식의 광활한 바다를 파헤치려고 하자 화면이 반짝이며 내 얼굴을 부드러운 빛으로 비추었다.

하지만 내 손가락이 화면을 가로질러 춤을 추면서 그녀의 이름을 입력하는 순간 갑작스러운 충격이 나를 관통했다. 화면에 나타난 단어들은 등골을 오싹하게 했고, 음절마다 가슴이 철렁 내려앉았다.

엘리사베타 놀켄의 비극적인 죽음. 충격에 빠진 상트페테르부르크

상트페테르부르크 일간지

1948년 8월 18일 수요일.

엘리사베타 놀켄이 자택에서 숨진 채 발견됐다는 충격적인 소식에 상트페테르부르크가 휘청거리고 있다.

당국에 따르면, 평소 활기찬 집에서 이상한 침묵이 흐르는 것을 발견한 이웃에 의해 놀켄은 집에서 혼자 발견되었다. 지역 경찰의 초기 조사는 자살 가능성을 시사하고 있어, 이 비극적인 사건에 이르게 된 경위에 대한 추가적인 조사가 진행 중이다.

엘리사베타 놀켄의 장례식 준비는 현재 진행 중이며, 자세한 내용은 적절한 시기에 발표될 것이다. 한편, 친구들과 지인들은 지역사회의 소중한 구성원을 잃은 슬픔을 함께 나누며 서로를 응원해 주기 바란다.

나는 믿을 수 없었다. 기사를 다시 읽으며 이해하려고 안간힘을 썼다. 마치 우주가 우리를 다시 연결하고, 우리의 삶의 이야기를 나누고, 우리의 공유된 모든 기억 속에서 위안을 찾을 기회를 빼앗으려고 음모를 꾸민 것 같았다.

"이예빈 씨!"

할아버지의 서재에서 막 나가려는데 뒤에서 목소리가 들려왔다. 돌아보니 디케가 근엄한 표정으로 서 있었다. 그녀의 존재는 나를 놀라게 했다. 그녀는 내게 가까이 와서 내 어깨에 손을 얹었다.

"디케."

나는 중얼거렸고, 내 목소리는 거의 들리지 않았다. 내 눈은 그녀와 마주쳤다. 수많은 질문이 내 안에서 부글부글 끓어올랐지만, 한마디 말도 하기 전에 디케는 내게 편지 봉투를 내밀었다. 봉투 앞면에 내 이름이 선명하게 쓰여 있었다.

이예빈 씨에게

나는 손가락을 살짝 떨면서 봉투를 받아들었다. 디케의 눈이 내 눈을 바라보며 이해한다는 뜻을 전했다. 아무 말도 하지 않았지만, 그녀의 존재만으로도 많은 것을 알 수 있었다. 마치 그녀는 내 안에서 격앙된 혼란과 내 마음을 괴롭혔던 질문들을 알고 있는 것 같다.

"엘리사가 당신에게 남긴 마지막 말이에요. 너무 슬퍼하지 마세요. 그녀는 단지 그녀가 원하는 것을 했을 뿐입니다."

"그런데 어째서…? 그녀가 나랑 한 약속은 어떻게 하고요? 애들은요?"

"이예빈 씨, 당신의 고통을 이해합니다."

디케는 나에게 지지의 표시로 고개를 끄덕였다.

"적어도 저는 해명을 들어야겠어요!"

나는 떨리는 목소리로 물었다. 눈물이 왈칵 쏟아졌다.

"그녀에게 무슨 일이 일어났던 거죠?"

디케는 어디서부터 시작해야 할지 생각하는 듯 잠시 말이 없었다.

"이준의 수수께끼는 결국 표면에 드러나지 않았어요."

나는 믿을 수 없다는 듯이 그녀를 쳐다보았다.

"뭐요?"

"루디는 결국 무죄 판결을 받았습니다. 하지만 네덜란드 정부는 그 이야기를 비밀에 부치기로 했죠."

"왜죠?"

"네덜란드 경찰 당국 내에 부패가 남아 있었기 때문에, 그들이 해방된 후 재건을 위해, 그들 스스로 비밀에 부치기로 했습니다."

"잠깐만요. 그럼 그들이 결국 진실을 깔아뭉갰다는 말인가요?"

"네."

"말도 안 돼! 이건 잘못된 거잖아요! 당신도 알잖아요!"

"그래요. 저도 잘 알고 있습니다."

그녀가 고개를 숙이며 말했다.

"하지만 기득권은 당신이 생각하는 것처럼 쉽게 깨지지 않기 때문에 결국 정의가 필요한 것입니다."

나는 그녀의 말을 믿지 않고 고개를 숙였다. 그리고 나는 잠자코 말했다.

"그녀의 아이들은 어떻게 되었나요? 그녀는 결국 그들을 다시 만나게 되었나요?"

"엘리사가 돌아갔을 때는 그의 첫째 딸인 베라와 둘째 딸 니나가 병으로 세상을 떠난 뒤였어요. 막내딸 제나를 만나긴 했지만, 때는 너무 늦었죠. 그녀는 엄마를 만나길 거부했어요."

그녀의 말을 듣고 나는 바닥에 쓰러졌다. 나의 온몸은 흐느낌으로 가득 찼다. 떨어지는 눈물 하나하나는 상실의 고통과 공허함에 대한 증거였다.

"미안해요, 디케. 다 제 잘못입니다. 제가 제대로 하지 못했기 때문입니다."

그녀만이 가지고 있는 부드러움으로 그녀는 나를 팔로 감싸며 몸을 낮추었다. 그녀의 손길은 상처받은 내 영혼에 진정제가 되었고, 내 자책 속에서 위로를 주었다.

"절대 당신의 잘못이 아니에요. 걱정하지 말아요. 그건 절대 당신 잘못이 아니에요."

그녀가 속삭였다.

그렇게 헤이그의 비밀은 끝내 밝혀지지 않았다.

2022년, 상트페테르부르크

한때 도시의 전성기를 누렸던 공원은 이끼와 잡초가 무성했다.

그곳은 조용한 삶을 위해 은퇴한 노인들을 위한 미니어처 형식의 정원이었다. 산들바람이 나뭇잎을 바스락거리게 하여 하나둘 단단한 땅으로 떨어지게 했다. 비로 인해 발밑의 나뭇잎이 녹아서 진창이 되었다.

나는 '엘리사베타 놀켄'이라고 쓰인 묘비 앞에 서 있었다. 대지가 나를 다시 반겨주던 사랑의 글귀가 적힌 곳에서 나는 평온함, 그리고 그녀와의 연결감을 느꼈다. 나는 폭풍이 몰아치는 바다 위에서 바람을 탓하는 선원이었다. 상실의 무게와 씨름하면서 폭풍처럼 소용돌이치는 감정들이 내 안에서 끓어올랐다. 주위의 고요함이 이 순간의 중요성을 인정하는 듯 숨을 죽이고 있는 듯했다. 내 주위의 세계는 흐릿하게 희미해졌고, 나의 초점은 시간과 공간을 초월한 대화인 엘리사와 나누는 조용한 대화로 좁혀졌다.

"이예빈 씨? 당신인가요?"

깜짝 놀라 뒤돌아보니 뒤에 나이 든 여성이 서 있었다. 그녀의 이목구비는 엘리사와 아주 흡사했다. 한때 나를 사로잡았던 그 부드러운 미소와 따뜻한 눈빛이 이제는 새로운 얼굴을 통해 빛났다. 그녀는 엘리사의 후손인 율리아 피스쿨로바 박사였다.

"네, 그렇습니다."

나는 고개를 끄덕였다. 율리아는 연약함과 호기심이 뒤섞인 시선으로 한 걸음 다가서며 나에게 손을 뻗었다.

"아마 저에 대해 먼저 이야기 들으셨을 겁니다. 만나서 반갑습니다."

"마침내 만나게 되어 반갑습니다. 박사님."

"아니요, 당신을 만나게 되어 제가 더 기쁩니다. 당신을 상트 페테르부르크로 초대하게 되어 영광입니다."

"초대해 주셔서 정말 감사합니다."

"그러니까, 제가 왜 당신을 여기로 초대했는지 이미 알고 계실 텐데."

그녀는 시선을 엘리사의 묘비 쪽으로 돌렸다.

"저는 놀켄 씨의 일기와 편지들을 훑어보면서 그녀와 함께 싸운 한국인 남성과의 관계에 대해 알게 되었습니다. 그것은 저의 눈을 뜨게 하고 영감을 주었죠."

"네, 알고 있습니다. 그래서 절 여기로 데려온 거 압니다. 그녀가 우리 할아버지와 있었던 일 때문에."

"그렇죠. 당신 할아버지는 1907년 헤이그에서 있었던 한국 사절단 중 한 명인 이준의 의문스러운 죽음을 파헤치기 위해 정말 애를 쓰셨습니다."

"이상이 어떻게 경계와 환경을 초월할 수 있는지 믿을 수 없습니다. 엘리사와 저의 할아버지 모두 많은 역경을 지나오면서도, 여전히 그들의 신념에 충실했죠."

"그들의 노력은 지속적인 영향을 남길 겁니다. 그들의 이야기는 인간 정신의 회복력에 대한 증거입니다."

"그들의 유산을 계승하고 정의를 위해 투쟁을 계속한 당신에게 영광을 느낍니다. 놀켄 씨의 정신은 저를 통해 살아 있으며, 저는 그녀의 신념을 지키려고 노력하고 있습니다."

"그 말을 들으니 참 감사하네요. 그분은 국가 간의 통합과 이해의 힘을 믿었었습니다."

"제가 더 감사합니다. 박사님."

"아, 그건 그렇고."

율리아는 가방에 손을 넣어 작고 섬세하게 포장된 꾸러미를 조심스럽게 꺼냈다. 그녀는 부드러운 손길로 그것을 나에게 주었다.

"이것은 당신을 위한 것입니다."

나는 호기심에 그 꾸러미를 받았다.

"뭐죠?"

"열어보시죠."

천 포장지를 살며시 펼쳐보니 금빛 사과 펜던트가 반짝이고 있었다. 햇빛이 펜던트를 사로잡아 복잡한 디자인에 따뜻한 빛을 던졌다. 엘리사의 삶에서 아주 중요했던, 익숙한 상징을 알아보자 나는 눈이 휘둥그레졌다.

"놀켄 양이 유언장에 남긴 것인데, 특히 이예빈 씨에게 드려야 한다고 했습니다. 왜 그런지는 아직 모르겠지만, 그녀는 이 펜던트를 소중히 여겼고 그것이 당신의 손에 있기를 원했죠."

"그렇군요."

"펜던트가 드디어 당신 손에 들어가서 기쁘군요. 그것이 당신에게 힘과 위안을 가져다주고, 놀켄 씨가 우리 삶에 끼친 영향을 상기시키는 역할을 하기를 바랍니다."

"고맙습니다, 박사님. 그녀의 기억과 유산을 소중히 기리겠습니다. 그리고 영원한 유대감의 표시로 이것 역시 소중히 간직하겠습니다."

2022년, 대한민국

2022년 대한민국 대검찰청 홀은 권위와 중압감이 느껴지는 공간이다. 벽은 짙은 나무 패널로 장식되어 공간에 세련됨과 엄숙함을 더했다. 발밑의 대리석 바닥은 천장의 새하얀 빛을 반사하며 반짝반짝 광택이 났다. 검사들과 관계자들이 장내를 이동하는 동안 조용한 대화 소리가 허공을 가득 채웠다. 그들은 깔끔한 정장으로 전문성을 풍겼다. 각 개인이 바쁘게 파일을 교환하거나, 동료들과 상의하거나, 다양한 사무실과 회의실로 이동하는 등 집중된 분위기였다.

홀의 중심에는 이준 열사의 동상이 맨 끝에 당당히 서 있었다. 그는 법이 한국 사회에서 유지하고자 하는 공정과 공평을 상징하고 있었다. 그의 존재는 모두에게 존경심을 불러일으키고 정의의 영역에서 각자의 역할이 얼마나 중요한지 일깨워 주었다.

친구 주원이 홀에 나오기를 기다리는 동안 나는 정의의 원칙을 지키고 억압에 맞서 싸우는 데 평생을 바친 한 사람의 기억에 경의를 표하며 고개를 숙였다. 진실과 공정에 대한 이준의 변함없는 헌신은 나를 포함한 수많은 사람이 그들의 삶과 주변 세상에서 정의를 추구하도록 영감을 주었다.

"예빈아!"

멀리서 주원이 나를 불렀다. 나는 그를 향해 몸을 돌렸다. 주원은 상사와 함께 개찰구에서 나오고 있었다.

"조심히 들어가십시오!"

주원이 상사들에게 90도 인사를 건넸다. 그는 상사들이 떠나는 것을 보고 나에게 왔다.

"미안해, 늦었지?"

"그리 놀랍지도 않네."

"목걸이 멋있네?"

그가 내 목에 걸린 엘리사의 펜던트를 보며 말했다.

"그럼, 어디 갈까?"

주원은 합정역 바로 옆에 있는 술집을 추천해 줬다. 그곳은 홍대와 가까웠고, 얼음 맥주로 유명했다. 그 술집 안에는 큰 목소리로 수십 명의 대화가 오갔고, 분위기를 지배하는 록 음악이 경쟁하듯 흘러나왔다. 손님들은 대체로 대학생들이나 젊은 직장인들이었다. 우리는 자리를 찾기 위해 바를 천천히 지나갔다.

"생맥 두 잔 주세요."

주원이가 여종업원에게 주문했다.

"그게 다예요?"

그 종업원이 물었다.

"감자칩도 하나 주세요."

"네, 바로 갖다 드리겠습니다."

"고맙습니다."

주문을 기다리는 동안 주원이 물었다.

"그럼, M&K에 가는 건 생각해 봤어?"

나는 잠시 그의 질문에 대해 생각해 보았다. 그 질문의 무게가 얼마나 되는지. 익숙한 것을 뒤로하고 미지의 세계로 모험을 떠나려는 결정 때문이 아니라, 1945년 헤이그에 있는 동안 내가 배운 교훈 때문이었다.

"사실 지금 일도 만족스럽긴 한데, M&K는 좀 다른 쪽으로

법을 바라보는 것 같아서."

"그래, 근데 그걸 누가 신경 쓰겠어? 다 먹고 살려고 하는 일이지."

갑자기 문이 휙 열렸고, 두 명의 외국인 여성이 술집으로 들어왔다. 안나와 아이린이었다. 나는 그들이 문을 열고 들어오는 것을 보고 놀라서 순간 눈을 크게 뜨고 아무 말도 하지 못했다. 그들의 존재는 즉시 안에 있는 사람들의 주의를 끌었다. 두 여성은 우아한 걸음걸이와 당당한 태도로 손님들의 시선을 끌었고, 신비로운 분위기를 풍겼다.

나는 안나가 어떻게 여기까지 왔는지 알 수 없었고, 머릿속은 질문으로 가득 찼다. 종업원은 우리 테이블에 주문한 음식을 갖다주었지만, 내 눈은 여전히 그들을 주시하고 있었다.

"야! 괜찮아?"

주원이 손가락을 튕겨서 나를 깨웠다. 정신을 차리고 보니 주원은 맥주를 들고 내 건배를 기다리고 있었다.

"아, 미안해. 건배."

주원이는 내 시선을 따라 안나로 향했다. 그는 호기심에 차서 물었다.

"근데, 저 사람들은 누구야?"

"어…."

나는 안나를 다시 쳐다보며 말했다.

"그냥 아는 사람?"

"그러니까 아는 사람 누구?"

나는 그에게 무엇을 말해야 할지 망설였다.

"그냥 개인적으로 아는 사람이야."

"왜? 뭐 좋아하는 사람이라도 되는 거야?"

"아니. 그 이상이야."

"그 이상이라고?"

주원이가 나를 혼란스럽게 쳐다봤다. 그리고 안나와 아이린의 모습에 감탄하며 시선을 돌렸다.

"뭐 누군지는 모르겠지만, 진짜 아름다우신 분들이긴 하네."

나는 그를 보고 피식 웃으며 말했다.

"너 저 사람들 생긴 거하고 다르게 진짜 조심해야 해. 특히 저 갈색 머리 여자 있지? 너 저 사람한테 잘못하면 자칫하다 맞아 죽어."

"허… 그래?"

주원은 대답과는 다르게 내 말을 못 믿겠다는 듯이 웃고 있었다.

"그래, 진짜 농담이 아니고 무시무시한 사람들이야! 그런데 그거 알아? 나는 저 사람들한테 가서 이야기할 거야. 왜냐하면 적어도 나는 맞아 죽지는 않을 거거든."

나는 아이린과 안나가 앉아있는 테이블로 다가가 인사를 건넸다.

"두 분을 다시 만나다니 놀랍군요."

"정말 다시 뵙게 되어 반갑네요. 이예빈 씨. 헤이그에서 돌아온 기분이 어때요?"

아이린이 물었다.

"글쎄요. 적어도 그렇게 새로운 느낌은 아니에요."

나는 대답하고 안나에게 시선을 돌렸다.

"어떻게 지냈어요?"

"잘 지냈어요. 여기가 당신이 사는 시대인가요?"

나는 그녀를 보고 웃었다.

"왜요? 예상 밖이에요?"

"두 분이 충분히 얘기하세요. 저는 잠깐 자리를 뜨겠습니다."

아이린은 반가운 미소를 지으며 우아하게 일어섰다. 나는 아이린이 나와 주원이 함께 앉아있던 테이블로 향하는 것을 보았다. 도대체 그녀가 주원과 무엇을 하려는지 궁금했다.

"그래서, 여긴 어떻게 왔어요? 그러니까, 어떻게 시간여행을 하셨냐고요?"

"당신이 헤이그에서 돌아온 것과 같은 방식으로?"

"아, 그렇구나."

나는 그녀를 이해하며 고개를 끄덕였다.

"하지만 저는 당신에게 매우 실망했습니다."

"네?"

"당신은 엘리사에게는 작별 인사를 했으면서, 어떻게 나에게는 아무 말도 없이 떠날 수 있죠?"

나는 뭐라고 대답해야 할지 몰라 그녀의 시선을 피했다.

"그건."

"설명할 필요 없어요. 어쨌든 나는 모든 이야기를 알고 있어요."

그녀는 무심코 술을 한 모금 마시며 말했다.

"미안해요. 하지만 어쩔 수 없었어요."

나는 그녀의 눈을 보면서 조심스럽게 말했다.

"그런데, 여긴 왜 온 거죠? 디케가 당신을 보낸 이유가 뭐죠?"

"당신을 설득할 게 있어서요."

"뭐죠?"

나는 호기심에 그녀를 쳐다보았다.

"아직도 엘리사의 유언장을 읽지 않았나 보네요."

"왜요? 어떻게 알았죠?"

"글쎄요. 그런데 디케가 당신한테 제안하고 싶은 게 있는 것 같은데."

"그게 뭔데요?"

"그녀는 당신이 예언자가 되기를 원해요."

나는 깜짝 놀라 그녀를 쳐다보았다.

"뭐요?"

"제대로 들으셨어요. 당신은 디케가 현재 예언자를 가지고 있지 않다는 것을 알고 있고, 그녀는 당신이 예언자가 되기를 원합니다."

"그런데."

머릿속에 여러 가지 생각이 한꺼번에 떠올랐다.

"왜요? 아니 내 말은, 저는 영광이지만, 저는 그저 평범한 인간일 뿐인데 어떻게 그런 막중한 역할을 할 수 있냐는 거예요."

"디케는 당신에게서 열정, 진실성, 정의에 대한 변함없는 헌신을 봤나 봐요. 그녀는 당신의 행동을 통해 변화를 일으키고 옳은 것을 지킬 수 있다고 믿으시죠."

"글쎄요, 좋아요. 믿을 수 없을 것 같지만, 그렇다면 이 역할을 하다면 제가 뭘 해야 하죠?"

"당신은 진실을 찾고 취약한 사람들을 변호하는 임무를 맡게 될 거예요. 당신이 엘리사에게 한 것처럼요. 당신은 사람들의 슬픔을 해결하기 위해 영원히 시간을 여행할 거예요. 검사로서 당신의 법률적 전문성과 인정이 많은 성격을 활용해 의미 있는 영향을 줄 수 있는 기회가 될 거예요. 그리고 당신이 어디를 가든, 저는 당신과 함께 할 거예요."

"저와 함께요?"

"디케가 저한테 부탁한 겁니다. 왜 제가 굳이 미래로 왔다고 생각하시죠? 단지 당신에게 디케의 예언자가 되라고 말하려고? 디케가 직접 말씀을 할 수도 있었는데?"

"뭐 그렇군요. …좋네요."

"왜요? 싫어요?"

"싫진 않은데, 그냥 다음 여정이 궁금할 뿐입니다."

"아, 힌트를 하나 드리자면 1960년대입니다."

"1960년대?"

"1960년대, 더 구체적으로 말하자면 미국."

"미국? 그런데 왜 미국이죠?"

"비밀이에요. 근데 할 거예요, 안 할 거예요?"

"생각해 보겠습니다."

"생각해 보다니요?"

그녀는 답답해서 나를 쳐다보았다.

"그렇게 된다면, 제가 할아버지 집으로 이사해야 한다는 뜻이겠죠? 아버지나 삼촌이 집을 팔면 시간여행을 할 수 없을 테니까요."

"그럼 이사하면 되죠. 뭐가 문제에요?"

저녁 하늘이 고요한 캔버스에 그림을 그리듯 부드러운 황혼이 도시 위로 내려앉았다. 나는 고요한 물결이 황금빛 하늘에 반사되어 숨이 멎을 듯 아름다운 모습을 연출하는 한강 변에 서 있었다. 산들바람은 강물의 속삭임을 전하고, 리드미컬하게 출렁이는 파도가 잔잔한 사운드트랙을 선사했다.

저 멀리 밤을 밝히는 활기찬 불빛들로 장식된 잠수교가 장엄하게 서 있었다. 수면 위로 춤을 추는 형형색색의 빛을 드리우며 다리가 살아나는 듯했다. 마치 다리가 빛나는 등대로 변신해 매혹적인 아름다움에 감탄하는 구경꾼들의 시선을 사로잡았다. 분위기는 평온함과 경이로움으로 가득 차 있었다. 사람들은 강변을 따라 모여들었고, 그들의 웃음과 대화는 잔잔하게 흐르는 강물 소리와 어우러졌다. 어떤 이들은 벤치에 앉아 고요한 사색에 잠겼고, 어떤 이들은 황홀한 경치를 감상하며 여유롭게 거닐었다.

나는 별들 사이에서 우아하게 춤추는 엘리사의 모습을 떠올렸다. 그녀의 영혼이 밤과 얽혀 천상의 태피스트리를 만들며 우리가 함께했던 순간들이 생각나게 했다. 나는 우리가 나눈 대화, 우리가 나눈 웃음, 그리고 그녀가 내 삶에 끼친 깊은 영향에 내 생각을 표류하도록 내버려 두지 않을 수 없었다.

잔디밭에 앉아 밤하늘을 바라보며 나는 들고 있던 캔맥주를 한 모금 마셨다. 맥주를 옆에 두고 나는 엘리사의 유언장을 펼쳤다. 그리고 나는 용기를 내어 유언장을 읽었다.

예빈 씨에게

만약 당신이 이것을 읽고 있다면, 그것은 제가 더 이상 이 세상에 없다는 뜻입니다. 저는 길고 충실한 삶을 살았으니, 부디 제가 떠나는 것에 부담을 갖지 마세요. 저는 당신이 우리가 함께하는 시간 동안 나에게 삶의 기쁨과 목적을 가져다주었음을 알기 바라며, 그것에 대해 저는 영원히 감사할 따름입니다.

이준호 씨에게 펜던트를 맡겼을 때는 이준 열사의 죽음을 둘러싼 미스터리가 밝혀지면 제 아이들에게 전해달라고 했었어요. 저는 그때 제 인생의 한 장을 끝내고 제 아이들이 이 소중한 유산을 물려받을 수 있다는 사실에 위안을 찾을 계획이었죠. 그러나 운명은 다른 계획을 세웠고, 제 인생의 여정을 연장하고 계속해야 할 이유를 준 것이 바로 당신, 이예빈이었습니다.

제가 인생의 새로운 목적을 찾을 수 있도록 해줘서 진심으로 감사합니다. 안타깝게도 아이들에게 직접 펜던트를 전달하겠다는 꿈은 이루어지지 않았습니다. 그래서 저는 이 땅에서의 저의 시간이 자연스럽게 끝났다는 걸 알고, 제 삶을 끝내기 위한 어려운 결정을 내렸습니다.

하지만 마지막 작별을 고하기 전에 당신이 정의의 여신인 디케의 예언자 역할을 맡아주기를 간곡히 부탁합니다. 저는 우리가 함께한 여정 내내 진실과 정의에 대한 당신의 변함없는 헌신을 목격했습니다. 당신의 진실함, 연민, 그리고 흔들리지 않는 정신은 당신을 이 신성한 임무를 수행할 완벽한 후보자로 만듭니다.

디케의 정의 영역에는 옳고 그름의 복잡성을 헤쳐 나가고 공정성을 확보할 수 있는 확고한 수호자가 필요합니다. 이예빈 씨, 저는 당신을 믿고, 당신이 명예를 가지고 이 역할을 훌륭하게 수행할 것이라 믿습니다.

인생은 기쁨과 슬픔, 승리와 시련으로 이루어진 태피스트리라는 것을 기억하세요. 용기와 우아함으로 매 순간을 받아들이고 정의의 빛이 당신의 길을 인도하도록 하세요. 이 새로운 장을 시작하면서 우리가 함께했던 시간과 우리가 나눈 교훈을 기억에 담아갔길 빌어요.

당신을 향한 나의 모든 사랑과
변함없는 믿음으로,
엘리사

2022년, 헤이그

나는 헤이그의 셰브닝헌 부두에 섰다. 향수의 물결이 밀려와 1945년의 그 자리로 돌아간 것 같았다. 눈 앞에 펼쳐진 풍경은 변했고, 오늘날의 활기찬 에너지가 허공을 가득 채웠다. 한때 희망과 회복력의 상징이었던 부두는 이제 세월의 흐름을 보여 주는 증거로 서 있었다.

활기찬 풍경을 바라보며 나는 수십 년 전 전쟁으로 폐허가 된 주변 환경과 비교하지 않을 수 없었다. 부두 자체는 놀랍도록 변모했고, 풍화된 널빤지는 날렵하고 현대적인 구조물로 바뀌었다. 아이들의 웃음소리, 각기 다른 언어로 대화하는 소리, 나무판자 위를 걷는 발소리로 분위기가 활기를 띠고 있었다.

해변은 화려한 파라솔이 펼쳐져 있고, 일광욕을 즐기며 따스한 햇볕을 쬐는 사람들로 가득했다. 한때 전쟁의 참혹함을 목격했던 바다는 이제 평온함과 자유로움으로 반짝였다. 하늘에는 연이 춤을 추며 질푸른 배경과 대조적으로 선명한 색채를 뽐내고 있었다. 관람차는 오후 바람에 부드럽게 흔들리며 승객들을 태우고 점점 더 높은 공중으로 올라갔다. 친구와 가족들이 안으로 들어서자 웃음소리가 공기를 가득 채웠고, 그들의 목소리는 북적이는 도시의 흥겨운 멜로디와 어우러졌다. 관람차 옆에는 번지점프의 짜릿한 모험에 참여하는 사람들로부터 웃음과 기쁨의 소리가 들렸다.

"당신이 이예빈인가 보군요?"

나는 바다를 바라보다가 그 목소리를 듣고 돌아섰다. 거기에는 절묘한 비율의 여인이 서 있었다. 잔잔한 물결처럼 흘러내리는 그녀의 옷은 빛에 따라 반짝이며 춤을 추는 듯한 복잡한 무늬로 장식되어 있었다. 금빛 머리카락을 휘날리는 그녀의 얼굴은 엘리사와 어딘가 모르게 비슷해 보였다.

"네. 무엇을 도와드릴까요?"

그녀는 손을 뻗어 자신을 소개했다.

"엘리사의 엄마, 하모니아라고 합니다."

나는 그녀의 존재가 얼마나 중요한지 깨닫고 깜짝 놀랐다.

"아, 몰랐습니다. 만나서 반갑습니다."

"내가 더 기쁘군요. 내 딸의 마음속 상처를 위로해 준 것에 대해 감사를 표합니다."

"고맙습니다. 하지만 따님에게 도움을 줄 수 있어서 제가 더 영광이었습니다."

"인물도 훤칠한데, 겸손할 줄도 아는군요?"

그녀는 나에게 따뜻한 미소를 지었다.

"칭찬받을 자격이 못 된다는 것을 알지만, 감사합니다."

"몇 시간 뒤에 수여식이 진행될 텐데, 준비는 되었나요?"

나는 그녀에게 가볍게 고개를 끄덕였다.

"많은 생각을 했고, 이제 준비가 되었습니다. 저는 디케의 예언자가 되는 것에 따른 책임을 감당할 준비가 되어 있습니다."

"그 말을 들으니 안심이 되는군요."

"믿어 주셔서 감사합니다."

"이 기회를 받아들이고, 당신은 혼자가 아니라는 것을 기억하세요. 디케의 인도가 모든 여정에서 당신과 함께 할 것입니다. 그리고 당신 여정이 깨달음과 목적, 자신의 힘에 대한 신뢰와 부여받은 지혜로 가득하기를 바랍니다."

"격려의 말씀 감사합니다. 당신의 축복으로 정의와 화합의 등불이 되도록 노력하겠습니다."

나는 그리스 신들과 여신들의 신성한 존재에 둘러싸여 헤이그의 쿠르하우스 대강당에 서 있었다. 정의의 여신 디케의 예언자로서 임명되는 순간이었다.

"디케, 당신의 예언자가 될 후보와 입장하시기 바랍니다."

신들의 왕 제우스의 목소리가 권위 있게 울려 퍼지며 의식이 시작됐다. 내 옆에는 디케가 힘과 우아함을 발산하며 서 있었다. 그녀의 눈은 자부심과 목적의식으로 가득 찬 눈빛으로 내 손을 잡고 자신감 있게 나를 앞으로 이끌었다. 모인 신들과 여신들의 시선이 우리에게 고정되었다. 내 눈이 군중 가운데에 있는 안나의 눈과 마주쳤다. 그녀는 니케 여신 옆에 서 있었다.

제우스 옆에 서 있던 테미스 여신이 의식을 시작했다.

"존경하는 신들과 여신들이여. 오늘 우리는 정의의 여신 디케의 사자로서 이예빈을 모시는 중대한 행사를 목격하기 위해 모였습니다. 저는 질서와 법의 신성한 화신인 테미스로서 1945년 헤이그에서 이예빈이 수행한 특별한 여정을 인정하기 위해 후보자 앞에 섰습니다. 진실과 공정을 향한 그의 변함없는 헌신은 정의의 구조에 지울 수 없는 흔적을 남겼습니다. 그는 실천적 행동을 통해 균형을 회복하고 불의의 그림자를 없애면서, 디케의 본질을 구현했습니다. 우리는 그의 변함없는 헌신을 기리며, 그를 인간 세상에서 정의의 신성한 사명을 수행하도록 위임받은 정의의 등불로 인정하고자 합니다. 이예빈을 신성한 디케의 일원이 된 것을 환영합니다."

테미스의 연설이 끝나자, 제우스는 신의 기운으로 반짝이는 눈을 빛내며 성큼성큼 앞으로 걸어갔다. 그는 우아함으로 손을 내밀었고, 나는 피부 아래에서 맥박이 뛰는 손목을 내밀었다.

그의 손가락이 닿자 온기와 강렬함이 동시에 느껴지는 힘의 파동이 내 몸을 관통했다. 찬란한 빛이 우리를 감싸며 손목에 복잡한 무늬를 엮어가는 것이 느껴졌다. 손목의 문양이 형체를 드러냈다. 그것은 마치 자체의 생명력으로 반짝이며 맥박이 뛰는 것처럼 보이는 영묘한 디자인으로 형태를 갖추었다. 그것은 내 존재 자체에 새겨졌고, 디케의 예언자로서 내가 새롭게 맡은 역할에 대한 신성한 상징이었다.

그는 손을 뻗어 헤파이스토스가 직접 만든 칼을 나에게 내밀었다. 그 칼날은 정의와 진실의 본질을 반영하며 다른 세상의 광채로 빛났다. 그 칼은 거짓과 진실을 구별하고 마음의 진실을 분별할 수 있는 무기였다. 나는 의식적인 몸짓으로 신성한 검을 받아 들고, 그 힘이 그를 통해 솟구치는 것을 느꼈다. 이제 그가 짊어진 책임의 무게가 내 어깨에 내려앉았지만, 나는 정의의 원칙을 지킬 준비가 된 채 의연하고 단호하게 서 있었다.

이 자리에 모인 신들과 여신들은 박수를 보냈고, 그들의 목소리는 신의 찬미의 교향곡으로 어우러졌다. 그들의 존재감과 지지가 대강당을 가득 채웠고, 나에게 목적의식과 결단력을 불어넣어 주었다.

나는 숨을 깊이 들이마시며 순간의 중력이 가라앉는 것을 느꼈다. 나는 신들을 증인으로 삼아 흔들림 없는 헌신과 성실함으로 임무를 수행할 것을 조용히 맹세했다.

내 이름은 이예빈, 정의의 여신 디케의 예언자이다.

끝

제 전공은 물리학입니다. 대부분 물리학이라 하면 공식이나 실험을 떠올리겠지만, 물리학은 우주와 인간 존재에 대한 근본적인 질문을 던지는 학문에 더 가깝습니다.

물리학의 관점에서 정의를 바라본다는 것은, 우주의 법칙과 인간 사회의 도덕적 원칙 사이에서 어떤 연결고리를 찾으려는 시도일 수 있습니다. 우리 사회에 규칙이 있는 것처럼 우주에도 규칙이 있습니다. 가시적인 세계를 다루는 고전역학에서는 만약 우리가 별을 관찰하면 별의 진행 방향과 속도를 알면 어느 위치에 도달할지 예측할 수 있죠.

하지만 눈에 안 보이는 아주 작은 입자들을 공부하는 양자역학에 따르면, 아주 작은 입자들은 여러 가지 확률을 가지고 있으며, 우리가 그것을 측정하기 전까지는 그 입자가 어떤 상태에 있을지 확실히 알 수 없다고 합니다. 이런 불확실성이 있는 세계가 우주라면, 우주의 모든 운명이 결정되어 있다고 보기는 어렵죠.

우리 인간의 행동은 과연 정해져 있는 것일까요? 여기서 '자유의지'라는 개념이 등장합니다. 자유의지란 우리가 스스로 결정을 내릴 수 있다는 믿음입니다. 만약 우주의 모든 운명이 정해져 있다면, 우리의 선택도 이미 결정된 것일까요? 만약 우리가 가지고 있을 것이라 믿고 있었던 자유의지가 그저 판타지였다면, '죄'라는 것은 무엇을 뜻하는 것일까요? 또 '벌'은 무슨 의미가 있는 것일까요?

그렇다면 정의의 여신, 디케는 과연 어떤 존재였을까요? 그녀는 우리에게 무엇을 말하고 싶었던 것일까요?

우리 역사 속 위대한 인물들, 특히 이준 열사는 대한제국의 1세대 검사로서 고종의 신임을 받았던 인물입니다. 그 당시 대한제국 검사의 위상은 단지 법률적 지식의 전문가에 그치지 않았습니다. 국가를 대표하여 국제무대에서 정의와 독립을 외칠 수 있는, 황제로부터 깊은 신임을 받는 위치였습니다. 과거 대한제국의 검사가 가졌던 국가의 도덕적, 정의적 가치를 대변하고 실현하는 역할은 현대에도 여전히 중요한 의미를 지닙니다.

이준 열사의 불굴의 의지와 이위종 선생의 희생적 헌신은 우리가 기억하고 본받아야 할 국가적 자산입니다. 그들과 같은 인물들은 현재 우리 사회가 나아가야 할 방향에 대한 중요한 메시지를 제공합니다. 그것은 바로, 아무리 결정된 것 같은 역사 속에서도 개인의 선택과 행동이 큰 변화를 이끌 수 있다는 희망입니다. 우리 각자의 작은 선택과 행동이 역사의 흐름을 바꾸고,

더 나은 미래를 만들 수 있습니다. 이는 물리학이 말하는 우주 속 불확실성의 존재를 인간의 역사와 정의에 적용한 것입니다. 《헤이그의 비밀, 이준 열사 사망 미스터리》는 저의 여정이자, 독자 여러분과 공유하고자 하는 깊은 사유의 산물입니다.

이 소설을 읽는 동안 이야기 속에서 정의와 자유의 의미를 탐색하며, 우리 삶 속에서 그것들을 어떻게 실현할 수 있을지 고민해 보는 시간이 되었으면 합니다. 우리 각자가 자신의 위치에서 할 수 있는 최선을 고민하고 실천함으로써, 우리 사회는 더 공정하고 정의로운 방향으로 나아갈 수 있을 것입니다. 감사합니다.

김철

Justice is a noble pursuit.
정의는 고귀함의 추구다.

헤이그의 비밀
이준 열사 사망 미스터리

초판 1쇄 인쇄 | 2024년 5월 17일
초판 1쇄 발행 | 2024년 5월 27일

지은이 | 김철
펴낸이 | 전준석
펴낸곳 | 열세번째방
주소 | 서울특별시 마포구 독막로3길 51, 402호
대표전화 | 02-6339-0117
팩스 | 02-304-9122
이메일 | secret@jstone.biz
블로그 | blog.naver.com/jstone2018
페이스북 | @secrethouse2018
인스타그램 | @secrethouse_book
출판등록 | 2018년 10월 1일 제2019-000001호

ISBN 979-11-92312-94-1 03810

열세번째방은 시크릿하우스의 문학 브랜드입니다.